野性の蜜

キローガ短編集成

Horacio Quiroga

オラシオ・キローガ

甕由己夫＝訳

国書刊行会

目次

野性の蜜——キローガ短編集成

舌

メルセス会救護院[1]……

この地獄はいつになったら終わるのか。私は知らない。たぶん、奴らは望みのものを手に入れたのだろう。追いつめられた狂人を。見るがいい！……私はお勧めする。嘘をつき他人を誹謗して人生を送ってきた、すべての舌長き者どもよ。その舌を引き抜き、何が起こるか見てみるがよいのだ！

いまいましいのは、私が没落した日のことだ。あの男は、人として最低限の思いやりすら持たなかった。血気にはやり衝動を抑えられないと言われた歯医者が、他のものはともかく、患者だけは得ることができないということを、あいつは誰よりもよく分かっているはずだ。それなのに、私が激情を抑えきれないなどと、あることないこと言いふらしたのだ。やれ、病院で冷肉屋の店員の喉を、あやうく掻っ切ってしまうところだっただの。やれ、ほんの少し頭に血が上っただけで、たちまち正気を失うだの……

奴の舌など抜いてしまえ！……それほどの中傷を受けるような、いったい何をフェリポーネにしたというのか、誰か教えて欲しいものだ。冗談のつもりだったと言うのか？……こんなことは、決してからかいのネタにすることではないのを、よく分かっているはずなのに。それに私たちは、友人同士なのだ。

奴の舌！……どんな人間でも、傷つけられたら、仕返しをする権利がある。私の身に何が起こったか、想像してみて欲しい。キャリアの出発点で挫折し、一日中患者のいない診療室で過ごさなくてはならない、私だけが味わったみじめさを。

世間は皆あの男を信じた。どうして信じないわけがある？　奴の舌が私の将来を未来永劫破壊してしまったと、はっきり確信するとすぐ、私は非常に簡単な結論に至った。それを引っこ抜いてしまおう。

あの男を家に引き寄せるのに、私ほど巧みな手管を使えた者はいまい。ある日の午後、あいつに出会った私は、笑いながら相手の腰に手を回し、私に仕掛けた動機が分からない悪ふざけに対して、賞賛の言葉を送った。

あの男は、初め疑いの様子を見せたが、惨めな男が抱く恨みがましい様子が私にないのを見て、安心した。私たちはおしゃべりをしながら何クアドラ[2]も歩き続け、時折あの出来事を称えあった。

「それにしても本当に」あいつはちょっと私を引き止めて言った。「ああいうでまかせを拵《こしら》えたのが、僕だっていうことを、君は知っていたのかい？」

「もちろん知っていたさ」私は笑いながら答えた。

私たちは、また頻繁に顔を合わせる仲になった。あいつを診療所に連れて行くことに成功し、そこで全面的な信頼を勝ち得たことを確信した。実際、私が実演してみせたブリッジの仕事に、奴はびっくりした。

「思ってもみなかったよ」私を見つめながら、あいつはつぶやいた。「君がこれほど見事な腕の持ち主とは……」

それからしばらく考え込んでいたが、ずっと前に借りていまだに返していない借金を思い出した人のように、突然笑い出した。

「それで、あのとき以来、あまり患者が来ないんじゃないのかい？」

「ほとんど一人もね」私はお人よしの阿呆らしく、微笑みながら答えた。

そうして微笑みながら、崇高なまでの忍耐心で、待った。待った！　とうとうある日、奥歯の痛みのために、あいつは急いで私を訪ねてきた。

なるほど、なるほど！　彼は痛がっていると！　ところが私は、全然、これっぽっちも！

友人らしい優しさで頬に触れ、安心させながら、痛む歯根を時間をかけて調べた。ついで、口腔外科の科学知識で幻惑して、その歯根には常に痛みが襲う危険があることを納得させた。

フェリポーネはついに我が手中に落ちた。抜歯を翌日に延ばしたものの。

奴の舌！……最後に幸福の瞬間を迎えようとしている男にとって、二十四時間はじっと耐えて待つ一世紀にも匹敵した。

二時ちょうどきっかりに、フェリポーネはやって来た。だが、奴はひどくおびえていた。その目を私の目から片時も離さずに、診察椅子に腰掛けた。

「おやおや、しっかりしろよ」手にメスを隠しながら、私は父親のように諭《さと》した。「ただの歯根のことじゃないか。何が起こるっていうんだね？……歯科の診察椅子が、外科の手術台以上に感じられるなんて、おかしな話じゃないか！」そう言って、指で奴の唇を押し開けた。

「いや、まったくね」あいつはくぐもった声で同意した。

「その通りだとも！」なおも微笑みつつ、歯肉を切り取るのに使うメスを奴の口に入れた。

フェリポーネは、臆病な男だったので、目をきつく閉じた。

「もっと口を大きく開けて」私は命じた。

フェリポーネは口をあけた。私は左手を入れて、すばやく舌を押さえつけると、それを根元から切り取った。

ざくり！　ゴシップにゴシップにゴシップにゴシップを重ねた、奴の舌！

フェリポーネは、口から大量の血を吹き出しながら、うめき声を上げて気を失った。

やったぞ。私の手の中には奴の舌がある。そして私の両目には、悪魔と狂気とが宿っていた。何の益もないことを成し遂げた者の聖なる狂気だ。それにしても、左手に腐敗したゴシップのクズを握っているのに、何で私はその場所を見ようとしているのか？

だが、私は見た。フェリポーネの口を開けると、思い切り顔を近づけて、その奥を覗《のぞ》き込んだ。そして、血だまりの中から、赤い小さな舌が姿を現わすのが見えた。それは急速に成長していた。まるで、私の手のなかにあるのは、奴の舌ではないとでもいうように、一人前に育ち、膨れ上がっていた。

私はペンチをつかむと、それを喉の奥に押し込んで、いまいましい新芽を引っこ抜いた。改めて見た。そして再び、畜生め！　二つの新しい小さな舌が、蠢《うごめ》きながら上がって来るのが見えた。

ペンチを押し込み、それを引っこ抜いた。扁桃腺までもろともに……

血のために結果がどうなったか見えない。洗浄台に駆け寄り、チューブをセットすると、喉の奥に激しく水を注ぎ込んだ。再び見ると、もう四つの舌が育っている。

絶望的だ！　もう一度喉を水浸しにして、開いた口に目を突っ込まんばかりにすると、無数の小さな舌が、目くるめくばかりに増殖しているのが見えた。

それからは狂気に駆られた素早さで、激情的に行動を続けた。怪物的な再生を止められないまま、引っこ抜き、水を注ぎ、再び引っこ抜き、また注水に戻った。そしてとうとう、叫び声をあげて私は駆け出した。奴の口からは、蛸の足のような舌の群れが、辺りを探りながらあふれ出してくる。

それらの舌が！　もう私の名前を呼び始めていた……

訳註

(1) メルセス会救護院　ブエノスアイレスにあった、精神障害者の保護施設。一八八八〜一九四七。現在のボルダ神経精神病理学病院（国立ブエノスアイレス大学医学部所属）の前身。

(2) クアドラ　街区。距離の単位。一クアドラは約百三十メートル。

ヤベビリの一夜

ヤベビリ(1)の沼地に私と同行した現地人ハンターは、マラリアにかかっていて、名前をレオニコ・クビージャといった。何日か前から発作の兆候があって、それが長引いていたので、私たちは一週間、幸いに症状を見ることはなかったが、待たなければならなかった。

ようやくある日、昼食を取ってから、私たちは出発した。犬は連れて行かなかった。二匹は怪我をしていて、残りは一人前になっていなかったからだ。

猟場に着く三時間前から、皆が通る間道を外れた。そこから一里半、発見を争う競争心が二人を目的地に近づけた。夏の最も暑い一時から四時まで山刀《マチューテ》を振って進み続け、終いにはとうとう私は酷暑が好きになってしまった。

沼は中庭ほどの大きさで、見渡す限りの泥のなかにあり、雨が降れば湖に変わりそうだった。百メートル先にある森を見下ろすように、岸辺のワラクサ原(2)のなかにテントを張った。森に向かってバクが這《は》う姿くらい、いつでも見つかりそうなのに、一頭の動物も現われずに夕暮れが過ぎていった。

節制のために、あるいは新鮮な肉を期待してと言ってもいいが、私が食べる僅かなビスケットを持っていっただけだった。クビージャには食欲がなかった。私たちは横になった。連れの男はすぐに眠りに落ちたが、呼吸が少し乱れていた。私のほうは、目が冴えてしまっていた。空を見上げていると、暗くなる頃から雲がかかりだした。東の方角では、ほとんど地平線近くから立ちのぼってきた白い靄《もや》の上を、稲妻が三つ四つジグザクに走って消えた。もはや空のなかばは雲に覆われていた。嵐を予感させる静けさのなかで、暑さはさらに増していった。ようやく私も眠りに落ちた。一時ごろだったと思うが、クビージャの声で目が覚めた。

「タテガミオオカミだ、旦那《パトロン》！」

彼は上体を起こし、私をじっと見ていた。私は猟銃に跳びついた。

「どこだ？」

クビージャは用心深く頭をめぐらして、辺り一帯を見回すと、低い声で繰り返した。

「オオカミだ！」

火のついたように赤い顔に疑いを抱いて、私は彼の脈を取った。熱で激しく打っていた。彼が正しく予感していたように、疲れとその日の湿気で急激な発作が起こっていたのだ。体調が最も悪くなるときには、発作は悪寒をともなわずに始まって、明らかな幻覚を伴った。

クビージャは幸せそうにまた眠りに落ちた。仰向けに体を伸ばすと、私はふたたび時を数えた。まだ稲妻は起こらないのに、重苦しい空にはときおりぼんやりした燐光のようなものが蠢《うごめ》いた。心地よい夜は期待できなかった。それでもやがて眠りに落ちたが、恐怖の叫びで目を覚まされた。

「旦那、オオカミだ！」

目を開けると、クビージャが山刀を手に、森に向かって走って行くのが見えた。後ろから跳びついて、何とか取り押さえた。彼は体を震わせ、汗をびっしょりかいていた。ひっきりなしに振り返りながら、いやいや戻ってきた。グアラニ語でぶつぶつと悪態をついた。焚き火の前で地面に座りこみ、膝を抱えてあごをその上にのせた。熱でぎらぎらした目で火をじっと見つめていた。ときどきげらげらと笑ったかと思うと、すぐにまた黙り込んだ。

そんな風にして午前二時になった。突然クビージャは両手で地面を掻くと、私をひたと見つめた。先ほどよりさらに激しい恐怖にとらわれていた。

「あのオオカミが水をぜんぶ取りに来るよ！……」深い恐怖に憑《つ》かれ私から目を離さなかった。水を飲ませ、話しかけたが、無駄だった。

だが、今度は私のほうで、オオカミと夜の孤立無援が恐ろしくなってきた。何という相方を連れてきたんだ！

嵐が近づいていた。遠くで森が鳴る音が、すぐに風が襲い掛かってくることを告げていた。稲妻ぶくみの空は、何度も目をくらますように光っては暗くなった。閃光は一回ごとに長く続くようになり、鉛色の空を背景に森の姿がしばらく浮かび上がった。クビージャはしばらく前から森をじっと眺めていたが、体を半分起こすと私を振り向き、恐怖に顔をゆがめていった。

「あのオオカミがやってくる、ダンナ！……」

「なんでもない」我知らず辺りを見回しながら私は答えた。

「あそこだ！　水をぜんぶ取りに来ようとしている！」クビージャは叫んで、立ち上がると、逃げ場を求めてそこらじゅうを振り向いて見た。その瞬間に、二度の突風の間隙を縫って、オオカミの遠吠えがはっきりと聞こえた。私はぞっとした。その辺にいるオオカミの一匹ではなく、クビージャが夜二時からずっと待っていた、その特別なオオカミが遠吠えしたように私には思えたのだ。彼は恐怖で体を強張《こわば》らせ、引きつった手を喉もとに持っていった。耳をそばだてながら長いことそうしていたが、やがてゆっくりと手を下ろし、静かに落ち着いて腰を下ろした。すぐに笑い始めて、ずっと止めなかった。

「オオカミだ……助からないよ……俺たちから水を奪おうとしているんだ……どうしようもないさ……」彼は眉尻を下げて私を皮肉っぽく見た。「オオカミだ！……オオカミなんだ！」

ふたたびオオカミの声が聞こえたが、今度はずっと近く、森の外れ辺りからだった。もう一度稲妻が光ったかと思うと、粘土の上で背を丸めてじっとしている、獣のシルエットが浮かび上がった。けりをつけようという焦りと恐怖を同時に感じて震えながら、私は十五メートル前に進んでいった。獣のいる方向に狙いをつけ、次の稲妻が辺りを照らしたとき、素早く照準を合わせて発砲した。もう一度ものが見えるようになったとき、粘土質の平地には何もいなかった。何も、うなり声ひとつ聞こえなかった。振り返ると、クビージャは何も不安を感じていないようだった。ずっと体を揺らしながら、静かに笑っていた。

「なんでもないよ。また戻ってくる……水を取るのさ……いつでも戻ってくるんだ……」

彼は明け方までそうしていた。諦めきった調子の錯乱した予言に苛立ちながら、私は猟銃を握りしめ、そこらじゅうを見回し、森に神経を集中して待ち続けた。オオカミが私たちを食いに来るとか何とか、そういったことを相方が言ったなら、熱に浮かされたハンターの極度の緊張が作り出した理屈としか思わなかっただろう。だが、私を動揺させたのは、真に迫りすぎてもはや現実を超越した、細部の生々しいリアリティーだった。結局何をしようが、オオカミは私たちの水を取りに来るだろう。

幸い獣はやってこなかった。夜が明ける頃に、クビージャは深い昏睡に落ち、黄色い額に髪を張りつかせ、口を開けて横になった。八時に目を覚ますと、熱は引いていた。狩を台無しにしたことを、どうやって詫びたらよいか分からない様子だった。私は幻覚のことを言うのはやめて、二人は帰った。

その日の午後、クビージャを斧仕事に戻してやらなくてはならなかったので、私は猟を諦めて十五日ぶりに木材伐採所に戻った。

狩の晩がそんな具合になったのは、それでもう二度目だった。私は二度とヤベビリには行かなかった。一ヶ月前ミシオネスに帰ってきたとき、クビージャがマラリアで死んだことを知った。

訳註

（1）ヤベビリ　ミシオネス州にあるパラナ河の支流のヤベビリ川。またその流域の地域。

（2）ワラクサ原　ワラクサは、藁状の茎を持つイネ科の野生植物の総称。日本で言うとヨシやススキの類。ワラクサが水辺に大群落を作ったものがワラクサ原である。

羽根まくら

ハネムーンは長い慄《おのの》きだった。金髪で純真、そして内気な、新婦の夢見がちな子どもらしさを、夫の厳格な人柄は凍りつかせてしまった。彼女は夫をとても愛していたが、時おり、夜二人して帰宅するときなど、もう一時間も黙り込んでいるホルダンの長軀を、かすかに震えながらそっと見上げることがあった。夫の方はと言うと、態度で表わすことはなかったが、心底から妻を愛していたのである。

三ヶ月の間は——結婚したのは四月だった——風変わりな幸せのうちに暮らしていた。明らかに新婦は、天上にいるような堅苦しい愛の厳かな表現よりも、もっとおおらかに無警戒な優しさを表わしたいと望んでいた。だが、感情をうかがわせない夫の表情が、いつでも彼女を思いとどまらせた。

二人が住む家も、彼女のおびえに少なからず影響した。静かな中庭で絵様帯や円柱や大理石像が見せる白っぽいたたずまいは、魔法にかけられた宮殿の秋のような印象を与えている。屋内では、わずかな搔き傷もない高い壁に化粧漆喰《しっくい》が氷のように輝いて、そうした不快な涼しさをより強く感じさせた。部屋から部屋へ移動すると、長い間放置されて反響力が増したかのように、足音が家中にこだました。

その奇妙な愛の巣で、アリシアはいつも秋であるように過ごした。昔の夢にはベールをかけることを決めていたものの、彼女には敵意あるこの家でやはり夢にまどろむようにして、夫が帰宅するまでは何も考えまいとして暮らしていた。

新婦が次第に痩せ細って行ったのも無理はない。軽いインフルエンザにかかったが、それは何日も何日もこじれて残った。アリシアはそのまま快復しなかった。とうとう、ある日の午後には、夫の腕にすがらないと庭に出ることもできなかった。彼女はあちこちに無関心な視線をさまよわせていた。突然ホルダンは、深い愛情に駆られて、妻の頭を静かに撫でさすった。そしてアリシアは、夫の首に両腕を投げかけて、わっと泣き出した。今まで秘めてきた怯《おび》えを思って長いこと泣き、わずかだが夫が見せてくれた優しい仕草のためにまた涙を流した。やがてすすり泣きは治まっていったが、アリシアは身動きもせず、言葉も発しないで、夫のあごの下に顔を埋めてじっとしていた。

それがアリシアが起き上がることのできた最後の日となった。ホルダンの主治医は入念に彼女を診察し、ベッドに入って絶対安静にするよう申し渡した。

「分からないな」表玄関のところで、主治医は声を落として言った。「私には説明のつかない衰弱を見せている。嘔吐も、何もないのに……明日も今日のような状態で目覚めたら、すぐに私を呼びなさい」

翌日、容態はさらに悪化していた。再び診察が行われ、急速に進んだ、まったく説明のつかない貧血が確認された。衰弱はそれ以上進まなかったが、アリシアは目に見えて死に近づきつつあった。寝室には一日中明かりが点され、完全な静寂が支配していた。どんな小さな物音すら聞かれないままに、時が過ぎていった。アリシアはずっとまどろんでいた。ホルダンは広間に陣取ったが、そこもやはりすべての明かりが煌々《こうこう》と点されていた。彼は休むことなくいつまでも、部屋を端から端へと行きつ戻りつした。絨毯がその足音をくぐもらせた。時おり寝室に入ると、今度はベッドに沿って無言の往復を続け、折り返すごとに立ち止まっては妻の様子をうかがうのだった。

突然、アリシアは幻覚に襲われ始めた。それは、初め取りとめもなく宙に漂っていたが、やがて床の高さまで降りてくるようになった。若い妻は目をいっぱいに見開いて、ベッドの枕元から絨毯のあちらこちらに、視線をさまよわせることしかできなかった。ある晩、彼女はじっと目を凝らしたまま、突然動かなくなってしまった。しばらくして、鼻や唇にいっぱい汗をかきながら、ようやく叫び声を上げるために口を開いた。

「ホルダン！　ホルダーン！」恐怖で体を硬直させ、絨毯から目がそらせないまま、彼女は大声を上げた。

ホルダンは寝室に走りこんだが、彼の姿を見てアリシアは悲鳴を上げた。

「僕だよ。アリシア、僕だよ」

アリシアは焦点の定まらない目で彼を見つめ、次に絨毯に視線を移し、それからまた彼の方を見た。それから長いこと、呆然として彼に向き合っていたが、やがて落ち着きを取り戻した。彼女は微笑んで、もう三十分も撫でさすってくれていた夫の手を、震えながら自分の両手に包み込んだ。

アリシアの幻覚のなかで最もしつこかったのは、絨毯に指をついて彼女をじっと見つめている、猿とも人間とも見える姿だった。

またも空しく医師たちが呼ばれた。彼等が取り囲むそのなかで、ひとつの命が、日に日に血液を失って、消え行きつつある。最後の診察では、アリシアは昏睡状態に陥っていて、医師たちが脈を取る間、生気のない手首をあちこちに運ぶままにさせていた。長時間にわたる無言の診察が終わると、医師たちは食堂に引き揚げてきた。

「ふう」主治医は気落ちして肩をすくめた。「深刻な状態だ……ほとんど手の下しようがない」

「まったく何てことだ！」ホルダンは喘《あえ》いだ。それから突然、神経質にテーブルをこつこつと連打した。

アリシアは貧血による朦朧とした意識のなかで命を落としつつあった。容態は夜のあいだに重くなったが、午前中には安定していった。日中は病気の進行は見られなかったものの、いつも朝には、蒼白になり、ほとんど失神状態で明け方を迎えた。どうやら夜の間だけに、一定の血とともに、彼女の生命は失われて行くらしい。毎朝目が覚めるときには、体に百万キロもの重りを乗せられて、ベッドのなかに沈み込んでいくような感覚がした。三日目からは、この沈み込むような感覚が、彼女を絶えず捉えるようになった。ほとんど頭を動かすことも出来なかった。

アリシアは、他の者がベッドに触れるのを、枕を整えてやるのすらも嫌がった。黄昏になると襲って来る怖ろしい幻覚は、今では怪物のような形に成長して、ベッドのわきまで這《は》って来ると、ベッドカバーをよろよろと這い登るようになった。

やがてアリシアは意識不明に陥った。最後の二日は低い声でうわごとを言い続けた。寝室と広間の陰気な明かりはずっと点されたままだった。臨終を待つ家の静寂のなかでは、ベッドから発する単調なうわごとと、飽くことのないホルダンの歩みの鈍い響きだけが聞こえていた。

ついにアリシアは息を引き取った。ベッドを片付けるために寝室に入った女中は、そのとき初めて不審げに枕をしげしげと眺めた。

「旦那様！」彼女は低い声でホルダンを呼んだ。「枕に血のような染みがあります」

ホルダンは急いで近寄ると、その上にかがみ込んだ。確かに、枕カバーの、アリシアの頭が乗せられていたくぼみの両側に、黒っぽい小さな染みが点々と見える。

「虫が喰った跡みたいですね」しばらく動かずに観察した後で、女中がつぶやいた。

「明るい場所に持って来るんだ」ホルダンは命じた。

女中は枕を持ち上げたが、すぐに手を離し、青ざめて震えながら取り落とした枕を見つめた。ホルダンは何故とも知らずに、頭髪が逆立つのを感じた。

「どうした？」かすれた声で彼は訊いた。

「とても重いんです」女中はなおも震えながら、声をとぎらせながら言った。

ホルダンは枕を持ち上げた。異常に重い。彼はそれを持って部屋を出ると、食堂のテーブルに置き、カバーも外皮ももろともに一刀で切り込んだ。上等の羽毛が舞い上がる、と、女中は引きつった手で両方の束髪を押さえ、口をいっぱいに開いて恐怖の叫び声を挙げた。枕の奥に、羽毛に包まれて、毛むくじゃらの脚が何本も蠢《うごめ》き、怪物のような、ねばねばした体の、生きたボールが現われた。そいつは、ほとんど口がどこにあるのか分からないほど、巨大に成長していた。

アリシアが寝込んでから毎晩、こいつはその口——より正確に言えば吸管——を、ひそかに枕のなかから彼女のこめかみにあてがって、血を吸い取っていたのだ。傷口は判別できないくらい小さかった。毎日枕を取り替えていたら、その成長も妨げられていただろうが、病人が動けなくなってからは、吸血はめまぐるしく行われていった。五日五晩の間に、それはアリシアの血を吸い尽くしてしまったのだ。

こうした鳥につく寄生虫は、ある環境の下では極端に大きくもなる。おそらく人間の血液が、特に彼等に適しているのだろう。そして、それが見つかったとしても、少しもおかしくはないのだ。羽根まくらのなかに。

エステファニア

妻が死んでから、ムリエル氏の愛情は、もっぱら娘に注ぎ込まれた。はじめの何ヶ月か、夜の間は食堂で座ったまま、床を遊びまわる娘を見守って過ごした。玩具《おもちゃ》を相手にぺちゃくちゃおしゃべりしている幼い娘の一挙一動を目で追っているうち、思い出で満たされた微笑みは、いつも終いには涙でびしょぬれになるのだった。時が過ぎるうちにその苦痛も次第に癒えて、甘えてくる娘に母親のような愛情をたっぷり返してやることだけに、没頭できるようになった。貧しいが、つつましい喜びに満たされ幸せに暮らした。決して人生と衝突を起こすことなく、人生の隙間に身をすべり込ませているように見えた。いつも前かがみに歩き、内気な微笑を浮かべていた。髭がなく赤らんだ彼の顔は、初老にして無垢そのもので、道行く人を振り向かせた。

少女は成長していった。その情熱的な気性は、行き過ぎて父親を悩ますこともあったが、彼を誇らしい気持ちでいっぱいにした。娘の突然の口答えは、ムリエル氏を残酷に傷つけたものの、それでも結局は、わが娘でありながら自分と全く違っていることに、彼は感嘆の思いを抱くのだった。

だが、少女が十六歳になったとき、それはある冬の夜のことだった。夕食後、彼女は父親の膝に腰を下ろして何度もキスをしながら、パパのことがとても、とても好きなの、でも彼のこともとても好きなのよと言った。ムリエル氏はすべてを受け入れた。いったい、何ができただろう。エステファニアは自分のものではない、それはよく分かっていた。だが、娘はいつも彼を愛してくれたし、彼女を失うわけではないのだ。今でも自分の事は顧みずに、娘の幸せを父親の喜びと感じることができた。しかし、目を見られまいとして顔を伏せなければならないほどに、彼の憂鬱な思いは強かった。

そのときから、訪問の時間は食堂でやり過ごした。父が部屋の端から端へと歩き回る傍らでは、恋人同士が大笑いに興じていた。ある夜、二人の別れは激しい言葉のやり取りとなった。次の日、ムリエル氏は家に戻ってくると、娘が泣いているのを見つけた。彼も声にだせない心の痛みで胸をふさがれながら娘に近寄ったが、彼女は不機嫌そうに身を避けた。

悲しい夜になった。ムリエル氏はひっきりなしに悩ましく時計を見つめた。やがて時計は十時を告げた。

「彼はもう来ないのかい」とうとう彼は思い切って訊ねてみた。

「来ないわ」娘はそっけなく答えた。

しばらく時が流れた。

「お願いだから、パパ!」次の問いかけの先を越すように、いきなりエステファニアは叫んだ。

娘は自分の部屋に行くと、乱暴に扉を閉めた。ムリエル氏はすぐに、彼女がすすり泣き始めるのを聞いた。

それから何日も、娘の激しい絶望のありったけが、父親の上に降り注いできた。だが彼は、これ以上ないほどの不当な仕打ちを受けても、それが娘の愛情から来ているのを疑うことはなかった。そして、涙をぬぐいながらも、大きな幸福感が彼を微笑ませるのだった。

情熱的な若い娘は、ふた月のあいだ最初の恋の喪に服していた。喪服は永劫に脱がれることがないかに思われたが、それでもすべては過ぎ去った。ふたたび降るような優しさが父親に注がれるようになり、彼はまた娘の愛情を独占するようになった。可能なときはいつでも、夜は娘を劇場に連れて行った。公演のあいだ、面白おかしい楽曲が続いて行くなか、彼の顔はずっと娘のほうに向けられたままで、我が子の楽しんでいる姿を幸福に感じていた。

次の年、娘の全霊は新しい恋に燃え上がった。その大きな黒い瞳は、火のような幸福に輝いていた。ある朝、彼女は一通の葉書を受け取った。絶縁を告げる素っ気ない葉書だった。その日は娘にとってつらいものだったので、ムリエル氏はずっと家に残って、憔悴した父の幸せを感じながら、激しいののしりに耐えなければならなかった。午後も遅くなって、エステファニアは横になった。身動きひとつせず、微かにしわを寄せたしかめっ面をして、瞬きもせずに天井をじっと見つめていた。おずおずと部屋に入ってきて、傍らに腰を下ろしたムリエル氏は、悲しそうに娘を見つめた。彼の娘はどんな重荷に耐えようとしているのだろうか？

すでに夜になって、ヒステリーの発作はおさまり、エステファニアはぐったりとしていた。十時になると父親を呼んだ。

「パパ！」ベッドに腰をかけ、燃えるような目をして、娘は言った。「私が死んだら、パパはとても辛い思いをするかしら」

ムリエル氏は無理をして笑いを作っただけだった。彼は口を結んだまま黙っていた。

「パパ！」

「お前！……」

「私いくつになった？」

ムリエル氏の両目は涙でいっぱいになった。

「だめよ、まだ答えを聞いていないわ！」娘は言い張った。「私はいくつかしら」

「十八歳だよ」

「十八歳……十八歳……」彼女はつぶやいていた。

「ママが死んでから何年たったの？」

「お前……」

「ママが死んでから何年かしら」
「十六年だ」
「とても若いとき死んだのね」
「とても若いときだ」
「そうだと思ったわ。ママ……」

エステファニアはふいに後ろに頭を投げ、右手を喉元にあてがうと、げらげらと大笑いを始めた。苦しそうに息を飲み込んで、ようやく笑いは収まった。

「私、眠くなったわ、パパ！」突然頭までシーツに飛び込んで娘は叫んだ。苦痛と同情で胸がいっぱいになって、ムリエル氏は娘を見つめたままでいた。それからやっと小声で聞いた。

「お前、病気じゃないのかい？」

「いいえ、眠たいの」顔を向けることなく、娘は乾いた声で答えた。そして、父親が何も言わずに体を起こした瞬間に、エステファニアは飛び起きると、彼の首にむき出しの両腕を巻きつけて身も世もなく泣き続けた。

ムリエル氏は自分の部屋に戻った。時間をかけて服を脱ぎ、考え込みながら脱いだものをたたんでいった。それから、放心のためいつまでも終わらないように思えるしつこさで、絶えず手を動かしながら服のしわを伸ばしていた。

明らかに、ムリエル氏は拳銃のことをまったく忘れていた。それはクローゼットの一番奥に二十五年前から置きっぱなしだった。

爆音で目が覚めたとき、まだ悲劇の全体を十分に理解しないまま、一瞬の閃《ひらめ》くような不安のなかに、人生のすべての苦痛がいちどきに押し寄せてきた。そしてすぐに、過ぎてしまった絶望的な真実が、深いうめき声とともに脳裏に到来した。娘の部屋に走っていき、彼女が死んでいるのを見つけた。力なくベッドに腰を落とし、エステファニアの手を自分の震える両手に包み込んだ。老人の穏やかな自責の念で胸いっぱいになりながら、娘を見つめたままでいた。夜着からむき出した娘の腕のうえに、ひとつ、またひとつと涙が落ちていった。

ムリエル氏の人柄と品行のどこから考えても、彼を疑う余地はまったくなかった。しかし、司法手続きの形式を満たさなくてはならなかったので、簡単な取調べのあとで、予防的な拘留が必要なことを、彼に教えなくてはならなかった。ムリエル氏は大急ぎで、震えながら服を着た。なんとか支度を整えてから、階段を下りるときになって、彼は連行しようとする警視を引き止めた。

「私の娘だったんです」内気な微笑を浮かべて彼は説明した。

係官が手続きの説明を行った。ムリエル氏は相手をちらりと見たが、その目にはまた涙があふれてきた。うちのめされた状態にもかかわらず、刑事課の一室で座ったまま一夜を過ごした。次の朝、留置場に連れて行かれた。鉄柵が後ろで閉められると、悲しみに胸をふさがれてその場から動かずにいた。最近洗ったばかりの中庭には、あらゆる方向に留置人が歩き回っていて、コルク底の高い靴音を辺り一帯に響かせていた。

ムリエル氏の内気で控えめな物腰は、最初から仲間の反感を招いた。入っていくらもたたないうちに、オレンジの皮が宙を飛んできて、彼の額に命中した。目を上げるいとまもなく、肩に激しい衝撃を受けて、背中からひっくり返った。通りすがりに彼を突き飛ばした二人組が、顔を振り向けて笑っていた。ムリエル氏は立ち上がって、ぶつぶつ言いながらベンチのひとつに歩いていき、力なく腰を落とすと、ひざの上で両手を組んだ。

だが、仲間の皮肉な目は追跡をやめず、少しずつ少しずつ、一人また一人と、彼等は近寄ってくると、ムリエル氏を輪になって取り巻いた。そのときから、嘲りは止むことがなかった。Tシャツを着た若者が、唇を噛《か》んで嘲笑を見せ付けながら、つま先を引きずるように歩み寄ってきて、いきなり首に抱きつくと彼にキスをした。ムリエル氏は頭を上げ、悲痛な哀願のまなざしを監視員に向けた。しかし、監視員は関心なさそうに巡回の足を止めず、その面白い情景のほうにときどき目をやるだけで満足していた。

八時間のあいだ、留置人たちは獲物を離そうとしなかった。最後に、それは最初の宣誓陳述の三十分ほど前のことだが、ムリエル氏は口元にパンチを受けて涙をこぼした。裁判所から戻るときには、呼吸をするのも困難な状態だった。六時になると全員が床についた。三、四人の留置人が、しばらく彼の寝台の足元に立ち止まって、怪しげな笑みを浮かべていた。ムリェル氏は体を丸め、痛みからもう震えが来るまでになっていた。

「私に付きまとわないで下さい」彼は不安げな笑みを浮かべて哀訴した。

仲間たちは、またひとしきり嘲り文句を並べると、蔑《さげす》んだ目で彼を見て離れていった。まもなく皆は眠りに落ちた。ようやくムリエル氏は、初めて一人になれたと感じた。心の痛みがすべてを忘れさせる力を持っていた。音を立てないように、膝を胸に引き寄せると、静かに長いあいだ娘のために泣いた。

次の朝、運命の最後の慈悲を受けて、ムリェル氏は息を引き取って夜明けを迎えた。

日射病

ひよっこ《カチョーロ》のオールドは戸口から表に出ると、真っ直ぐにそして物憂げに、庭を歩いて横切って行った。牧草地の縁で立ち止まり、藪に向かって伸びをし、目をなかば閉じて鼻を震わせると、静かに座り込んだ。森《モンテ》と平地《カンポ》、平地と森が交互に現われる、牧草の黄色と森の黒以外に色彩のない、単調なチャコ平原が見渡せる。森は二百メートルほど先に行ったところで、農場の三方向の地平を閉ざしていた。西に向かっては平地が広がり、谷間の方へと伸びているが、その先は密林が作る薄暗い帯によって、逃げ場なく取り囲まれている。

真昼の目のくらむような光に比べて、この早朝の時間には、地平線は穏やかに澄んだ明かりを湛えている。雲のひとつも、風のひと吹きもない。銀色の空の静けさの下で、平地からは涼しい蒸気が発散されて、物思いに耽りがちな心に、確実な日照りの訪れを前にして、見入りのよかった頃の仕事を憂鬱に思いださせた。

オールドの父親のミルクが、やはり中庭を横切って来ると、物憂げな満足のうめきを挙げながら彼の隣に腰を下ろした。ふたりは静かに身動きもせずにいた。この時間ではまだ蠅が出てきていないからだ。

しばらく原生林の辺りを見つめていたオールドが言った。

「朝は涼しいね」

ミルクは息子の視線をたどっていき、ぼんやりと瞬きしながら、じっと目を据えていた。しばらくしてから、彼は言った。

「あそこの木に鷹が二羽いる」

ふたりは通り過ぎていく雄牛に無関心な視線を移し、いつもそうしているように、いろいろな物を眺め続けた。

そうこうするうちに、東の空に扇型の紫の光が射し始め、地平線はもう朝の明確な輪郭を失っていた。ミルクは前足を組み合わせると、微かな痛みを感じた。じっとしたままでつま先を見つめ、やがて匂いを嗅いでみようと思った。

前の日に砂ノミ(1)を掻きだしたのだが、それに苦しめられたことを思い出しながら、つま先をぺろぺろと長いこと舐《な》め続けた。

「歩くこともできなかった」舐め終わるとそう叫んだ。

オールドには父親が何のことを言っているのか分からなかった。ミルクはつけ足した。

「砂ノミがたくさんいる」

今度はひよっこにも分かった。長い間をおいてから、自分の判断として答えた。

「砂ノミがたくさんいるね」

ふたりは納得して、再び黙り込んだ。

太陽が出て、その最初の光を浴びると、野生の七面鳥が、彼らの楽団の騒々しいトランペットの音を、澄んだ大気に鳴り響かせた。斜めにさす太陽の光で金色に輝いた二匹の犬は、目をなかば閉じ、聖人のように瞬きながら、穏やかな安逸の表情を浮かべた。ほかの仲間たちが彼らのもとにやって来て、徐々にその数が増えた。御主人のお気に入りの無口なディック。アナグマと戦って上唇の裂けたプリンスは、歯が剝き出しになっている。そして、原住民の名前を持つイソンデュ。五匹のフォックステリアは身体を伸ばし、気だるい満足感に浸って眠りこんだ。

一時間ほどたったあとで、彼らは頭を上げた。一階が粘土、二階が木材でできていて、山小屋風のバルコニーと手すりを持つ、風変わりな二階家の反対側から、階段を下りてくる御主人の足音が聞こえた。タオルを肩にかけたミスタ・ジョーンズは、家の角で一瞬立ち止まり、もう高く上がっている太陽を眺めた。いつも以上に独りウィスキィを過ごしてしまった翌朝で、まだどんよりとした目と締まりのない口元をしている。

ミスタ・ジョーンズが顔を洗っている間に、犬たちは近づいてきて、怠惰に尻尾を振りながら彼のブーツを嗅ぎまわった。飼いならされた野生動物と同様に、犬たちも飼い主の酔いの最も微かな兆候を嗅ぎ分けることができた。彼らはゆっくりと離れて行き、再び日向に横たわった。だが、どんどん増して行く暑さに、すぐに日向から離れて、バルコニーの陰に移らざるを得なかった。

その日も今月に入って続いているように進んで行った。乾燥して、澄み渡って、焼けつくような太陽が十四時間出ている。太陽は空を溶しているかのようで、湿った大地を一瞬にして、白っぽくて硬いひび割れた地面に変えた。ミスタ・ジョーンズは農場に行くと、昨日の仕事を確認し、また家に戻った。午前中いっぱい何もしなかった。昼食を取ると、昼寝のために二階に上がっていった。綿花畑から雑草が無くなってくれないので、人夫《ペオン》たちは燃えるように暑い時刻にもかかわらず、二時になると草取りに戻った。前の冬に、鋤《すき》が掘り返した白い虫を、鷹と競って獲ることを覚えた犬たちは、耕作が気に入ってしまったので、人夫の後ろを追いかけて行った。犬はめいめい綿の木の下に身を投げると、静かに振り下ろされる鍬《くわ》に、ハッハッと息を弾ませながら付きまとうのだった。

そうこうするうちにも、暑さは増していく。静かな景色と目をくらませる太陽のもとで、空気はいたるところで揺らめいて視界をぼやかした。掘り返された地面は熱い水蒸気を吐き出したが、人夫たちは頭を耳までスカーフで覆い、農場労働につきものの無言でそれに耐えている。犬たちはより涼しい陰を求めて、絶えず木から木へと場所を移した。体を横たえてみたが、疲れていたので十分に息を吸い込むために、後脚の上に座り込まざるを得なかった。

彼らの目の前に、誰も耕してみようとすらしない、小さな粘土質の荒地があって、この時間帯には陽光を受けて輝いている。突然、オールドはそこにミスタ・ジョーンズの姿を認めた。木の幹に腰をかけて、彼の方をじっと見ている。彼は尻尾を振りながら立ち上がった。ほかの犬たちも起き上がったが、彼等は毛を逆立てていた。

「御主人様だよ」皆の態度を不思議に思いながら、オールドは叫んだ。

「違う。彼じゃない」ディックが答えた。

相変わらず動かずに彼らの方を見ているミスタ・ジョーンズから目を離さずに、四匹は一緒になって静かなうなり声を立てた。ひよっこは、信じられずに、前に進み出ようとしたが、プリンスは彼に歯をむいて見せた。

「彼じゃない。死神だ」

ひよっこは恐怖に毛を逆立てて、仲間のもとに戻った。

他の者は答える代わりに、相変わらず恐々ながら襲い掛かる姿勢を取って、怒りの吠え声をあげ始めた。

「あれは死んだ御主人様なの？」彼は不安そうに尋ねた。だが、ミスタ・ジョーンズは、すでに揺らめく空気の中に姿を消していた。

犬が吠えるのを聞いて、人夫たちは視線を上げていたが、何も認められなかった。馬か何かが農場に入ってきたのかと、頭を巡《めぐ》らして見回してから、彼等は再び前かがみになって仕事に戻った。

フォックステリアたちは家に向かって戻って行った。オールドはまだ毛を逆立てたまま、神経質な小股の速足《トロット》で、前に立ったり後ろに下がったりしながら走った。そして仲間たちの経験談によって、農場で何かが死んでいくときには、その前に死神が現われるのだということを知った。

「それで、僕たちが見たのが生きた御主人様じゃないって、どうして分かるの？」と彼は尋ねた。

「どうしてって、彼じゃないからさ」仲間はぶっきらぼうに答えた。

すぐに死が、それと共に飼い主の交代がやって来る！　そのことは、たいへん悲惨で衝撃的な事態として、犬たちの上にのしかかった。午後の残りの時間、彼らは陰鬱で警戒した様子をして、御主人様の側で過ごした。ミスタ・ジョーンズの方は、彼らの番犬らしい気配りに満足していた。

やがて太陽が、涸《か》れ谷にある黒い椰子林の向こうに沈んだ。銀色の静かな夜の中で、犬たちは小屋を取り囲むように陣取った。その二階では、ミスタ・ジョーンズがいつものウィスキィの晩酌を始めていた。真夜中になって彼の足音が聞こえ、続いてブーツが板敷きの床に落ちる音が二度すると、明かりが消えた。その頃、犬たちは飼い主の交代がより近づいたのを感じて、眠り込んだ家のすそでめいめいがすすり泣き始めた。すすり泣きは合唱となり、乾いてすするように引きつった嘆きの声は、最後に悲痛な遠吠えとなってあふれた。プリンスの猟犬らしい遠吠えが長く続き、ほかの犬たちはまたすすり泣き始めた。ひよっこだけがワンワンと吠えた。夜は過ぎて行き、四匹の成犬は月の光のもとに寄り集まった。犬たちは鼻面を広げ、餌をいっぱいくれて撫でてくれた御主人がもうすぐいなくなる嘆きで心を塞《ふさ》がれ、彼らの家畜としての悲運を思って鳴き続けた。

次の朝、ミスタ・ジョーンズは自分でロバを連れてくると、彼等にからすきを繋げて、九時まで仕事をした。だが満足が出来なかった。地面は十分に耕せていなかったばかりでなく、からすきは刃がこぼれていて、ロバが足を速めると跳ね上がってしまう。道具を持って小屋に戻ると、刃を研ぐことにした。しかし、買ったときから気づいていたのだが、ネジの一つに疵《きず》があって、刃を取り付けようとすると、それが割れてしまった。人夫の一人を近くの伐採所に使いにやることにしたが、出かけようとする男に、乗っていく馬を気遣うように忠告を与えた。上等な馬なのだが、日射病にかかっている。真昼の溶けるような太陽を見上げながら、一瞬たりとも全速力《ギャロップ》で走らせてはならないと言い聞かせた。それからすぐに昼食を取り、二階に上がった。午前中、一刻も御主人を一人にさせないようにしていた犬たちは、バルコニーに陣取った。

光と静けさに疲弊させられて、昼寝《シエスタ》は重苦しいものになった。辺りの風景は、ひどい暑さでぼやけている。小屋の周りでは、庭の白っぽい地面が垂直に上がった太陽にまぶしく照らされて波打つようにゆらめき、目をしばたたかせている犬たちの眠気を誘った。

「あれきり現われなかったな」とミルクが言った。

オールドは「現われ」という言葉を聞いて、勢いよく耳を立てた。

今度は前の記憶から跳ね起き、相手を探しながら吠え付いた。だが、しばらくすると吠えるのをやめ、仲間と一緒に蝿を追い立てることに夢中になった。

「二度と来なかった」とイソンデュが言い足した。

「木の根っこの下にヤモリがいるんだ」初めてプリンスが思い出した。

くちばしを開き羽を広げた一羽の雌鳥が、暑さで重くなった足取りで白熱した庭を横切っていった。プリンスはその姿を物憂げに目で追っていたが、突然飛び上がった。

「また来た」と彼は叫んだ。

庭の北の方角から、人夫が乗っていった馬がひとりで歩いて来た。犬たちは足を突っ張って体を弓なりにし、近づいてくる死神に、用心しつつ怒って吠え立てた。馬は頭をたれ、明らかにどの方向に進むべきか迷っている様子で歩いている。小屋の正面に差し掛かったところで、井戸の方向に何歩か歩きかけてから、強烈な光の中に徐々に消えていった。

ミスタ・ジョーンズが下に降りて来た。眠れていなかった。また道具の組み立てに取り掛かろうと思ったときに、馬に乗って帰ってきた人夫に、思いがけず出くわした。こんな時間に戻って来たということは、命令したにもかかわらず、馬を全速力で走らせたに違いない。西洋的な論理で責めたてるミスタ・ジョーンズに向かって、インディオの人夫はあれこれと逃げ口上を述べ立てた。わき腹を数え切れないくらい激しく動悸させた哀れな馬は、務めから解放されてようやく自由になると、頭を下げながら痙攣《けいれん》して横向きに倒れた。ミスタ・ジョーンズは、これ以上まことしやかな言いわけを聞かされて殴ってしまわないように、手にした鞭で人夫に畑に戻るように命令した。

だが犬たちは満足していた。御主人様を探しに来た死神は、馬を連れ去ることで妥協したのだ。喜びを感じ、心配から解放されたので、彼らは人夫のあとについて畑に出て行くことに決めた。そのとき、もう遠くまで行っている人夫に向かって、ネジをよこせとミスタ・ジョーンズが怒鳴るのが聞こえた。ネジはなかった。またも、店が開いていませんでして、係の者が眠っていまして、などなどの言い訳。ミスタ・ジョーンズは言い返しもせずに、ヘルメットを壁から外すと、自分で部品を見つけに出かけた。人夫のように太陽に耐え、その歩みは彼の不機嫌とはうらはらに、堂々たるものだった。

犬たちも彼についていったが、最初にあったイナゴマメの木の影で立ち止まってしまった。あまりにも暑かったのだ。そこから、足をしっかり踏ん張って、眉をひそめて注意深く、ミスタ・ジョーンズが遠ざかっていくのを見ていた。やがて、置いてきぼりにされる心配の方が強くなって、疲れの見える速足《トロット》で彼の後を追っていった。

ミスタ・ジョーンズはネジを手に入れて戻ってきた。当然のことだが、近道をするために、埃っぽい道のカーブを避けて真直ぐに自分の農場に進んで行った。それから川辺にたどり着いて、ワラクサの茂みに突き入った。ノアの洪水の昔からはびこり続けてきた、サラディト川(2)のワラクサの茂みである。それは、この世にワラクサが存在し始めてからこのかた、火を知らず、生い茂っては枯れしぼみ、また生い茂ってを繰り返してきた。胸ほどの高さでアーチのように湾曲した草は、互いにもつれ合って、頑丈な塊《かたまり》になっている。それを突っ切ろうというのは、たとえ涼しい日だったとしても、その時間帯には厳しい仕事だった。それでもミスタ・ジョーンズは、増水で持ち上げられた泥がついた、鞭のように体を打ってくる草を掻き分け、疲れと硝酸の蒸気(3)で息が止まりそうになりながら、茂みを突き進んでいった。

ようやく茂みから抜け出すと、そこで立ち止まった。だが、それほどの太陽の下で、それほど疲れていては、落ち着いていることは不可能だった。再び彼は歩き出した。焼きつけるような暑さは、三日前からやむことなく増し続けており、今はそれに不順な天候による息苦しさが付け加わっている。空は白く、ひと吹きの風すら感じられない。空気は少なく、心臓の苦しさも手伝って、息が詰まりそうだった。

ミスタ・ジョーンズは、自分が忍耐の限界を超えてしまったことを悟った。しばらく前から、頸動脈がどくどくと脈打つのを耳で感じていた。頭の中で頭蓋骨が持ち上げられて、自分が宙に浮いているように思った。牧草を見ると気分が悪くなった。そうしたことに一度でけりをつけようと、歩みを速め……そして突然我に返ると、自分がまったく見当違いの場所にいるのに気づいた。意識がないまま半クアドラも歩いて来ていたのだ。後ろを振り返ってみて、再びどうしようもない眩暈《めまい》にとらわれた。

その間も犬たちは、舌をいっぱいに出しながら、速足でミスタ・ジョーンズの後を追いかけていた。時々息苦しくなって、アフリカハネガヤの影のもとに立ち止まると、激しく息をつきながら座り込んでいたが、しばらくするとまた過酷な太陽の下に出た。最後に、もう家が近くなったので、目いっぱいの速さで駆けて行った。

ちょうどそのとき、先頭を行くオールドは、農場を囲う針金の柵の向こうから、白い服を着たミスタ・ジョーンズが、彼らのほうにやってくるのを見た。すぐに思い出したひよっこは、御主人様を振り返り、向かい合った。

「死神だ、死神だ！」と彼は吠えた。

他の犬たちも気がついて、毛を逆立てながら吠え立てた。彼等は死神が柵を越えるのを見た。一瞬違う方角に行ってしまうように思った。だが、百メートルほど行くとそれは立ち止まり、空のように澄んだ目で犬たちを見ると、こちらに向かって歩いてきた。

「御主人様、そんなに速く歩いちゃ駄目だ！」プリンスが叫んだ。

「あいつに突き当たってしまうよ！」皆は一斉に吠えた。

実際、もう一人のジョーンズは、少しためらいを見せてから、また歩き始めていた。前のように彼らに向かって真直ぐではなく、斜めに歩いてきた。見当はずれの方向に行くように見えるが、ミスタ・ジョーンズにちょうど出会うような線上だった。今度ばかりは終わりだと犬たちは悟った。なぜなら彼等の御主人様は、何も気がつかないまま、自動機械のように同じペースで歩み続けていたからだ。もう一人はすでに待ち受けていた。犬たちは尾っぽを低く下げ、横向きに速足で駆けながら吠えた。一秒後に出会いは完結した。ミスタ・ジョーンズは体を回転させると、そこに倒れ込んだ。

人夫たちは彼が倒れたのを見て、急いで小屋に運んでいったが、ありったけの水も役に立たなかった。ミスタ・ジョーンズは、意識を取り戻すことなく亡くなった。異父兄弟のミスタ・ムーアが、ブエノスアイレスからやって来た。農場には一時間いただけで、四日ですべてを処分すると、すぐに南へ戻っていった。犬たちはインディオが分け合った。それから後、彼等は痩せこけて疥癬《かいせん》だらけになり、毎晩腹を減らしてこっそりと抜け出しては、よその農場でトウモロコシの穂を盗み食いするようになった。

訳註

（1）砂ノミ　アフリカ・中南米・インドなどに生息する寄生性の蚤。一ミリほどの大きさで、動物の皮膚にもぐりこみ、そこに卵を産んで繁殖する。

（2）サラディト川　チャコ州南東部、パラナ川に近い平原を流れる小さな川。キローガはこの川の畔で実際に綿花農場を経営していた。

（3）硝酸の蒸気　硝酸は、有機物の分解から生じたアンモニアを、土中の細菌が酸化することで生成する。堆肥などの刺激臭は硝酸・亜硝酸によるものである。化学実験を趣味としていたキローガは、臭いによって物質を特定できたのだろう。「硝酸の蒸気」あるいは「亜硝酸の蒸気」は、腐食した植物が堆積する熱帯の空気を表現するのに、キローガがしばしば用いる表現。

鼠の狩人

雨季のある昼下がり、粘土の地面に身体を伸ばして寝ていた二匹のガラガラヘビは、耳慣れない物音を聞きつけ、突然とぐろを巻いて立ちあがった。これといって緊迫した情景も見当たらなかったが、蛇がじっと動かずにいるうちに、音はだんだん大きくなってきた。

「あいつらが立てる音だわ」雌がささやいた。

「うん、人間の声だ。人間が来たんだ」雄が同意した。

そして、一匹が先だち、もう一匹が追いかけて、二十メートルほど後ろにさがった。そこで様子を窺《うかが》っていると、背の高い金髪の男と、金髪で太った女が、近づいてきて、辺りを見回しながら話をした。それから、男が大またに歩いて地面を測り、女はその端々に杭を打っていった。その後、交互にあちこちの場所を指差して話し合い、やがて遠ざかっていった。

「ここに住むつもりだ」二匹は語り合った。「僕たちはよそに行かなくちゃならない」

実際、その次の日に、入植者の夫婦が三歳の息子を連れ、荷馬車でやって来た。荷馬車には、簡易ベッドと、いくつかの箱と、まとめていない雑多な道具と、手すりに縛り付けた雌鶏が乗っていた。大きなテントを設営すると、何週間ものあいだ一日中働いた。女は時々仕事をやめて料理をつくった。そして、まるまるとした金髪の、白い小熊のような息子は、子どもらしいアヒルのような歩みで、あちらこちらを探検して回った。彼らの奮闘は大したもので、一月も経つと井戸と鶏小屋と小さな家を、あっという間に作り上げていた。もっとも、その家には、まだ扉がなかったけれど。それから、男は一日留守にすると、八頭の雄牛をつれて戻ってきて、農場の生活が始まった。

毒蛇たちは、その間、生まれた土地を離れる決心がつかないままでいた。いつも刈り取られた牧草地の境界までやって来て、そこから夫婦の働き振りを眺めていた。ある日の夕方、一家みんなが牧場に行ってしまうと、静かになったことに力を得て、思い切って危険な荒野を横切り、家のなかに入ってみた。ざらざらした皮膚を壁にこすりつけながら、用心深い好奇心に駆られて家中を探検した。

ところが、そこには鼠たちが棲んでいたので、それから二匹はこの家が気に入ってしまった。毎日午後になると庭の外れまでやって来て、注意深く家が空になるのを待った。そういう幸運が訪れることはめったになかった。さらに、ひよこを連れた雌鶏に注意しなければならない。彼らに姿を見つけられると、鳴き声を立てて、そこにいることを暴きたてられる危険があった。

そうこうしているうち、ある日の黄昏時に、待ちくたびれたため注意力が散漫になっていて、若い雌鶏に見つかってしまった。雌鶏はしばらく嘴《くちばし》を突き出したまま固まっていたが、やがて羽をいっぱいに広げ、鳴き叫びながら逃げ去った。仲間の鶏たちも、見る前から危険を察して、同じ行動に出た。

井戸からバケツを提げて戻ってきた男が鳴き声を聞きつけた。しばらく辺りを窺い、バケツを地面に置くと、怪しい場所に向かって歩いてきた。男が近づく足音を聞いて、二匹は逃げようと思ったが、間に合ったのは雌だけで、雄の方は見つかってしまった。男は武器を求めて周囲に素早い一瞥をくれると、薄黒いとぐろから目を離さずに女を呼んだ。

「ヒルダ！　鍬《くわ》を持って来い、速く！　ガラガラヘビだ！」

女は走っていき、心配そうに夫に道具を手渡した。

しばらくして、彼らは死体を、鶏小屋からできるだけ離れた遠くに投げ捨てた。雌の蛇は次の日に、偶然それを見つけた。数え切れないほど何度も雄の体の上を這《は》って行きつ戻りつした。それからやっとその場を離れると、いつものように家が空になるのを待つために、牧草地の外れに身を潜ませに行った。

真昼の風景は静かに燃えていた。雌の毒蛇はまどろんだ目を閉じていたが、突然身を縮めた。若い雌鶏たちにまた見つけられてしまったのだ。鶏たちは、今度は逃げ出さずに、雌蛇のとぐろのまわりを回りながら、めいめい勝手に叫びたてた。蛇はじっとして聞き耳を立てた。少しして足音が聞こえてきた。死神の足音だ。逃げ出す時間がないことは分かっていたので、すべての力を振り絞って身を守る準備をした。

家のなかでは、子ども以外の二人は眠っていた。子どもは雌鶏たちの鳴き声を聞いて、戸口に姿を現わし、燃えさかる太陽に目をつむらされた。ほんのしばらく不決断にためらってから、お友達の雌鶏たちの様子を見るために、いつものアヒルのような足取りでよちよちと歩いていった。途中でまたためらったように立ち止まり、肘で日の光をさえぎった。だが、鶏たちは相変わらず警戒の叫びをあげ続けていたので、金髪の小熊は再び歩き出した。

子どもは突然叫びを挙げ、尻餅をついて倒れた。毒蛇は再び身を守るために、二メートル滑り退くと、とぐろを巻いた。母親がスリップ一枚で両腕をむきだし、心配そうに姿を現わすのを蛇は見た。息子の方に走ってくると、彼を抱き上げ、恐怖の叫びを挙げるのを見た。

「オットー！　オットー！　坊やが蛇に噛《か》まれたわ！」

男が真っ青になってやってくるのを見た。意識のない息子を両手に抱いて運んで行くのを見た。井戸に走って行く女の足音と声を聞いた。そして、しばらくの静寂が過ぎてから、男の胸を締め付けられたような嘆きの声を。

「僕の坊や！……」

転生

1

その恐るべき出来事は、ある午前ブエノスアイレス動物園で始まった。そのとき、我らが主人公は、かなり退屈しながら、檻から檻へとそぞろ歩いていた。ヤマアラシの檻の前にやってきたが、気難しいほどに用心深いこの動物は、巣穴からほとんど姿をあらわそうとしなかった。そこを離れると、今度はまどろんでいる毒蛇の前で立ち止まり、こちらでは枯れ枝を踏んづけ、途方にくれたように遠くを眺め、という具合に歩いてきて、ギジェルモ・ボースは大きな猿たちの檻の、ちょうど灰色ニセテナガザルの前で足を止めた。テナガザルは、ジブラルタルの小型ザルと一緒の檻に入れられていた。その小型ザルは、雄《モノ》ザルにとっては恥辱的なことだが、すべてが雌《モナ》ザルと呼ばれていた。

檻の縁に足を組んで腰を下ろして、無愛想で、退屈げで、思索に耽ってでもいるようなこのテナガザルは、肺炎と推定される原因で一九〇七年に死んだ。彼は円形の檻の西半分を住処としており、動物園のなかで金銭的価値を持つ唯一のサルだった。というのは、彼の檻にだけ「この動物の値段六百ペソ」の文字が読めたからである。

ところで、病気にかかっていたと思われる二十日の間、このサルは檻にいなかった。盗まれていたというのが、その単純な理由である。そして、ひどい刺し傷を負って、思考力のほかは人間の名残を何も留めずに、サルのなかで死のうとしているのが、ギジェルモ・ボースだった。

こうしたことのすべては、ボースとテナガザルとの間の飛び切り風変わりな出来事として始まったのだが、サルの盗難の後でまったく事情は違ってしまったのだ。

さて、我らが主人公はテナガザルの檻の前で足を止めた。サルは、いつものように足を組み檻の柵に身をもたれさせて、観察しているのでなければ退屈しているらしい表情で外を眺めていた。そして、退屈は観察しすぎた挙句に生じるのだから、サルは確かに何かを観察したのである。

我らが主人公はそのように推察し、彼自身も観察と散策に疲れていたので、腰を下ろす場所がないかと辺りを見回した。そのとき、声が聞こえた。

「河が増水している」

その瞬間に、ボースは激しい心の動揺を覚えた。微かな稲妻のように鋭いが遠く漠然とした彼自身の不安に、その平明な言葉が答えたかのようだった。ボースは立ちすくみ、彼一人しかいないと分かっていたにもかかわらず、後ろを振り返って顔を上げ下げしてみた。誰もいなかった。ぼんやりと宙を眺め続けているテナガザルを除いては。

ようやくそのときになって、声の持っていた奇妙な響きを思い出した。我らが主人公は、ぞっとしながら、しばらくサルをじっと見据えていた。それから、ゆっくりと場所を移動して、サルから見える位置に視線を合わせるようにして身を置いた。それから一分ほど、どちらも瞬きひとつしなかった。ボースは、人間に可能な最大限の、意志と経験と予測力を眼差しに籠めた。だが、彼の知的な努力を相手にしないかのように、サルは無関心な眼差しを返してくるだけだった。

ボースは体を引きつらせながら立ち上がり、サルに目をすえたまま後退ると、ベンチに腰を落とした。ハリケーンのように襲ってくる様々な考えで頭が混乱していた。あのサルが、あのテナガザルが、あの悪魔が言葉をしゃべった。そのことに疑いの余地はなかった。しかし、なぜ？　河が増水している？　いったいどういう意味なのか？……

そこで思考が中断させられた。檻の奥から雌ザルが現われ、辺りの様子を素早く見回して、残念ながらいつもと変わったこともないのを確かめると、テナガザルのノミ取りをして楽しみ始めたのだ。そのテナガザルは、あいかわらず無表情のまま、声のようなものを発した。

「……ル……ル……ル……」

少なくともボースにはそのように聞こえた。雌ザルはひと跳ねで中央の鉄柵に飛びつき、ボースに目を釘付けにして、長いこと眉を吊り上げたまま彼をにらみ続けた。それからまたテナガザルの横に戻っていき、丸めた体を相手にくっつけて、ボースが今まで聞いたことがないような速さでおしゃべりを始めた。雌ザルは顔をしかめ、ひっきりなしにボースの方を振り返った。テナガザルはあいかわらず宙を眺め、短い言葉で雌ザルに答えていた。

サル同士の会話は結構だ。だが、彼に向けられたあの言葉、あれは何だったのか？　なぜ彼はそれに気づいたのか？……

そして突然声が聞こえた。

「扉を開けろ」

ボースはベンチのうえで飛び上がり、最初のときと同じように、強烈だが同時に驚くほど遠く彼方《かなた》にある不安を感じた。それが何かを思い出そうとして、彼はいらいらした。心の奥底から、記憶の最も秘められた洞《ほら》のなかから、何かは分からないが、その命令に全面的に応えようとするものが湧き上がってきた。何か、彼を不安にさせている何かを、急いでしなければいけないという確かな感覚があった。だが、何を？

彼は辺り一帯を見回した。いくつもの檻、橋、動物園、ブエノスアイレスの町……いったい、増水する河と扉は、彼と何の関係があるのか？　にもかかわらず、何かをしなければならなかった、ということを彼はよく知っていた。

何かを……

彼はふたたびベンチに腰を落とし、両手で頭を抱え込んだ。

そしてまた声が聞こえた。

「ライオンのイバンゴ」

「ああ、分かっている。だが、どうして？」飛び上がりながら、彼は思わず叫んだ。五分ほどの間、恐怖から何かを警戒し、いつでも大急ぎで走り出せるように身構えていた。それからようやく、自分のしたことに気が付いた。彼はサルに答えていたのだ。サルの言ったことによって、彼の生命は根底まで動揺させられていた。今はっきりと分かった。恐怖を呼び起こしたのは、この動物園にいるライオンではない。別のライオンだ。なぜなら、河が増水したから……

お分かりと思うが、ボースの身に起こったことは、どんなしっかりした頭脳も混乱させるのに十分なものだった。さらに悪いことに、周りのサルたちに、テナガザルの言葉に気付いた様子はなかった。彼だけがそれを聞いて理解したのである……ボースはふたたび腰を下ろすと、それからたっぷり二時間身動きもせずに、テナガザルをじっとにらみ続けた。だがサルのほうは、あいかわらず足を組みぼんやりした目つきのまま、二度と話そうとはしなかった。

やがてボースは、一歩一歩ゆっくりと足を運びながら、その場から立ち去った。とは言え、疑いない真実だけは心に残った。一匹のサルがいる。動物園にいるサルの一匹で、どこかで買われてきた動物であり、他の動物と同じく愚かに振舞っているため、入園者も毎日特別な関心も持たずに眺めている。そして、このサルが、彼には大きな影響力を持っているのである。

この異常な事態に可能な解釈を与えるために、ボースは次のように問題を整理してみた。

一、話をするサルがいた。

二、それは自分だけに話しかけた。(少なくとも、その動物園に話をするサルがいるということを、一度も聞いたことがない)。
三、それは意味の分からない言葉を話した。
四、その意味の分からない言葉が、自分にとっては深い暗示を持っていて、それについてはっきりと説明できないが、最も遠い記憶を動揺させるものだった……

自分の記憶！　だが、それこそが最もはっきりしない点だった！　そう、彼は昔、非常に遠い昔に、サルの言葉にぴったり符合する何かを経験したのだ。河が増水している……扉を開けろ……ボースはそこに思いを巡《めぐ》らし、記憶の深遠に潜って行きながら、それが何だったか思い出そうとした……

駄目だ。今となっては何も思い出せなかった。これまでに何度も、河が増水したり扉が開かれるのを見てきた。だが、それではない。足取りを振り返ってみて、ライオンの檻の前で足を止めたことを思い出した。ライオンのイバンゴ！

だが、彼を恐れさせているのは、それらのライオンたちでもなかった。そしてそのとき、最も奇妙な点にはっきりと気付いた。彼はイバンゴとは何かを知っていたのだ。すぐに「ああ、分かっている。だが、なんだって？」と答えたのだから。

ここで、この小さなミステリーが分別のある人間にたいして持つ意味を、我々は推測してみなくてはならない。サルが話した未知の言語を理解し、その言葉によってあやつり人形のように揺すぶられたのである。

ボースは分別ある人間ではあったが、思慮深い理性にとっても超えられないものがあるのだ。四足の獣に服従させられたボースの状態は、気を滅入らせるものだった。また、我らが主人公にとって、この出来事がなんとも不愉快なものだったことも、強調しておかなくてはならない。非常に珍しい特別なサルが関わっているならば、そのことは人間を喜ばせたかもしれない。だが、自分の人生が結びついた相手が、他のサルと同様に平凡で、都会の人間も田舎の人間も十分に知りつくしたテナガザルであることは、ひどく屈辱的に感じられるのだった。

その結果ボースは、自分でも思いがけない行動に出た。ブレームがサルについて知る限りを教示した本を四日間読み続け、毎晩くりかえしサルの夢を見た後で、残っていた最後の分別を失ったボースは、五日目の朝、交霊会にさかんに出入りしている友人に会いに行った。

「マリア夫人《ドニャ・マリア》に推薦状を書いてほしいんだ」

ボースが常々このてのことを疑っているのを知っている友人は驚き、からかわれているのかとその顔をじっと見た。だが、一晩中サルの夢を見た男の顔に、尋常でない表情が現われているのを認めると、友人はすぐに答えた。

「いつがいいかな」

「すぐにだ」

「もし急ぎでないならば、日曜の方がいいんだが。流体は……」

「だめ、だめ。すぐに行かなくてはならないんだ。今すぐ名刺をくれないか」

友人は二行の紹介文をしたため、一時間後にボースは問題を霊の解釈にゆだねていた。

『ギジェルモ・ボースの過去の人生と、河が増水している、扉を開けろ、ライオンのイバンゴとには、どのような関係があるのか』

十分《じっぷん》待って答えが届いた。最初の言葉は、質問者が若い頃に果たした、急速な成長を意味している（河は人生である）。二番目の言葉は、ボース自身が受けた高い教育を意味している（学問の扉である）。三番目の言葉は最も曖昧だが、精霊たち、すなわち権能の諸力（ライオンは力）が、いつでもボースを見守っていることを意味する。

精霊たちがボースに示す善意は十分理解できたが、肝心の謎は前以上に深まってしまった。それでも謝礼はして、ふたたび苦しみが始まった。いつになったら、一体いつになったら、答えを知ることができるのか。

あのテナガザル、あの邪悪な灰色のサルが、他の考えを口にしていたなら、もっとよく分かるのかもしれない。我らが主人公は、サルから聞いたのと似た言葉を書き出しながら、何時間も過ごした。『川が減水している……』『窓を閉めろ……』『嵐がやってきた……』『十頭の虎のイバンゴ……』

もちろん馬鹿げた行動である。だが、サルの言葉が苦悩のあまり気力を萎《な》えさせるのはなぜかを解明するのは、決して馬鹿げたことでないのを理解しなければならない。

どの言葉も実りを生まなかった。ボースは友人のひとりに頼んで、これらの言葉を物語に組み立ててもらった。友人は彼の奇妙な思い付きを笑ってから、河と扉とライオンがかかわる物語を、すぐさま百も作り上げて見せた。しかし、友人は最後に最大の注意を払って、彼をじっと見つめた。このような狂気の沙汰を頼み込んだ男も、狂気への道を歩み始めているのではないかと疑ったからだ。それはボース自身の控えめな見解でもあった。

その間にも、毎日午前中はテナガザルの前に腰を下ろしに行き、何時間も動かずにサルを眺めて過ごした。四日続けて訪問したが、サルは一言も口を利かなかった。しかめ面のようなものは見せたし、あいかわらず考え深げな様子で足を組んでいたが、言葉はなかった。

そして、土曜日の朝、ボースが物思いに耽りながら、足で砂を右に左に掻き寄せていたとき、ついにサルの声が聞こえた。

「何頭残っている？」

「四頭です」ボースはすぐに答えた。やはりすぐ叫びを挙げそうになって、彼は跳び上がった。またもサルに返事をした！　無意識で答えたのだが、テナガザルが何を訊ねたのか自分が知っていることに気づいたのだ。その証拠に、「四頭！」と答えたではないか。いったい何が四頭なのか？　そしてまた、何かをしてしまったという遠い記憶がよみがえった。いったいぜんたい、何を？

手すりをぎゅっと握りしめ、食い入るようにサルを見つめた。だが、邪悪な拷問者は柵に背をもたれかからせたまま、目の前にあるからだというように、格子の間を眺めているだけだった。

恐ろしい事態の核心に迫ることがないまま、通い続けるわけにはいかないことを、ボースはすぐに理解した。だが同時に、サルと縁を切ることも難しかったので、それを手に入れる決意をした。まずは最も明快なやり方、すなわち買い取りを試みることにして、園長に話をつけに行った。園長はキリンの相手をして、大麦のパイと砂糖で彼らを手なずけているところだった。

「お伺いしたいのですが」彼は切り出した。耳にはまだサルの声が響いていた。「園内の動物をお売りいただくことはできませんか」

「あるものは可能です。複数いる種類ならばね」

「私が欲しいのは、灰色のサル、あの丸い檻にいるテナガザルなんですが」

「あれはテナガザルではありません」

「それはいいのです。他に同じ種類がいますか」

「いいえ、あれ一匹です」

「ということは、無理ですか？……」

その朝、園長は、お喋りを楽しむ気分ではなかったようだ。横目でボースを見ると、会話を切り上げてキリンの世話に戻るために言った。

「お売りできません」

そこで、ボースは、かすれた声で持ちかけた。

「七百ペソではいかがでしょう」

園長はキリンの鼻からもう一度目を離すと、交渉は無駄だということをしつこい相手に分からせるために、語気を強めて答えた。

「お売りすることはできません！」

ボースは恥辱を感じながら引き下がった。橋を渡るときに(1)テナガザルにちらりと目をやって、自分をこの邪悪な四足と結びつける深く神秘的な絆を思いだし、決心した。売ることができないというならば、より実際的な手段に訴えるだけだ。つまり、盗めばよい。

動物園から動物を盗むというのは極めて困難な仕事である。そのような欲望は、これまで一度ならず抱かれたに違いないが、すべて目的を果たせずに終わった。それほど困難なのだ。だが、すべて目的を果たせずにというのは言いすぎだろう。ボースはテナガザルを盗んだのだから。彼はたった一人で、紛れもないサルの臭いと記憶を檻に残しただけで、それを盗みおおせたのだ。

2

ボースと話してから二十日過ぎた午後、園長は次のような内容の手紙を受け取った。

『親愛なる園長殿。

円型の檻にいる大きなサルの一匹が盗まれようとしていることを、お知らせするのが私の義務でしょう。これだけ申し上げれば、十分お分かりかと思います。

——N・N(2)』

手紙を読むとすぐに園長は、当然の連想によって、いつぞやの朝テナガザルを買いたいと言ってきた男のことを思い出した。ふうむ……彼はつぶやいた。あのしつこく売却をせがんできた男が関係しているに違いないぞ。

だが、園長というのは、従業員のことを知りつくしているものだ。彼はすべての従業員、とりわけサルの飼育員を信頼していた。サルを盗むだって！　見てみたいものだ！　とは言え、馬鹿げた可能性を嘲笑いながらではあったが、問題の檻に足を運んでみた。すでに日は落ち、従業員はサルを寝所に追い込んでいるところだった。

檻に入ると、扉と鉄柵に的確な点検の目を走らせ、微笑んだ。何も心配することはない。だが、手紙が匿名であることに思いがいたると、園長の笑いは止んだ。それがほのめかしている内容もやはり気になった。「それでも、何か理由があって予告してきたに違いない」園長は慎重につぶやいた。「頭がおかしいのかもしれないが、文体にも筆跡にもそれらしい様子は見えない。冗談かというと、そう思える節もない」

そこで衛生を口実にして、従業員に二、三の質問をしてみた。彼らはいつもと同じ表情をしていた。もっとも、名前を隠しているのなら、当然のことだ。ひどくぼんやりとではあるが、従業員の一人が、彼の顔をまともに見ていないような印象を受けた。それでも二日かかってすべてを忘れた。そのとき、ふたたび手紙を受け取った。

『ふたたび園長殿に、サルの一匹、あの灰色の奴が、五日以内に盗まれることをお知らせしなければならないかと存じます。

――N・N・』

「ふうむ！……」園長はまたつぶやいた。「まったくの冗談とも思えんな。これを書いた奴は、悪戯をするような年齢を過ぎておるはずだ」園長が論理的に考えてみて、内部から事を起こさない限り、動物を盗むのは不可能だったので、あのとき顔をそらした従業員への不信はより強くなった。あいつから目を離さず、夜警には十分注意するように命じる必要があるだろう。

次の日に友人の一人が次のような紹介状をよこしたとき、その気持ちはさらに強まった。

『心より敬愛する友へ。

この紹介状を持参した人物は、子どもを大勢抱えた貧しい男だが、身元の確かなことは僕が十分に保証する。そちらで仕事を世話してくれるとありがたい。

彼を推薦してきた友人は、サルを盗むたくらみがあって警備が増員されることを、君のところの従業員の話から知ったらしい。彼がその役に立つなら、どうか私のお願いを聞いてくれたまえ。

R．マルティネス』

「これで分かったぞ」読み終わるや否や園長はつぶやいた。「よく分かった。あの飼育係が視線をそらしたと感じたのは正しかったのだ」紹介状の持ち主には、さしあたって何の用もないので、ちらりと目をくれて言った。

「しばらくお待ちいただけますかな」

そして、サル舎に出かけていった。

紹介を受けた貧しい男は、動かずにその場に残った。だが、園長が遠ざかって行くと、その唇に微笑が浮かんだ。

「俺には気付かなかったな」彼は独りごとを言った。「心配していたんだが。従業員がサルを盗もうとしていると、今は信じ始めているだろう。園長自身が誰にも言っていないのだから、外部の者が知っているということは、従業員たちが話しているとしか思えないからな。従業員が反発すれば、園長はますます疑いを深めて、夜警を増員するだろうから、俺がその仕事に就くことが出来る。もし俺まで疑われるようなことがあったら、今日にでもサルと決着をつけてやる」

その間に園長はサルの檻のところまでやって来て、藪から棒に飼育員たちを問い詰めた。

「誰かがサルを盗もうとしていると喋ったのは、君たちのうち誰かね」

飼育員たちは、口をぽかんと開けたまま、立ち尽くした。

「口を開けただけでは答えたことにならん！」園長は苛立ちながら続けた。「君たちのせいで、サルが盗まれそうだということが知られてしまった。喋ったのは一体誰だ？」

「私は話していません。知りもしません」ひとりが答えた。

「私もそんなことは誰にも言っていません」もうひとりが言った。

「分かった、分かった！　誰も責めているわけじゃない。だが、どんなものであれ、私はかげで噂されるのは嫌いだということを、知っておいてもらいたい」

「ここには噂をする者などいませんよ」男たちは不満そうにぶつぶつ言った。

「噂であろうとなかろうと、ここから外に漏れたのだ！　もう一度繰り返して言うが、サルの話も、その他どんな話も御免だ。分かったな！」

謀略があったとすれば、サル舎の近くで生まれたのだと、今まで以上に確信しながら園長は立ち去った。飼育員が首謀者とは思えないが、共犯に巻き込まれたことは間違いない。盗みが可能だとすれば夜しかないから、夜警を強化しようと彼は決意した。

そして、そのとき、友人が推薦してきた男を思い出した。彼に与えられる仕事は、名誉なものではないが、他に適当な役割はなかった。

そこで園長は、静かに待っていた我らが主人公のもとに戻った。だが、より細心に男を観察して、かすかな衝撃を受けた。この顔は何か盗みの件に関係がある気がする。

「終わりだ」ボースは思った。「俺が誰か見破られてしまった」

失敗に気づいた悲嘆の表情があまりにも露だったので、従業員とのやり取りでいらだった自分の顔のせいだと、園長は思ってしまった。

「この気の毒な男は、私が求職をはねつけると思っているな」園長は同情しながら内心で思った。ボースがした唯一の変装は、眼鏡を外すことだった。だが、それだけで近視の人間の顔がどんなに変わるか分かっていた。さらに、十日間髭を剃っていなかった。何よりも、前に園長と話したときに、自分の顔よりもキリンの鼻面ばかり見ていたことを、彼はよく覚えていた。

友人の推薦を受けている、子だくさんの貧しい男を前にして、園長のかすかな印象は完全に消え去ってしまった。

「よろしいでしょう」紹介状を破りながら園長は言った。「今のところ、当園には人員の空きがありません。さしあたりできることをしていただき、折を見てもっとよい仕事を見つけましょう……」

「分かりました。どんな仕事でも」ボースは答えた。

「結構です。ある檻を夜間監視していただきます。よろしいですか」

「分かりました。いつからでしょうか」

「今晩から早速です」

一時間後に、ボースは指令を受け、ピストルと警棒を渡されていた。

「こうしておけば」すでに床に入った園長はひとりごちた。「飼育員も檻に近づく前によく考えるだろう。あの新しい夜警が、八人の子持ちでわが友の推薦を受けているのに結局食わせ者だったとしても、明日になればもっと詳しく調べてやることができるさ」

だが、その時間はなかった。紹介状の偽造やその他諸々の事情からして、一晩以上は留まれないことを、ボースは見越していたからだ。だが、共犯を当てにしていない男にとっては、一晩あれば十分だった。

彼の計画は、二言で言えば、次のようなものだった。

サルは、夜警の手による以外、盗み出すことができない。人員に空きがなくボースが警備員になれないならば、サル舎と頻繁に接触できるような、自分のための特別なポストを作らせればよい。

この方針に沿って計画は練り上げられていった。盗難を警告する二通の手紙を園長に送ったのは彼だった。目的は単純で、従業員に不信を抱かせるためだ。どんなわずかな不信でもよかった。それから、園長とも懇意だった自分の友人に、八人の子を持つ貧しい知り合いのことを、人柄は保証すると懸命に売り込んだ。最も貴重なサルの一匹が盗まれそうなので、動物園の警備が強化されることを聞き知ったのだと言って。

盗難について言及している紹介状を読めば、すでに二通の手紙で先入観を与えられている園長は、従業員への疑いを抑えきれずに気の毒な男を対策に雇うだろう。友人に熱心に推薦されたとあれば、男の誠実を疑うことは難しいはずだ。これがボースの狙いだった。

実際には、園長は彼に疑いを抱いた。だが、ボースの計画は、園長に再考を許す余地を与えていなかった。

これまで話してきたのは、計画の前半部分である。後半については、もっと漠然とした考えしかなかった。特に、二つの不利な条件を考慮に入れなくてはならなかった。ひとつはテナガザルの金切り声。どう考えても、黙ってはいないはずだ。もうひとつは、園を出たあとサルと一緒に市中を歩かなければならないことだった。だが、イタリア広場には夜っぴて客待ちする馬車がいることを、ボースは知っていた。御者は客が中から起こすまで、御者台で眠っているのが常だから、何も見はしないだろう。残るのはサルの叫び声だ。その点について、ボースは味方を心頼みにしていた。すなわち、サルの協力だ。動物が、一人の人間の前でだけ話す能力を持ち、聞く者の魂と肉を深く揺さぶり動かすのなら、二つの存在の間には底知れぬ絆があると推察してよいだろう。ボースは、あのときの不安を思い出して、まだ戦慄しながら自問した。『一緒に来てくれるだろうか。叫ぶだろうか』そうは思えない。だが、彼をサルに結びつける特別な絆が、気も狂わんばかりの結末に導くことも、ボースがまったく思いもしないことだった。

3

夜の二時だった。夜は暗く、ひどく寒かった。動物園は静かに眠り込んでいた。ときおり鷲の鳴き声や、ライオンの咆哮がそのしじまを破った。反対側のずっと遠くで、別の動物がその声に答え、すぐにすべてが深い眠りに戻った。巡回が来ると、不安げな鳴き声や、鈍いうなり声がそれを知らせ、巡回が先に進むとそれらはおさまった。ボースは大きすぎる外套にくるまり、サル舎の前を行き来していた。手をすっぽり覆い、首をむき出しにしてしまう外套は、これ以上ないほど貧しい印象を与えていた。夜間の巡回はこれまで三度彼のもとにやってきた。

「何か変わったことはないか？」

「何もありません」その度にボースは答えた。

いま彼は、巡回が来るのを、今か今かと待ち受けていた。しかし二十分が過ぎ、足が凍るように感じていたボースには、それは十時間に感じられた。やっと巡回がやって来て、やはり何もないのを確認すると、象のパゴダ[3]の方へ遠ざかっていった。彼らの足音が聞こえなくなって、一分が経ってから、ボースは柵を乗り越え、針金で扉の錠前をこじ開けた。

なかに入ったが、何も見えなかった。だが、ほんの微かに物音を立ててしまったらしく、それを聴きつけたサルが不意に金切り声を上げた。ボースはじっと動かずに、呼吸と心臓の鼓動を抑えようとした。サルたちが皆目を覚まして、聞き耳を立てているのが感じられた。すぐにボースは自分の誤りを理解した。こっそりと忍び込んだために、サルたちに当然の恐怖を与えてしまったのだ。姿をさらす犠牲を払わなくてはならなかった。突然マッチを擦ると、顔の周りを回し照らした。一連の鈍い音が起こって、成功したことがわかった。サルたちは前に跳びついて、驚いた顔を鉄格子に押し付けながら、好奇心で一杯になっていた。

急がずにテナガザルの檻に近づき、鍵を外すとマッチを消した。ふたたび動かずに待った。自分の周りの闇のなかで、またサルたちが聞き耳を立てるのが分かった。外から光が見えることを恐れて、ボースはもう一本マッチを擦ることができなかった。だが、高まってくるサルたちの恐れを抑えなければならない。そこで、声を出すことにした。

「落ち着け、騒ぎ立てるんじゃない！」サルはそういうせりふを聞きなれているだろうと思って、低い声で命令した。暗闇でサルたちに向けた言葉だったが、自分の声が自分自身に与えた効果がかなり大きかった。

震えながら檻の扉を開けると、彼が手を入れるより前に、喉元にテナガザルの両手がしっかりと巻きつくのを感じた。

「畜生！」喉を詰まらせてボースはうめいた。毛むくじゃらの手首をつかみながら、テナガザルに向かって乱暴に拳を打ち込んだ。

パンチは激しすぎた。両手が喉からはがれて、サルは鉄格子に体を打ち付けた。二分間というもの、それは非常に長い二分間だったが、檻は静まり返っていた。ボースは彼の周りで、サルたちの喘《あえ》ぐ息遣いを感じた。そして足元では、テナガザルの喘ぎが、だんだんに速まっていった。

一刻も無駄にせず、立ち去らなくてはならない。身をかがめ、サルの手を取ると、一緒に外に出た。遠くにあるクマの神殿のあたりで、巡回の足音が堀の上に響いているのが聞こえた。後ろ手に静かに扉を閉めると、サルを連れ外柵に向かって歩いていった。

思いがけない攻撃にたいしてボースが取った乱暴なやり方が、サルをすっかり呆然とさせてしまったらしい。手をひくと園内をおとなしく付いてくるだけでなく、外柵を乗り越えるときも少しも抵抗する様子はなかった。素晴らしい跳躍で、柵に触れることもなく、宙を横切るとボースの横に降りて来た。

今や彼らは街路に、人気《ひとけ》なく凍えたサルミエント通りに出ていた。ボースはあたり一帯を見回した。通りの先にあるイタリア広場では、市電の停留所の向かいに一台の馬車の角灯が瞬いていたが、御者台に御者の姿は見えなかった。

「客室のなかにいるのだろう」ボースはつぶやいた。「都合が悪いな」

しかし、時はさし迫っていた。いくらも経たないうちに、巡回はサル舎の前に戻ってきて、彼がいないのを発見すれば、園内中に警告を発するだろう。さらに、爪先から頭の天辺まで震えが走り、テナガザルの体が震えるのを手に感じていた。少しでもここにじっとしていたら、肺炎になってしまう。とは言え、このまま広場に進んでいったら、簡単に見つかってしまうだろう。我らが主人公は、この冒険のために自分の肺を賭けることにした。外套を脱ぐと、それをテナガザルに着せ掛け、耳元まで顔を覆うようにした。裾は地面を引きずり、ボースにさえ大き過ぎた外套は、空気を着て一人で歩いているように見えた。

そのようにして広場に歩いていき、切符売り場の前で立ち止まった。広場の南面に、拡張された植物園に向かい合って、三台の馬車が止まっていた。二台には人がいなかったが、最後の一台では、御者が首をこっくりさせながら、御者台で眠り込んでいた。

ボースは駅の時計に素早く目を走らせた。

「三時半か……十分もしないうちに、巡回はサル舎にやってくるだろう」今度こそ決然と、動物園脇の遊歩道を通り、入場門の前を過ぎて、植物園に向かって通りを横切った。だが、静まり返った夜に、彼の足音はあまりにも大きく響いた。もし御者のひとりが目を覚ましたら、彼らは一巻の終わりだった。そのため、ボースは立ち止まると短靴と靴下を脱いで、自分の心臓の鼓動以外聞こえないようになってから、二台の静まった馬車を通りこして、三台目にこっそりともぐりこんだ。

テナガザルは座席で体を丸め、ボースは自分の体でその姿をほとんど隠してしまった。それから御者の背中を叩いた。男は驚いて振り向いた。

「セラノ街、二十五番地、四十四！」なかから声が聞こえた。

御者は、まだ寝ぼけながら、はっきり聞くためというより好奇心から、幌の下を覗《のぞ》き込むようにした。

「何番ですって？……」

「二十五番地、四十四！」

次の瞬間、彼等は音を立てて通りを走っていた。だが、御者はまだひどい寝ぼけ眼《まなこ》だったので、馬車は二、三度危うく歩道に乗り上げそうになった。ボースは危険な運転を注意しようかと思ったが、じっとこらえた。

「そのほうがいい」彼は思った。「この様子なら、明日には番地を覚えていないだろう」

家に着いた。ボースはなかなか料金を払うと、大急ぎで馬車を降りた。

ボースは御者に見られている気がしたが、それは思い違いではなかった。ズボンの尻ポケットから鍵を取り出し、ちらっと男に視線を走らせた。御者は、睡魔にとらわれてもう少しで眠り込みそうになりながら、外套に覆われた奇妙な形を呆けたように凝視していた。

「幸い、何なのか気がつかなかったな」鍵をもてあそびながら、彼はひとりごちた。

「よしよし、家に着いたぞ！」ボースは、もう用がないことを分からせるために、御者に向けて声を張り上げた。

御者は体を伸ばしながら身震いし、馬に鞭をくれると遠ざかっていった。

ボースはその姿を目で追い、半クアドラ向こうに行ってしまってから錠前の鍵を取り出すと、急いで道を横切りグァテマラ通りのほうに曲がった。そこから十五メートル歩いて、ようやく彼は家に入った。

このように、ボースは馬車を家の前までつけるようなへまをしなかった。それによって、翌日から行われるはずの捜索を、ひとまず回避したのだ。眠気のため危なっかしい運転をしていたことから見て考えにくいが、もし御者が所番地を覚えていたとしても、それはセラノ街の二十五番四十四を示しているだけだ。イタリア広場からの客がその家に入ったと御者が証言したところで、泥棒とサルの捜索は無駄に終わるだろう。さらにそれに加えて、ボースは住所の手がかりを残すことなく、二十日前に変名で新しい家に引っ越していた。この件に関して、我らが主人公が少しも心配する必要がないことは、容易にお分かりになるだろう。

4

何日も前から盗難計画について心配しており、特に最後の夜は極度に精神が緊張していたため、ボースは今回の悩みの根源について忘れていた。いま彼の横には、手の届くところに、テナガザルがいる。遥かな過去からの宿命で彼を支配するサルだ。しかし、今度の得体の知れない現象の背後には、おそらく知らない方がよい何かが潜んでいることを、ボースは漠然と感じていた。インドで起こったという、人間を吼《ほ》えながら四足で這《は》い回る邪悪な存在に二分で変えてしまうような、恐ろしい出来事の類である。だが彼はすべてを知りたかった。動物園の動物の舌と歯に繋がれていたのでは、人間の人生は成り立たないからだ。

インドの出来事！……サルはインドから連れて来られたものだった。突然、ほの暗い脳髄に垂直に光が差し込んだ。

それは彼の祖先に起こった出来事、祖先から彼が引き継いだ出来事だった！　何千年も昔に、祖先の一人がインドに住んでいた。そして、あのテナガザルは、彼の祖先と同じ平原に住んでいた一人の男から、記憶を受け継いだのだ。その平原は、北部インドのすべての河と同じく、一晩に五メートルも増水し農園も家も家畜も押し流してしまうような、河の岸に広がっていた。

河が増水している……そうだ、間違いない！　ボースは遥か何世代も隔てた子孫として、魂の最古層の闇のなかで、すべてを奪い去る河の増水を目にした遠い祖先の不安にふたたび捕らわれたのである。

世紀に世紀を重ねた後で、何千年も何千年も前に死んだ祖先の感情が、どうやって彼のなかに再び湧きあがったのだろうか。それは分からなかった。だが、彼はその代わりに、トゥールに住んでいたフランス人の女中に起こった出来事を知っていた。ある晩のこと、彼女は眠りながら、奇妙な言葉を大きな声で話しているのを、人に聞かれたという。その言葉は、十世紀以上も使われていなかった、古代ギリシア語だったのだ。

扉を開けろ！……ライオンのイバンゴ！……そうだ、河水が上がってきたので、水牛たちが逃げて助かるように、急いで柵の扉を開ける必要があったのだ。そして、防水壁に迫ってきた水は、森全体を捥《も》ぎさらい、それに乗って一頭のライオンが、恐怖の咆哮をあげながら、ようやく河岸にたどり着いたのである……ライオンのイバンゴだ！気をつけろ！

それにしても、なぜ下等なサルが人間の継承者になったのか。洪水を見て警告の声を挙げた、祖先の友人の継承者になることが出来たのか？　人間性がサルのなかから発生したというならまだしも、自由で高貴な人間の本性が、人を噛《か》む毛むくじゃらな獣に姿を変えたなどということが……

だが、ほかに答えようがなかった。ボースが突然現われたことによって、石のように眠っていた脳細胞のどれが活性化したものか、まだ人間だった祖先によって語られた言葉が、突然その獣の喉から発せられたのだ。今やボースは、その言葉を聞いたときの不安を、完全に説明することができた。

午後の四時だった。動物を落ち着かせ、彼一人で考えるために、テナガザルは家具を取り去った一室に閉じ込めておいた。問題の答えが見つかったので、ボースは閉め切った部屋に行き、用心深く扉を開けた。

部屋の奥で、白く塗った壁の前で、腰のところで体を曲げてじっと動かずに、テナガザルは立っていた。物音を聞いて、頭を半ばもたげたが、姿勢は変えなかった。

ボースは急いで近寄った。大きな震えがサルの体を走った。ボースはその手をとり、真剣に見つめた。心配でたまらなくなり、サルを壁から引き離すと、雨戸を一杯に開けて、両手でサルの頭を押さえた。それから、サルが歯をカタカタ鳴らしているのに気がついた。ボースはサルの目をじっと覗き込んだ。眼窩《がんか》の奥から、あせた緑の光を放っている、瀕死の幕に覆われた瞳が見つめていた……

ボースは直ちに、テナガザルを寝かせると、毛布で体を覆い、扉に鍵を閉めて部屋を出た。それから、医師をしている友人の家に駆けつけた。

「ロペス、急患があって君を訪ねてきたんだ……それも特別の。君を信頼していいだろうね？　誰にも知られる訳にいかない事情があるんだ」

「それならばここに……」

「いや、だめだ。家に来てもらわないと。だが、医者として、君からは何も外部に漏らさないと誓ってほしい……いいかい？」

二人は出かけていった。家に着いたとき何があるかを予感していたにもかかわらず、背の低いベッドにサルが毛布にくるまれ、天井を見つめたまま荒い息をついているのを見て、医師は驚愕の目を見開いた。

それでも、ややあってから医師は毛むくじゃらの手首を取り脈を測った。

「耳を近づけてくれ、いいかい」ボースは低い声で頼んだ。「動こうとしないんだ」

医師は聴診した。

「そうだ、肺炎に掛かっている」彼は小声で言った。それからボースの方を見ずに、何気なく言い添えた。「これは動物園にいたウルマンだね？……」

「ああ、まさしく奴だよ」ボースは早口で答えた。「悪いのかい」

「今はひどい熱を出している」

医師がボースの方に向き直ったとき、突然背後から声がした。

「急げ！　部屋に入ったぞ！」

医師は飛び上がり、死人のように青ざめて振り向いた。人間が表わせる最も大きい驚愕の表情を浮かべ、十秒ほど動けずにいた。背中からシャツの裏に何か冷たい動物がもぐり込んだかのように、ボースは激しく身震いした。

顔は鉛色になり、額にはびっしょり汗をかいていた。

医師はゆっくりと顔をボースに振り向けた。

「君は何も喋らなかったかい」しわがれた声で彼は訊いた。ボースはしばらく答えなかった。

「ああ、僕じゃない」ようやく彼は答えた。そうしながら、熱に浮かされたような苦悶の目で、辺りを見回した。

ふたたび完全な沈黙の十秒が過ぎた。

「君はこれが喋ることを知っていたのか」

「ああ……」

医師はふたたびベッドを食い入るように見つめた。

「驚いたな……」彼はつぶやいた。ボースの強張《こわば》った指が肩をつかむのを感じた。

「部屋を出てくれ……そのほうがいい」

「あそこに来た、あそこに来た！」ベッドから声が響いた。

「気をつけろ！」ボースは後ろに飛びのき、肘を伸ばしベッドの下を指差して叫んだ。「そこにいるぞ！　気をつけろ！」

医師は激しい勢いで横に飛びのき、椅子に突き当たって倒れた。床に倒れたまま、まだ何が起こったのか理解できないうちに、ボースが突進して一息でランプを吹き消すのを見た。

続く真っ暗闇のなか、何の物音も聞こえなかった。足の爪先から頭の天辺まで震えながら、あえてマッチをする勇気もなく、医師はゆっくりと立ち上がった。

「ボース！」彼は小声で呼びかけた。死んだように静まり返ったままだ。「ボース、どうしたんだ……何が起こった？」自分を勇気付けるために声を大きくした。やはり同じだ。何の物音も聞こえなかった。突然、鋭く、激しく、とげとげしく、野性的な金切り声が、空に向かって分裂する木の枝のように沸き起こった。続いてまた一声、さらに一声、さらに一声が。

「サ、サルが……熱に浮かされて怒り狂っている」恐怖におびえながら医師はつぶやいた。絶望的な激しい努力を払って、彼は後ろに飛び退《すさ》った。慌ててマッチをすると、火がついた瞬間に叫び声が上がった。壁ぎわに縮こまり、体をよじって、錯乱したボースが叫んでいた。目は眼窩から飛び出し、口角が耳に向かって吊りあがっている。恐ろしい金切り声を挙げたのは彼だったのだ。サルのほうは苦しそうな様子で眠っていた。

マッチの穏やかな炎を見て、ボースは叫びをやめ、医師を見て呆然とした。少しずつ平生の表情を取り戻し、医師から目を離さずに背筋を伸ばしていった。しばらくしてから、一言ものを言わずに、ランプに火を点した。

「ちょっと書斎に行くことにしよう、いいかい？　この馬鹿げた出来事を説明するから」

ようやく！　ボースは正気に戻っていた。医師はまだ全く混乱しながら、彼の後に従った。だが、後ろについて歩いているとき、ボースを見つけたときのおかしな格好が脳裏に甦った。彼はどこかで、そのような関節の奇妙な曲がり方を見たことがあった。だがどこで？　人間のものではない。彼に分かるのはそれだけだった。

ボースは友人にすべてを語った。たまたま檻の前を通りかかったこと、サルが話した言葉、彼の感じた不安、盗み（どのようにしたかは伏せて）、その朝見出した解答、そしてテナガザルの肺炎。

「これで、さっきサルの言葉を聞いて、なぜ僕が我を忘れたか理解できるだろう。間違いなく以前、何千年も前に、サルと僕の祖先は最も危険な動物、僕が知る限りではおそらくインドコブラが、家に這い上がってきたのを見つけたのだ。そして、サルの警戒の声を聞いて甦った記憶があまりにも鮮烈なものだったので、実際にヘビが這っているのを見たように不安にならざるを得なかったのさ」

「それで君が叫んだのは、一体どうしてなんだい……」

「叫んだとはどういう意味だ」ボースは驚いて訊ねた。

「気付いていなかったのか！……無意識でしたことなんだな！」医師はつぶやいた。

そして突然、稲妻のように、ボースの格好を思い出した。あれはサルの格好だ！　視線を上げると、彼の目を食い入るように見つめているボースの目にぶつかり、大きな戦慄が背筋を凍らせた。

「何が起こるんだ」彼はぞっとして思った。

ボースの眼差しは、苛酷かつ飛び掛からんばかりの強さを込めて、医師を睨《にら》みすえていた。それは、棒を掲げて取り囲む我々の前で、追い詰められた獣が見せるのと同じ目だった。その目には、どれだけ激怒していても人間の魂ならば映しだすはずの輝きはなく、襲い掛かる獣の見せる涙ににじんで瞬くことのない光が宿っていた。そして、一匹の獣を前にしているという印象が、ふたたび医師を激しく動揺させた。

彼は手を握り締め、何か恐ろしいものが書斎に圧し掛かっているのを感じながら、できる限りの平静を装って立ち上がり、椅子の背に体をもたれかからせた。

「この男は狂っている。凶暴な狂人だ」彼は思った。「突然狂乱し始めるぞ……」

しかし、ボースはすでに自分を取り戻していた。

「確かに言えるのは」彼は強いて笑みを作りながら医師に話しかけた。「このサルの物語は、君が想像できる最も深い悩みを僕に与えたということさ。そして今あいつは病気に掛かっている……サルというのは、肺炎から回復することはないのかい？」

「一般的にはね。だが、手厚く看護してやれば……部屋を暖房してやってくれ」

「分かった……とにかく、奴は僕たちの手元に置くことになる……絶対誰にも言わないでくれ、ロペス！」彼は医師の顔を見ながら頼んだ。

「言わないよ、もう約束したじゃないか」

「明日も来てくれるかい」

さっきの叫び声を思い出すとまだ震えが走るので、はじめロペスは断ろうかと思った。だが、この極めて珍しい事件を前にして、新聞小説のように神秘的なドラマにたいする激しい好奇心が恐怖に打ち勝った。

「ああ、あす日が暮れる頃に来ることにしよう」

二人は連れ立って門を出た。

「ねえ君」医師の手をぎゅっと握りながら、ボースは言った。「落ち着いて過ごすことができると思わないかい。あいつが喋ったとしても、二人なら……」

「いや、いや、そうは思わないね！」まだ背筋に寒いものを感じて、ロペスは否定した。

医師は間違いないと思った。あのサル、その驚くべき話す能力、盗難、それらすべてが、目くるめく速さでボースを狂気に追いやったのだ。彼はテナガザルの真似を始めていて、どんな結果にたどり着くか分かったものではない。可哀想なサルと狂人が共に暮らして……

突然、書斎で彼の目を見つめるボースの食いつくような目を、医師は思い出した。

「あれは真似ではなかった」彼は身震いしてつぶやいた。

5

ボースは自室に戻り、ストーブに火をつけると、それを持って病人の部屋に入って、部屋の真ん中に置いた。テナガザルに近づいて、非常な高熱が続いていることを確認した。サルはあいかわらず目を開け、天井を見つめたまま、荒い息をついていた。ボースは椅子をベッドのそばに引き寄せると、腰を下ろしてサルをじっと見つめた。少しずつ自分の体が冷え切って行くのが感じられた。大変な努力をして何とか眠気に打ち勝つと、自室に戻り、服を脱ぐ間もなくベッドに倒れこんだ。

次の朝十時に目を覚ますと、頭は鉛のように重かった。簡単な考えをまとめるのにも苦労したうえ、言葉がなかなかうまく出てこないことに気がついた。まるで、非常な年月の間、一言も口を利いたことがなかったみたいだった。

コーヒーを持ってくるように命じたが、口をつけた途端、カップを荒々しく受け皿に投げ出した。

「いったいコーヒーに何を入れたんだ」

「何も入れません、ギジェルモ様」南部出身の貧しいインディオで、ボースの父の家で育てられた召使が答えた。

「ひどい味だ。一体全体、何だってコーヒーを飲もうなんて思ったんだろう。俺が持ってこいと言ったのか」

「そのとおりです、ギジェルモ様」

「ほかのものを持ってこい。腹が減った」

目が覚めて食欲があるときには、ボースは卵を添えたステーキを食べるのが習いだったので、しばらくしてフォルトゥノは、それを持って食卓にやってきた。だが、味わおうとした途端に、ひどいむかつきを感じて、先ほどと同じ表情を見せた。

「だが、これは一体どうしたことだ！　この残飯は何なんだ？」ボースは叫んだ。

「しかし、ギジェルモ様、いつもと同じ肉を使っております。けさ届いたばかりのものでございます！」

「持っていってくれ、すぐにだ！」ボースは大声を出して立ち上がった。

フォルトゥノは出て行き、すぐにまた戻ってきた。ボースは喜びに満ちた顔をして、バナナを貪り食っていた。

召使は呆然として立ちつくした。

『おかしなサルのように座っている……ひっきりなしにバナナの臭いをかいで……瞬きをとめずに……バナナを横ぐわえに喰いちぎったぞ！……両手でわしづかみにして！……まるでサルみたいに！』

「ギジェルモ様！」召使は震えながらつぶやいた。稲妻のような速さでボースは残りのバナナに飛びつき、次いで椅子に飛び乗った。そうしながら、下手くそに真似た人間の言葉を、喉から発し続けた。

「アバラ―バラ―バラ―バラ！……」

「ギジェルモ様！」インディオは総毛だって叫んだ。ボースは不意に黙り込み、死人のように蒼くなってゆっくりと椅子から降りた。まだめまぐるしく瞬きをし続けていたが、水を一杯飲み干し、コップを戻したときにはいつもの人間に戻っていた。

フォルトゥノは、彼が離れて行き、サルの部屋に入って、また出てくるのを見ていた。

「少し外に出てくるよ、フォルトゥノ。五時には戻る」

召使は胸を締め付けられる思いで後に残された。首を振りながらテーブルを片付けたが、その間も、主人が子ども頃一緒に遊んだことを思い出し、両方の目から涙をこぼした。

ボースはサンタフェ通りまで歩いていき、新聞売り子を求めて立ち止まった。ようやく一部を手に入れると、急いで紙面に目を走らせた。思っていたとおり、一昨日動物園で起こった盗みのことは、何も書かれていなかった。園長は事件をもみ消した方が都合がよいと判断したのだ。ボースは微笑んで新聞を破くと、数分後には動物園に入っていた。

午後の温かさが来園の足を誘い、園内は人であふれていた。ボースはチャコ州のシカ、ヒクイドリ、アナグマと順番に見学していき、ライオンのパビリオンへと入った。猛獣はおもてで日向ぼっこをしていたが、ボースが見たかったのは、警備員や飼育係の顔だった。

「おかしなものだな」彼は独りごとを言った。「彼らが入場者の顔をよく調べてみないのは」

だが、彼らに特別変わった様子は見られなかったので、ボースは先に進んだ。トラが何頭か檻のなかにいて、八から十人ほどの客が柵にもたれかかり、肉食獣たちが行きつ戻りつするのを飽かずに眺めていた。ボースは足を止めた。子どもたちが動物の面白さを口々に言い立てていた。

「白いおヒゲが生えているよ、パパ！」

「鉄柵のところに来ると、怪我しないように頭を下げて、くるっと体を回すんだ」

「立ち止まって臭いをかいでいる！」

「こっちに向かって鼻をくんくんさせているよ、パパ！」

「他のトラが一斉に立ち上がった！」

「あっちこっちに歩き回っている……僕たちの臭いをかいでいるんだよ、パパ！」

敵意を誘う臭いがトラを興奮させたのは明らかだった。話しかけられた父親は、檻の頑丈さを信頼していたものの、子どもと一緒に少しはなれたほうが安全だと思った。自分たちがトラの動揺の原因かに見えたからだ。あとずさろうとしたところで、真っ青になって震えているボースに突き当たった。父親は驚いて彼を見た。ボースは黙ってその場を離れた。トラたちの動揺は収まった。

ボースは大きく回り道をした後で、ブラジル産の小猿の檻の前で、群集に紛れ込んでようやく立ち止まった。サルたちは吊り下がった鎖を楽しそうに上り下りしていたが、突然一匹が鋭い金切り声を立てると、皆一せいに動きを止めた。彼らはおびえて柵の方を見つめた。

「あいつら怖がっているぞ……何をだろう？」人々が言い始めた。

「俺たちを恐れているんだ」

「みんな奥に逃げ込んでいった……俺たちの誰かを恐れているんだ」

「うわ、わ、わ、他のサルが！　後ろの檻の奴らだ！　狂ったように騒いでいる！　檻を破ろうとしているんだ！

一斉にうなっているぞ！」

すぐに四人の警備員がやってきた。

「いったいどうしました！　なぜサルを怒らせるんですか」

「何ですと！　あなたがたもサルと同じで狂っている！　誰も何もしてやしません！」

だが、こちらのサルの恐怖と、あちらのサルの怒りは、おさまらなかった。

「私たちが原因でしょう」見物人のひとりが断定した。「ここにいる誰かが、気付かずにサルのお仲間入りをしようとしているんでしょうな」そういって笑い出した。

少なくとも観客の一人にはよく分かっている理由で、警備員は非常に心配した。彼らは柵の前から人々を解散させた。

ボースは誰よりも混乱してその場を離れ、家に戻った。熱で顔が赤くなり、考えがごちゃごちゃでまとまらなかった。まだ時間が早く、日暮れまで医師はやってこない。サルの部屋に入り、疲れていたので長椅子を運ばせて、仰向けに横になった。部屋のなかは全く物音がしなかった。ランプのシェードが、すべての光をナイトテーブルの上に集めて、室内は心地よい薄闇に沈んでいた。

十分が過ぎた。ボースは手を頭の下に敷いて、動かずに横になっていた。突然、平らな天井がものすごい速さで回転しているように思った。

「おかしい、まったくおかしい」彼はつぶやいた。「ひどい熱があるに違いない」

手首を強く握ってみると、実際ものすごい速さで脈が打っていた。そのうえ、胸が締め付けられるようで、息をするたびに刺すような痛みが走った。また天井が回転し始めた。そうしていると、ごく微かな足音が背後から近づいてくるのが聞こえた。

「ああ、分かったぞ！」熱に浮かされて、ボースは大きな声で言った。「親愛なるサル君が俺を訪ねてきたんだな」

耳をそばだてたが、足音は止んでいた。ほんの微かな物音も聞こえなかった。

「ふうむ！……」ボースは微笑んだ。「いまいましい園長の、いまいましいウルマンは、俺よりも臆病らしいな」

ほとんど分からない位の足音が、また聞こえてきた。だが、ふたたびそれは止んだ。

「来たまえ、サル君！」ボースは、長椅子の背もたれから、後ろに手を伸ばした。その手が何か恐ろしいものをつかんだ。

「これはあいつじゃない！」ボースは叫んで、激しく跳ね起きた。部屋は完全な静寂に包まれている。ベッドの上にはテナガザルが、動かずに天井を眺めていた。

「熱がひどすぎるようだ」ボースはつぶやき、右手で額を拭った。「俺はてっきり……」

もう一度横になると、ふたたび彼のほうに足音が近づいてきた。だが、今度は何もせず放っておいた。すると、頭が開いて完全な洞《うろ》ができ、その中身を体の内から外へ、何かが皮膚を通して抜き取って行くように感じられた。叫びを挙げて、また跳ね起きた。何事もなく、部屋はあいかわらず静まり返っている。

「熱で錯乱しているんだ」ボースは思った。「何ていう悪夢だろう！　もっと悪いのは、口を閉じているのが難しいように思われることだ……それに、胸がものすごく痛む」

三たび横になったところで、医師が部屋に入ってきた。

「私の患者は？」彼のほうに歩いてきて医師は尋ねた。

「あそこにいる……たぶんね」起き上がりもせず、ボースは暗がりから答えた。

ロペスはベッドに近づき、テナガザルの手首を取った。だが、少しすると驚きで目を丸くし、わきの下に手をやった。さらに困惑は増し、かがみこんでサルの胸を聴診した。それから、かなり青ざめて身を起こした。

「この動物はどこも悪くない」どんよりした眼で医師を見ながら、ボースがゆっくりと近づいてきた。

「何だって？　肺炎はどうした」

「肺炎はない。まったく何もないんだ。だが君は、いったいどうしたのかね」

ボースの両目は、二個のざくろ石のように輝いていた。彼は口を開いたが、その途端に、ロペスは激しく身震いをした。

「君の歯はどうした、ボース！」

「歯が何だと言うんだ？」

医師は冷たいものが背筋を走り抜けるのを感じた。ボースの犬歯は交差して、まるで……

「ひどく熱があるんだ」ボースは小声で訴えた。「胸も痛む……」

医師は彼を診察し、それが終わると真っ青になって体を起こした。

「すぐにベッドに入ったほうがいいぞ、ボース、すぐにだ」

サルはもう病んでいなかった。だが、ボースはまさしくその肺炎を受け継いでいた……

「ああ、僕は休むことにするよ……それじゃあ、サルはもう起きられるんだね？」

「間違いない」そう言って、サルの手を取ると、自分の足で立たせた。

ロペスとボースは叫びを抑えることが出来なかった。サルは彼らと同じ背の高さをしていた。その薄暗いシルエットを前にして、ふたりは冷たい汗をかき、呆然として立ちすくんだ。最初の驚きが過ぎると、医師は前に進んで、サルの両肩に手を置き、その目をじっと覗き込んだ。彼は二十秒ほどそのままでいた。ボースは後ろに立っていて、ロペスの体が激しく震え出したのに気がついた。

「ボース、聞いてくれ」顔色が恐ろしく蒼いのを気取られまいと、振り向かずに医師は言った。

「なんだい」

「サルはもう話さないのか」

「そうだ」

「なぜ話さないのか君は知っているか」

「いいや」

しばらく間があった。

「分かった。このことをよく心に留めてくれよ。このサルはスペイン語で話した。ヒンドゥスタニー語じゃないんだ……分かるかい？……先祖の記憶を引き継いだんじゃなくて、こいつは……聞いているのか、ボース」

返事がなかったので、医師は素早く頭を振り向けた。目を爛々《らんらん》と輝かせ、四つんばいになって、ボースが用心深く彼の方へにじり寄るところだった。

「ボース、ボース、君は退化しているぞ！　君は……！」力ずくで彼を立ち上がらせながら、ロペスは叫んだ。ボースはぶるっと震えると、友をじっと見つめて、深く吐息をついた。

医師はすぐに横になるように強く勧めた。

「ああ……ここで……長椅子に寝るよ……」ボースはどもりどもり言った。

「そうだ、それでいい。ちょっと待っていてくれよ、ボース」

医師は部屋を出た。

「フォルトゥノ」彼は低い声で召使に話しかけた。「今夜は君と僕二人で寝ずの番をしよう」

「何かあったのですか、ギジェルモ様に……」

「いや、何もないよ。だが、何か恐ろしいことが起こっているのかもしれない」

インディオは驚いて目を上げ、医師の真っ青な顔に気付いた。

「ボースは拳銃を持っているかい？」ロペスはさらに訊いた。

「持っておりません」

「分かった。すぐに一丁買ってきてくれ」

フォルトゥノは不安で一杯になりながら、走って表に出て行った。

十五分して、息を切らしながらフォルトゥノは戻ってくると、震えながら武器を医師に手渡した。

「よし、いいぞ」ロペスは低い声で言った。「これは弾が込めてあるだろうね」

フォルトゥノはぽかんとして彼を見た。

「いいえ……私には分かりませんので……」

「気にしないでいい。もうひとつ走りして、弾も買ってきてくれ」

フォルトゥノはふたたび出て行った。戻ってきたときには、疲労の極限に達して、痙攣《けいれん》したように震えていた。だが医師は心配のあまり、可哀想な年寄りに同情する余裕もなく、細心の注意をはらいながら拳銃の弾倉を遊ばせ、撃鉄が正しく落ちるのを確かめてから、武器に弾を込めた。それから、机に拳銃を置くと、サルの部屋に行った。ボースはあごの先まで毛布に包まり、長椅子に横になっていた。テナガザルはふたたびベッドに寝ていた。白いまくらの上に、黒い頭が浮かび上がって見えた。今やそれは人間と同じ大きさになっていた。

ロペスはボースに近寄り、優しくその手を取った。

「ボース、聞いてくれ」彼は低い声で話しかけた。「自分のベッドに寝に行ったほうが、よほどいいはずだよ。温度を最適に保っておくのが、ここよりもずっと容易だし……もっと静かでいられるはずだ」

ボースは、熱のために幅広い隈ができた、どんよりした目を見開いた。

「いいや」乾いた途切れがちの声で彼は答えた。「ここに居たほうがいい。邪魔しないでくれ」不機嫌そうに言うと、反対側に寝返りをうった。

ロペスは顔をくしゃくしゃにしてしかめっ面を作り、ボースのおかしな点をひとつひとつ思い出していった。成長した犬歯。それからさらに言った。

「ボース、聞くんだ！」

ボースは返事をしなかった。

医師はかがみこむと、彼の耳に唇をつけるようにした。

「ボース、もしよければ、サルをここから連れて行くよ……これはもう治っている」

「何だって？　どうしたんだ？……なぜサルをここから連れだそうとするんだ」

「そのほうがいいと思うんだ、ボース……君も静かになれるし」

「なぜだ」

「分からんよ……ボース、お願いだから！」

ボースは口を開き、ロペスの全身を震えが走った。並外れた犬歯の奥に、黒い舌がかいま見えた。医師の目を脅すように見つめたまま、ボースはひじで上体を起こした。

「絶対に許さない」奇妙な、しわがれた声で彼は言った。「サルをここから出すのは……眠りたいんだ、放っといてくれ」

ロペスは絶望の身振りをして体を起こし、横になって動かないテナガザルをもう一度にらんでから、部屋を出て行った。扉の後ろで、フォルトゥノが待っていた。

「どうでした、先生？　何が起きているのですか」

「何もだ！　いまのところ何もない……だが、もっと後で何かが起こるかも」最後は身震いしながら自分自身に言った。だが、フォルトゥノはその言葉を聞いてしまい、震えながら彼を引き止めた。

「先生、先生！　お願いですから、何が起きるのか教えてください！」

「私が分かっていると言うのかね？　もしはっきりしたことが分かっているなら、避けることも出来るのだが……それにしても、サルをあそこから連れ出せれば、どれだけ助かることか！」それから小声に戻って「いいか、フォルトゥノ」と話しかけた。「二人で書斎に行って、朝まで過ごすんだ。君は、どんな小さな物音でも、聞き逃さないようにしてくれ。もし何か聞こえたら、どんなものでもいいから、すぐに僕に教えるんだ」

続く幕は書斎に移った。ロペスは長椅子に座り、フォルトゥノは書き物机の後ろの椅子に腰掛けた。

一時間、二時間、三時間が過ぎても、室内は完全に静まり返ったままだった。ロペスはかいま見た恐怖の光景を、飽くことなく脳裏に再現し続けていた。フォルトゥノは、疲れきり、不安に苛《さいな》まれながら、机の上で輝いている拳銃から目を離さずに、その一方で、なかから聞こえてくるどんな小さな物音も聞き逃すまいと、苦しくなるほど聞き耳を立てていた。

書斎は凍えるように寒かった。待っている二人は、体も両足も冷え切っていたが、あえて体を動かそうとしなかった。時間が経つほどに、彼らの心配は熾烈になっていった。そして、不安がこれ以上ないほど高まって耳鳴りがし、恐れながら待っている物音が聞こえているのではないかと思われてきたときに、フォルトゥノが椅子の上で飛び上がった。ロペスは心臓が止まったかと思い、二人はお互いを見交わした。

「何か音がしたようです……」フォルトゥノが震えながら小声で言った。

「どんな？」

「床を這う鈍い音です……」

二人は黙った。続く一分間の間、書斎には静寂が、完全な静寂の感覚だけがあった。

ロペスが、自分でも聞いたことのない声で、その静寂を破った。

「もう聞こえないか」

「聞こえません……」

二人はまた黙り込んだ。それから突然、二人とも跳び上がった。叫び声が、人間の恐ろしい叫び声が、家中に響き渡った。

「走れ、走るんだ！」ロペスは総毛を逆立てながら叫ぶと、拳銃を引っつかんだ。

二人はすぐにドアに飛びついたが、跳ね返された。

「閉まっている！」ロペスは叫んだ。「鍵がかかっているぞ！　ボース、ボース！」

またひとつ叫びが聞こえた。鋭い獣の叫びだった。

「ボース！　畜生、サルめ！」フォルトゥノと一緒にドアに跳びつきながら、ロペスはうなった。だが、ドアはなかなか開かず、思い切りの体当たりをくれた後で、ようやく勢いよく扉は開いた。

ボースとサルが寝ている部屋では、ロペスが出て行ってから、やはり全くの静寂が支配していた。ボースはふたたび仰向けの姿勢に戻り、目を見開いていた。すると、高熱のために、また平天井が回転するのが見えた。だが今度は、白い天井壁が様々な歪んだものの形をとり、束の間現われる怪物たちとなって、現われたり消えたりを止むことなく繰り返した。素早く動き回る無数の毒蛇が出てきて、目くるめくような速さで、もつれ合って塊《かたまり》を作り、またそれをほどいた。錯乱から生じたそれらの化物は、回転を続けながらボースに近づいてきて、彼を巻き込み、呼吸を奪い、また上に登っていって、ふたたび降りてきて、悪夢のような往復運動を繰り返した。

一時間、二時間、三時間、このような状態が続いた。ボースは熱のために喘ぎ続け、大きな、爛々と輝く、黒い隈で縁取られた両目を、天井から離さずにいた。錯乱は時間が経つごとに激しくなっていった。

このような状態のなか、天井の、めまぐるしく蠢《うごめ》く蛇の塊のなかから、巨大で薄黒いサルの顔が、突然姿を現わした。陰鬱なロンドは狂ったような回転の速度を増しながら降りてきて、そのなかでサルが彼をじっと見つめていた。渦が彼に届いて巻き込み、窒息させ、ふたたび上昇していったとき、毛むくじゃらの手で彼の肩をつかんでいる大きくなったサルが、むさぼるように彼を見つめたまま、胸の上に乗ったままでいるのが分かった。

「ボースよ！」サルの声が聞こえた。「三千年前、私は人間だった。お前と同じ人間で、お前の祖先と同じインドの村に暮らしていたのだ。ただ、そのとき私は支配階級であるバラモンの選良で、お前の祖先はただの牛追いだった。私は彼に多くの善きものを与え、この世の誰も望めぬほどの人間にしてやった。洪水が村を襲ったとき、警告の声を挙げたのは私だ。二十日前にお前が聞いたのがそれだ。河が増水している！……扉を開けろ！　などの。それは三千年前の声なのだ！　その何日かあとに、お前の祖先は私の善意と愛情の報いとして、河を鎮めるために私を生贄にしたのだ。私は、先ほど言ったように、生まれから高貴の者であったから、お前の祖先が私から奪ったものよりもっと完璧な徳をそなえた姿に、すぐに生まれ変わるはずだった。だが、私の魂に穢れがあることを、ブラフマンは知ってしまった。私は、自分でも気がつかぬうちに、お前への復讐を渇望していたのだ。そして、魂が清められぬままに、百年が過ぎ、千年、二千年が過ぎた。いつまでたっても、数多くの徳の陰で、復讐を求めていたのだ。とうとう生まれ変わりのときが来て、私はそれを果たしたが、私の魂は泥にまみれていた。退化し、卑しい存在へと己を変えて、サルとして甦った。そして、この先何百万年も、元の自分に戻ることはできない定めだった。だが、そのようなながで、ボースよ、恐るべき不正で私の魂に泥を塗った者の子孫であるお前が、ここにいて、私の体に敷かれて、今これに生まれ変わろうとしているのだ」

ボースは荒い息を吐きながら、胸の上で大きく膨れ上がっている、彼の錯乱が生み出した幻影の言葉を聞いていた。声が消えたとき、不意に熱が下がってボースは理性を取り戻し、疲れきってようやく目を閉じることができた。

「何という悪夢だ!」彼はつぶやいた。「胸の上に本当にいるような感覚が……」

そこで彼は目を開け、恐怖の叫びを挙げた。書斎で二人が聞いた最初の叫びだった。胸の上に、彼をじっと見下ろして、テナガザルがいた。そのサルだ! ほんの一瞬目が曇り、また曇りが消えると、部屋の中央で彼からランプをさえぎるようにして、サルが立っているのが見えた。だが、口を開く間もなく、サルは人間の姿に変わった。

「それは俺だ!」驚愕で錯乱しながら彼はつぶやいた。「まさしく俺になってしまった!……」

「そうだ、哀れな者よ、私はお前だ! そしてお前は、自分がどうなったか見るがよい!」

ボースは叫ぼうと思ったが、その瞬間に、自分の全存在が恐るべき凍えた空虚になるのを感じた。体中から濃密で不潔な臭いが鼻に立ち上ってきた。そして、もはや自分が人間の姿でないのを見た。彼はテナガザルに変わっていた!

それからようやく、二人が外で聞いた二度目の恐怖の叫びを挙げた。そして、彼の姿を奪って部屋の真ん中に立っている、勝ち誇った卑劣な獣にたいする絶望的な反感が高まり、彼は憎悪のうなりをあげながら飛び掛かった。サル（混乱を避けるために、これまでどおりの呼び方を続けよう）は激しい体当たりを食らってひっくり返り、喉もとに殺意を込めたボースの爪が食い込むのを感じた。一方、その左手は、野獣の牙に噛まれてぎりぎりと音を立てていた。だが、その攻勢は稲妻ほどしか続かなかった。ボースが襲い掛かってきた瞬間に、ナイトテーブルに乗っていた鋭い短剣型のペーパーナイフに飛びついていた。そして、ただ一撃でボースの首筋にナイフを柄まで刺し込んだ。

ボースは体を離し、悲鳴をあげながらドアに駆けよった。ちょうどそのとき、ドアは弾け飛んだ……死人のように青ざめたロペスが、拳銃を手に駆け込んできて、一匹の獣が血の筋を残しながら四足で逃げ去るのをかいま見た。「フォルトゥノ、表の扉を閉めろ！」獣を背中から撃ちながら、ロペスは叫んで、自分も中庭に走っていった。だが、二人がまだたどり着かないうちに、サルの姿は暗い街路に消えていった。

二人は急いで戻ってきた。サル（ボースの姿に変わっているのを忘れないでほしい）は蒼い顔をして、まだ部屋の真ん中に立っていた。

「どうした、ボース？　何があったんだ。君に言わなかったか？……サルが！」

「いや、なんでもない……僕を襲おうとしたんだ」

「それが僕の恐れていたことだ！　それで……僕が最も恐れていたことを聞きたいかい、ボース？」

サルは微笑んだ。

「生まれ変わりってことかな……つまり、サルが僕に変わるんじゃないかと？……そうなのかい」

ロペスはじっくりと彼を見て、身震いした。

「そう、まさにそれだ……だが、君は熱はないのかね？……」

「熱なんかあるもんか！　あのいまいましいサルのせいで、異常に興奮しただけさ……それにしても、本当にそんなことを心配していたのかい」そう言ってふたたび微笑んだ。

「ああ」ロペスは深い安堵の息を吐いて、汗の吹き出た額をぬぐった。「そうだ、それを恐れていたんだ。さすがに現実に起こるとは思わなかったが。考えても見てくれ！……ブエノスアイレスの街中で、そんな変身が起こるなんて……それも、あんな下等なサルなんかにさ！……」


その間にも、ボースは人気のない通りを走っていた。人間としての理性はまだ残されていたが、その意志は深くまで根こそぎ奪われてしまっていた。自分ではどうにもならない衝動に駆り立てられ、頭では何としても避けたいと思っているのに、動物園に向かって走っていった。絶えず血を流し続け、それとともに力が弱っていった。

家から二百メートル離れたところで、夜遊びから戻ってきた通行人が、彼が走りすぎるのを見かけて、慌てて振り返った。非常に変わった犬かと思ったが、それ以上のことは思いつかなかった。だが、イタリア広場では、眠りかけていた警官が、歩道を駆けて行く姿を見つけて、それと気付いた。サルは園内に入り込み、警官はその後を走って追ってきた。

「巡回、巡回！」門の前から警官は怒鳴った。「サルが野放しになっているぞ！」

ライオンのパビリオンを出てきた巡回はその声を聞きつけた。彼らは急いで駆けつけ、ランタンを下げたひとりの警備員が血の跡を見つけた。全員が地面を照らして、血の跡をたどって行くと、以前入っていた檻の前で血を流し気を失って倒れているテナガザルが見つかった。その体のなかでは、ボースの魂と、生命と、運命とが、永遠に閉じられようとしていた。

園長が起こされ、ボースは手厚い手当てを受けた。傷は極めて深かったが、大きな血管をひとつも傷つけておらず、大量の出血だけがボースの生命を危機にさらしていた。だが翌朝、彼が猿類のかかるひどい肺炎に侵されて、予後の見通しが暗いことを確認した。

サルの悲劇的な帰還について、園長がいかに頭をひねったか、想像するに難くはあるまい。こうした成り行きのすべてに、思わずぞっとするような奇怪で暗鬱な何かが潜んでいた。

すぐに逃亡者は檻に戻され、そこには『病気』という札がかけられた。しかし、肺炎にたいする人間の抵抗力が、何かしらボースに備わっていたらしい。日時が経過するに連れて、少しずつ炎症がひいていき、八日目が過ぎる頃には、肺炎は何の危険もなく治まっていることが認められた。次の日の午後はとても天気がよかったので、園長はサルを檻から出して、元気をつけるために日光浴をさせた。

ボースはサルの体に、日差しの柔らかい愛撫を感じ、長い間空を見上げていた。一方で、人間としては失われてしまったボースの元の魂は、恐るべき廃墟と化した体のなかで涙を流していた。

そのようにして、かなりの時間が過ぎた。突然彼は視線を下げると、深く刀で刺されたように、全身全霊に受けた衝撃が血を凍らせた。

ベンチの上で、彼が人間だったとき腰掛けたまさにそのベンチの上で、今あのテナガザルが邪悪な薄笑いを浮かべて彼を見ていた。

ボースは、彼のなかから何かが、永遠に失われるのを感じた。それと同時に、恐ろしく黒いものが、全速力で彼に向かって押し寄せてきた。

三十分後に園長がやってきて、頸《くび》の傷口がまた開いて、そこからまだ血を流しながら、テナガザルが死んでいるのを発見した。

訳註

（1）橋を渡るときに　ブエノスアイレス動物園は、園内にいくつか大きな池があって、何ヶ所かに橋が架かっている。

（2）N.N.　姓名不詳（ningun nombre）。身元不明者の墓に刻むイニシャル。

（3）象のパゴダ　ブエノスアイレス動物園では、各動物の小屋を世界の有名建築に似せて作っている。象のパゴダは、インドのムンバイにあるヒンドゥー教の寺院を模したもの。

頸《くび》を切られた雛鳥

一日じゅうずっと、マッツィーニ・フェラス夫妻の息子四人は、中庭のベンチに腰を掛けていた。唇から舌を出し、愚かしい目つきで、ぽかんと口を開けっぱなしたまま、頭をゆすぶりながら。

中庭はむき出しの地面で、西側は煉瓦の塀によって閉じられている。ベンチは塀から五メートルほど離れて平行に置かれており、四人はその煉瓦をじっと見つめたまま、日中はずっと動かずにいた。ところが、傾いた太陽が丘の向こうに隠れ始めると、彼らは突然の狂騒状態に陥った。最初に目のくらむような光が彼らの注意を引きつける。それから徐々に彼らの目は生き生きとしてくる。そして最後に、けたたましく笑いだす。激しい哄笑で顔を高潮させ、太陽が食べ物でもあるかのように、獣のように熱狂してそれを見つめて。

また別のときには、ベンチに一列に並んで、一時間もずっと、路面電車をまねたブーブーという声を立て続けた。街路の大きな騒音も、同じように彼らの無気力を刺激したので、そんなときには歯の間から舌を出しながら、うなり声を上げて中庭の周りを走り回った。だが、それ以外はたいがい、知的障害につきものの陰気で不活発な麻痺におちいっていて、一日中ベンチに座ったまま足を組んだり解いたりを繰り返し、ねばねばした涎を垂らしてズボンを濡らしてしまっていた。

一番上の子は十二歳、末の子が八歳だった。体じゅう薄汚れたみすぼらしい様子から、母親がまったく世話をしていないことが明らかだった。

しかし、この四人の子たちも、かつては両親にとって喜びの結晶だったのだ。結婚して三ヶ月経った頃、マッツィーニとベルタは、夫と妻、妻と夫の間だけの緊密な愛を、もっと生命にあふれる未来、すなわち子作りに向ける決心をした。愛し合う二人にとって、目的もなく愛するという浅ましいエゴイズムから解放されて、誠実に愛情の奉仕をすることに勝る幸福があるだろうか？　そして、愛そのものにとって、新しく命をつないで行く希望が持てないほど悪いことがあるだろうか？

マッツィーニとベルタはそう信じていたから、結婚十四ヶ月目に息子が生まれたとき、自分たちの幸福はついに完成されたと考えた。一歳半になるまで、子どもは愛らしく、輝くように育っていった。ところが生後二十ヶ月たったとき、ある夜恐ろしい発作が襲うと、息子は翌朝には両親が認識できなくなっていた。災いの原因を遺伝に求めようとしていることが明らかな職業的関心を注いで、医師は赤ん坊を診察した。

何日か経つと、赤ん坊の麻痺した手足は動きを取り戻した。だが、知力も、理性も、本能さえも、すっかり失われてしまっていた。根こそぎ知性を奪われたまま、涎をたらし、手足をだらんと下げて、いつまでも死んだように母親のひざに抱かれていた。

「赤ちゃん！　私の可愛い赤ちゃん！」最初の息子だった、恐るべき脱け殻におおいかぶさって、彼女はすすり泣いた。

父親の方は、いたたまれなくなって、医師と共に部屋を出ていった。

「あなたに言えることはこれだけです。息子さんの全快は望めません。改善の余地はあるでしょう。知的障害が許す限界まで、教育をすることは出来ますが、そこまでです」

「分かった！……分かったよ！…」マッツィーニは認めた。「だけど言ってくれないか。これは遺伝的なものなのかい。どうなんだ」

「父方からの遺伝については、息子さんを診察して分かったことは、もう申し上げました。お母様については、肺に呼気の不全が見られるようです。それ以上のことは分かりませんが、どこか擦れるような呼吸音が認められますね。奥様には精密な検査を受けさせなさい」

良心の呵責に打ちのめされながら、祖先の残した負債を支払っているに違いない小さな息子への愛情を、マッツィーニはよりいっそう強くした。それと同時に、母親として駆け出しから失敗し、心のもっとも深いところが傷ついたベルタを、慰めささえてやらなければならなかった。

当然のことながら、夫婦はお互いの愛を次の子が授かる希望に傾けた。そうして次男が生まれ、その健康と健やかな笑顔は、一度は失われた未来に火を点した。だが十八ヶ月が過ぎたとき、長男と同じ発作がまた起こり、次の朝には二番目の子も知力を失って夜明けを迎えた。

今度ばかりは両親も深い絶望に落ち込んだ。それでは自分たちの血が、自分たちの愛が呪われているのか！　何よりもお互いの愛が！　夫は二十八歳、妻は二十二歳の若さで、情熱を傾けたお互いへのこまやかな愛情が、正常な命ひとつ生み出すことができなかったのだ。もはや長男のときのように、美しさとか頭の良さを願うことはなかった。ただ、一人の子ども、世間と同じ一人の子どもでよいのだ。

この新たな悲劇から、新たに焼けつくような愛の炎が、今度こそ決定的に愛の神聖を取り戻そうとする、物狂おしい熱望が芽吹いた。そして双子が生まれ、成長したが、またも一歩一歩うえの二人と同じ経過を辿ってしまった。

とてつもなく苦い思いをなんとか乗り越えて、マッツィーニとベルタには四人の息子への大きな同情が残された。理性ばかりか本能さえも奪われた、もっとも深い獣性の地獄から、子どもたちを引上げてやらなければならない。彼等は唾を飲み込むことも、居場所を変えることも、真直ぐ座っていることすら出来なかった。ようやく歩けるようになったが、障害物に気づくことができずに、あらゆるものにぶつかってしまった。体を洗ってやろうとすると、顔が充血して真っ赤になるまで、激しくうなり続けた。彼らに生気を与えるのは、食べ物か、輝くばかりに鮮やかな色彩か、雷の音だけだった。そんなときには、舌を突き出し、よだれをたれ流し、獣のように狂乱して笑い声を立てるのだった。障害の数々と引きかえに、ある種の模倣の能力はあるようだった。だが、物まね以上のものを身につけることは、ついに出来なかった。

双子の息子で恐るべき血統は絶たれたかと思われた。だが三年が過ぎると、マッツィーニとベルタは、長い時間が過ぎて宿命の力は和らいだと信じて、また次の子どもを熾烈に望むようになった。

彼らの希望はなかなか満たされなかった。そして、熱望が実を結ばないことに苛立って、二人はだんだん気難しくなって行った。それまではお互い子どもの不幸の責任を分かち合っていた。だが、彼らから生まれた四人の獣の救済は絶望的だったので、卑賤な精神にはありがちな、相手に罪をなすりつけようとする、抑えきれない欲求を表に現わすようになった。

それは、「君の／あなたの」息子たち、という代名詞の変更によって始まった。その言葉には単純な罵倒以上に悪意がこもっていたので、二人の間には一触即発の気が満ちることになった。

「思うんだけど」ある晩マッツィーニは、家に入って来たばかりで、手を洗いながら話しかけた。「子どもたちをもっと清潔にしておくべきじゃないかな」

ベルタは何も聞かなかったように本を読み続けていた。

「これが初めてね」しばらく間をおいた後で彼女は答えた。「あなたが、あなたの息子の様子を気に懸けるそぶりを見せたのは」

マッツィーニはちょっと振り返って、作り笑いを浮かべているベルタの顔を見た。

「僕たちの息子、だと思うけど……」

「いいわ。『私たちの息子』ね。このほうがお好みかしら？」彼女は目を上げた。今度はマッツィーニも、はっきりと感情を表に現わした。

「僕に責任があるって言いたいんじゃないだろうね？」

「あら、いいえ」ひどく蒼い顔でベルタは微笑んだ。「でも、私だって同じなのよ、たぶん……それだけで十分だわ……」彼女はうめくように言った。

「なんだい。何が十分なんだ」

「たとえ誰かに責任があるとしても、それは私じゃないわ。私にはよく分かっているのよ。それがあなたに言いたかったことよ」

マッツィーニは、侮辱の言葉を投げかけてやりたい凶暴な欲求にかられて、しばらくの間ベルタを睨《にら》んでいた。

「やめようよ」ようやくのこと、彼は手を拭いながら言った。

「お好きなように。でも、もしおっしゃりたければ……」

「ベルタ！」

「お好きになさるといいわ！」

これが一番初めの衝突で、続いて何度も同じことが繰り返された。だが、その後に当然訪れる仲直りのなかで、お互いの愛情はいっそう強まり、次の子どもを熱望することで二人の魂は一つに結びついた。

そして、ついに女の子が生まれた。それから二年の間、彼等はいつも新たな破滅が訪れないかと、心のどこかで恐れながらすごしていた。

しかし、何事も起こらなかった。そして両親は、小さな愛娘がだめになる限界ぎりぎりまで、溺愛を注ぎ込んだ。ベルタもそれまでは息子たちの面倒を見ていたが、ベルティータが生まれると他の子どものことはほとんど忘れ去ってしまった。彼らを思い出すことは、自分が犯すよう強いられた罪業を思い出すように彼女を恐れさせた。マッツィーニの方にも、程度は軽かったものの、やはり同じことが起こっていた。そのため、彼らの心に平穏は訪れなかった。今や、娘がほんの少し体調を崩しただけで、彼女を失うのではないかと恐れた結果、障害を持った息子についての恨みつらみが表面化して来た。長い間、少しの弛みもないほど表面一杯まで苦い汁を心の容器に溜め込んできたので、ほんの少し触れただけで毒は外にあふれて落ちた。そして、その毒をふくんだいさかいの初めから、二人はお互いへの敬意を失ってしまった。残酷な達成感で人間を魅了する何かがあるならば、それは、始めたからには徹底的に相手を侮辱することなのである。それまでは、お互い成功がないため差し控えていたが、いまや娘という結果を得たために、どちらもそれを自分の手柄とし、相手が自分に作らせた四つの失敗作をより不名誉に思うようになっていた。

このような夫妻の心情のもとで、もはや四人の息子にはどんな愛情も掛けられなくなっていた。女中が見るからに乱暴なやり方で、彼らに服を着せ、食事をさせ、寝かしつけた。ほとんど体を洗ってやることもなかった。彼らはほんのわずかな優しさからも見放されて、ほぼ一日中塀の前に座りっぱなしでいた。

こうしたなか、ベルティータは四歳の誕生日を迎えた。その晩、ねだられるまま両親が与えた沢山のお菓子のせいで、女の子は少し寒気がして熱をだした。そして、娘が死ぬか知力を失うのではないかという恐れが、両親の治らない傷口をまた開いた。

二人とも口を利かないまま三時間が過ぎた。きっかけはいつものように、マッツィーニのたてる大きな足音だった。

「本当に、もう！　もっと静かに歩くことが出来ないの？　何度言ったら……」

「分かったよ。忘れていたんだ。もう止める。わざとしたんじゃないんだ」

ベルタは軽蔑したような笑いを浮かべた。

「そうね。あなたがそれほどだとは思ってないわ」

「僕だって、君がそれほどだとは全然思ってなかったよ、は……肺病だなんてね」

「何ですって？　何ておっしゃったの？」

「何も！」

「いいえ、確かに聞いたわ！　いいですわ、あなたが何をおっしゃったか分かりませんけど、でもね、何と言われたとしても、あなたと同じ親御さんを持つよりは、ずっとましだって誓えるわよ！」

マッツィーニは真っ青になった。

「とうとう」と彼は歯を食いしばりながら呟くように言った。「とうとう、毒蛇め、言いたいことを言ったな」

「そうよ、毒蛇よ、その通りよ！　でもね、私の両親は正気だったのよ。聞いてる？　正気だったのよ。私の親は錯乱して死んだわけじゃないわ。私は世間一般と同じ子どもたちを持つことが出来たのよ！　あの子達はあなたの子なのよ、あの四人の子どもは！」

今度はマッツィーニが爆発する番だった。

「肺病やみの、毒蛇め！　それが僕の言った事さ、それが言いたかった事なんだ！　訊いてみればいい。訊いてみればいいのさ、あの医者に。君の息子の脳膜炎は、何が一番の原因か。僕の親なのか、君の肺のせいなのかを、毒蛇め！」

言い争いはお互い思い切りの激しさで続けられた。ベルティータのうめき声が二人の口に栓をするまで。午前一時になって、娘の軽い消化不良は治まり、いっときは激しく愛し合ったことのある若い夫婦には必ず訪れるように、和解の時が訪れた。侮辱が辛辣だっただけ、和解はいっそう愛情にあふれたものとなった。

素晴らしい朝が訪れたが、ベルタはベッドから起きようとして喀血した。明らかに、感情が高ぶり眠れない夜を送ったことが原因だった。マッツィーニは長いこと腕のなかに彼女を抱きしめ、ベルタは絶望したようにすすり泣いていたが、どちらもあえて口を利こうとはしなかった。

十時頃になって、二人は昼食のあと外出することに決めた。それまでにあまり時間がなかったので、彼等は女中に鶏を絞めるように言いつけた。

輝くような一日は、ベンチに座った子どもたちを活気付けた。台所で鶏の頸を切りゆっくりと血を抜いているとき――ベルタは肉を新鮮に保つのによい、この方法を母から学んでいた――女中は背後で息づかいのようなものを感じたと思った。振り返った彼女は、四人の子が肩をくっつけ合い、驚愕して料理の様子を眺めているのを見た。

……赤だ……赤だ……

「奥様！　子どもたちが台所に来ています」

ベルタは跳んで来た。息子たちには絶対台所に足を踏み入れさせたくなかった。夫と謝り合い、水に流し、また幸福を取り戻して満たされていたこの瞬間でも、彼女は恐るべき光景を見過ごしに出来なかった。夫と娘を愛する気持ちが激しく高まるほど、自然の成り行きとして、四人の怪物に気分を苛立たせられたからである。

「出て行かせてよ、マリア！　追い出して！　追い出してって言ってるのよ！」

息子たちは、激しく揺すぶられ、乱暴に小突かれて、いつものベンチに追いやられた。

昼食が終わると、皆は外出した。女中はブエノスアイレスの市街に出かけ、夫婦は郊外を散策した。日が傾く頃に帰宅することになったが、ベルタはお向かいの隣人にちょっと挨拶をして行こうと思った。ベルティータはそれに付き合わず、すぐに家に帰った。

そうした間ずっと、息子たちは一日中ベンチから動こうともしなかった。太陽はもう塀の向こうに隠れ、地平線に沈み始めていたが、彼らは塀の煉瓦をじっと見つめ、今までにないほどぼうっとした様子をしていた。

突然、息子たちの目と塀の間を何かが横切った。彼らの妹が、五時間も両親に付き合って退屈していたので、一人であちこちを探検しようと思ったのだ。少女は塀の真下で立ち止まると、天辺をじっくりと見つめた。塀を乗り越えたがっているのは明らかだった。やがて、お尻の抜けた椅子を使ってみることにしたが、それでも上には届かなかった。大きな灯油缶も使うことにして、幾何学的な直観を頼りに椅子の上に真直ぐ立て、ようやく手を届かせることに成功した。

四人の息子は、妹が慎重にバランスを取って、つま先立ちをし、伸ばした手の間で塀の上にあごを乗せるやり方を、無関心なまなざしで眺めていた。そして、妹が辺り一帯を見回し、もっと体を持ち上げられるように、足を掛ける場所を探すのを見ていた。

だが、四人の子たちのまなざしには、次第に生気がみなぎり始めていた。全員の瞳の中に、同じ執拗な光がはっきりと宿った。妹からじっと目を離そうとせず、そのうちに、獣じみた貪欲がにじんできて、顔のあらゆる輪郭が変化していった。四人はゆっくりと塀に向かって歩きだした。小さな妹は塀の上に足を掛けることに成功し、そこにまたがって反対側に降りようとするところだったが、そのとき片足をがっしりとつかまれたのを感じた。自分の下で、こちらの瞳をじっと見つめている八つの瞳が、少女の恐怖を呼び覚ました。

「放して！　触らないで！」足をばたつかせながらベルティータは叫んだ。だが彼女は逆に下へと引っ張られた。

「ママ！　いやっ、ママ！　ママ、パパ！」娘は切羽詰まった泣き声を上げた。塀のふちにしがみつこうとしたものの、強く引っ張られるのを感じたと思うと転落した。

「ママ！　いや、マ……！」それ以上叫ぶことは出来なかった。息子の一人がのどを絞め、鳥の羽をむしるように彼女の巻き毛を引きむしった。後の三人は、一本の足をみんなでつかんで、台所へと引きずっていった。そこは、その朝、一羽の雌鳥がしっかり縛り付けられて血を絞られ、刻一刻と命を抜き取られていた場所だった。

マッツィーニは隣の家で娘の声を聞いたように思った。

「ベルティータが君を呼んでいるみたいだ」彼はベルタに言った。

夫婦は心配そうに聞き耳を立てたが、もう何も聞こえなかった。それでも間もなく暇を告げることにした。ベルタが帽子を置きに行く間に、マッツィーニは中庭へと足を進めていった。

「ベルティータ！」

何の返事もなかった。

「ベルティータ！」さらに大きな声を出したが、その声はもう動揺で裏返っていた。

いつも不安に苛《さいな》まれていたマッツィーニの心には、その静寂はあまりに不吉に思われたので、彼の背筋は恐ろしい予感に凍りついた。

「ちびちゃん、僕のちびちゃん！」もう絶望的になりながら奥へ向かって走った。台所の正面まで来たところで、彼は床の上に血の海を見た。少し開いていたドアを乱暴に押し開くと、恐怖の叫びを上げた。

夫の心配そうな呼びかけを聞いて、ベルタも奥に向かって走り始めていたが、叫び声を耳にして自分も叫び声を上げた。だが、台所に飛び込もうとしたところで、死人のように鉛色の顔をしたマッツィーニが立ちはだかり彼女を制止した。

「入っちゃ駄目だ！　入っちゃ駄目だ！」

ベルタは床一面が血で濡れているのを見てしまった。彼女はただ両腕を頭上に投げ上げ、かすれたうめき声を立てながら、夫の体にそって崩れ落ちていくだけだった。

狂犬

今年の三月二十日のこと、チャコ・サンタフェシーノのある村の住民たちは、一人の狂乱した男を追跡していた。彼は、妻に向けて猟銃をぶっぱなした直後に、目の前を通りかかった人夫を一発で撃ち殺したのだ。住人たちは武器を手にして、原野の中を、野獣を駆り立てるように追いつめていき、ついに一本の木によじ登っているのを見つけた。まだ猟銃を肩に掛けて、恐ろしいうなり声を上げていた。皆は男を撃ち殺さざるを得ないことを悟った。

三月九日。

狂犬が私たちの部屋に入ってきた日から、今日で三十九日になった。刻一刻と時が過ぎていく。あの出来事から続く二時間の記憶は、一生脳裏を去ることがないだろう。

我が家には、母の部屋をのぞいて、扉がなかった。慌しく入居してきたので、初日から不安がる母のために彼女の部屋につける扉や窓の材木を切りだすだけで、それ以外のことをする余裕がなかったのだ。私たちの部屋については、もっと仕事が楽になるのを待つあいだ、妻は大きな麻の垂れ幕で満足してくれた。本当のところ、私のほうには少し負い目があったのだが。夏のことだったので、この簡単なこしらえでも、私たちが健康を気にしたり、危険を恐れたりすることはなかった。こうした垂れ幕のなかで、中央の廊下に向けた一枚を通りぬけて、狂犬が侵入すると私に嚙《か》み付いたのだ。

錯乱した病人の叫び声に、私は獣じみて人間離れした印象を受けるが、他の人も同じように感じるのかどうか分からない。だが、夜中に家のまわりで執拗に聞こえる狂犬のうなり声は、間違いなく誰にでも陰鬱な精神的苦痛を与えることだろう。それは短い、首を絞められたような、苦悶の叫びだ。それはまるで、今にも死にかかり、苦痛のありったけに全身を犯されている、狂った獣の声だ。

黒い、大きい、切れ耳の犬だった。私たちが最も悩まされたのは、この地に着いてからずっと、雨が降り続けていたことだ。原野は雨に閉ざされ、日暮れは早く寂しい限りで、家から外に出るとすぐに、荒涼とした平原の真ん中で、小止みもない嵐に籠められてしまうので、母の気持ちは急速にふさいでいった。

しかも狂犬だ。ある朝人夫のひとりが、前の晩に家の前を通りかかった一匹が、彼の犬に嚙みついたと私たちに話した。また、二日前には、赤茶色の犬が原野で嫌な声をして鳴いていた。もっと沢山いますぜ、と彼は言った。妻と私はそれほど気にかけなかったが、母はそうではなく、できかけの私たちの家がひどく無防備だと感じ始めた。ひっきりなしに、街道の様子をうかがいに、廊下に出てくるのだった。

その朝村から戻ってきた息子が、母の心配を裏付けた。狂犬病が爆発的に流行し始めたらしい。一時間前に、村人たちは一匹の狂犬を追い回した。ひとりの人夫が機会を捉えて耳に山刀の一撃をお見舞いすると、犬は鼻面を下げ尻尾を後ろ足に挟んで、小走りで逃げ去った。私たちの家に続く道を横切り、途中でくわした子馬と豚に嚙み付いた。

さらに新しいニュースが届いた。私たちの隣の農場で、同じ日の明け方に別の犬が、越えられるはずのない牛の柵に、繰り返し飛びついていた。巨大な痩せ犬が、旧港からの小道を馬で通っている少年に走りかかってきた。午後になって、原野のなかから、苦悶する犬の叫び声が聞こえた。最後に、九時になったとき全速力で馬を走らせた二人の警官がやってきて、狂犬の目撃情報を伝えると、十分注意するように言って帰った。

残っていた勇気を母が失うのには十分だった。しっかりと落ち着いた性分だったが、子どもの頃に遭遇した恐ろしい出来事のために、狂犬に対しては恐怖を抱いていたのだ。絶えず黒雲に覆われ雨が降り続ける天気のせいで、彼女の神経は病んでしまい、速足で門を抜けてくる狂犬の幻をありありと見るありさまだった。

こうした心配には、現実的な理由があった。貧乏人が持てる以上の犬を飼っているどの土地でもそうなのだが、この辺りでは毎晩腹をすかした犬たちが家の周りをうろついている。発砲とか投石といったあからさまな敵対行為には、彼らは野獣のように反撃してくる。普段は身をかがめ、筋肉を緩めてゆっくりと歩き、決して足音を悟られることはない。彼らのひどい空腹を刺激するものなら何でも盗む。こういう場合に《盗む》という言葉が意味を持つのならだが。ほんの少しでも物音がすると、音がたつので急いで逃げ出しはしないが、足を曲げてゆっくりと歩みさる。草地にまでたどり着くとそこにうずくまり、半時間から一時間もそこで待ってから、また忍び寄ってくるのだ。

それが母の心配の理由だった。私たちの家は、犬が最も数多くうろついている場所のひとつだったので、狂犬の姿を見かけるやいなや、道を憶えて夜になってからやって来はしないかと、私たちは脅かされる破目になった。

その日の午後、少し物忘れがするようになった母が、また戸口までゆっくり歩いていったかと思うと、私は彼女の叫び声を聞いた。

「フェデリコ！　狂犬よ！」

赤茶色の犬が、背中を曲げて、速足で真直ぐに進んできた。私が出てきたのを見て、犬は足を止めると、背中の毛を逆立てた。私は体の向きを変えずに、猟銃を取りに行こうと後ずさったが、その間に犬は逃げ去ってしまった。急いで道まで走り出てみたが、見つけることは出来なかった。

二日が過ぎた。平原は相変わらず雨で寂しく荒れ果てた姿を見せており、狂犬たちの数は増え続けていた。疫病がはびこる通学路で子どもたちを危険にさらしたくなかったので、学校は閉鎖された。すでに交通が絶《とだ》えた街道は、通学児童の喧騒が七時と二時にもたらす活気を奪われて、陰鬱な静寂に沈んでいた。

母は中庭より外に出ようとしなくなった。どんな小さな鳴き声にも脅かされたように入り口の方を見やると、燐光を放つ目が草地の方から近づいてくるのが見えた。夕食が終わると部屋に閉じこもり、空耳かもしれない遠吠えにまで耳を澄ますのだった。

三日目の夜に私は遅くなってから目を覚ました。叫び声を聞いたような気がしたのだが、事実だったのか確かめられずにいた。しばらく待ってみた。突然、ひどい苦痛を表わす、短く金属的なうなり声が、廊下の床下を震わした。

「フェデリコ！」感情をあらわにした母の声が聞こえた。「聞こえたの？」

「ええ」ベッドから滑りおりながら私は答えた。母はその物音を聞きつけた。

「出てはいけないわ、あれは狂犬よ！　フェデリコ、外にでないでちょうだい、お願いだから！　ファナ！　あの子に外に出ないでって言って！」半狂乱になって母は妻に向かって叫んだ。

もう一つのうなり声が、今度は廊下の真ん中へん、建物の内側で起こった。背筋を冷たいものが、腰のあたりまで走りぬけた。そんな時刻に、狂犬のうなりを聞くほど、恐ろしいことはないだろう。母の絶望的な声がそれに続いた。

「フェデリコ！　自分の部屋に入るのよ！　外に出ちゃだめよ。後生だから、出ないで！　ファナ！　言ってやってちょうだい！」

「フェデリコ！」妻が私の腕を取った。

だが、犬が侵入してくるのを待っていては、非常に危険な状況になるかも知れない。ランプに火をつけると、猟銃を壁から外した。入り口の垂れ幕を横からたくしあげたが、黒い三角形に切り取られた外の深い闇以外に何も見えなかった。かなりの時間がたって片足を踏み出してみると、質感のある暖かいものが腿をかすめるのを感じた。

狂犬が私たちの部屋に入り込んだのだ。頭の後ろに膝で激しく蹴りをいれると、相手はすぐに歯をむいて嚙みついてきた。食いつかれはしなかったが、一瞬後に鋭い痛みが襲った。

妻も母も、私が嚙まれたことには、気付いていなかった。

「フェデリコ！　いったい何だったの！」私が犬の襲撃を防御した音を聞いて母が叫んだ。

「何でもない。犬が入ってこようとしたんだ」

「まあ！……」

またしても、今度は母の部屋の裏から、不吉なうなり声が放たれた。

「フェデリコ！　あれは病気を持っているわ！　外に出ないで」木の壁を隔てて一メートルのところに獣がいるのに気付いて、半狂乱で母が叫んだ。

あらゆる点で理性的な判断に似ている、まぎれもない愚行というものが存在する。私はランプを一方の手に、猟銃をもう一方に持って、慌てふためく鼠でも追いかけるかのように戸外に出た。そんな鼠くらいならば、まったく余裕を持って地面を照らし、棍棒の先で叩き殺すことが出来ただろうが。

何の物音も聞こえなかったが、それぞれの部屋では、いつ銃声がするかと心配しながら、母と妻が耳で私の行動を追っているのが分かった。

狂犬は行ってしまった。

「フェデリコ！」ようやく私が戻ったのを聞きつけて、母が呼びかけてきた。「犬は行ってしまったの？」

「そうだと思う。姿は見なかった。速足で駆けていく音を聞いたと思うんだ」

「そう、私も聞いたわ、フェデリコ。お前、部屋にいるんじゃないの？　扉がないのよ、お願い！　部屋に入って！　戻ってこれるでしょう！」

確かに戻ることはできた。午前二時二十分だった。それから明かりをつけたまま妻と私で明け方まで過ごした二時間は、極度に張りつめたものだった。妻は横になり、私はベッドに腰をかけて、はためく垂れ幕を休みなく見張り続けたのだ。

傷の手当てはその前に済ませていた。はっきりとした歯の跡だった。力いっぱい圧迫して、紫色になった二つの穴を、過マンガン酸カリウムで消毒した。

あの犬が病気を持っていたということは、それほど信じていなかった。前の日から犬たちの毒殺が始まっていて、追い詰められた私たちの心理状態が、ストリキニーネを使う決心をさせた。不吉なうなり声と傷による脅威とが残っていたが、もろもろの理由で、私はどちらかというと前者のほうが不安だった。明らかにそのため、私は傷を心配するのを怠っていたのだ。

そして、ついに運命の日がやってきた。けさ八時に、家から四クアドラの場所で、通行人が黒犬を拳銃で撃ち殺した。明らかに狂犬病に犯された歩き方をしていた。すぐにそのことが知らされたため、ブエノスアイレスに注射を受けに行く行かないで、私は母と妻相手に大喧嘩する破目になった。傷は十分に圧迫してあったし、箔下《はつか》ワニスと一緒に、たっぷりの過マンガン酸カリウムで洗っていたのだ。すべてが犬に噛まれてから五分以内のことだった。それだけ正しい衛生的処置をして、何を恐れる必要があるのか？　家内は平静にしていることで一致し、この地方ではありえないほど休みなく振り続ける雨がもたらした伝染病はあっけなく終焉して、生活は平常に戻った。

しかし、それにもかかわらず、母と妻は正確な日数を数え続けることを、やめられなかった。とりわけ母には、古くから知られた四十日間(1)のことが、重く圧し掛かっていた。三十九日のあいだ何の体調変化もなかったのに、あの晩からずっと苛烈につきまとう恐怖を大きなため息とともに心から追い払える明日という日を、母は待ち続けていたのだ。

それが私に与える唯一のわずらわしさは、起きたことを一々細部まで意識させられるということだ。明日の夜には、四十日の検疫期間とともに、私の顔色に病気の最初の兆候を見つけようとする、母と妻の執拗な監視からも解放されるだろう。

三月十日。

とうとうこの日が来た。今日を限りにこれからは、死の脅威という冠を頭に載せられていない、別の人間として生きることが出来るだろう。名高い四十日はもはや過ぎ去った。不安とも、迫害妄想とも、心配されていた恐ろしい病人の雄たけびとも、永久におさらばだ。

この喜ばしい出来事を、母と妻は変わったやり方で祝福した。私には隠していた、自分たちの味わった恐怖をすべて、ひとつひとつ教えてくれたのだ。まったく取るに足らない私の食欲不振が、二人にとっては死ぬほどの不安の種となった。病気が始まったんだわ、と彼らは嘆き悲しんだ。私が朝遅くまで起きてこないと、その間生きた心地もせずにいて、次の兆候が現われるのを待った。指から雑菌が入って、三日も熱を出し苛々していたことがあった。それが二人にとっては狂犬病が発病した確かな証拠に思えて、最も狂おしい愁嘆がひそやかに始まるのだ。

こんな具合で、ほんのちょっとした気分の変化や、極めてささやかな体力の低下が、四十日の間、新たに気のめる幾多の時間《とき》をもたらしたのである。

こうした告白を過去に遡ってされるのは、監視されながら生活していたものにとっては気持ちのよいものではないのだが、それでも最高の善意を示すものだったので、ともかく私は機嫌よく笑っていた。「ああ、お前！　自分の息子が狂犬病かもしれないと思うのが、母親にとってどんなに恐ろしいか、想像することもできないだろうね！　他のことならともかく……狂犬病よ。狂犬病なのよ！」

妻の方は、もっと落ち着いてはいたが、やはり余りに多くのことを打ち明けようとして、取りとめなく話を混乱させていた。だが、幸いなことに、すべてが終わった。こうした犠牲者の状態、絶望的な死の脅迫に抗して一刻一刻を見張られる赤ん坊の状態は、なんにしても望ましいものではない。これからは平和に暮らしていけるだろう。

どうか、過去であれ未来であれ、頭痛がして夜明けを迎え、彼女らの狂騒が繰り返されるようなことがありませんように。

まったく静かに生活できると思ったのだが、不可能だった。監視が終わったという確かな証拠がまだないのだ。一日中横目で窺《うかが》われ、私が近づくのを聞きつけると途端にやむひそひそ話は絶えることがない。食卓についていると、ちらちらとこちらの顔色を盗み見る。こうしたことが、すべて耐え難くなってきた。

「一体何のつもりなんだよ、まったく！」とうとう私は声を荒げた。「何かおかしなところがあるのか、俺はいつもと同じじゃないのかね？　狂犬話にはもう少々うんざりだよ」

「でも、フェデリコ！」二人は驚いて私を見ると答えた。「何もあなたに言っていないし、そのことは思い出しもしなかったのよ」

だが何もしないのだ。昼も夜も様子をこっそり窺う以外のことは。あの犬のいまいましい病気が、私のなかに忍び込んではいないかと。

三月十八日。

三日前から、一生そうあるべきだし、そうでありたいと思ったように、生活している。やつらは私を静かにしておいてくれる。ついに、ついに、ついに。

三月十九日。

またた！　また始まった。もはや目を離そうともしない。やつらが望んでいる通りの経過を、俺がたどるだろうとでもいうように。つまり、狂犬病になるということだ。分別ある二人の大人が、どうしてこれほどまでに愚かになれるのか！　今では隠そうともせずに、大声で私についてまくし立てている。けれども、何故そんなことをするのか分からないし、何を言っているのか一言も理解できない。俺が近づくとすぐに話をやめ、一歩でも離れると目くるめくおしゃべりをまた始める。我慢が出来なくなり、激昂して振り返った。

「話しなよ。話を続ければいいじゃないか。そのほうが卑怯じゃないってもんだぜ！」

やつらが言うことを聞きたくなかったので、そのまま立ち去った。もうこんな生活は我慢できない！


午後八時。

やつらは出て行こうとしている。やつらはみんな家から出て行くのを望んでいる！

ああ、どうして俺から離れたがっているのか、俺は知っているんだ！……


三月二十日。

午前六時。

うなり声だ、うなり声だ。一晩中うなり声しか聞こえなかった！　一晩中そのたびに目を覚まして過ごした！犬どもだ。昨夜は間違いなく犬どもが家の周りにいた！　それなのに妻も母も静かに眠るふりをしていた。こちらを窺う犬どもの目やうなり声で、くたくたにされているのは、俺だけだとでもいうように！


午前七時。

毒蛇だらけだ！　家が毒蛇に占領されてしまった！　顔を洗いにいったら、洗面器台に三匹のとぐろを巻いた蛇がいた！　上着の裏にはもっと沢山だ！　他にもいっぱいいる！　それだけじゃない！　家中に毒蛇を放していったのは妻なんだ！　毛むくじゃらの大きな蜘蛛どもまで、俺を追いかけてくる。どうしてやつが、昼も夜も俺を監視していたのか、ようやく分かったぞ！　ようやくすべてが分かった！　だから家を出て行こうとしたんだ！

午前七時十五分。

中庭は毒蛇でいっぱいだ！　一歩も歩くことが出来ない！　いやだ、いやだ！……助けてくれ！……

妻が走り出ていった！　母も出て行った！　やつらは俺を殺そうとしたんだ！……猟銃だ！……畜生め！　実弾が込めてあるぞ！　だが、構うもんか……

なんていう叫び声を挙げるんだ！　撃ちそこなっちまった……また毒蛇どもだ！　あそこだ、あそこにでっかいやつがいる！……ああ！　助けてくれ！　助けて!!

みんなが俺を殺そうとしている！　女たちに命じたんだな！　原野も蜘蛛でいっぱいだ！　家からついて来たんだ！

またひとり人殺しがやってきた……あいつらを連れてきた！　毒蛇どもを地面にまいているぞ！　口から蛇を出して、俺のほうに投げつけてきやがる！　だが、あいつの命は長くないぞ！　これでもくらえ！　そら、毒蛇と一緒にくたばったぞ！　ああ、今度は蜘蛛がいっぱいだ！　うわあ、助けてくれ!!

やってきた、みんなでやってきたぞ！　俺を探している！　探している！　みんな俺に向かってものすごい数の毒蛇を投げつけて来た！　地面にまき散らしている！　もう弾丸がない！……みんなが俺を見た！……ひとりが俺に狙いを定めている……

訳　註

（1）古くから知られた四十日間　十四世紀半ばの黒死病の流行以後、ヴェネチア政府が検疫停船期間を四十日と定めたことから、疫病予防の隔離期間、検疫期間を四十日とする考え方がかつては広く流通していた。狂犬病の潜伏期間は十日から数年にわたり、四十日という日数に実質的な意味はない。

野性の蜜

私にはウルグアイのサルトに二人の従兄弟がいる。今ではいい大人だが、十二歳の頃にジュール・ヴェルヌを読みふけったあげく、町を捨てて未開の森で生活をするという魅力的な計画に取り付かれた。森は町から二レグア(1)ほどのところにあった。そこで猟と釣りによる原始的な生活を送るつもりだったようだ。本当のところは、二人とも猟銃も釣竿も持っていくことに特に気がつかなかった。だが、ともかくも、幸福の源泉である自由と魅力的な危険を秘めて、森はそこに待ち受けているのだ。

残念ながら二日目に彼等は、捜索に来た人々に発見されてしまった。すでにかなり茫然自失の態で、少なからず衰弱していた。幼い兄弟には——これもヴェルヌに吹き込まれていたので——驚きだったことに、まだ二本足で歩き言葉を話すことが出来た。

しかし、二人のロビンソンの冒険も、もっと日曜日の遊び場めいていない本当の密林が舞台だったら、もう少しそれらしいものになっていただろう。ここ、ミシオネスならば、逃亡は思いもかけない結末にたどり着きうる。そして、御自慢の厚皮ブーツ《ストロンブート》(2)によって、ガブリエル・ベニンカサが導かれていったのが、そんな結末だった。

ベニンカサは、すでに公認会計の課程を修了したところだったが、急に密林での生活を体験したいという欲求に駆られた。生来の気質がなさしめたものではない。というのは、それまでのベニンカサは、優れた健康を物語る小太りでバラ色の頬をした、温和な青年だったからだ。したがって、密林で偶然見つかる得体の知れない食料よりもミルクティーとパイ菓子類を好む、ありふれた常識家だった。しかし、自分の義務を心得た分別ある独身者が、結婚式の前夜に友人たちと破目を外して、自由な生活に別れを告げようとするように、ベニンカサは平穏な人生に、二、三の激しい生活で刺激を与えて、彩を添えようと思ったのだ。そんなわけで、彼はパラナ河を、伯父の経営する森林伐採所に向かって、名高いストロンブートとともに遡って行った。

　コリエンテスを出るとすぐに、岸辺のワニたちが風景を刺激的に彩っていたので、彼はその頑丈なブーツを履き込んだ。だが、それにもかかわらず、公認会計士どのは引っかき傷や不潔な接触からブーツを守り通すことに神経を使った。

　そんな風にして、伐採所に到着したのだが、着いてすぐ気晴らしに出ようとして、彼は伯父に引きとめられた。

「今からどこに行こうっていうんだ？」驚いて伯父は尋ねた。

「ちょっと森までね。その辺りを歩き回ってくるよ」もうウィンチェスターを肩に掛けていた甥は答えた。

「だが、そいつはお気の毒さまだな！　ちょっくら散歩ってな具合にゃいかねえぞ。どうしてもって言うなら、間道を抜けて行くことだが……それよりまあ銃を下ろしな。明日になりゃあ、人夫《ペオン》の一人もつけてやるからよ」

　ベニンカサはとりあえず散策を断念した。だがそれでも、森の境い目までは出かけて行って、そこで立ち止まった。何気なく一歩足を踏み入れて、静かに待ってみた。ポケットに手を突っ込み、か細く切れ切れに口笛を吹きながら、もつれ絡み合った茂みを長い間のぞき込んでみた。それからまた森をあちらこちらから観察したあと、いくぶんがっかりして戻ってきた。

　それでも翌日になると、森の真ん中を通る小道を一レグアばかりも歩き回ったのだが、猟銃を使うような目にあうこともなく帰ってきた。しかし彼は、散策に見切りをつけたわけではなかった。野生動物はおいおいやってくるに違いないさ。

二日目の晩に確かにそれはやってきたが、ちょっと思いがけない形でだった。

ベニンカサは、ぐっすりと眠り込んでいたところを、伯父にたたき起こされたのだ。

「ほれ、寝ぼすけめ！　起きないと生きたまま喰われちまうぞ」

ベニンカサは寝台の上でがばと跳ね起き、とたんに部屋のなかを動き回っている、三つの角灯《ランタン》の光に目を眩《くら》まされた。伯父と二人の人夫が、床に何かを撒いているところだった。

「何です、何があったんです？」訊きながら床にとび下りた。

「何でもない……おっと、足に気をつけな……コレクシオンがいるぞ」

ベニンカサはすでに、コレクシオンと呼ばれる珍しい蟻のことは、聞かされていた。それは小型で、黒く、艶があり、多少とも幅広い一筋の流れを作って、群れで素早く移動する。そして本質的に肉食性で、行く手に現われるすべての生き物を貪り食いながら行進していくのだ。クモであろうが、コオロギであろうが、サソリでもガマでも毒ヘビでも、どんな生き物も彼らに逆らうことは出来ない。どんなに大きくて力強い動物も、彼らからは逃れられない。それが家に入ってくるということは、生き物すべてが皆殺しにされるということを意味した。どんな片隅も深い穴底も、この貪欲な川の流れが侵入してこない場所はないからだ。犬が吠え、牛が悲鳴を上げ、十時間ばかりで骨にされてしまうとしても、家の者は彼等を諦めざるを得ない。虫や肉や脂の豊富さに応じて、一つの場所に、一日か、二日か、五日くらいまで留まる。そして、すべてを食い尽くすと、去って行くのだ。

しかし彼らも、クレオリン(3)やそういった類の薬品には、歯が立たない。伐採所にはそんなものがいくらでもあったから、家は一時間前から、コレクシオンの侵入を防ぐことが出来ていたのだ。

ベニンカサは、足に出来た嚙《か》み痕が紫色に腫れているのを、間近で眺めてみた。

「実際、ひどく嚙みやがるなあ！」驚いた彼は顔を上げて伯父に言った。

伯父のほうはそんなことは分かりきっていたので、甥に返事をする代わりに、侵入を防ぐ時間があったことを神に感謝して祈りを捧げた。ベニンカサは眠りに戻ったものの、熱帯特有の悪夢にうなされて、一晩中寝返りをうっていた。

次の日は、猟銃の代わりに、山刀を持って出かけた。その方が密林のなかでは、はるかに役に立つと判断したためだ。実際のところ、その腕は見事とは言いがたく、成果の方は輪をかけて散々だった。いずれにせよ、何とかそれで木の枝を払い、同時に自分の面を殴りつけ、ブーツを切り刻んでしまった。

森の日が暮れかかり、辺りが静かになると、急に疲れが出た。その刻限の情景は、昼間見る舞台のような——ある意味で的確な——印象を与えた。沸き立つような熱帯の一日のなかで、その時間だけが凍りついた劇場以外の何ものでもなかったのだ。獣も、鳥も、小さな物音すらほとんどなかった。ベニンカサは家に戻ろうとして、鈍い羽音のようなものに注意を引かれた。十メートルほど離れたところに、空ろになった木の幹があって、穴の入り口あたりに、ごく小さな蜂が舞い踊っている。用心深く近づいて、洞の底を覗《のぞ》き込むと、十個から十二個ばかりの、鶏卵ほどの大きさの薄黒い玉が見えた。

「これは蜜だ」体の奥から食欲が湧きあがってくるのを感じながら、公認会計士は独りごちた。「蜜のいっぱい詰まった、蜂の巣房に違いない……」

だが、彼と巣の間には蜂がいる。しばらく考えた後で、ベニンカサは火を使うことを思いついた。思い切り煙を立ててやろう。ところが、蜜泥棒が巣の近くに湿った落ち葉を用心深く運んでいると、数匹の蜂が彼を刺すでもなく、その腕にとまって来た。急いで一匹を捕らえ、腹を押さえつけてみると、針を持っていないことが分かった。豊富な蜜を前にして、もう湧き出していた唾液が止めどなく溢れてきた。なんという善良な小動物だろう！

直ちに巣房を木からはがすと、蜂がうるさく寄って来ないくらいまで離れて、会計士は太い木の根に腰を下ろした。十二個の房のうち、七つには花粉が貯えられていた。しかし、残りの五つには濃い蜜が詰まっており、それは透明な黒色をしていた。ベニンカサは喜んで味見してみた。確かに何かの味がする。だが何の？　彼にははっきりと分からなかった。何かの果樹の樹脂か、ユーカリの樹液といった感じだ。そして同じ成分によるのだろう、その色濃い蜜には、ちょっと苦い後味があった。その代わりに、何とたまらない香りがすることか！

五つの房だけが用ありと判ると、ベニンカサはさっそく始めた。彼の考えは単純で、房を持ち上げて、蜜を口に流し込もうというものだった。しかし、蜜が濃かったので、三十秒ほど空しく大口を開けて待った後、穴を大きく開けてやらなければならなかった。それからようやく蜜は出てきて、会計士の舌の上に重い糸を引いて滴り落ちた。こうして、ひとつまたひとつと、五つの巣房は、すべてベニンカサに蜜を飲まれて空になった。それ以上房を持ち上げていても、前のやつを調べなおしても、もう何も出てこないので、ようやく彼はあきらめた。

そうこうするうち、顔を上げる姿勢を取り続けたせいか、少し眩暈《めまい》がしてきた。蜜で少し胸やけがし、黙ったまま大きく目を見開いて、ベニンカサはもう一度、薄暮れ方の森を眺めた。樹木と地面がやや斜めに傾き、風景とともに彼の頭もゆらゆら揺れている。

「おかしな眩暈だ」彼は思った。「それに、もっと悪いことは……」

立って歩きだそうとした途端に、また木の根方に倒れ込んでしまった。身体、特に両足が鉛のように重く、恐ろしく腫れあがったように感じられた。そして、手足の先がむずむずと痺れていた。

「何だか変だぞ、変だぞ、変だぞ！」妙な感覚の原因を調べようともせずに、ベニンカサは馬鹿のように繰り返した。「まるで蟻が這《は》っているような……コレクシオンだ！」そんな風に思った。

突然、恐怖のために息が切れた。

「蜜のせいだ！……毒があったんだ……中毒したんだ！」

ふたたび体を起こそうとして、恐怖に髪が逆立った。動くことすら出来なくなっている。鉛のような重さと痺れは、今では腰のところまで来ていた。そんな場所で一人悲惨に、母親や友人たちからも離れて死んでしまうのだという恐怖で、あっという間に何の抵抗もできなくなった。

「今僕は死につつある……ここで、もうすぐ死んでしまうんだ！……もう、手を動かすことも出来ない！」

パニックに陥りながらも、熱も喉の熱さも感じられないし、心臓や肺も規則正しく機能していることに、彼は気づいた。彼の心配は別の方に向いた。

「これは麻痺だ。身体が麻痺しているんだ。そして、誰も僕を発見してくれないだろう……」

だが、眩暈がひどくなればなるほど、耐え難い眠気が襲ってきて、彼からすべての力を奪い取って行った。そうこうするうち、揺れ動いている地面が小刻みに震えながら、だんだんに黒く変わってきたように思った。ふたたび記憶のなかにコレクシオンのことが甦り、その黒いものは彼等が地面を被っているのではないかという、最も恐ろしい可能性が彼の思考を支配した。

この最後の恐怖から逃れるために、まだ残っていた力を振り絞って叫んだ。大人の声ではなく、怯《おび》えた子どもだけが立てることのできる本当の悲鳴だった。足下から黒蟻の急流が這い上がってきた。彼の周りでは、貪欲なコレクシオンが地面を埋め尽くしている。そして会計士は、下着のしたを通って肉食の蟻の川が流れてくるのを、はっきりと感じた。

二日後にようやく伯父が発見したのは、一片の肉も残っていない、ベニンカサの服を着た骸骨だった。まだ向こうの方で略奪を繰り広げているコレクシオンの姿と、空になった蜂の巣房を見れば、何が起きたかは明らかだった。野性の蜜がこうした麻酔もしくは麻薬の性質を持っていることは、ごく稀だがありえないことではない。同じ性質の花なら、熱帯にはいくらでも存在する。そして、大部分の場合には、蜜の風味でその成分は分かる。ベニンカサがユーカリの樹液だと思った、あの後味のような。

訳註

（1）レグア　距離の単位。英語のリーグと同語源。一レグアは約五五〇〇メートル。

（2）ストロンブート　キローガの作品にしばしば登場する、頑丈なブーツ。何かの製品名か。語源は不詳。

（3）クレオリン　クレオソールと樹脂石鹸を調合した製品。脱臭や殺菌に使用する。

ヴァンパイア

「そうです」ローデ弁護士は言った。「私がその訴訟を担当しました。このあたりではかなり珍しい、死体冒瀆《ヴァンピリズム》の事件です。ロヘリオ・カステラルは、そのときまで若干の空想癖を除けばまともな男だったのですが、ある晩、墓地で埋葬されたばかりの女性の遺体を引きずり歩いていて、人々を驚かせたのです。一立方メートル分もの土を爪でかき出したために、この男の手はぼろぼろになっていました。墓穴の側には、打ち破られたばかりの棺の残骸が転がっていました。さらに不気味さを増す要素として、明らかによそからきたと思われる雄猫が、腰を砕かれて近くに倒れていました。ご想像の通り、一幅の絵として欠けるところはなかったのです。

男との最初の会見で、陰気な狂人と対決しなければならないことが、私には分かりました。初めのうち、彼は頑なに何も答えようとしませんでしたが、すぐに私の理性的な語りかけに、首を振って同意するようになりました。そして最後には、私が彼の話を聴く責任のある人間であることを、理解したようでした。

『ああ、貴方は俺の話を理解してくれる!』熱っぽい目で私をひたと見つめて、彼は叫びました。そうして、今思い出しても理屈をつけることが出来ないような、錯乱に満ちた話を続けました。

『貴方にはすべてを話すよ! そうとも! あの雄猫のことは、……雌猫だったか? 何がどうしたかって? 俺だよ! 俺が一人でやったのさ!

聞いてくれ。俺があそこに……着いたとき、俺の女房が……』

『あそこって、どこです？』私はさえぎりました。

『あそこ……雌猫だったろう？　そのとき？……俺が着いたとき、女房が狂ったように走ってきて、俺に抱きついた。そしてすぐに気を失った。狂乱した目で俺を見ながら、そこらの奴がみんな、俺のまわりに押しよせてきた。俺の家！　火事になって、倒壊し、家具もろともに潰《つぶ》れてしまっていた。それは、それは俺の家だったんだ。だが彼女は無事だった。俺の女房は！

そのとき、一人のみすぼらしい男が、憤激に駆られて、俺の肩を揺すりながら怒鳴った。

——何をしているんだ？　答えろ！

それで俺は答えた。

——これは俺の女房だ！　助かった俺の女房なんだ！

すると相手は叫び声を上げた。

——お前の女房じゃない！　その女は違う！

この手に抱いている人を見ようと視線を下げて、俺は自分の目玉が眼窩《がんか》から飛び出すんじゃないかと思った。気絶しているのはマリア、俺のマリアではないのか？　急に血が逆流して目の前が真っ赤になり、俺の腕からマリアではない女が滑り落ちた。その辺の樽に跳び乗ると、立ち働いている男たちを見下ろし、かすれた声で叫んだ。

——どうして！　どうして！

風が横殴りに吹きつけていたため、どの男たちも髪を乱していた。その乱れた髪を通して、男たちの目が俺を見つめていた。

そのとき、あらゆるところから一斉に、声が聞こえてきた。

——死んだよ。

――押しつぶされて、死んだ。

――死んだ。

――叫んだよ。

――ただ一度、叫んだ。

――俺は彼女が叫んだのを聞いた。

――俺もだ。

――死んだよ。

――あいつの女房は、押しつぶされて死んだ。

――どうか、後生だから――手を揉み合わせながら、そのとき俺は叫んだ。――彼女を助け出そうじゃないか、仲間たち！　助け出すのは俺たちの義務だよ！

みんなは走った。声に出さない熱情を持って、焼け跡に走りよった。煉瓦が放り投げられ、窓枠が崩し取り外され、建物の解体はあっという間に進んだ。

四時になって、働いているのは俺だけだった。爪は全部ぼろぼろになり、指はただひたすら地面を掻き続けていた。だが、俺の胸のなかで！　マリアを探しながら、恐ろしい不幸に対する苦悩と怒りが、俺の胸のなかで揺れ動いていた。

まだ動かしていないのはピアノだけだった。そこには、疫病の静けさと、脱ぎ捨てられたペチコートと、ネズミの死骸があった。倒れたピアノの下に、黒焦げになって石榴《ざくろ》色の血がついた足を出して、押しつぶされた女中がいた。

中庭に彼女を連れ出した。そこには、タールと水でべとべとになった、物言わぬ四方の壁だけが残っていた。つるつる滑る床は、暗い空を映している。それから俺は女中を抱えると、彼女を引きずって中庭のぐるりを回り歩き始めた。

俺の足音が響いた。なんという足音だろう！　一歩、さらに一歩、そしてまた一歩。

燃えかすと空洞しか残っていない、扉のあった出入り口に、家の雌猫が縮こまっていた。薄汚れてはいたが、災難からは逃れることが出来たのだ。俺が女中を引きずって四度目に前を通りかかったとき、猫は怒りの唸り声を上げた。

ああ！　それでは、俺ではなかったのか？　俺は絶望して叫んだ。瓦礫の間を、柱や梁《はり》の廃墟と死装束の間を、マリアのほんの一片でもと、探し回っていたのは、俺ではなかったというのか！

六度目に猫の前を通りかかると、奴は毛を逆立てた。七度目のときには、後ろ足を引きずりながら立ち上がった。その格好で、油を注した女中の髪を舌で舐《な》めようとして、俺たちの後をついてきた。彼女の、マリアの、悪意ない死体の捜索者！』

『死体の捜索者ですって！』私は彼を見つめて、その言葉を繰り返しました。『でも、それは墓地での出来事だったんですよ！』

ヴァンパイアは、自分の髪に埋もれるくらい顔を伏せたけれど、狂人の恐ろしい目で私を見続けていました。

『それでは、貴方は知っていたんだな』彼ははっきりした口調で言いました。『それでは、みんなも知っていて、一時間も俺に話をさせていたんだな』涙声でそう叫ぶと、彼は頭を後ろに投げかけ、地面に座り込んでしまうまで、壁際を崩れ落ちていきました。『だが、誰がこの惨めな俺に教えてくれるんだ？　マリアの髪の毛一筋でも、タールのなかから救い出そうとしたつもりじゃないなら、どうして俺が自分の家で、爪をぜんぶ剝がしてしまうようなことをしたというのか！』

皆さんも御理解のように、もうそれで十分でした」弁護士は話を締めくくった。「その男について、どう処理したらよいかを決めるのにはね。彼はすぐに入院させられました。もうそれから二年になります。そして、彼は完全に回復して、昨晩退院しましたよ……」

「昨晩ですって？」喪服に身を包んだ若い男が叫んだ。「そういった狂人を夜に退院させるんですか？」

「何がいけないんですか？　その男は完全に治っていて、貴方や私と同じくらい正気なんですよ。それはそれとして、もし再発したとすれば、こういったヴァンパイアの通例では、この時間帯にはもう活動に入っているでしょうけどね。ですが、それは私には関わりのないことです。皆さん、おやすみなさい」

入植者

男と妻は朝の四時から歩いていた。嵐から息の詰まりそうな凪《なぎ》に変わった天候は、さらに湿地帯の亜硝酸の蒸気によって鬱陶しさを増した。やがて雨が落ちてきて、夫婦は一時間で全身ずぶ濡れになりながら、なおも粘り強く歩き続けた。

雨が止んだ。男と妻は苦悩のにじんだ絶望の面差しで、顔を見合わせた。

「もう少し歩く元気があるかい」男が言った。「多分彼らに追いついているよ……」

鉛色の顔をして、目に濃いくまを作った妻は、頭を振った。

「行きましょう」ふたたび歩きだしながら、彼女は答えた。

だが、いくらもしないうちに、苛立たしげに一本の枝をつかむと、女は止まってしまった。前を歩いていた男は、うめき声を聞いて振り向いた。

「もう無理だわ！……」汗まみれの顔で口をゆがめ女はつぶやいた。「ああ、神様」

辺りを長いこと眺め渡した後で、男はどうしようもないことを悟った。妻は妊娠していた。圧倒的な運命に呆然としてしまい、どこに足をつけているかもわからないまま、男は木の枝を何本も切り取って地面に広げると、妻をその上に寝かせた。そして枕元に座ると、自分のひざの上に彼女の頭を乗せた。

無言のまま十五分ばかりが過ぎた。そのとき、妻が大きく身震いをしたかと思うと、ひきつけを起こしてあちこちに激しく体を投げ出したので、男は全力で押さえなければならなくなった。

発作がおさまってからも、ひざで両手を地面に押し付け、男はしばらく妻の上に馬乗りになったままでいた。それからようやく身を起こし、ふらふらと後ろに数歩下がってから、額をこぶしでたたくと、今は深い眠りに落ちている妻にふたたび膝まくらをした。

また新しくひきつけが起こり、発作から脱したときには前より生気が失われていた。それからもう一度発作が始まり、それが終わったときに女の命も終わっていた。

全力で痙攣《けいれん》を押さえつけようとしながら、まだ妻に馬乗りになったままで、男はそのことに気づいた。恐怖に駆られて、激しく泡を吹く口元をじっと見つめた。血の混じった泡は口から流れ出して、地面に黒い穴を作っていた。

何をしているかわからないまま、男は指で妻のあごに触れた。

「カルロータ」男は呆然と言った。その声にはまったく抑揚がなかった。自分の言葉を聞いてわれに返り、上体を起こすと、さまよう目であらゆる場所を眺めた。

「これはあまりな運命だ」男はつぶやいた。

「これはあまりな運命だ」再びつぶやいた。そうしながら、これまでの経過を何とか自分にはっきりさせようとした。二人はヨーロッパからやってきた、そう、それは間違いない。あちらに二歳になる長男を置いてきていた。妻が妊娠して、ほかの仲間たちとマカリエーに行った。……仲間から遅れて二人だけになった。妻が達者に歩けなかったからだ。そして環境が悪化すれば、おそらく……おそらく、妻は危険にさらされたことだろう……

それから突然振り向いて、狂乱のまなざしを注いだ。

「女房はあそこで死んでいる!……」

ふたたび腰を下ろし、死んだ妻の頭をひざに乗せると、それから四時間これからどうするかを考えつづけた。

何の考えもまとまらなかった。だが、日が落ちると妻の体を肩に担ぎあげ、来た道を戻り始めた。行きと同じく湿地の端をたどるように歩いた。銀色の夜にワラクサ原が果てしなく広がり、草はそよとも動かず、いたるところに蚊が羽音を立てていた。男は頭をたれて、同じペースで歩いていった。ふいに妻が肩から滑り落ちた。男は一瞬硬直して突っ立ったままでいた。それから妻の上に倒れこんだ。

目が覚めると、太陽が燃え上がっていた。ヒトデカズラの実を食べた。本当はもっと栄養のあるものを食べたかった。聖なる大地に妻の体をゆだねるまでには、まだ何日も歩かなくてはならないからだ。

ふたたび遺体を担ぎ上げたが、男の力は衰えていた。織り込んだツル草で妻の体を覆って包みにすることで、より疲れずに歩くことができるようになった。

それから三日間、白熱した太陽の下で、休んではまた進み、夜は虫に食われながら、男はひたすら歩き続けた。空腹のために意識は朦朧となり、遺体が発する瘴気で体調が損なわれた。彼の使命はひとつの執拗な観念だけに絞り込まれた。愛する妻の体を、敵意ある野蛮な土地から引き離すこと。

四日目の午前は動くことができず、午後になってようやく、また歩き始めることができた。だが日が沈む頃に、疲れ果てた神経を深い悪寒が走りぬけたので、遺体を地面に横たえると、男はその傍らに座り込んだ。

すでに夜の帳《とばり》は落ち、単調な蚊の羽音が物寂しい空気を満たしていた。男は顔いちめん網目のように蚊に刺されたのを何とか感じることができた。だが、凍てついた体の奥底からは絶えず悪寒が湧き上がり続けていた。

やがて、痩せ細った黄土色の月が、湿地の向こうから昇ってきた。直立した背の高いワラクサの群れが、黄色がかった陰鬱な沼水の果てまで輝いて見えた。危険な熱が極限まで高まっていた。

男は傍らに横たわる、ぶよぶよとした恐ろしい塊《かたまり》に、ちらりと目をやった。そして、ひざの上で両手を組むと、前方の毒気を放つ湿地帯をかっと睨《にら》んだ。その遥か彼方《かなた》に、譫妄《せんもう》がシレジアのある村の姿を描き出した。その村に、男とその妻、カルロータ・フェニングは、裕福で幸せになり、愛する長男を迎えるために戻っていった。

ヒプタルミックな染み《ラ・マンチャ・イプタルミカ》

「あの壁にあるのは何だろう？」

そう言いながら、私は視線を上げて壁を見た。何もなかった。壁は滑らかで、冷たく、どこまでも真っ白い。ただ上のほうの、天井に近いあたりが、光が足りずに暗くなっているだけだ。

相手も目を上げて、見開いたまましばらくじっと動かさずにいた。うまく言えないことを何とか表現しようとしている様子だった。

「か……壁ですって？」ようやく口に出した。

これは、また。なんとも不器用で夢遊した思考の表現だ。

「何でもありませんよ」私は答えた。「ヒプタルミック[1]な染みです」

「何の……染みですって？」

「ヒプタルミックな……。ヒプタルミックな染みです。ここは私の寝室です。妻はあちらの隅に寝ていました……ああ、なんて頭が痛いんだろう……いえ、大丈夫です。私たちは七ヶ月ほど前に結婚し、妻は一昨日死にました。違いますか？……それがヒプタルミックな染みなんです。ある晩のことです。妻が何かにうなされて目を覚ましました。

『何を言っているんだい？』私は心配して尋ねました。

『なんて変わった夢なのかしら！』彼女はまだ不安そうに返事をしました。

『どんな夢？』

『分からないわ、ほとんど……何かのお芝居だったことだけしか……何か曖昧で深遠な……ああ、だめだわ！』

『何とか思い出してくれないか、頼むから！』私はものすごく興味を引かれて懇願しました。あなたたちは、私が演劇人であることを、ご存知でしょう……

妻は思い出そうと努力しました。

『駄目だわ……タイトルしか思い出せないの。何とかな染み……テレ……ヒタ……ヒプタルミックだわ！　それから、白いハンカチで縛られた顔』

『何だって？……』

『白いハンカチで顔を縛って……ヒプタルミックな染み、よ』

『変わってるね！』私はつぶやきました。それ以上のことは考えませんでした。

何日か経ったある日の朝、妻は顔を縛って寝室から出てきました。その姿を見るとすぐ、私は突然あの夜のことを思い出したのです。妻の目を覗《のぞ》き込むと、彼女も気づいていたことを知りました。ふたりは大声で笑い出しました。

『そうよ！……そうよ！』彼女は笑いながら言いました。『ハンカチを顔に当てたとたんに、思い出したの……』

『歯が痛かったの？』

『どうだったかしら。たぶんそうね……』

昼間はずっとそのことで冗談を言い合いました。そして夜になって、妻が服を脱いでいるとき、私は食堂からいきなり彼女に大声で呼びかけました。

『もしかすると……』

『そうよ！　ヒプタルミックな染みよ！』笑いながら彼女は答えました。私の方も笑いを返し、それから二週間、私たちは完全な愛の狂気のうちに過ごしました。

この我を忘れた狂乱の期間が過ぎると、緩慢な不安の時期がやってきました。お互いに感情を隠して相手を監視しあうようになったのです。そのような状態はどこにも出口がなく、お互い息が詰まりそうになって、最後に光り輝く激しい愛が爆発しました。

ある日の午後、昼食から三、四時間たった頃に、妻は私の姿を見かけないまま、寝室に入ってくると、雨戸が閉められているのに驚いて、立ちすくみました。ベッドの上に死人のように横たわっている私を、彼女は見つけたのです。

『フェデリコ！』私に駆け寄りながら、彼女は叫びました。

私は一言も答えず、体も動かしませんでした。それは彼女、私の妻だったのに。お分かりですか？

『放っといてくれ』私は荒々しく身体を引き離して、壁の方に寝返りをうちました。

しばらくの間何も聞こえませんでした。それから聞こえてきたのが、妻のすすり泣きです。彼女はハンカチを口のなかまで押し込んでいました。

その夜は音も立てずに夕食をとりました。お互いに一言も口を利かずに。そして十時になったとき、妻はクローゼットの前にひざまずき、何かをたたんでいて、私を驚かしました。端と端が揃うように、細心の注意を払って、白いハンカチを折っていたのです。

『なんて惨めなのかしら！』彼女は私の方に顔を上げながら、絶望的に叫びました。『あなた、何をしているの？』

それは彼女、私の妻だったのです。私は可愛い口を被いつくすようにして、彼女を抱きしめました。

『何をしていたかって？』私は答えました。私たちに起こっていることの、ぴったりした説明を探しながら。

『フェ　デ　リ　コ……あな　た……』彼女はうめきました。

狂気の波が押し寄せて来て、またも私たちを巻き込みました。

彼女が服を脱ぐ音が――まさにここからです――食堂まで聞こえました。私は愛情に駆られて叫びました。

『もしかすると……』

『ヒプタルミック！　ヒプタルミックよ！』彼女は笑って答えると、急いで服を脱いでしまいました。

寝室に入ったとき、ただならぬ静けさに驚きました。音を立てずに近づくと覗き込みました。妻はひどく腫《は》れあがった青白い顔をして、横になっています。顔は白いハンカチで縛られていました。

ベッドカバーをシーツの上に掛けると、私はベッドの端に横になり、首の後ろで手を組みました。衣擦れの音も、ベッドの向こうからのきしみも聞こえません。何ひとつとして。蠟燭の炎が、恐ろしい静寂に吸い込まれるように、小さくなっていきました。

時間は刻々と過ぎていきます。白く冷たい壁は、天井に向かうにしたがって、だんだんに暗くなって……あれは何だろう？　分からない……」

そしてまた私は視線を上げた。他の人たちも同じようにした。私は壁に目を据えると、何世紀にも感じられる間ずっとそのままでいた。それからようやく、彼らが深刻な目で、じっとこちらを見ているのに気づいた。

「あなたは精神病院に入っていたことがありますか？」ひとりが私に聞いた。

「いいえ、思い出せる限りでは……」私は答えた。

「それでは刑務所には？」

「それもありません、これまでのところ……」

「それではお気をつけなさい。どうやら、どちらかで一生を終えることになりそうですからね」

「ありそうなことです……大いにありそうなことです……」頭の混乱を鎮めようとしながら、私は答えた。

彼らは出て行った。

私のことを訴えに行ったのだと確信しながら、私は寝椅子に横になった。頭痛がずっと続いている。だから私は、白いハンカチで自分の顔を縛った。

訳註

(1) ヒプタルミック　夢のなかの謎めいた言葉というだけで意味は無いようだが、「催眠の（ヒプノティック）」などを連想させる。より原語に忠実に表記すると「イプタルミカ」となるが、日本語に馴染まないので、あえて英語風に表記してみた。

炎

『昨晩、ラトゥール゠セダンの公妃が、八十六歳で亡くなられた。一八四二年以来カタレプシーの昏睡に陥っていた、この高名な老婦人の病いは、神経病理学史上最も変わった症例のひとつに数えられるものだった』

年老いたバイオリニストは、ラ・グロワ紙でその記事を読むと、何も言わずに新聞を私に渡し、長いこと物思いに耽っていた。

「この方をご存知だったのですか」私は尋ねた。

「知っていたかって？」彼は答えた。「いや、そうじゃない。だが……」

老人は自分の机のところに行くと、一枚の肖像写真を手に私の脇に戻ってくると、しばらく黙ってそれを見つめていた。

写された少女は実際美しかった。たったいま額を乱暴に払ったばかりというように、真中で髪を無造作に二つに分けていた。だがその顔で賞嘆すべきは目だった。眼差しは尋常でない深みと悲しみを備え、やや後ろに傾けられた顔は、ただその目を強調するためにあった。

「これは亡くなった貴婦人のお嬢様か、……姪御さんでしょうか」私は尋ねた。

「彼女自身だよ」低い声で彼は答えた。「私はダゲレオタイプの原版を見たことがある……それは私の人生でも特別なときだった」さらに声を落として彼は話を締めくくった。

老人はふたたび思いに沈み、それから目を上げて私を見た。

「私はもう年老いている」彼は言った。「間もなく死ぬだろう……人生の望みを果たすことは出来なかったが、嘆いてはいない。君はとても若く、音楽に理解があると自認している」私はその通りだと答えた。「先ほど言った特別なときについて知る資格があるだろう。……聞いてくれたまえ」

もう何年も前のことだ。……あれは八二年のことだった。……私はイタリアのあの都市に着いたばかりで、最初に見つけたホテルに宿を取った。最初の夜ずいぶん遅くに、隣の部屋で何か騒ぎが持ち上がるのが聞こえた。翌日メイドの口から、隣人が発作を起こしたことを知った。彼女の考えでは心臓発作だった。その客は私より二日前に着いて、ひどく健康を害しているように見えた。音楽家だという話だった。外国人で、発音しにくい名前の持ち主だそうだ。

私の興味をかきたてるのに、それ以上は必要なかった。同じメイドから、隣人が足にひどい痛みを抱えていることを訊いたので、私は好奇心とともに義務感から、必要があれば手助けを申し出ようと思った。

そこで私は出かけていった。隣人はもうかなりの年で、ひどく太っており、鈍重な見かけをして具合が悪そうだった。胴回りの巨大さがとりわけ目を引いた。苦しそうに呼吸していて、言葉を区切るたびに、大きく息を吸い込まねばならなかった。鼻と額が湾曲した様子が、誰かを思い起こさせた。だが、それが誰だったかはっきりとは思い出せなかった。

それはさておき、私を迎える隣人の態度はひどいものだった。自分の心遣いを後悔しないうちに、私が暇を告げようと思ったときに、交わした数言のなかにたまたま出てきたある名前を聞いて、突然彼は頭を起こした。矢継ぎ早に二、三の質問をしたかと思うと、老人の態度はずっと人間的になったように思われた。

私に青年の情熱が満ち溢れていたためか、私が度を越して無邪気だったためなのか、病人はまったくおとなしくなった。夕暮れになるころ、私はナイトテーブルに置かれたダゲレオタイプの肖像に四度目か五度目の目を落とした。そのときの彼の眼差しが私を驚かせた。病人の額に影が差し、彼はしばらく話をやめた。

やがて彼は大儀そうに立ち上がると、苦しそうに息をしながら肖像を手に取り、窓際に歩いていった。自分でも意識しないままに、私も黙って立ち上がり、彼の横に行って肖像を食い入るように眺めた。君が今見ているのと同じ、この目だよ……

それから、病人は腫《は》れ上がった脚を使って戻ってくると、ふたたびソファに身を沈ませた。

「君は私が誰か知っているか？」彼は突然聞いた。

その刹那、肥大した顔の鼻筋と額が、はっきりと浮き彫りになって見えた。

「おそらく分かっています」私は震えながら答えた。

「まあそれはどうでもいい」彼は言葉を継いだ。「その何の役にも立たないバイオリンを除いて、君は何か自分より大切な物を持っているかね……分からないようだな……誰も同じだ……もっと年をとれば分かるだろう。この肖像の物語とともに、私自身の芸術の話を思い出したときに……」

痛みが治まったとき病人が見せる、感情の解放を果たす必要があったのだろうか、そして、最初に駆けつけた者が、その子どもらしい吐露を促したのだろうか。なぜ老人はそのことを私に語ったのだろうか。

だが、後になって考えてみると、私はその吐露の口実に過ぎなかったのだろうと思う。ぶっきらぼうな語り口と、話全体のスタイルが、後から私にそのことを分からせた。

老人は不意に話し始めた。

「私はそのときパリにいた。二十九歳だった。ある晩ボードレールが私に言った。

『君をあるサロンに紹介しなければならない……L．S．の奥方が君を待ち焦がれているんだ。それから、令名隠れなきかの家のピアノがね。ここ数日中の晩にでも、訪問しようじゃないか』

それで我々は出かけていった。件のピアノは確かにすばらしいものだった。私以外にそれほどの音で演奏できた者は、ほとんどいなかった。

二度目に訪問した晩、初めて作ったオペラの一節を弾き終わったときに、ほとんど私の背中に近い片隅で、演奏のはじめから動けなくなってしまっている、小さな聴衆がいたことにようやく気がついた。

私が振り返ると、一人の少女が広間を通り抜けて逃げていった。

『ベレニス！　おばかさんね！』L. S. 夫人が呼びかけた。

『ああ！』ボードレールが叫んだ。『あの女の子だ。あの娘以上に熱狂的な崇拝者を持てると、君は信じられるかい。決して見つかりはしないだろうよ』

『音楽に夢中なんですの』夫人が言い添えた。『いらっしゃい、ベレニス！　私が探しに行かなければいけないのかしら？』

そして実際に、ほとんど引きずるようにして、一人の少女を連れてきた。少女は私の前で、荒い息をつき、感情に圧倒されて暗い顔をしたまま、動かなくなった。

九歳か十歳ぐらいの女の子で、確かに可愛かったが、そのときまでは同年代の少女たちから一等飛びぬけるというほどの美しさではなかった。

『さあ、あなたの大好きな人がいるのよ！』母親が叫んだ。『ちゃんと御覧なさい！』

『さあさあ、お互いよく見てみよう』私はそういって、彼女のあごをつかんで、顔を上げさせた。

そのときまで伏せられていた少女の目が、ようやくこちらを向いて、後ろに傾けた顔から、深い眼差しが私をひたと見つめた。

目の中に感じて、それだけでしかない眼差しがある。そこに留まって、ただこちらの瞳を見つめるだけだ。あの少女の眼差しはもっと奥まで届いて、こちらのこめかみにまで達すると、私を完全に包み込んだ。

私は手を下ろし、少女は走って逃げ去った。

『音楽は美しいが、人間はだめだね』ボードレールが評した。そう言いながら、ベレニスの腰から落ちた、幅広のリボンを拾ってきた。『これが欲しいかい？』リボンを私に差しだして、彼は言った。『月桂冠ではないが、それに劣らない価値がある』

『まあ！』感動して夫人が叫んだ。『このリボンがいつの日か、この家と私の幼いベレニスのことを、光栄にもあなたに思い出させてくれるかしら！』

私はリボンを取っておいた。その次の夜会には（我々は非常に頻繁に出かけていたのだ）、少女は姿を見せなかった。我々が暇を告げたとき、L.S.夫人が微笑みながら話しかけてきた。

『わたくし、あなたにお願いがありますの。娘があなたと二人だけでお話ししたいんですって。寝ようとしないんです。玄関ホールであなたをお待ちしてますわ』

薄暗がりのなかで、白い人影が私を待ち受けていた。

私は近づいて、少しのあいだ待った。少女は目を上げなかった。

『それで、何だね』私は話しかけた。

少女は相変わらずじっとしていた。

『私に何をして欲しいのかね、お嬢ちゃん』

彼女はやはり身じろぎもせず、声も出さなかった。

『それならば、私は行くよ』さらに言った。

『行って』かすれた声で少女は答えた。

だが、私が三歩離れたときに、少女は呼び止めた。

『私のリボン……』消え入るばかりの声で、彼女は言った。

『ああ、リボンか』ポケットを探りながら、私は答えた。『おや、持っていないようだぞ……ああ、ここにあった。それじゃお休み、ベレニスさん』

次の晩、ふたたび私は待ち伏せしていた少女とホールで会った。

『ここにあなたのリボンがあるわ』私にそれを差しだしながら、少女はとぎれとぎれに言った。それから走って逃げていった。

私はボードレールに、少女のなかにある情熱の大きさと、大胆な駆け引きのことを話した。彼はベレニスが激しい神経性の発作を患っていて、その病いはとりわけて風変わりなものだと教えてくれた。とりわけて風変わり、だ。カタレプシーとか、そういったものだそうだ。

音楽は少女の神経鎮静に逆効果ではないかと私は指摘した。

『もちろんさ』彼は答えた。『母親もそれを知っているが、彼女は娘の感受性に異常なほど誇りを持っているんだ。実際並外れているからね……だが、もう長くは生きられないだろう』

『ベレニスが？　どうして』私は驚いてたずねた。

『理由は分からんがね。あの感受性に、君の作るような音楽ときては、長くはもたんだろうよ』

あの奇妙な駆け引き以降、私たちの間には、これといったことは生じていなかった。ベレニスが広間に姿を見せないときはなく、ほとんど片隅に追いやられたように、いつも私の斜め後ろに腰掛けていた。私に注がれた彼女の眼差しを捕らえられたことはほとんどなかった。というのは、私が振り向くと、すぐに視線をそらしてしまうからだ。

ときどき明らかに小康状態のときがあって、そんなときには、少女は年齢なりの快活さを取り戻し、私たちが交わしている芸術についての激しい討論を、その笑い声で和ませてくれた。

ある夜、議論に飽きた私は、ピアノの前に退散した。ほかの者たちは、二時間も前から白熱化していたやり取りをまだ続けていた。鍵盤を叩き始め、覚えていないがいくつかイタリアのメロディーを弾いて、ようやく気分が静まった私は、ここへあちらへと指を走らせた。ひとつのモチーフを呼び起こし、次にまたひとつを感じた。そうして少しずつ、すべてのことを忘れていった。完全な忘我の境地で、十五分ほどもピアノのなかで生きていた。それから顔を上げてみると、とんでもなく大きく見開いた目に真っ青になった顔がすべて吸い込まれるように表情を変えた、ベレニスが側に立っていた。少女のほうに手を差し伸べたが、彼女はほとんどおびえたように急いで身を引いた。倒れるのではないかと思った。だが、放心した少女は、大きな花瓶に身を寄りかからせると、目を閉じ両腕を体に沿って垂らしてすすり泣いた。

母親が走ってきた。そして、そのときに初めて、広間が静まり返っているのに気づいた。

『ベレニス、この娘ったら！　死んでしまうわよ、あなた！』夫人は叫んだ。

ベレニスは、母親の両腕に抱かれて、目を開けることなく、いつまでもすすり泣いていた。

L.S.夫人は少女を奥に連れて行き、すぐに戻ってくると、わたしの方に向かってきた。

『さっきあなたは何を弾いていましたの』息を荒くして彼女は尋ねた。

『知りませんね……』幾分ムッとしながら、私は答えた。『思いついたモチーフを弾いただけです……』

『でも、あれはとても壮大な曲でしたわ』彼女は叫んだ。

膝の上で両手を組み、天井を見上げていたボードレールがつぶやいた。

『壮大と言うべきかは分からないが……さっき聞いた曲は、これまでどんな人間からも出てきたことがないような代物だ。あの娘があんな風になるのはもっともだよ』

その翌日、ベレニスはあの奇妙な発作に襲われた。彼女のまったく病的な感受性へ、我々が深刻な懸念を示すと、母親はかぶりを振った。

『それで私にどうしろとおっしゃいますの』彼女は私に言った。『娘はあの感受性なしには生きられないんですもの……これがあの子の運命なんです』

『いつもあんな具合なのかね』私はたずねた。

『それはつまり』彼女は答えた。『ほかの音楽にあんな印象を与えることができるかしら。いいえ、ありえませんわ！　この発作、あなたの音楽を聞くたびにあの子を襲う眩暈《めまい》と引き換えに得られる恩恵は、あなたからのもの、ただあなたからだけのものなんです。以前は、あの子もほかの人たちと同じように感じることができました。今あの子はおかしくなりつつあるわ……』

その新たな出来事と、少女とその途方もない苦しみと喜びをたたえた両目の強固な思い出は、十五分間の即興音楽にしっかりと刻み込まれた。そして一週間の間に、それは形をとった。かなりの大曲で、おそらく要素がしっくりと調和していないが、霊感したものすべてを私は注ぎ込んだ。

ボードレールにその話をして、一部を聞いてもらった。私たちが始終論争を交わしたあのサロン以上の環境はありえなかったので、そこで総譜が演奏されることに決まった。

私の心配は非常なものだった。私の芸術のなかにあるすべての霊感がこの楽曲にこもっており、私の運命が賭けられているのだと、ひそかに感じていた。ベレニスは遅くなって、もうオーケストラがプレリュードを奏で始めたころにやってきた。ほんの少し前、L．S．夫人が深刻に私に話していた。

『ベレニスはとても具合が悪いの。聴くのを許していいのか分からないわ……演奏のことを知ってから、狂ったように興奮しているのよ……あなたの率直なご意見はどうかしら？』

悔しさと嫉妬の混じった奇妙な印象を感じた。私は二十九歳で、少女はやっと十歳になったばかりなのに……だが、そのことは言わずにいた。

『分からないな』無理に作った笑顔で答えた。『私自身判断がつかないんだ……』

母親はしばらく黙ってじっと私を見つめていたが、やがて離れていった。

ベレニスは……最初の和音が響き始めてすぐに、側に少女の白い影を感じた。立ったまま両手を私の長椅子の肘掛に乗せ、青い顔をして私を黙って見つめていた。

『ここにいたいの……あなたの近くに』非常にゆっくりした声で彼女はつぶやいた。

『座るかね？』私は言った。『椅子を持ってこよう……』

『いいえ、いいの』彼女は答えた。

楽曲が始まり、進行していった。情念が、叫びを上げる錯乱した情念があった。何度も、あまりにも何度も、この曲には多すぎるといわれてきたものだ……

しばらく目を閉じた。そしてすぐに、私にもたれかかるように体を傾けてきた、ベレニスの頭が触れるのを感じた。白い服を着て、初めて明かりのなかに、そのすばらしい両目をさらしていた。私の不安には気づいていないようだった。少女の体はさらに傾き、ゆっくりした消え入りそうな声が聞こえた。

『あなたと一緒にいたい……』

『私の隣にかね？　来なさい！』私は言った。

『違うわ。あなたと一緒によ……』少女はささやいた。

そのとき意味が分かって、その年なりの少女にふさわしく、膝の上に抱き上げた。

『これでいいかね』私は聞いた。

少女は一瞬、私の胸に頭を預けるのによい場所を探すと、私のほうに目を上げた。

楽曲が進行し、展開し、終末を迎える間、少女の目はずっと私の目から離れず、私の目もその眼差しからほとんど離れることがなかった。ベレニスは少しも身動きをせず、私の手は彼女の手を握って一瞬も離さなかった。だが、熱狂から生まれた私自身の作品を聴きながら、私ははっきりと見た。ベレニスの眼差しが、曲を書いている間に私自身を飲み込んだのと同じ情熱によって燃え上がるのを。少女の柔らかい腰のぬくもりを私の腕に感じ、半ば閉じられた瞳の黄昏のなかに、少女の魂の痕跡がまったく残されていないのを見た。あの嵐のような情熱の二十分が、一人の少女を、錯乱した疲労に沈んだ目をした、青春の盛りにある女性に変えたのである。

だが楽曲はさらに続いていき、その錯乱した情念の叫びは、私自身の神経さえ痛めつけるように響き渡った。野生の咆哮へとほとばしる愛の狂気によって、次第に加速されて行く楽曲の疾走のなかで、ベレニスの体が休みなく震えるのを感じ、その瞳の影がいまや瞼から下に降りて、細かな皺の網目へと砕けているのを見た。そして、少女の眼差しには、目くるめく情念の十五分で蒸発し燃え尽きて、もはや二十歳の女性の痕跡すら残って居ないことが分かった。

そして曲は進行し、クライマックスへと上りつめた。私も自分自身の体が、疲れ果て、打ち砕かれ、容赦なく殴りつけられるのを感じた。私の腕のなかでは、底知れない深みへ無慈悲に突き落とされて、やはり衝撃を受けたベレニスが、まだ時おり体を震わしていた。そして、突然の衝撃から一瞬目を開けて私を見たが、すぐにまたその目を閉じた。皺の作る網の目が、いまや少女の顔一面に広がり、その額が色を失ったのを私は見た。そして、情熱に満ちた人生に精力を使い果たし、曲を締めくくる野生の叫びの爆発によって三十分で燃え尽きたベレニスには、もはや四十歳の女性の痕跡すら留まって居ないことに突然気がついた。

すべてが終わっていた。今や私の腕のなかには、ぐったりとして、生気を失い、カタレプシーとかいうものに陥って、皺だらけで老衰した気の毒な少女が抱かれていた。

曲が始まる前は十歳だった。それが一時間三十分の間に、情熱の大きな炎のなかで、人生のすべてを羽毛のように燃やし尽くしてしまったのだ。その情熱こそ、あの子自身だったのだよ……」

私の隣人はそこで言葉を切って、暗くなった窓の向こうを長いこと眺めていた。それから、もっと低くゆっくりとした声で、最後の話を終えた。

「これ以上君に話すことはほとんどない。母親がその燃え尽きた栄光の残骸を奥へと連れて行った。その後一度も二人に会ってないし、会いたいとも思わない……ベレニスはあの夜からずっと同じ状態で、生ける屍となっているのを知っている……

そして今日《こんにち》、聞きたまえ、さまざまのことが私の作品について言われている。センセーショナルな音楽だ。過剰な情熱だ。肉の上で叫びを上げる愛の狂気だ。病的なまでに同じ痛点を叩き続けることに固執している。傷つきやすい神経を、狂気に追い込むまで打診し続ける、野蛮な偏執だ。こうしたすべては、それなりに当たっていたり、的外れだったりするのだろう。だが、確かに言えることは」あごで肖像をさして隣人は締めくくった。「あれほど価値のある批評が、私に対してなされたことは、決してなかったということだ。……ここに、この箱の中に、肖像の写しがある。もしよければ、持って行きたまえ……」

「それで、その楽曲とは、マエストロ」私は震える声で尋ねた。「あの……？」

「そうだ」さらにしわがれた声で隣人は答えた。「後になってそれを編曲した……トリスタンとイゾルデだよ……」

年老いたバイオリニストの友人はかぶりを振った。

「それが一八八二年のことだ」彼はつぶやいた。「その次の年、あの人は同じあの場所、ヴェネチアでなくなった。……そして今私は」声を落とし肖像を眺めながら老人は言った。「あの偉大な人物は正しかったことを確信している。あの少女の人生こそ、彼の作品に向けられた、もっとも恐るべき批評だったのだと……」

「マエストロ！」今度は私が声を震わせながら叫んだ。「その肖像を私に下さい！」

年老いたバイオリニストが、悲しげで思いやり深い優しさをこめて私を一目見ると、その両目には涙があふれてきた。

「持って行きたまえ」彼は答えた。「もし物神《フイティツシユ》というものがあるとすれば、これこそがそれだよ」

感動に打ち震えて部屋を出た。イゾルデよ！　あの楽曲を創造したのは、ただあの不思議な少女のうちに受肉化することで蘇った、輝ける天分でしかないのだと思った。彼女は作者の芸術そのものであり、一時間のあいだヒーローの胸に抱かれて、乳香のように自らを燃やし尽くしたのである。

ベレニス！……私は肖像を口元に持っていくと、あの悲しげな目に狂ったように熱く口づけした。その目は、永遠の愛と苦痛と栄光にワグナーの荘厳な影をもたらしながら、生のさなかで閉じられたのだ。

平手打ち

アルト・パラナ(1)を半月に一度遡ってくるメテオール号で、乗客係をしているアコスタには、ただ一つ熟知していることがあった。それは、伐採所にサトウキビ酒《カーニャ》の大瓶を投げ込んだとたんに起こる暴動は、他のどんなものよりも、パラナ河の流れそのものよりも素早く広がって行く、ということである。このために、アコスタがコルネルに仕掛けた密かな私闘は、彼が知り尽くした土俵の上で決着することになった。

森林伐採所にはサトウキビ酒を持ち込ませないというのが、唯一の例外を除きパラナ上流域の法律とも言える絶対的な掟だった。食料品店で売られたにせよ、管理人のお目こぼしにせよ、その出所はどこであれだ。伐採所の契約人足《メンス》たちの心には、記憶に耐え難いような、恨みつらみや苦々しさがわだかまっている。百グラムのアルコールが頭を駆け巡《めぐ》っただけで、二時間というもの伐採所は、最も激烈な戦場と化してしまうのだ。

アコスタにとっても、そんな大騒動が持ち上がるのは都合が悪い。そこで彼は才覚を発揮して、同じ蒸気船で仕事に行く契約人足たちが港に降りるときだけ、グラス一杯の酒を密かに売ってやっていた。船長はそのことを知っていたし、ほとんどが伐採所の経営者と監督で占められている乗客もみな、船長を通じて知っていた。しかし、この抜け目ない密売人は、決して度を越した量を売ることはなかったので、すべてはうまい具合に運んでいたのだ。

ところが、不運は突然やってきた。人夫のなかでもとりわけ馬鹿騒ぎが好きな一団にしつこく強請《ねだ》られ、アコスタは厳格に守りぬいてきた用心をつい緩めてしまった。その結果、契約人足たちの歓喜は爆発し、行李やらギターやらが宙を踊り狂うという大騒ぎが持ち上がった。

スキャンダルは深刻だった。船長とほとんどの乗客が船を降り、今度はもうひとつ別の踊り、最も狂乱したやつらの頭に打ち下ろす鞭の踊りが必要となった。こうしたことには馴れっこだったので、船長は素早く激しい鞭さばきを見せつけた。騒乱は直ちに治まった。だがそのために、一番分別のない人夫を、やむなくメインマストに縛り付けざるを得なかった。それでようやくすべては平常に戻った。

だが今度は、アコスタが追及される番だった。蒸気船が今碇泊している港にある伐採所のオーナーのコルネルが彼に食ってかかった。

「お前に、ただお前ひとりに、この騒ぎの責任があるんだぞ。人夫たちから僅か十センターボをまきあげるために、お前はこんな乱痴気騒ぎを引き起こしたんだ」

乗客係は、混血《メスティソ》らしく、へつらいの言葉を並べ立てようとした。

「何も言うんじゃない。恥を知るんだ」コルネルはさらに責めた。「たかだか十センターボのためにだぞ……だがな、言っておくが、ポサダスに着き次第、この不正行為をミタインに知らせてやるからな」

ミタインはメテオール号の船主だったが、我慢の限界を超えたアコスタにとって、その名前は何の警告にもならなかった。

「なんだかんだ言ったって、結局のところはよ」彼は口答えをした。「あんたには何の関係もないことなんだ……気に入らないなら、誰にでも文句を言ったらいいさ……俺の持ち場じゃ、俺の好きなようにやらせてもらうぜ」

「やれるかやれないか、いまに分かるだろうさ」コルネルはそう怒鳴ると、船に乗り込もうとした。だが、タラップを途中まで上ったところで、ブロンズの手摺り越しに、メインマストに縛られたひとりの契約人足が目に入った。男の眼差しに皮肉の意図が込もっていたかは分からない。しかし、涼しげな眼と先の尖った口ひげを持つ、その小さなインディオが、三ヶ月ほど前に彼の伐採所で、もめ事を起こした人夫であることに気づくと同時に、コルネルはその目のなかに皮肉の色を見て取ったと思った。

　コルネルは怒りのためにさらに顔を紅潮させると、メインマストに歩み寄った。人夫はなおも微笑んだままで、コルネルが近づいてくるのを見ていた。

「またお前か！」コルネルは人夫に言った。「いつもいつも、わしの行く先々で邪魔をしおって。伐採所に足を踏み入れてはならんと言われたはずなのに、またやって来おったのか。このクソ野郎めが！」

　人夫は罵声が聞こえなかったかのように、相変わらず薄く微笑んで彼を見ていた。その顔を見ると、コルネルは激昂のあまり我を失い、右から、そして左から、人夫に平手打ちを食らわせた。

「食らえ！……このクソ野郎！　これがお前のような外道を扱うのにふさわしいやり方だ！」

　人夫は真っ青になって、コルネルを睨《にら》んだ。そして、コルネルの耳に、何かこんな風な言葉が聞こえた。

「いつの日か必ず……」

　コルネルは、その脅し文句を飲み込ませてやりたいという、新たな衝動を感じたものの、何とか我慢して、自分の伐採所に騒動を持ち込んだ乗客係を罵りながら、船に上がった。

　だが、次に攻撃に回るのは、アコスタの番だった。コルネルの赤ら顔に、減らず口に、奴の忌々《いまいま》しい伐採所に、要するにコルネル自身に、最もきつい嫌がらせをしてやるには、どうしたらいいだろうか？

　方法を思いつくのに時間はかからなかった。次の上りの航海から、プエルト・プロフンディダ[2]（コルネルの伐採所がある港）で船を下りる人夫たちに、十分用心しながらこっそりと、ひとつかふたつサトウキビ酒《カーニャ》の大瓶を渡してやったのだ。契約人足《メンス》たちは、いつもより大きな声で騒ぎ立てながら、行李に隠した密輸品を受け渡していった。そしてその夜に、伐採所では大暴動が持ち上がった。

　二ヶ月の間、メテオール号が遡上していった後に河を下ってきた蒸気船は、どれも必ずプエルト・プロフンディダで、四、五人の怪我人を拾い上げていった。コルネルはやっきになったが、暴動を引き起こした酒の密売人を、見つけ出すことは出来なかった。だが、その二ヶ月が過ぎると、アコスタはもう火に油を注がない方が賢明だと判断し、山刀での斬り合いも治まった。報復と儲けを同時に企んだアコスタにとっては、結局のところ、すべてコルネルのはげ頭にツケを払わせる有利な取引に終わった。

二年が過ぎた。平手打ちを食らった例の人夫は、様々な伐採所で働いてきたが、プエルト・プロフンディダに足を踏み入れることは一度も許されなかった。当然のことである。以前のコルネルとの諍《いさか》いとメインマストでの一件は、この小柄なインディオに、運営上好ましからざる人物の烙印を押していたのだから。そうこうするうちに、先住民特有の怠惰が彼を捕らえて、長期間ポサダスの町でぶらぶらし、港の女たちの心を惹《ひ》きつける、ぴんと尖った口ひげを武器に生活するようになった。最北のその地域ではよく見られる、短めの長髪にした彼の髪型は、整髪油ときつい匂いのローションとともに、とりわけて女たちを魅了するものだった。

ある日また突然、決意した彼は最初に出くわした契約に応じ、パラナ河を遡っていく。頑健な腕の持ち主だったので、前借分はすぐに返してしまうと、河を下りながら、この港、あの港と、すべての場所を探り、目当ての地にたどり着こうとした。だがそれは無駄だった。どの伐採所でも彼は歓迎された。プロフンディダを除けば。そこでは彼は余計者だった。しばらくするとまた意欲を失い倦怠にとらわれて、身体をなまらせ髭を香水で湿して、丸々数ヶ月もポサダスで過ごす日々に戻った。

三年の月日が流れた。その間、彼は一度しかアルト・パラナを遡らなかった。とうとう今の生活手段を、森林での労働より疲れないものに決めてしまったらしい。昔の激しい両腕の疲れは、今や絶え間ない両足の倦怠感に取って代わられたが、それが自分の好みに合うものだということに気づいた。

ポサダスについては、ラ・バハダ街と港のことしか知らなかった。少なくとも、頻繁にそれ以外の場所に出かけるということはなかった。契約人足《メンス》たちの集まるその街を出ず、女の小屋から女の小屋を渡り歩いた。そして居酒屋《ポリーチエ》に飲みに出かけると、次に港でメンスらの毎日の船出を祝う大合唱の輪に加わり、最後に夜はダンスホールで一曲五センターボの踊りに興じるのだった。

「よう、兄弟《アミーゴ》！」仲間は彼に向かって叫んだ。「斧はもう嫌いになったのかい。それより踊り子がいいってわけだな、なあ、兄弟！」

小柄なインディオは微笑み、自分の口ひげとつやのある長髪に満足していた。

ところがある日のこと、彼は突然枕から激しく頭を起こすと振り向いて、船を降りたばかりの人足の一団に向かって、斡旋人が破格の前渡し金を提示する声に聞き耳を立てた。グァイラの滝近くの高地にあるプエルト・カブリユバで、コルネルの経営する会社が募集する契約仕事の話だった。そこでは、断崖の上に多くの材木が集められていて、人手を必要としていた。結構な日当と、ほんの少しのサトウキビ酒《カーニャ》が約束されていた。

その三日後に、伐採所で九ヶ月も暮らしたあと、疲労しきって河を下ってきたばかりの人足たちは、また河を上るために戻ってきた。二百ペソの前渡し金を二日間で、景気よく乱暴に浪費してしまったばかりだった。

その一団のなかに、あの色男を発見したときの、仲間たちの驚きは半端ではなかった。

「パーティーは終わったのかい、よう、兄弟！」彼等は叫んだ。「それじゃあ、また斧が好きになったたっていうわけだな！　おやおや……」

プエルト・カブリュバに着くと、その日の午後から、メンスの集団は筏組《いかだぐ》みの仕事に回された。

その結果、それから二ヶ月火のような太陽の下で、断崖の上から河に向かって材木を落とす仕事が続いた。鉄《かな》この先を使い、七人の人足が列になって、首の筋が針金のように浮き出すほど、顔の充血するような力仕事だった。

それから、足の下二十ひろの深い河のなかで、肩と頭だけを水の上に出し、何時間もぶっ続けで泳ぎながら、丸太を結び合わせ、牽引し、材木の横木に固定する仕事が待っていた。四時間から六時間水中にいた後で、男たちは筏によじ登る。より正確には、引きずり上げられるといった方が良い。身体が冷え切っているからだ。その際、掟に反する唯一の例外として、会社が少しばかりのカーニャを用意しているのは、無理からぬ話である。男たちはいっぱい引っ掛けると、また水の中に戻っていくのだった。

あのインディオも、この過酷な労働に加わり、それから巨大な筏に乗ってプエルト・プロフンディダを目指して河を下った。この港に下りることが許されるために、男が計画していたことだった。実際、伐採所の管理所では、緊急に人手が必要だったので、男はまったく気づかれなかったか、見て見ぬふりをされた。筏の受け渡しが終わると、男は他の三人の人夫とともに、何レグアか奥地にあるカレリアに、ラバの群れを連れて行く仕事を任された、ということは確かだ。それこそ男が望んだことだった。次の日の朝、彼は群れを追い立てながら、中央の林道を進んでいった。

その日は非常な暑さだった。両側の森が作る障壁の間で、赤土の道は太陽でまぶしく光っていた。その時間の密林の静けさは、火山性の砂の上に立つうんざりするような陽炎《かげろう》の揺らめきを、さらに激しくするように思われた。風のそよぎも、鳥の鳴き声もない。セミも黙らせる垂直に昇った太陽の下で、一行はアブの群れに取り囲まれ、眠気と眩《まぶ》しさに首をうなだれながら、林道をとぼとぼと歩んでいった。

一時になって人夫たちは、マテ茶を飲むために歩みを止めた。そのすぐ後で、雇い主が林道を彼らの方へやってくる姿が、遠くに見えた。彼はひとり馬に乗り、龍舌蘭織りの大きなヘルメット帽を被ってやってきた。コルネルは立ち止まると、一番近くにいた人夫にふた言《こと》み言《こと》問いかけたが、すぐに薬缶のうえに屈んでいる小柄なインディオに気づいた。

汗をかいたコルネルの顔が、さらに赤みを増すと、彼は鐙《あぶみ》の上に立ち上がった。

「おい、お前！　ここで何をしている？」彼は大声で怒鳴りつけた。

相手はすこしも慌てずに身体を起こした。

「人に対する挨拶の仕方を知らないようだな」ゆっくりと雇い主に向かって歩きながら彼は答えた。

コルネルは拳銃を引き抜き、発砲した。弾は飛び出したが、狙いは外れた。逆手に払った山刀が、引き金に掛けた人差し指ごと、拳銃を空中に弾き飛ばしたのだ。一瞬後には、コルネルは背中に乗ったインディオに、地面に組み伏せられていた。

他の人夫たちは、仲間の大胆な行動に見るからに圧倒されて、身動きもせずにいた。

「仕事を続けるんだ！」インディオは顔を振り向けることなく、息を切らしながら怒鳴った。人夫たちは勤めに戻った。彼らにとってそれは、命令された通り、ラバを追って行くことだった。一行は林道を遠ざかって行った。

それからインディオは、まだコルネルを地面に組み伏せたまま、彼のナイフを遠くに放り投げ、ひらりとひと跳びして立ち上がった。その手には、ヘラジカの皮で作った、雇い主の鞭が握られていた。

「立つんだ」彼は命じた。

コルネルは血と屈辱にまみれて立ち上がると、インディオに襲い掛かろうとした。だが、鞭が激しく顔に振り下ろされて、彼を地面に叩きつけた。

「立つんだ」人夫は繰り返した。

コルネルはふたたび立ち上がった。

「さあ、歩け」

コルネルが怒りに我を忘れて、また跳びかかろうとしたため、容赦ない激しい鞭の一撃が、彼の背中に打ち下ろされた。

「歩け」

コルネルは歩いた。屈辱のあまり卒中を起こしそうになり、手を血だらけにして、疲労に打ち負かされながら、彼は歩き続けた。あまりの屈辱感に時々立ち止まり、嵐のように脅し文句を吐きちらした。だが、インディオはまるで聞いていないようだった。恐ろしい勢いで、新たに鞭が首筋に振り下ろされた。

「歩け」

彼らは二人だけで、インディオが少し後になり、林道を河に向かって黙々と歩き続けた。太陽が頭を、ブーツを、脚を焼きつけて来た。午前中と同じ静けさが、まどろんだ密林のにぶい唸り音に溶け込んでいた。ただ時おり、コルネルの背中に振り下ろされる鞭の音だけが響いた。

「歩け」

五時間のあいだ、一キロまた一キロと進みながら、コルネルは自分が置かれている屈辱と苦痛を、澱《おり》までも啜りつくしていった。傷つき、息を詰まらせ、卒中の発作がかすめて、何度もむなしく立ち止まろうとした。人夫は一言も口を利かなかったが、その度に鞭が振り下ろされて、コルネルはまた歩き続けた。

太陽が沈む頃に、管理所を避けるために、二人は中央の林道を外れて、やはりパラナ河に向かう小道に進んだ。この進路変更で、救出される最後の望みを失ったコルネルは、もう一歩も歩かない決意を固めて、地面に体を横たえた。だがあの鞭が、斧仕事に馴染んだ腕によって、ふたたび振り下ろされた。

「歩け」

五度目に鞭が振られたとき、コルネルは立ち上がった。それから後の十五分間は、二十歩進むごとに頭と首筋に、疲れを知らぬ力強さで鞭が加えられ、コルネルは夢遊病者のようによろめいた。

とうとう河に辿り着いた。彼らは沿岸を筏に向かって歩いた。コルネルはその上に登らされ、可能なぎりぎりの端まで歩かされた。そこで彼は力がつき、両腕に顔を埋めて、うつぶせにぐったり倒れ込んだ。

インディオが近づいてきた。

「さあ」ようやく彼は口を利いた。「これが、人に対する口の利きかたへのお返しだ。……これが、人に平手打ちを食らわせたお返しだ」

そして鞭は、恐ろしい一様な激しさで、休みなくコルネルの頭と首に降り注ぎ、血にまみれた髪の毛の房を引きちぎっていった。

コルネルはもはや動かなくなった。それから人夫は筏のもやい綱を切って、カヌーに乗り込むと、自分の綱を筏の艫《とも》に結びつけ、竿で筏を力強く突いた。

巨大な材木の塊《かたまり》を牽引していた力はごく軽かったので、最初の一撃だけで十分だった。筏はわずかに方向を変えると、川の流れに乗ったので、男はそこで綱を切った。

太陽は少し前に沈んでいた。二時間前には火にあぶられたようだった辺り一帯は、いまや涼しく陰鬱に静まっている。まだ緑色をした大空の下で、筏は旋回しながら流されていき、パラグアイ側の沿岸の透明な影に入って、ふたたび現われたときには、彼方《かなた》の黒いひと筋の線にしか見えなかった。

インディオも河を斜めに、ブラジルの方に流されていった。彼はそこで、生涯の終わりまで暮らし続けなければならない。

「俺は故郷を失ってしまうんだな」疲れ切った手首に布を巻きながら、彼はつぶやいた。それから、岩礁に砕かれて最期を迎えようとしている筏に、冷たい一瞥を投げると言った。

「だがあいつは、もう二度と人の顔を、平手打ちすることは出来ないんだ。あのくそったれのグリンゴ(3)は」

訳註

(1) アルト・パラナ　パラナ河上流域。パラグアイ河合流点より上の、ミシオネス州に含まれる流域。

(2) プエルト・プロフンディダ　「奥まった港」というほどの意味。キローガの創作した架空の港のようだ。ブラジル国境に近い上流にある、という設定だと思われる。

(3) グリンゴ　原住民から見た白人(よそ者)の呼称。

愛のダイエット

昨日の朝、僕は通りでほっそりした女の子と出会った。普通より長めのドレスを着ていて、僕には十分に美しく思えた。振り返って彼女を見つめ、街角を曲がるまでその姿を目で追いかけた。母親が子どもの気をひく素振りをあしらうように、彼女は僕の手管を気にかける様子をまったく見せなかった。まあよくあることだ。

しかし、そのほっそりした肢体が気にもせずに通り過ぎるときに見せたつつましく急いだ雰囲気が、顔を振り向けて相手も振り向いてくれるのを期待している阿呆へのあからさまな冷淡さが、要するに、まったくの無関心が僕を惹《ひ》き付けた。自分がそんなときに女の子を追いかける阿呆になったとしても。

用事があったにもかかわらず、僕は女の子を追いかけていって、同じ街角で立ち止まった。彼女は街区の中ほどで通りを渡ると、数階建ての家の玄関に入っていった。

女の子は暗い色のドレスを着て、ぴったりとしたストッキングをはいていた。ところで、魅力的な靴を履いて階段を上がっていく女の子を想像のなかでつけていくことほど、素敵な暇つぶしが他にあるかどうか、誰か僕に尋ねてほしいものだ。彼女が階段を一段一段数えたかどうかは知らない。でも、僕は一段だって数え損なわなかったと誓える。そして、二人は同時に玄関に着いたんだ。

そこであの娘は見えなくなった。家の外観から女の子の暮らし向きを推理してみようと思って、僕は反対側の歩道を歩いていった。

すると、問題の家の壁には大きなブロンズの標識が掛かっていて、次のように読めた。

スウィンデンボリ博士
ダイエット療法医

ダイエット療法医だって！　勘弁してくれ。そんなものにでっくわすなんてこれっぽっちも思っていなかった。マリンブルーのドレスを着た可愛い女の子を追いかけて、想像で階段を上がるお供をして、行き着いた先が……ダイエット療法医だって！……冗談はやめてくれ！　こいつは絶対に僕の領分じゃない！　ダイエットとは！　そんな医者の娘か下宿人か知らないが、貧血の女の子なんかといったい何をしたらいいって言うんだ？　愛とダイエット？　常軌を逸した二つの言葉を、シーツのように縫い合わせようなんて、いったい誰が思いつくんだろう？　そこには幸せの予感なんてこれっぽっちもありゃしない。ダイエット療法とは！……いいや、絶対にありえない！　何か食べなきゃならないもの、それも腹一杯食べなきゃならないものがあるとすれば、それこそが愛じゃないか。愛とダイエット……いや、絶対だめだ！


それが昨日の朝のことだった。今日事情は変わってしまった。僕はあの娘にまた同じ通りで出会った。さわやかな一日だったせいか、僕の目のなかにダイエットへの宗教的天分か何かを見抜いたのか。何が起こったのかというと、彼女は僕を見つめたんだ。

「今日僕は彼女と出会った……彼女と出会った……そして彼女は僕を見つめた……」

ああ、だめだ！　はっきり言えば、僕はその愛の詩《うた》の行き着く先を、はっきりと予想していたわけじゃない。頭にあったのはこういうことだ。言葉にならないダイエットの恍惚に絶えず身をゆだねる、偉大で高貴な愛の苦行とは、いったいどんなものなんだろう……

だが、あの娘が僕を見つめたこと、それは確かだ。前の日のように彼女をつけていき、前の日のように愚かな笑いを浮かべながらエナメル靴の後を追いかけて、僕はあのブロンズの標識に突き当たった。

スウィンデンボリ博士
ダイエット療法医

ああ！　それでは、僕が夢みてきたことは、何も真実ではなかったのか？　あの娘のビロードのような瞳の裏にあるのが、ダイエット愛が与える天上の約束でしかないなんて、ありうるんだろうか？

疑いなく、そう信じるしかなかった。なぜなら今日、ほんの一時間ほど前に、同じ通りの同じ角であの娘は僕を見つめ、そして僕の瞳にダイエットへの同志愛がはっきり浮かび上がるのを認めた喜びが、彼女の瞳のなかに確かに見て取れたからだ。

あれから四十日が過ぎた。もはや言うべきことを知らない。暗い服を着た少女の足元で、愛のために死にそうになっているのでなければ……足元ではないとすれば、少なくともその傍らで。というのは、僕はあの娘の恋人になって、毎日彼女の家を訪れているからだ。

愛のために死にそうになって……そう、愛のために死にそうになってだ。この衰弱した血の通わない崇拝に、ほかの名前は見当たらないからだ。僕の記憶は所々欠落している。でも、あの娘に求愛しに行った晩のことはよく覚えている。

食堂には――僕が通されたのは食堂だったからだが――三人の人物がいた。父親と、叔母と、あの娘だ。食堂はやたらと広く、明かりはやけに少なく、ひどく寒かった。スウィンデンボリ博士は、一言も口をきかずに僕を見つめたまま、立って話を聞いた。叔母はやはり僕を見ていたが、疑い深そうな顔をしていた。あの娘、僕のノラは、テーブルの前に座ったまま、立ち上がらなかった。

僕は言うべきことをぜんぶ言って、こっちも彼らを見つめて待った。あの家にはなんでもあった。ただ、急ぐということだけがなかった。さらにしばらく時間が過ぎた。父親は相変わらず僕を見つめていた。大きな毛皮のコートをまとって、両手をポケットに突っ込んでいた。大きなネッカチーフを首に巻き、見事な顎鬚をたくわえていた。

「君が娘を愛しているというのは確かかね？」ようやく博士は口をきいた。

「ああ、まったくその通りです！」僕は答えた。

「君はよく食べるほうかね？」彼は尋ねた。

彼は何も返事をせず、僕を見つめ続けた。

「普通です」何とか微笑もうとしながら、僕は答えた。

そのとき叔母が口を開き、絵でも指差すように僕を指して言った。

「この方はたくさん食べるに違いないわ」

父親がそちらを振り向いた。

「それは大したことじゃない」彼は叔母の言葉を退けた。「彼の人生に枷《かせ》を嵌《は》めることはできん」

そして、ポケットに手を入れたまま、今度は娘を振り向いた。

「この方はお前にプロポーズしておられる」彼は言った。「お前は愛しているのか？」

「私もよ」あの娘は答えた。

「さあ、それじゃあ」僕の肩を押しながら父親はようやく言った。「君は我が家の一員だ。腰を掛けて、我々と一緒に食事しよう」

僕はノラの正面に座って、一緒に食事をした。その晩何を食べたかは覚えていない。彼女の愛を得たことで夢中になっていたからだ。でも、その次の日から、朝に晩に食べたもののことはよく覚えている。というのも、毎日あの家で昼食も夕食もともにしたからだ。

紅茶の快い風味のことは誰でも知っている。それは誰にとっても不思議なことではない。澄んだスープもやはり味わいがあって、人を優しい気持ちにさせる。

さて、そこでだ。毎朝毎朝、毎晩毎晩、僕らが口にしたのは、軽いスープと薄い紅茶だった。スープがメインディッシュで、紅茶がデザートだ。それ以外はなかった。

一週間というものずっと、僕は幸福とはいえなかった。僕たちはみんな深いところに、たやすく手なずけられない獣のような反逆の本能を飼っていた。午後の三時になると戦いが始まった。胃の恨みは、餓えた胃自身に戻ってきた。絶え間ない血の抗議のほうは、冷たく澄んだスープに変えられた。そんなことを、僕は誰にも、たとえ恋で胸いっぱいの人間にだって望んでいなかった。

一週間というものずっと、生まれた獣は牙を立てようとしていた。今日僕は落ち着いている。僕の心臓は一分間に六十回のところを、四十回しか鼓動していない。もはや騒乱も暴力も知らない。少女の美しい瞳が与えるものは、二杯の紅茶の湯気に浮かんだ、いわく言いがたい冷たい幸福以外のものだと考えるのには努力が必要だった。

温情に満ちた博士の助言に従って、朝は何も口にしなかった。お昼にはスープと紅茶、晩にもスープと紅茶を取った。僕の愛は、こんなやり方で浄化されて、日に日に透明になっていった。その透明さかげんは、ひどい出血の後で意識を取り戻した人だけが、理解できる類のものだった。

更なる日々が過ぎた。さまざまな哲学は、凡庸な思想や、時として邪悪な思想を持っている。けれど、毛の外套と首にネッカチーフを着けた、スウィンデンボリ博士の哲学は、もっとも高度の理想に浸されていた。あの通りにいたときに僕が持っていたすべては、跡形もなく消え去っていた。とてつもない衰弱を除いて、僕のなかで生きている唯一のものが愛だった。そして、よろめく足取りで娘に近づく僕を誇りに満ちた目で追っているとき、博士の精神がいかに高揚するかには、驚嘆せずにはいられなかった。

あるとき、訪問して間もなく僕はノラの手を取ろうとした。彼女は僕を怒らせないために、自分の手をゆだねた。博士はそれを見ると、父親のような慈愛の目で僕を見つめた。でもその晩、僕たちが夕食を取ったのは、八時ではなく、十一時だった。口にできたのは一杯の紅茶だけだった。

あの晩あの町で、死の春のどんな息吹を吸ったのか分からない。夕食の後にもう一度手を握ろうとしたが、赤ん坊のように弱々しく微笑みながら、持ち上げた手を力なくテーブルに落とすしかなかった。

博士は獣の最後の衝動を制圧したのだ。

それからは何も起こらなかった。一日中、家のどこにいても、僕たち二人は愛の夢遊病者でしかなかった。ノラの隣に腰掛けている力しか僕には残っておらず、そのまま何時間も壁に向かって微笑んで、地上のものでない愛のうちに凍りついて過ごした。

この何日かのあいだに、僕は死ぬことだろう。それは確かだ。スウィンデンボリ博士のことは少しも恨んでいない。僕の肉体があの単純な試練を我慢することができなかったならば、その代わりに、階段を上る暗い服の少女の後を追うような愚かしい想像のありったけを、僕の愛は認めていただろうからだ。だから、僕の死は誰のせいでもない。でも、偶然僕の話を聞いた若者には、かつて君たちのお仲間だった男から、忠告を与えたい。

決して、絶対に、何があろうとも絶対に、ダイエット療法医と多かれ少なかれ関わりのある女の子に目を向けてはいけない。

その理由はこうだ。

スウィンデンボリ博士の信仰、――それは僕が知る限り最も高い理想を持ち、その理想のために死ぬほど僕の自尊心をかき立てたのだが――それにはひとつだけ欠点があった。それはこうだ。愛とダイエットをひとつの連帯に結びつけたこと。現世と、肉と、愛を拒絶する宗教を、僕はいくつも知っている。そのなかには名高いものもある。けれども、愛を受け入れて、その唯一の糧にダイエットを与えるなんていうのは、誰も思いつかなかったことだ。僕が博士の宗教体系の欠陥と思うのはそれだ。そしておそらく、博士の家の食堂には、僕より前から、四人か五人の衰弱した愛の亡霊が、夜ごと彷徨《さまよ》っているはずである。

だから、この物語を読んだ若者は、巨大なブロンズの標識を掛けた家に入ろうとしていることが明らかな、きれいな女の子のすべてから逃げることだ。その家では偉大な愛が見つかるはずだ。でも、何杯も何杯も紅茶を飲まされる羽目になるだろう。

きっとそうなるということを僕は知っているんだ。

ヤシヤテレ

真夜中の二時に、幼な児が四十二度もの高熱で狂ったような笑い声を立て、その間じゅうヤシヤテレが辺りを飛び回っているのを見れば、人はその瞬間に、神経の奥深くまで達するような不合理な恐怖とは、どんなものか理解するはずだ。

ここ、ブエノスアイレスでは、それは単なる迷信として扱われている。南部の人間は、ヤシヤテレとは夜に鳴く大きい不恰好な鳥だと言う。私はその姿を見たことはないが、声なら何千回となく聞いたことがある。その鳴き声はとてもか細く陰鬱で、他のどんな鳥よりも繰り返ししつこく鳴き続けるのだ。だが、北部の地方では、ヤシヤテレはまったく違った存在だ。

ある日の午後、ミシオネスで、新しく手に入れたカヌーの帆を試してみるために、友人と私はパラナ河へ乗り出した。前に試したラテンセールは、河の流れが激しいところで水面を滑って走るカヌーに付けても、よい結果が出せなかったからだ。そのカヌーも我々のお手製で、八対一の変わった縦横比をしていた。お分かりかと思うが、安定性には欠けるものの、魚雷艇のように軽やかに水の上を滑ることができた。

夏の午後五時に、私たちは出かけた。朝から風はなかった。大きな嵐が迫っていて、暑さは我慢の限界を超えていた。白い空の下で、河は油のようになめらかに流れていた。空と水の二重の反射が目をくらますため、我々は黄色いサングラスを一瞬たりとも外すことができなかった。そのうえ、相棒に偏頭痛が起こり始めていた。そして、ほんの微かな風さえ吹かなかった。

五日間続けて北からの風が吹いてしまったあとで、ミシオネスのこのような午後は、競技用カヌーでパラナを流していこうとする者に、期待できる徴《しるし》を何ひとつ見せてはくれない。また、その気候でオールをこぐほど辛い仕事もなかった。

我々は河の流れに乗って、南の地平線に向かい、テユクアレまでたどり着いた。そのとき嵐がやってきた。テユクアレの高台は、頂上から水面にかけて岩が割け、天辺に密林のつる草が覆いかぶさっている、薄紅色をした砂岩の巨大な崖である。その姿でパラナ河に深く切り込み、サン・イグナシオに向かって深い入り江を作り、南風からの完璧な避難所となっている。断崖から剝がれ落ちた大きな岩の塊《かたまり》が水辺に並んで突き立ち、パラナの流れすべてはそこに突き当たると、渦を巻いて潜り、水底で急速な貫通水となって逃れていく。だが、岬から湾の奥にかけては、よどんだ水がゆっくりと沿岸を舐《な》めているだけだ。

突然の強風を避けるため、その岬の避難所に我々はカヌーを引き上げ、大岩に腰掛けてチャンスを待つことにした。だが、ニスを塗ったようにつやのある岩は、太陽がでていないのに文字通り焼けついていたので、私たちは岩を降りると、水辺にしゃがんでじっとしていることにした。

南方の様子はすでに変わってきていた。遠くの森の上では、白いつむじ風がカーブを描いて上昇し、雨で出来た天幕を後ろに引きずってきた。河はすぐに濁って、もう細波《さざなみ》が立ち始めている。

すべてが、あっという間のことだった。我々が帆を上げてカヌーを押し出すと、突然黒い岩の後ろで、水面を削るように風が通り過ぎた。わずか五秒風がかすっただけで、もう数え切れない波が立ち始めていた。断崖が作る障壁の向こうでは、まだ草の葉一つ動いていなかったので、我々は州《す》の突端を目指してカヌーを漕いだ。そのとき突然、カヌーは境界線——そう言いたければ想像上の線だが、しかしはっきりと存在している——を越え、風に捕らえられた。

想像してみて欲しい。我々の帆は広さが三平方メートルときわめて小さく、舟は風に向かって三十五度の角度で進入していた。ところが、カヌーが衝撃を感じる間もなく、帆はただのハンカチのようにもぎ取られ、飛んでいってしまったのだ。同時に、突風がカヌーを引きさらった。帆を失っていたから、風は私たちの身体を叩いてくるだけだったが、すごい力でオールも舵も動かせず、どんな操作も不可能になってしまった。まったく抵抗ができなかった。カヌーは難破したように片側に傾ぎ、横倒しになったまま運ばれていった。

風と雨が一度に襲ってきた。波頭のうえに雨のショールがかかって、パラナ全体が白く煙った。風が波から波へと雨を吹きつけ、水を二つに分け、ふたたび瞬時に結び合わせた。それから、水深九十メートル以上の河に、流れとは反対方向に突然すばやい逆波《さかなみ》が生じた。ほんの一分でパラナはハリケーン地帯へと変化し、我々はそのただなかで難破していた。相変わらず横倒しのまま流され続け、波が押し寄せるたびに二十リットルも水をかぶった。目も見えないなかで、雨が顔に打ちつける痛みを感じ、寒さで身体が震え上がった。

ミシオネスでは、夏の嵐が訪れると、わずか十五分ほどで、気温は四十度から十五度まで簡単に下がってしまう。そんな地方では、人々は病気にかからない。凍えて死んでしまうだけだ。

いまや河は大海原と化していた。唯一の希望は、私たちがすごい勢いで押し流されていく先にある、ブロセの浜辺だけだった。幸い、そこは粘土質の浜だった。あと一度でも水をかぶったら、沈まずに持ちこたえられたかどうか怪しいが、ひとつの大波が五メートルばかり浜の奥にカヌーを放り上げてくれて、我々は幸運を感謝した。だが、ほっとする間もなく、コルクのようにワラクサの茂みを上下に揺れているカヌーを救い出さなくてはならなかった。その作業の間じゅう、腐った粘土に足を取られ、雨が小石のように叩きつけてきた。

私たちは浜から抜け出したが、五クアドラも歩くとくたくたに疲れてしまった。今度は体温が上がったためである。浜辺を歩き続けるべきか？　それは不可能だ。かといって、墨を流したようなこの夜に、密林を突っ切って進むのは、いくら手にコリンズ[1]を握っているといっても、狂気の沙汰だった。

だが、私たちは密林を選んだ。不意に何かが吠えた。あるいは、より正しく言えば、遠吠えした。なぜなら、山犬は遠吠えしかしないからだ。

そして私たちは一軒の小屋に出くわした。かまどの火だけではよく見えなかったが、小屋のなかには人夫と妻と三人の子どもがいた。さらに、ハンモックのように麻布が吊られていて、そのなかで赤ん坊が高熱を出して死にかけていた。

「どうしたんだ」私たちはたずねた。

「病気です」麻布の方に一瞬顔を向けてから両親が答えた。

二人は無関心そうに腰をかけたままだった。これに対して、子どもたちは目をいっぱいに見開いて表を眺めていた。そのとき、遠くの方で、ヤシヤテレが鳴いた。とたんに子どもたちは両腕で顔と頭をおおった。

「ああ！　ヤシヤテレだ」私たちは思った。「赤ん坊をさらいに来たんだな。さもなければ、知恵を奪いに」

風と雨は去っていたが、空気は冷え切っていた。少しだけ間を置いて、だが非常に近づいて、ヤシヤテレがまた鳴いた。病気の子どもがハンモックのなかで身動きをした。両親はそれに注意を払わず、ずっとかまどの火を見つめていた。冷たい水に浸したタオルを頭に当てるように彼らに話してみた。だが、彼らは理解しなかったし、理解しようと努力すらしなかった。ヤシヤテレを相手にそんなことをして何になるのか？

友人も私と同様、鳥が近づくと赤ん坊が身動きをすることに、気づいていたと思う。上半身裸になってマテ茶をすすっていると、火に当てて乾かしているシャツから湯気が立ってきた。私たちは何も話さなかった。だが、暗い部屋の片隅に、子どもたちのおびえた目があるのが、はっきり見えていた。

外では森がまだ雫《しずく》を滴らせている。突然、わずか半クアドラ先でヤシヤテレが鳴いた。病気の赤ん坊は、けたたましい笑いでそれに応えた。

そうだ。子どもは脳膜炎のため熱に浮かされ、ヤシヤテレの呼びかけに高笑いで応えているのだ。

私たちはマテ茶を飲み続けた。やがてシャツが乾いた。子どもはもう動かなくなっていた。ただ時々、後ろに頭をそらして喉声を挙げた。

表では、今度はバナナ園のなかで、ヤシヤテレがまた鳴いた。赤ん坊はすぐに次の高笑いで応えた。子どもたちは悲鳴を上げ、かまどの炎が消えた。

我々二人の身体を、悪寒が上から下へ駆けめぐった。外で鳴いている何かが、近づいてこようとしていた。疑うまでもなくそれは一羽の鳥だ。私たちはそのことを知っていた。そして、子どもをさらうか、頭を狂わせるためにやってきた鳥に、赤ん坊は四十二度も熱を出しながら激しく笑って応えていたのだ。

湿った薪がまた燃え上がり、子どもたちの大きな眼がふたたび輝いた。私たちは小屋を出てみた。夜は明るさを取り戻し、森の通り道を見つけることが出来た。シャツはまだ少し煙臭かったが、あの脳膜炎による笑いを聞くよりはましだった。

午前三時にようやく私は家にたどり着いた。

何日か経ってから、私はあの父親にばったりと出くわした。赤ん坊はだんだんに良くなって、もう起きられると彼は言った。要するに、健康だということだ。

それから四年が過ぎた。私はヤベビリ‐テユクアレ地区の国勢調査を行う仕事で、あの場所を再び訪れた。同じカヌーに乗って川を流していったが、今度は普通にオールで舟をこいでいた。やはり午後のことだった。

例の小屋の辺りを通りすぎたが、誰の姿も見えなかった。ふたたび戻ってきたときは、すでに黄昏どきだったが、相変わらず誰も見つからなかった。だが、さらに二十メートル先へ行くと、薄暗いバナナ園を背に土手にたたずんだ、七歳か八歳くらいの裸の少年がいた。恐ろしく細い――ふくらはぎより腿のほうがさらに細い――脚をして、膨らんだお腹をした子どもだった。釣竿がわりの棒を右手に持ち、左手には食べかけのバナナをつかんでいる。バナナを食べるか手を下ろすか決めかねたまま、身動きもせずに私の方を見ていた。

声をかけたが返事はなかった。さらに話しかけて、小屋の住人について尋ねてみた。そのうちに少年はとつぜん笑い出し、ねばねばしたよだれの糸をお腹まで垂らした。それは脳膜炎にかかった子どもだった。

私は入り江を出た。少年は大きく見開いた驚嘆の目で私のカヌーを凝視しながら、こっそりと浜辺まで追いかけてきた。私は何度かオールをこいでから、淀みのうえを舟が惰性で進むにまかせた。そして、黄昏のなかで少年が、バナナの残りを食べてしまうのも忘れて、白いカヌーを熱く見つめ続けるのを眺めていた。

訳註

（1）コリンズ　米コネティカット州コリンズヴィル社製造の山刀。良質の山刀の代名詞だった。

ある人夫《ペオン》

ミシオネスでのある日の午後、ちょうど私が昼食を終えたとき、表門の鈴が鳴った。外に出てみると、片手に帽子を持ち、もう片方の手にスーツケースを下げた、若い男が立っていた。

気温は軽く四十度に達していて、訪問者の縮れ毛の上では、六十度にも感じられるのではないかと思われた。しかし、その若者には暑さに悩まされた様子がまったくなかった。門内に招き入れると、彼は直径五メートルあるマンダリンオレンジの樹冠を、物珍しそうに眺めながら、微笑を浮かべて歩いてきた。ついでに言っておくと、そのオレンジの木は、土地の人間にとって自慢の種であり、私自身の誇りでもあった。

男に何の用かを尋ねると、仕事を探していると答えた。そこで、私はじっくり彼のことを観察した。

人夫にしては、彼の服装は変わっていた。スーツケースは、皮製なのは当然としても、贅沢な飾り帯が沢山ついている。それから背広は、茶色い子羊皮で染み一つない。最後に、彼のブーツは、作業靴ではなく、第一級の品物だった。それらにもまして人夫に不似合いなのは、優雅で、微笑を浮かべ、満ち足りたような、彼の態度だった。

「人夫だって？　この男が？……」

「どんな仕事でも」問いかけに彼は快活に答えた。「斧や鋤《すき》の扱いは手なれたもんさ……ココに来る前は、フォス・ド・イグアスで、畑にジャガイモを植えてたよ」

若者はブラジル人で、ポルトガル語とスペイン語とグアラニ語の混じった、このあたりの方言を、非常に表現豊かに話した。

「ジャガイモだって？　太陽は？」私は問い質した。「どうやって上手く扱うんだ？」

「オー！」彼は肩をすくめて答えた。「太陽は何でもないよ……鍬《くわ》で土をイッパイ掘るように気をつけるの。雑草に甘い顔をしてはダメね。雑草がジャガイモの一番の敵だよ」

こうして私は、アイロンを押し付けたように太陽が作物を簡単に焼き殺すばかりか、赤蟻なら三秒、サンゴ蛇でも二十秒で干乾しにしてしまう土地で、どうやってジャガイモを育てるかを学んだ。

男は私を見、私も彼を見た。彼は明らかに、土地にも私にも満足していた。

「いいだろう……」私は言った。「何日か雇ってみることにするよ……今のところ大きな仕事はないけれど」

「結構ですよ」彼は答えた。「この家が気に入ったから。トテモきれいなところだ」

それから、谷の底で眠ったように悠然と流れているパラナ河の方を振り返り、満ちたりたように言った。

「オー、パラナ河、この悪魔め！……ダンナさんが釣りが好きなら、オレお供するね。フォスじゃ、ナマズを相手にずいぶん楽しくやったよ」

彼の言う通りなのだろう。実際この男ほど物事を楽しんでやる者は、ほとんどなさそうだった。もっとも実を言えば、若者は私のことも十分楽しませてくれたので、この先彼に賃金を支払ってやるべきだと、私は良心に言い聞かせていた。

それで、彼はスーツケースをホールのテーブルに置き、それから私に言った。

「今日はオレ働かないね。町の様子を見てくるよ。明日から始めることにするよ」

ミシオネスに仕事を求めてやってくる人夫で、すぐに仕事に取り掛かるのは十人にひとりである。それは取り決めた条件に本当に満足した者だ。次の日に仕事を伸ばす者たちは、どんなに力強く約束したところで、二度と戻ってはこない。

だがこの男は、通常の人夫のカタログに載っているのとは、あまりにも違ったタイプだったので、私は彼を待ってみることにした。果たしてその翌日、まだ夜の明けきらないうちに、門のところからもう手をすり合わせながら、彼はやってきた。

「サア、用意はできてるよ……どんな仕事をしようか？」

私は彼に、砂岩の大地で始めた井戸掘りの続きを任せた。井戸は私が掘り始めたもので、ようやく三メートルほどの深さになっていた。男は仕事に十分満足して、穴を降りていった。それから長い間、つるはしを打ち込む鈍い音と、男の吹く口笛が聞こえていた。

お昼ごろに雨が降り始めて、雨水が土砂をほんの少し井戸の底に流し込んだ。しばらくしてから、口笛の音が改めて聞こえてきたが、つるはしの方はあまりはかばかしく進んでいなかった。何が起こっているのかと顔を出してみると、オリベーラ——それが彼の名前だった——が、跳ねた泥がズボンに届かないように、ひと打ちごとにつるはしの軌道を細心の注意で確かめているのが見えた。

「これはどうしたことだ、オリベーラ」私は尋ねた。「そんなことじゃ、さっぱりはかが進まないじゃないか……」

彼は顔を上げて、人相を確かめようとでもするように、つかの間じっと私の顔を見た。だがすぐに笑い出すと、再びつるはしの上に身をかがめた。

「結構ですよ」彼はつぶやいた。「フィカ・ボン！」

他には見たことのない、この風変わりな人夫との仲違いを避けるために、私はその場を離れた。だが十歩も行かないうちに、穴の底から私まで届く彼の声が聞こえた。

「ハッ、ハッ！……これはまったく結構だよ、ダンナさん！……ソレじゃ、このイマイマしい井戸を掘るために、オレは一張羅をドロドロに汚さなきゃいけないってわけだね」

彼のユーモア感覚をさらに刺激するように、雨は降り続けた。何時間かたって、オリベーラは家に入ってきた。玄関で自分が来たことを知らせる咳払いすらしなかったが、これは契約人足《メンス》としては異例の振る舞いだった。彼はこれ以上ないほど陽気そうに見えた。

「アソコに井戸がある」私がその存在を疑わないように、彼は指を差して言った。「くそイマイマしい！……もうアソコでは働かないよ。アンタの掘った井戸だ……井戸の掘り方を知らないんだね、アンタ！……幅が狭スギるんだよ。さあ、今度は何をしたらいいかね？　ダンナさん」そう言うと、彼はテーブルに肘を着いて、私を見つめた。

だが、彼の魅力に私は抗しかねていた。それで、町へ行って山刀《マチエーテ》を買ってくるように、私は命じた。

「コリンズだぞ」私は教えた。「トーロ(1)は欲しくない」

若者は死にそうなくらい奮いたって体を起こした。

「こいつはホントにステキだ！　きれいな、コリン！　素晴らしい山刀が、今から俺の手に入るんだな！」

そうして、山刀が本当に自分のものになると思っているかのように、幸せそうに家を出て行った。

それは午後の二時半で、卒中の発作を起こしやすい時間帯だった。材木を十分も太陽の下に放って置くと、端を触ることもできなくなってしまう。森も平地も、玄武岩も赤色砂岩も、すべてのものが洗い晒《さら》したように黄色く光を反射している。辺り一帯は死んだように静かで、同じ鼓膜で鳴り続ける単調な耳鳴りのような音に満たされている。その音は視線をどこに向けても、その場所で聞こえるように思われた。

焼けついた道を通って、帽子を片手に木々の梢をあちらこちら眺めながら、実際には吹いていない口笛を吹くように口を尖らせて、私の雇い人は山刀を求めに歩いていった。家から町までは半レグアの距離だ。一時間もたたないうちに、道のうえに刃物で線を引くことに没頭しながら、彼がゆっくり戻ってくるのが、遠くからも分かった。だが彼の歩みには、砂上のトカゲの跡をたどるだけでない、何か具体的な作業をしているらしい様子があった。道沿いの門から出て、オリベーラが何をしているのかを確かめた。彼は自分の前に毒蛇――鶏を狩る種類の小型の蛇

——を連れていて、山刀の先で真直ぐ進むよう誘導しながら、先へと歩かせているのだった。

その朝彼は、私が毒蛇を研究するのを見ていた。彼に言わせると、「イイ考エ《ボア・イデア》」(2)だそうだ。家から一キロのところでその蛇を見つけたので、「ダンナさんの研究のために」、生きたまま連れてくるのが有益だと思ったのだ。そして、羊を追い立てるように、自分の前を歩かせるほど自然なやり方はなかった。「性悪の虫ケラだよ！」汗をぬぐいながら、満足そうに彼は叫んだ。「真直ぐ歩こうとしないんだから……」

しかし、私の人夫の最も驚くべきところは、その後で彼が働いたということだ。しかも、私が一度も見たことのないような働きぶりだった。

しばらく前から、家のまわりを円く取り囲んだ椰子の列に欠けている、ボカヤ(3)を五本植え付けるのが私の夢だった。庭のその部分は、磁鉄鉱の塊《かたまり》が焼けた砂岩の表層いたるところに石目を刻んでいて、バールを打ち込んでも短く鋭い音がして跳ね返るほど硬かった。最初に植樹用の穴を掘り始めた人夫は、五十センチも掘り下げていなかった。そして、粘土質の砂地でできた心土に達するには、少なくとも一メートルの深さが必要だった。

この仕事をオリベーラに任せた。そこならばズボンに跳ねてくる泥はなかったから、私はこの仕事が彼の気に入るように願った。

期待した通りだった。不完全な円を形作る穴の列を前にして、彼は首を振りながらしばらくそれを眺めていたが、やがて上着を脱ぐと、それを手近なボカヤの棘に引っ掛けた。一瞬パラナの方に眼をやり、「オー、勇猛なるパラナよ」と挨拶を送ってから、ひとつの穴の縁に足を踏ん張りまたがった。

仕事を始めたのは八時だった。十一時になっても、彼の打ち込むバールの音は、少しも衰えずに鳴り響いていた。できの悪い元の仕事に対する憤りからか、ガラス瓶の欠片《かけら》のように鋭い破片を飛び散らせる青黒い岩盤を征服しようという衝動からなのか、ひと打ちごとに全霊を込めるそれほどの粘り強さを、実のところ私はそれまで見たことがなかった。バールは一メートルの深さに届いていたので、籠るようになった打撃音が高台中に反響していた。

私は時どき仕事を見に行ったが、彼はもう何も話さなかった。何度かパラナ河の方に、今度は真剣な視線を送ったが、すぐにまた穴のうえにかがみ込んだ。

昼寝《シエスタ》の時間帯には、地獄のような太陽の下で仕事を続けるのを嫌がるだろうと思った。だがそんなことはなかった。二時には穴のところに戻り、帽子と上着をまた椰子の棘にかけると、仕事に取り掛かった。

その日の午後、私は体調が優れなかった。その時間だと、回廊からの迷いスズメバチの羽音と、光に包まれた風景からの単調な振動音をのぞいて、通常は何も聞こえない。だが、いま高台には、一撃また一撃と、鈍い打撃音が反響していた。そのとき陥っていた憂鬱な気分のせいで、私は病的に敏感になった耳をずっとその反響に傾けていた。バールの音は一撃ごとに大きくなるように思われた。体を前に倒す男の「ウッ」という声さえ聞こえる気がした。打撃音は際立ったリズムを持っていたが、一撃から次の一撃まで、気の遠くなるような時間が流れた。そして新しい一撃は、前のものよりさらに力強かった。

「さあ来たぞ」私は自分につぶやいた。「今だ、今だ……これは今までのどれよりも大きく鳴り響くぞ……」

そして実際、屈強な仕事人が悪魔に振り下ろす最後の一撃のように、バールの音は恐ろしい響きを立てた。だがすぐに次の心配がやってきた。

「次の音はもっと大きいぞ……さあ鳴るぞ……ああ、鳴った……」

私は少し熱があったのかもしれない。四時になるととうとう耐え切れなくなって、私は穴のところに行った。

「しばらく休んだらどうだい？　オリベーラ」私は彼に言った。「こんな調子で続けていたら、頭がおかしくなってしまうぞ……」

彼は顔を上げると、皮肉っぽい眼つきで私をじっと見つめた。

「ソレじゃあ……アンタはオレに、この穴を仕上げて欲しくないってわけだね？……」

そして、猟銃を休ませるようにバールに両手をかけて、ずっと私の顔を見ていた。

私はその場を離れ、消化不良を感じるといつもするように、山刀を取り上げると森に入った。

一時間たつ頃、体調を取り戻して、私は家に帰った。家の裏にある森から戻ると、ちょうどオリベーラは、ブリキのこてを使って、穴を掃除し終わるところだった。少しして、彼は食堂に私を探しに来た。

この過酷な日に働いた後で、わが雇い人が何を言い出すか分からなかった。だが彼は、私の前に立ちはだかり、軽蔑の混じった誇りのしぐさで椰子を指差すと、こう言っただけだった。

「あそこにアンタのボカヤの場所ができてる……仕事っていうのはこうヤルんだよ」

そして私の向かいに腰を下ろすと、汗をぬぐいながら長椅子に足を伸ばして、最後にこう言った。

「悪魔みたいな岩だったよ……今は木っ端みたいにバラバラさ……」


これが、私がミシオネスで雇ったなかで、最も風変わりな人夫との、つきあいの始まりだった。彼は三ヶ月私のもとにいた。給料に関しては正式な手続きを何より重んじ、必ず支払いが週末に行われることを希望した。日曜日には、私でさえ羨むほどの——そんな必要はなかったのだが、それはそれとして——おしゃれをして、町に出かけていった。そして、居酒屋《ポリーチエ》(4)を一軒一軒回って歩いたが、一口も酒は飲まなかった。他の人夫たちの話に耳を傾けて、一つの店で二時間ほどを過ごした。気分をリフレッシュするために、人の輪から輪へと移動し、声を出さない微笑を浮かべて人の話に聞き入っていたが、自分では何も話さなかった。それから別の店に出かけていき、さらに次の店という具合で、夜までそんなことを繰り返した。月曜日になると、朝の早いうちに家にやってきて、私の姿を見るやいなや腕をさするのだった。

私たちは一緒にいくつかの仕事をした。例えば、バナナ園の藪刈りをしたが、普通なら三日かければ十分のところを、丸六日もかかってしまった。それは、その夏の暑さのせいで、私が人生でしたなかで、おそらくオリベーラにとっても、最も厳しい仕事だった。真昼のバナナ園は、ほとんどジャングルに近いほど荒れていた。ブーツを履いていても足を焼いてくる砂のくぼ地のなかは、暑さに対する人間の抵抗力を試す特別な試験場だった。くぼ地の上は家と同じ高さで、北風が椰子の葉を狂ったようにはためかせ、ぼろぼろに裂いている。そう言いたければ、かまどのなかの風と言ってもいいが、それでも汗を蒸発させて爽快にしてくれる。だが、私たちが仕事していた底では、二メートルの高さのワラクサに囲まれ、硝酸塩で光り輝き息を詰まらせる空気のなかで、地面近くで山刀を振るうために体を折り曲げているのは、それに耐えるまさに強靱な意志を必要とした。

オリベーラは時々、腰に手を当てて体を伸ばした。シャツもズボンも汗でぐっしょり濡れている。山刀の柄《つか》についた汗をぬぐい、向こうの峡谷の下に流れている河に向かって満足げに約束をしていた。

「オー、後で思い切りお前で水浴びしてやるぞ……ああ、パラナよ！」

この藪刈りの仕事が終わったときに、彼が原因で我々は唯一の衝突をした。

四ヶ月前から、我が家にはとてもよい若い女中が働いていた。ミシオネスであろうがチュブであろうが、山林であろうが平地であろうが、どこに住んでいる人間でも、そのような少女を得て我々がどんなに喜んでいるか分かるほどの娘だった。

彼女の名前は、シリラと言った。パラグアイ人の人夫の十三番目の子どもで、父親は若い頃から熱心にカトリックを信仰し、六十歳になってから読み書きを学んだ人物だった。彼はすべての葬式に欠かさず出席して、会葬者の列を先導して道を歩いた。

彼女は家中の信頼を集めていた。そのうえ、日曜日には完璧な伊達男となるオリベーラに、魅かれている素振りをまったく見せなかった。物置小屋の半分を寝室にしていて、もう半分は私の作業場だった。

ある日のこと、そう、私は鋤に腰をかけたオリベーラが、井戸に水を汲みに行く彼女を、眼で追っているのを見つけた。私はたまたまそこに通りかかったのだ。

「アンタは、あそこにいる」突き出した唇で彼女を指しながら、オリベーラは言った。「とてもいいペオナ(5)を手に入れたね……いい娘だよ！　それに、小娘にしては悪くないじゃないか……」

それだけ言うと、満足げに雑草取りを続けた。

ある晩、十一時にシリラを起こさなければいけない用事ができた。彼女はすぐに部屋を出てきた。服は着たままだった。そうした娘が着衣のまま寝ることは、もちろん珍しくない。だが彼女は、沢山の白粉《おしろい》をつけていた。

一体全体、女の子が眠るのに、どうして白粉が必要なのか。その理由として推測できるのは、夜の間に男といちゃついていることだけだ。

その頃飢えた犬たちが、金網を歯で食い千切っては侵入して来ていて、それを追い払おうと、私が遅くに起き出した晩のことだった。作業場の横を通りかかったときに何か物音が聞こえ、同時に小屋から抜け出した人影が門に向かって走っていった。

私は、人夫たちにとっていつも羨望の的である、多くの道具を所有していた。さらに悪いことに、私はそのとき拳銃を手に持っていた。というのは、打ち明けるが、毎朝金網に三つか四つの穴を見つけたので、私は自制心を失っていたのだ。

私は門まで走った。だが、相手はすでに道路へ通じる坂を、小石を後ろに蹴立てながら、全速力で駆け下っているところだった。姿形はほとんど見分けられなかった。五発立て続けに発砲した。最初の一発は多分あまりよからぬ意図からだったが、残りは空中に向けて撃った。このことははっきりと覚えている。一発撃つごとに死に物狂いの逃走はスピードを増した。

事件はそれだけのことだった。だがあることが私の注意を引いた。石ころの蹴立てられ方から判断すると、盗人《ぬすっと》は靴をはいていた。そして、その地方の人夫のなかで、短靴であれブーツであれ、日曜日以外に靴を履いている者は極めて稀だったのだ。

次の日の朝、我が家の女中は、非常にきまりの悪そうな様子をしていた。私が庭に出ていると、オリベーラがやってきた。門を開けると、まるで今まで気がつかなかったとでもいうように、パラナ河とマンダリンオレンジの木に向かって、交互に口笛を送りながら歩いてきた。

私から話しかけて彼を楽にしてやった。

「なあ、オリベーラ」私は言った。「お前が私の道具に興味があるなら、昼間のうちに貸してくれと頼めばいい。夜になって探しに来ることはないんだぞ……」

パンチは命中した。オリベーラは眼をいっぱいに見開いて私を見ると、片手をぶどう棚にかけて体を支えた。

「いや、違うよ」彼は怒って首を振りながら叫んだ。「オレがアンタから物を盗むことなんてないのはヨク知ってるはずだ！　いや、違う！　そんなことを言うなんて、デキないはずだよ！」

「だが実際に」私はなおも言った。「お前は昨夜《ゆうべ》私の仕事場に入ったはずだ」

「だけど、もし！……だけどもし、アンタがオレをどこかで見たなら……男のナカの男のアンタなら……泥棒しようと身構えてたんじゃないことは、よく分かっているはずだよ」

そしてぶどう棚を揺すぶりながらつぶやいた。

「トンデモナイ事ダ！」

「よく分かった。もう止めよう」私は話を終わらせた。「だが私は、どんな種類のものでも、夜中の訪問は歓迎しない。お前の家で好きなことをするがいい。ここでは駄目だ」

オリベーラはなおも首を振りながら、しばらくそこに立ち尽くしていた。それから肩をすくめると、猫車を取りに行った。そのとき私たちは、土を運ぶ仕事をしていたからだ。

五分も経たないうちに、彼は私を呼んだ。彼は土を積んだ猫車の取っ手に腰をかけていて、私が近くに寄って行くと、なかば本気で盛った土にパンチを打ち込んだ。

「それでオレが子猫ちゃんのところに忍び込んだって、アンタはどうやって証明するんだい？　教えてもらおうか」

「何も証明する必要はないさ」私は答えた。「私が知っているのは、お前が昨夜あんなに早く走らなかったら、いま猫車と一緒に温和《おとな》しくしてるかわりに、やっきになってお喋りしまくる必要もないだろうっていうことだ」

私は立ち去った。だが、オリベーラはもう上機嫌を取り戻していた。

「まったくその通りだ！」彼は仕事をするために立ち上がり、大笑いをしながら叫んだ。

「ダンナさんには悪魔がついてるんだな！……パン！　パン！　パン！……トンデモナイ拳銃だよ！」

それから猫車を押して遠ざかりながら言った。

「たいした人だよ、アンタは」

この話は次のように締めくくられる。その日の午後、オリベーラは帰りがけに私のそばで立ち止まった。

「それで、アンタに……」彼は私にウインクをした。「オリベーラの立派なダンナさんであるアンタに言うんだが……シリラのことだが……どうぞ、アンタもよろしくやってくれ！　とっても可愛い娘だよ！」

これでお分かりのように、この若者はエゴイストではないのだ。


だが、シリラのほうは家に居づらくなっていた。そうでなくても、このパラナ上流の地域では、いつまでも居続けてくれる下働きの女はいない。何かの気まぐれから、これという理由もなく、ある日彼女たちは出て行ってしまう。それは抵抗できない強力な欲求だ。ある老婦人が言っていたように、オシッコの欲求のようにやってきて、我慢することは不可能なのだ。

私たちの女中も行ってしまった。だが、思い立ったその日にではなかった。彼女はそのつもりだったのだろうが、ちょうどその夜、毒蛇に嚙《か》まれてしまったのである。

四年前にミシオネスに来たとき、例の我が家のバナナ園で、私は脱皮したヤララ(6)の脱け殻を二本の幹の間で見つけた。女中を嚙んだのは、その蛇の子どもだった。親蛇は通りかかっただけで、どこかに行ってしまったに違いない。その姿を一度も見たことがないからだ。だが、この親が残していった子どもたちには、いやというほど度々出会っていた。我が家では七匹の子どもの毒蛇を殺したが、いずれも油断のできない状況でだった。

蛇の駆除は三夏続いていた。最初の年に彼等の体長は三十センチだったが、三年目には七十センチになっていた。脱け殻から判断すると、親蛇は非常に大きな個体だった。

シリラはしばしばサン・イグナシオに出かけていて、ある日その蛇が道路に横たわっているのを見たことがあった。とても分厚くて——と彼女は言った——小さな頭をしていた。

その二日後に、私の飼っている雌のフォックステリアが、やはりその辺りでヤマウズラを追いかけていて、鼻面を嚙まれてしまった。犬は十七分で死んだ。

シリラが嚙まれた晩は、私はサン・イグナシオにいた。折々そこに出かけることがあったのだ。オリベーラが大急ぎでやってきて、シリラが毒蛇に嚙まれたことを知らせた。私たちは馬に乗って急いで家に戻り、彼女が食堂の段差に腰掛け、腫《は》れた足を両手で抱えてうなっているのを見つけた。

家の者は彼女の足首を縛って、過マンガン酸カリウムを注射しようとしていた。だが、かかとが水腫《すいしゅ》で石のように硬くなり、針の進入に抵抗していることを、なかなか理解できずにいた。私はアキレス腱の下部にある嚙み痕を調べてみた。典型的な小さな牙の痕が、すぐ近くに並んでいるだろうと思っていた。だが、まだ血の筋を流している二つの穴は、一方からもう一方まで四センチあった。指二本分も離れていたのだ。そうすると、蛇はとてつもなく大きいに違いなかった。

シリラは手を足から離して頭を押さえ、ひどく気分が悪いと訴えた。私はできるだけの手当てをした。傷口を広げ、足を締め付け、過マンガン酸カリウムで十分に洗浄し、相当量のアルコールを摂取させた。

そのとき私は血清を持っていなかった。だが、毒蛇に嚙まれた者を大量のサトウキビ酒《カーニャ》で治したことが二度あって、その効果に相当の信頼を持っていた。

少女を寝かしつけ、オリベーラがアルコールの世話をした。三十分も経つと、彼女の足はおかしな形に腫れあがってしまっていた。そしてシリラは——彼女が手当てに不満でなかったと思いたい——痛みと酔いのため我を失い、ずっと叫び続けていた。

「私を嚙んだわ！……黒い毒蛇よ！　性悪な蛇だわ！……痛い！……気分が悪いわ！……蛇が嚙んだの！……傷のせいで何も分からないわ！」

オリベーラは手をポケットに突っ込んで立ち、傷ついた少女を見守って、すべての言葉に頷《うなず》いていた。そして、時々私の方を振り向くと、つぶやいた。

「コレハ、トンデモナイ事ダヨ！……」

次の日、朝五時になって、足の腫れはまだ引かなかったが、シリラは差し迫った危機を脱した。夜明けごろからオリベーラは、通りかかる者誰彼かまわずに、我々の勝利を話したくて、門の明かり取りのところにずっと立っていた。

「ダンナさんだよ……見てみるといい！　本当の男だよ！……カーニャと過マンガン酸カリでやったんだ！　自分のためにも覚えておくといいよ」

しかしながら、今や心配なのは蛇の方だった。子どもたちも同じ道を通るからだ。

昼食の後で、私は蛇を探しに行った。石に囲まれた窪地を隠れ家にしていて、そこにはノアの洪水以来はびこるワラクサが、腰の高さまで茂っていた。それは一度も焼き払われたことがなかった。

注意深く探すだけで蛇を見つけるのが簡単ならば、それを踏んづけてしまうのはもっと簡単だろう。そして、二センチの長さの毒牙は、ストロンブートを履いていたとしても、油断できるものではない。

暑さと北からの熱風は、昼下がりで最高潮に達していた。問題の場所にやって来ると、私は山刀でワラクサの茂みをひと叢《むら》ずつかき分けて、毒蛇を見つけにかかった。ワラクサの叢の奥から現われるのは、薄黒く乾いた土の塊だけで、他には何もなかった。また一歩進み、山刀で探りを入れると、また硬い土の塊が出てくる。そんな風にして、少しずつ探索を進めた。

しかし、今にも毒蛇に出くわすだろうと確信しているときの緊張は、並大抵のものではない。私は一歩ごとにその瞬間に近づきつつあった。蛇がそこに棲んでいることに疑いの余地はなかったし、この太陽の下で自分をさらしに出てくるヤララなどいないからだ。

突然、ワラクサをひと叢かき分けたとき、ブーツのつま先が当たるところに、そいつを見つけた。お皿ほどの広さの地面の上を、私をかすめるように這《は》っていくのが見えた。

いやいやいや。その一メートル八十の毒蛇ほど際限もなく長いものには、他に人生で出会ったことがなかった。そいつは一部分ずつ――というのは、山刀で広げた明るい空間を通るものしか見えなかったので――通り過ぎていった。だが、そいつは私をひどく喜ばせもした。それはヤララクス(7)だった。私が見たことのあるなかで最もたくましい個体で、サンゴヘビを除いて毒蛇のなかでは飛びぬけて美しいヤララのなかでも、異論の余地なく最も美しかった。真っ黒い、だがベルベットのように光沢のある体のうえに、幅広い金色の帯が菱形模様を作るように交差して走っている。そう、黒と金なのだ。そのうえに、ヤララのなかで最も強い毒をもっている種類だった。

蛇は進んで、進んで、さらに進んだ。止まったときにはまだ尻尾の端が見えていた。頭があるだろう方角に視線を向けると、そいつは私のすぐ横にいて、頭を高く上げてこちらをじっと見ていた。弧を描いて体の向きを変え、動かずに私の行動を観察していたのだ。

本当のところ、蛇には戦う気がなかった。彼等は人間とは戦わないものなのだ。だが、私の方はそのつもりが、それも十分にあった。それで私は、山刀を重さにまかせて落下させ、蛇の脊柱を脱臼させようとした。標本を保存しようと思ったのだ。

一撃は山刀の面を使ったもので、軽くはなかった。何事も起こらなかったようだった。馬などが突然駆け出すときのようにびくっと体を収縮させて、蛇は五十センチほど遠くに離れた。それからまた動かずに待った。だが、今度は前よりも高く頭をもたげて、それ以上想像できないほど激しく私を睨《にら》みつけた。

もっと開けた場所でなら、言わば心理的なその決闘を、もう少し長く楽しんだだろう。だが、茂みのなかに埋もれていては、それは無理だった。そこでもう一度山刀を、今度は首の脊柱まで切り込むように、刃を立てて振り下ろした。蛇は稲妻のように素早く、頭を中心にしてとぐろを巻くと、螺旋を描いて体を持ち上げた。それから崩れ落ち、ゆっくりと体の緊張が解けていって、息絶えた。

死体を家まで持ち帰った。正確に測ったところ、それは一メートル八十五センチあった。オリベーラは、ミシオネスの南部にはあまりこの種類がいないにもかかわらず、すぐにそれが何なのかを認識した。

「ああ、ああ！……ヤララクスだね！……そうだろうと思っていたんだ……フォス・ド・イグアスじゃ、沢山殺したもんさ！……キレイな悪魔だよ！……よかったら俺のコレクションにくれないかい、ダンナさん！」

病人のほうは、四日目の終わりには、どうにか歩けるようになっていた。噛まれたのが血管の少ない場所であったことと、二日前にフォックステリアを噛んで毒腺がある程度かれていたこと、この二つが彼女の幸運の原因だと私は思っていた。ところが、蛇から毒を搾《しぼ》り出してみて少々驚いたことには、各々の牙から二十一滴、二グラム近い毒を採取することができた。

オリベーラは少女が出て行くことを、少しも残念がる様子がなかった。小さな衣類の包みを抱えて、まだ足を引きずりながら、荒地を通って遠ざかって行く姿を彼は眺めていた。

「とても可愛い子猫ちゃんだよ」あごで少女を指しながら、彼は言った。「いつかオレは、あの娘と結婚するんだ」

「いいことだ」私は答えた。

「で、そうなったら？……アンタはもう、拳銃を持ってうろつく必要がなくなるね。パン、パン！」

金のない仲間に食事をおごったりしたにも関わらず、オリベーラは人夫のなかで人望がなかった。ある日のこと、私は彼に町まで大樽を取りに行かせた。荷車がなければ、馬一頭を必要とする仕事である。そのことを彼に教えると、肩をすくめただけで、歩いて出かけていった。私が樽を注文した店は、家から一レグア離れたところにあって、廃墟を横切って行かなくてはならない。村の人々は、オリベーラが樽の両側に釘を打ちつけ、それに二重に紐を巻きつけて車軸のように働かせ、帰っていくのを眺めていた。オリベーラは涼しい顔で紐を引き、大樽を地面に引きずって行った。

このような機知と、馬が使えるのに徒歩で行くといった態度は、人夫としての評判を落とすものだったのだ。

二月の終わりに、マテ茶の苗木を植えた一帯の藪を刈るように、私はオリベーラに命じた。彼が仕事を始めてから何日か経ったある日、フランクフルト出身のドイツ人の石工が私を訪問してきた。癌に侵されたような顔色をしていて、話すのもゆっくりしているし、一度何かに視線を向けると、そこからなかなか逸らすことのできない男だった。埋蔵された宝を見つけるのに必要な水銀を貸してくれと、私に頼みに来たのだ。

宝探しの方法は簡単だった。目星をつけた場所に行ったら、地面に穴を掘り、底に水銀を流してハンカチで覆いをかける。それからまた穴を埋める。その上の地面に、何かしらの金製品——彼の場合には時計の鎖——を載せるのだ。

本当に埋蔵品があれば、金は宝の力に引き寄せられて、水銀のなかに落ちる。だから、水銀がないと、どうすることも出来ないのだ。

私は水銀を渡してやり、彼は帰っていった。だがその前に、自分の視線を私から引き離すために、かなりの苦労をしなければならなかった。

ミシオネス地方その他の、かつてイエズス会が支配していた北部一帯では、神父たちが逃げていく前に貨幣やその他の貴重品を埋めていったという伝説が、固く信じられている。住民たちのうちで、少なくとも一度は宝、すなわちその埋蔵品を掘り起こそうと試みたことのない者は、きわめて稀である。多くの場合に、その決定的な手がかりといったものがある。石の少ない地質の場所に見つかる石積みとか、めったにない格好で置かれている古いラパチョの材木とか、森のなかに放置された砂岩の柱とか、そういった類だ。

山刀にかける鑢《やすり》を探すために、藪刈りの仕事から戻ってきたオリベーラは、私が石工と話すのを見ていた。いつもの微笑を浮かべて、何も言わなかった。マテ茶園に帰るときになって、彼は私に向き直るとこう言った。

「頭のおかしなドイツ人だよ！……本当の宝はココにあるんだ。この脈打つ血潮のなかにさ！」そう言って彼は自分の手首をつかんだ。

そんなわけだから、ある晩突然作業場に入ってきたオリベーラに、今から森に出かけようと誘われたときの私ほど、驚いた者はほとんどいないはずだ。

「今夜」と彼は低い声で言った。「俺は埋蔵品を掘り出しに行くよ……手がかりの一つをたまたま見つけたんだ」

何の用だったか今思い出せないが、そのとき私は忙しかった。しかしながら、一体いかなる神秘的な運命の転換で、宝の噂など疑っていた男が埋蔵品を信じるようになったのかと、私は興味をそそられていた。私はオリベーラという男を見損なっていたのだ。彼は微笑んで私を見つめた。大きく見開かれた両目は、天啓を得た人のようにほとんど挑戦的なまでの光を放ち、私に抱いている親愛の情を、彼独自の仕方で証明していた。

「さあ！……俺たち二人のものだよ……アソコの、マテ茶園にある、白い石なんだ……二人で山分けしようよ」

このような男を相手に何ができようか？　宝は私の興味をそそらなかったが、こんな場合ありがちなこととして、彼が見つけるかもしれない陶器の類には関心があった。それで、私は彼の幸運を祈り、もしきれいな壺を見つけたら、傷をつけないように持って帰って来てくれとだけ頼んだ。彼はコリンズを貸してくれと言い、私は渡してやった。それを持って彼は出て行った。

だが、夜の散歩には私も気が惹《ひ》かれた。森の漆黒《しっこく》を貫いて見えるミシオネスの月は、目にできる限り最も美しい見物だったからだ。そのうえ、退屈な仕事に疲れていたので、私はしばらく彼と一緒に歩くことを決めた。

オリベーラが仕事していた場所は、家から一キロ半離れた、森の南側の縁にあった。私たちは並んで歩いた。私は口笛を吹き、彼は黙ったまま。――だがいつもの癖で、木の梢の方に向かって、唇をとんがらせていた。

仕事場にたどり着くと、彼は立ち止まって耳を澄ました。

マテ茶園は――森の暗がりから電灯の光に満たされた空き地に、私たちが突然出てみると――吹きさらしの高台のように見えた。最近倒された木々の幹は、斜めに差す強い光に照らされて、自分自身の黒い影を地面に投げかけている。前景では暗い影に沈んだマテの若木は、藪を切り払った平地に積もったビロードの灰の上で、夜露に輝き静かにたたずんでいた。

「ソレじゃあ……」オリベーラは私に言った。「一人で行くよ」

何か物音がしないか、彼はそれだけを心配しているように思われた。その点を別にすれば、明らかにひとりになりたがっていた。「それじゃ、また明日、ダンナさん」という言葉を残すと、彼は急いでマテ茶畑を突っ切っていった。しばらくの間、切り倒した木の間を跳ねながら進む姿が私には見えていた。

私は歩く速さを落として、森の小道を戻った。わずか六時間前には、目の眩《くら》むような光で羞明《しゅうめい》が起こり、枕の両わきは頭の下に敷いた場所よりも熱く感じられた。そんな夏の暑苦しい真昼をすごした後の夜十時という時刻においては、ミシオネスの夜の涼しさに勝る至福は他になかった。

そして、ほとんどが原生の高い森の木々に囲まれた小道のなかでは、その夜はとりわけ素晴らしいものだった。

道沿いにずっと、目の届く限りどこまでも、氷のように白い光線が地面に斜めに縞模様を描いている。そこがあまりにも明るいので、残りの暗い地面は、暗黒の深淵に沈み込んでいるように思われた。道の両脇の高いところでは、陰鬱な森がなす巨大な建築物の上から、細長い三角形をした光が落ちかかり、木々の幹に突き当たると、銀色の滴りとなって流れ落ちた。高くそびえる神秘的な原生林は、斜めに差す明かりに侵食されて、ゴシックの大聖堂のような驚異的な深遠を湛《たた》えていた。そうした深遠な四囲のなかで、ときおり釣鐘の響きのように、突発的なヨタカの哀歌が静けさを破った。

家に戻る気分がまとまらぬまま、私はさらにしばらく歩き続けた。そうこうする間にも、オリベーラは岩で指の爪をぼろぼろにしてしまっているに違いない。「彼が幸福でありますように」私は自分につぶやいた。

そして、このときがオリベーラの姿を見た最後となった。次の朝も、また次の朝も、そして二度とふたたび彼は現われなかった。彼の消息はまったく不明だった。町で尋ねてみたが、彼を見かけた者はなく、彼に何が起きたか誰も知らなかった。フォス・ド・イグアスに手紙で問い合わせたが、結果は同じだった。

それだけではない。前にも言ったように、オリベーラは賃金に関する限り、最大限の正確な手続きを要求した。私はまだ最後の週の給料を支払っていない。あの晩に突然気が変わって、土地を変えようと考えたとしても、賃金の清算をしないで出て行ってしまうことはありえない。

だが、それならば彼に何が起こったのか？　彼はどんな宝を探し当てたのだろうか？　プエルト・ビエホにも、イタクルビにも、ラ・バルサにも、船に乗り込んだはずのどこにも足跡を残すことなく、どうやって立ち去ってしまうことが出来たのか？

私には未だに分からないし、分かる日が来るとも思わない。だが、私は今から三年前に、オリベーラが藪刈りを完了しなかったあのマテ茶園で、非常に薄気味悪いある経験をした。

思いがけない出来事とはこうだ。ここでは関係のないある理由から、例の土地を私は丸一年放っておいたので、藪木がまた芽吹いてマテの若木を覆い尽くしてしまっていた。雇った人夫の一人が戻ってきて、最初に取り決めた金額では、ふだんより少ない仕事だとしても、まったくやる気になれないと言った。まるで雇い主の私が、山刀の扱いについて何も知らないかのような言い草だった。

公正なところを見せて私は賃金を上げてやり、人夫たちは仕事に取り掛かった。彼等は二人組で、一人が木を切り倒し、もう一人が枝をはらっていた。三日の間、南風が私に、森のこだまで二重になった物悲しい斧の音を休みなく運んできた。その音はお昼時ですら途切れることがなかった。たぶん彼等は交代で木を切っているのだろう。そうでないとすると、斧を振るっている男の腕や足腰は、人並みはずれて強靭なのに違いなかった。

だがその三日目が終わったあと、最初にごねた人夫が山刀を手にやってきて、今までやった分の仕事を見積もってくれと言った。これ以上相棒と仕事をすることは出来ないというのだ。

「なぜだ？」私は当惑して尋ねた。

はっきりした返答は得られなかったが、最後にようやく男は、相棒はひとりで働いているのではないと言った。それで私には分かった。そんなことに関わる伝説を思い出したのだ。ある人間は悪魔と同じくびきに繋がれて働いている。だから決して疲れることがないのだ。

私は男に反論せず、見積もりをするために出かけた。地獄の相棒を見るなり、それが誰なのか分かった。よく馬に乗って我が家のそばを通りかかる男で、彼と馬の着けている飾り衣装が、一介の人夫に似合わず絢爛なことに、私はいつも感嘆していた。そのうえ大変な美男子で、南部から来た伊達男らしく、油を注した真直ぐの長髪をしていた。いつも馬を並足で歩かせ、私に目をくれようともしなかった。

その機会に、私は初めて彼を間近で見た。シャツを脱いで仕事をしていたので、節制して真面目でよく体を鍛えた若者の、力にあふれた運動選手のような上半身によって、彼が驚異を成し遂げていることが容易に理解できた。

一度も短くしたことのない長髪も、馬で通り過ぎるときの挑戦的な態度も、そういったものはすべて、藪のなかで汗をかき笑顔を浮かべている若者を前にして、雲散してしまった。

そんな若者が、人夫の仲間内では、悪魔とともに仕事をする男なのだ。

彼はシャツを着込み、私と一緒に現場を見てまわった。これからは彼ひとりでマテ茶園の藪刈りを最後までやらなければならないので、土地全体をひとわたり廻って歩いた。陽はすでに落ちて、かなり寒かった。ミシオネスの気温は、日が暮れると温度計の目盛とともに下がって行く。森の南西の端が平地に隣り合う辺りで、私たちはしばし立ち止まった。ほとんどすべてのマテ茶がかれてしまっている半エーカーかそこらの土地を、果たしてどこまで刈り取る価値があるか、見当がつかなかったからだ。

木の幹の量をざっと目測し、上方の枝の茂みにも目を走らせた。その上方で、ある香の木《インセンス・ツリー》の一番高い股に、私は何か奇妙なものを見つけた。黒くて長い二つの物体である。ムクドリモドキの巣のようなものだった。それは空を背景にして、くっきりと姿を浮き立たせていた。

「で、あれは？」私は若者に示した。

彼はしばらくそれを眺めてから、木の幹に沿って視線を下ろした。

「ブーツです……」彼は答えた。

私は衝撃を受け、ふいにオリベーラのことを思い出した。ブーツだって？……確かにそうだ。靴底を上に向けて逆向きになり、木の股に踵をしっかり挟まれていた。下に向いたブーツの筒口は空ろとなって、そこに人間の姿はない。それだけだった。

十分な光の下でどんな色をしているのかは分からない。だがその時刻に、森の深い底から見上げると、青白い空を切り取って黒く見えた。

私たちは長いこと、その木を上から下へ、下から上へと眺め回していた。

「登れるかい？」私はまた人夫に聞いてみた。

しばらく間があった。

「無理です……」男は答えた。

しかし、かつては無理でないときがあって、そのとき誰かが登ったのだ。ブーツが自分でそんな高い場所に登って行くわけがない。論理的な、そして唯一の説明はこうである。ブーツを履いた誰かが、辺りを見回すためか、蜂の巣を取るためか、何かそんな目的で木に登った。彼は気づかずに、木の股に足を深く食い込ませていた。そして突然、何が原因かは分からないが、後ろ向きにひっくり返り、木の幹で後頭部を打ってしまった。その人物はすぐに死んだか、後で意識を取り戻したものの、木の股まで体を引き上げてブーツを脱ぐ力はなかった。そしてとうとう――たぶん人が思うよりずっと時間が掛かってから――完全に息絶えて、動かなくなった。それから彼の体はだんだんに腐って、少しずつブーツは空になっていき、最後に脱け殻だけが残ったのだ。

そしてブーツは、二つ並んであそこにかかっている。冬の黄昏のなかで、私と同じように凍えながら。

木の根元に、身元を探る手がかりは何も見つからなかった。それは当然だ。


だが、あれが我がオリベーラの持ち物だとは、私は信じない。彼は木登りをするような男ではなかった。まして真夜中などに。それではいったい誰が登ったのか。

私にはわからない。だが私には時々、このブエノスアイレスで、突然北風が吹き自分の指が山刀を求めてうずくとき、いつの日か思いがけず、オリベーラに出会うような気がしてならないのだ。この町で、ばったりと私に出くわすと、彼はあの微笑を浮かべながら私の肩に手を置いてこう言うだろう。

「やあ、懐かしいダンナさん！……アンタと二人で、オレたちは大した仕事をやってのけたもんじゃないかね。北部のアソコ、あのミシオネスでさ」

訳註

（1）トーロ　未詳。地元製の粗悪な製品と思われる。

（2）イイ考エ《ボア・イデア》　ポルトガル語の「よい（boa）」と、蛇の一種の「ボア（boa）」をかけた洒落。

（3）ボカヤ　中南米に分布する椰子の一種。

（4）居酒屋《ボリーチエ》　日用品や食品を商う小商店だが、カウンターで酒も飲ませた。

（5）ペオナ　ペオン（人夫）の女性形。

（6）ヤララ　クサリヘビ科、ヤジリハブ属の毒蛇。グアラニ語源の名称。語源的には今日の学術的分類上のハララカ（Bothrops jararaca）に対応するが、キローガの言うヤララとハララカが一致するのかどうかは不明。

（7）ヤララクス　ヤララと同じく、ヤジリハブ属の毒蛇。語源的にハラクス（Bothrops jararacussu）に対応する。一致性はやはり不明。キローガはヤララクスをヤララの一種と語っているが、現在の学術的分類において、ハララカとハラクスは別の種類である。

ヴァン・ホーテン

燃えるようなある日の昼下がり、私は彼が自分の小屋から百メートルほど離れたところで、出来上がったばかりのカヌーに目止めをしているのに出会った。

「見ての通り」汗で濡れた腕で、もっと汗にまみれた顔をぬぐいながら、彼は言った。「カヌーを作ったとこさ。年季の入ったティンボの木を使ってて、一トン以上の重さに耐えることができるんだ。人ひとり浮かせられねぇ、あんたのカヌーとはものが違うぜ。さっそくこれで気晴らしに出かけようと思ってるのさ」

「ドン・ルイスが気晴らしに出ようと思ったら」つるはしをシャベルに持ちかえながら、パオロが言い添えた。「思い通りにさせてやらなきゃならねえ。そうなりゃ仕事は、俺まかせになっちまう。だが、俺は決まった額で働いてるから、一人でやったって構わないんだ」

そうして、相棒のヴァン・ホーテンと同じく上半身裸の格好で、彼は採石場の瓦礫《がれき》をシャベルで掻きだし続けた。

パオロはゴリラのような腕と肩をもった男で、彼がただひとつ気にかけているのは、たとえ一日たりと言えども、他人の指図では働かないということだった。彼はメートルいくらで舗装用の石板を切り出し、町に運んで結構な稼ぎを得ると、それだけで義務も権利もすべて終いにしていた。機会あるごとにそのことを自慢しているうちに、こうして独立独歩で仕事をすることに、とうとう自分の倫理規範を合わせてしまったようだ。そして、土曜の夜に町から帰ってくるとき、いつも一人で歩きながらだが、道々大声で自分の稼ぎを計算するという、奇妙な習慣を彼は持っていた。

ヴァン・ホーテンのほうは、フランドル地方出身のベルギー人で、ときとして「ヴァン‐ホーテン‐の‐残った‐部分」と呼ばれていた。というのは、彼は目を片方、耳も片方、おまけに右手の指を三本も失っていたからだ。彼の空ろになった眼窩《がんか》全体は、火薬によって青く焼けただれていた。歩くときには、両肩を交互に上下させた。そして何より、ヴェルレーヌ流に、(1)非常に醜かった。詩人ヴェルレーヌと彼は、ほとんど同郷人と言うことが出来る。ヴァン・ホーテンは、シャルルロワの生まれだからだ。

彼のフランドル人としての出自は、不運というものを冷淡な態度で受け入れる忍耐強さに現われている。不運に出会ったとき、彼はただ肩をすくめ、唾を吐くだけだ。彼はまた、この世の中でもっとも利己心から遠い男だった。他人から借りた金を返そうともしない一方で、パラナ河が突然増水して、わずかばかりの飼い牛が流されてしまっても、彼はこれっぽっちも気にかけなかった。彼はただ唾を吐き、それですべてが終いになる。彼にはたった一人の親友がいて、土曜の夜にだけ落ち合うと、連れ立って町に繰り出した。それから二十四時間ぶっ通しで、ぐでんぐでんに酔って抱き合いながら、町中の安居酒屋を一軒一軒回って歩いた。日曜の夜になると、それぞれの馬が、習慣の力で彼らを家に連れ帰り、それで友情は打ち止めとなる。週のうち残りの日には、彼らは顔を合わすこともなかった。

私は以前から、ヴァン・ホーテンの目や指に何が起こったのか、彼の口から直接聞いてみたいという好奇心を持っていた。その昼下がり、砕石《さいせき》や掘削孔やダイナマイトについて質問しながら、うまい具合に彼が自分の話をするように導いていき、とうとう望んでいたことを聞きだすことが出来た。それは次のような話だった。

「これは全部あのブラジル野郎のせいだ。そいつは自分の火薬のことで俺を夢中にさせちまった。俺の兄貴は奴の火薬なんか信じちゃいなかったが、俺は信じたんだ。その火薬で何かを失くすなんて、思ってもいなかった。だって、俺は今まで二度までも、九死に一生の淵を生き延びてきたからだ。

最初はポサダスでのことさ。俺はその町に着いたばかりで、兄貴の方はもう五年そこで暮らしてた。俺たちには一人相棒がいた。ミラノ出身のヘビースモーカーで、帽子と杖を肌身離さず持ち歩いてた。仕事で穴に下りるときには、杖をコートに包んでおくんだ。酔っ払ってるとき以外は、こつこつと熱心に穴を掘る男だった。

俺たちは井戸掘りの仕事を引き受けた。今みたいに何メートルも深く掘り下げるわけじゃあないが、それでも井戸をまるまるひとつ、水が出るまで掘りぬく仕事だ。水源に出っくわすまでは、とにかく掘り続けなきゃならなかった。

この仕事にダイナマイトを使い始めたのは俺たちが最初だ。ポサダスには硬い粘板岩の地層しかないんだ。どの場所を掘り始めようが、一メートルもすると粘板岩が現われやがる。この辺りでも、廃墟(2)の向こうの方には、かなりの粘板岩があるぜ。そいつは鉄よりも硬くて、つるはしを打ち込むと、鼻まで跳ね返って来るんだ。

俺たちはそれまでに立坑《たてこう》を八メートルまで掘り下げてた。その日の午後、兄貴は底に発破《はっぱ》をしかけ終わって、導火線に火をつけると井戸から這《は》い出てきた。そんとき兄貴は一人で仕事をしてた。なぜかってえと、ミラノ野郎は、帽子と杖を持ったまま、酔っ払ってそこらをほっつき回ってたし、俺はマラリアの発作が起こって小屋んなかで寝てたからだ。

日の暮れる頃、悪寒で死ぬほど震えながら、仕事の具合がどうなってるか見に行ってみた。兄貴は丁度、ミラノ野郎に向かって、怒鳴り始めたところだった。奴は塀をよじ登って来て、天辺に植え込まれたガラスで体を切っちまってたんだ。井戸に近づいたときに、俺は瓦礫の山の上で足を滑らせた。穴の淵でかろうじて持ちこたえることが出来たが、皮の作業靴の片一方が、靴下も履かず紐も締めないで突っかけてたんで、足から脱げて井戸に落っこっちまった。兄貴はこっちを見ていなかった。それで俺は靴を取りに井戸を降りていったんだ。どうやって降りるのか、あんたは知ってるかい？　両足を開いて坑の壁に突っ張り、手で体を真直ぐに支えるんだ。もっと明るければ、ドリルで開けた発破の穴と、その脇に溜まった石屑が見えたろう。だが、俺には頭の上の明るい円と、はるか下のほうで石の角に当たった光が、きらめいてるのが見えただけだった。井戸の底では、何でも好きなものを見つけることが出来る。上から落ちてきたコオロギやら、いくらでもある湿り気やらな。だけど、息をしようにも空気だけは、絶対見つからねえんだ。

だがな、もし鼻が熱で馬鹿になってなかったなら、導火線の匂いをすぐに嗅ぎつけてたはずだ。井戸の底に着いてもっと匂いがはっきりしたとき、つまり湿った火薬の匂いがってことだが、取り付け終わって点火されたダイナマイトが、開いた股の間にあることを、はっきりと知ったんだ。

井戸の天辺に兄貴の顔が現われて、俺に向かって叫んでた。兄貴が大声で叫べば叫ぶほど、その顔はどんどん縮み、井戸はどんどん長く伸びて、入り口は空のなかの一個の点みたいになっちまった。マラリアに罹《かか》って、熱があったから、そんな風に見えたんだ。

ダイナマイトはいつでも爆発しそうだった。そして、俺はその真上にいた。石の壁に貼り付いたまんまで、今にも粉々になって穴から吹っ飛ばされようとしてたんだ。兄貴はますます大きな声を出して叫び続け、終いには女みたいな金切り声を上げてた。でも、俺には急いで這い上がるだけの力がなかったんで、地面に向かって身を投げると、鉄《かな》てこの頭みたいに平たくなって身を伏せた。兄貴は何が起こっているか理解したみてぇで、叫ぶのをやめた。

ダイナマイトが爆発するのを待つ五秒間は、五年か六年にも感じられた。そのなかにゃあ、月も週も日も分も全部が詰まってて、そいつらがいっこいっこ確実に過ぎてくんだ。

怖かったかって？　へへん！　ダイナマイトに達しようとしている導火線の火を追いかけるので、俺は頭がいっぱいだった。……怖かったか、いいや。ただ待っている、それだけの問題だった。刻一刻、今か……今か……と待っている、それだけで精一杯だった。

とうとう発破が弾けた。原住民《メンス》どもでも知ってることだが、ダイナマイトってやつぁ下向きに弾けるんだ。ところが、砕かれた石は上に跳ね上がる。そんで、壁に向かって吹っ飛び、うつぶせに倒れた後から、列車の汽笛みてぇな音が耳をぶち抜いて、跳ねた石がまた底に落ちて戻ってくるのが分かった。でっけえやつが一個、ふくらはぎに当たった。この、柔らけえとこだ。それ以外は、わき腹が激しく揺すぶられたのと、湿った火薬の腐ったような匂いと、それからとりわけ、頭が疼《うず》きと汽笛の音で膨れ上がっていたのとで、他の石のことはあまり感じなかった。俺は奇跡なんて見たことねえ。ましてや、ダイナマイトを仕掛けたすぐ脇じゃあな。それでも俺は生きて立ち上がることができた。兄貴がすぐに降りてきて、俺が震える足で何とか井戸を這い出すのを手伝ってくれた。それからすぐ町に繰り出して、二日間ぶっ通しで飲み続けたんだ。

それが、俺が死から逃れた最初のときだ。二度目はやっぱり井戸のなかで、俺が契約を取り付けた仕事だった。俺は井戸の底にいて、前の日の午後に発破をかけたとこから、瓦礫を片付けていた。井戸の上では、手伝いが砕けた石を引っ張り挙げて捨ててた。そいつは、パラグアイから来たインディオの小僧で、骸骨みたいに黄色く痩せこけてて、白目がほとんど青に近い色をしていて、めったに口を利かなかったな。そうして、三日ごとにマラリアの発作を起こしてた。

砕石を片付け終わると、俺はつるはしとシャベルをバケツの上のロープにくくりつけ、小僧がそれを引っ張りあげたんだ。もう言ったかと思うが、道具はきっちり結わえ付けたんじゃなくて、ロープの輪に引っ掛けてあるだけだった。それがいつものやり方で、道具が滑り落ちるなんて心配は、一度もしたことがねえ。引っ張ってるのが、俺の手伝いみたいなインディオでない限り、そんなことは起きっこねえんだ。

何が起こったかってえと、バケツが手の届くところまできたとき、あのアホタレは道具の上でロープをつかんで引っ張りあげるかわりに、バケツの方を先につかみやがったんだ。そんだから、道具を引っ掛けてた輪が緩んじまった。小僧はとっさにシャベルを摑まえたけど、それしかできなかった。

いいか。井戸の大きさを聞いときな。その時にゃあ、深さは十四メートルになっていたが、幅は一メートルか、メートル二十しかなかった。固い岩盤の土地で、もっと広い井戸を作ろうとすると、よけいな時間ばっかり掛かって仕方ねえときには、少しもおかしなこっちゃねえ。それに、井戸が狭ければ狭いほど、壁を伝って上り下りするのに都合がいいのさ。

だから、井戸はショットガンの銃身のなかみてえなもんだった。俺はその一番下の端っこにいて、もう一方の端からつるはしが落ちてくるのを見てたんだ。

へへん！　あるときミラノ野郎が足をよろけさせて、二十キロもある石を俺めがけて落っことしたことがあった。だが、そんときゃもっと井戸が浅くて、石が真直ぐに落《お》ってくるのを見ることができた。つるはしが落ってくるのも見えたさ。だが、そいつは壁から壁へと跳ね返って、くるくる躍りながらやって来た。それがどこに落ちるのか見当をつけるより、五十センチの鉄が頭に突き刺さって、もう死んじまったと思うほうがずっと簡単だった。

最初俺は、顔を上げてつるはしから目を離さず、それをかわしてやろうと身構えた。だが、すぐそいつは無駄なことに気づいて、死んだ男みたいに壁に張り付いた。じっと動かず、体をぴんと伸ばして、ほんとに死体になっちまったみたいだった。その間にも、つるはしは狂ったようにとんぼを切って落っこってくるし、小石は雨みてえにばらばら降り注いできてた。

最後につるはしは、頭の二、三センチ上で壁に当たって、反対側の壁に跳ね返り、井戸の底の隅っこに着地した。それから俺は、小僧には何の恨みも感じずに、井戸を這い上がった。奴さんは、これ以上ねえってほど黄色くなって、両手で腹を抱えたまんま後ろの方に後退ってた。本当に小僧に腹は立てていなかった。頭に砂を被って、ミミズみたいな格好だったが、とにかく生きて穴を這い出られたことが、すごくツいてたと感じてたからだ。その午後と次の日の午前いっぱい、俺は働かねえでミラノ野郎と酒を飲んで過ごした。

それが二度目に死を逃れたときだった。二回とも井戸のなかでのことだ。三度目のときは広い野天で、丁度ここみたいな採石場でのことだった。太陽は恐っそろしく熱くて、そこらの地面を焼け焦がしてたぜ。

今度ばかりは、俺もそれほどツいてたわけじゃねえ。……へへん！　俺は簡単にゃ殺せねえ男だ。あのブラジル野郎は――最初に全部あいつのせいだって言ったろう――一度も自分の火薬を試したことがなかったんだ。実際に使ってみた後で、俺はそのことを知った。だが、あいつは鬼のようなお喋りで、居酒屋で俺が新しいサトウキビ酒《カーニャ》を味わっている間、のべつ幕なしに自分の話を喋りまくっていた。奴は一滴も酒を飲まなかった。化学のことをずいぶん知ってた。それ以外のことも色々とな。だが、あいつは、自分の知識に酔ってる山師だったのさ。あいつは自分でその新しい火薬を発明したんだ。アルファベットの一文字で、それに名前を付けてたな。そして、終いには自分のお喋りで、俺の頭をクラクラさせちまいやがった。

兄貴は俺に言った。『ぜんぶ話だけのことだ。奴が狙っているのは、お前から金を巻き上げることだぜ』それで俺は答えた。『俺からは一銭だって引き出せやしねえ』『そんなら』兄貴はまた言った。『あの火薬を使って、お前ら二人とも宙に吹っ飛んじまうだろうよ』

それが兄貴の言ったことだ。なぜなら、それを固く信じてたからだ。俺たちが穴に火薬を詰めるのを見ている間にも、兄貴はそのことを繰り返していた。

さっきも言ったように、太陽が火のように照りつけて、採石場は足の下で燃え上がっていた。兄貴と何人かの物見高い連中が、木の下で体を伸ばして、事が起こるのを待ち構えてた。だが、ブラジル野郎も俺も、まったく気にしなかった。二人とも成功を信じきってたからな。火薬を詰め終わると、俺はそれを突き固め始めた。ここらじゃ、あんたも知ってるだろうが、粘土質の丘の土を使うんだ。ものすごく乾いた土だ。そうして俺は膝を付くと、突き棒を使ってどかどかと地面を打ちつけだした。その間、ブラジル野郎は、眉毛の汗を払いながら俺の横に立ち、他の連中は待っていた。

さて、三突き目か四突き目のときに、火薬の一部が弾けだしたのが手に伝わってきた。だが、それ以外のことは何も分からなかった。だって、俺は二メートル離れたところに、気を失って落っこちたからだ。

意識を取り戻したときには、指の一本も動かすことができなかった。だが、耳だけはよく聞こえた。周りの連中が話していることによって、俺はまだ発破穴の横にいること、顔中が血と裂けた肉をこねたみてえになってることを知った。そして、誰かが『こいつについて言やあ、もうあっちに行っちまってるな』といっているのが聞こえた。へへん！　俺はしぶといんだ。二ヶ月の間、俺は片目を失うか、失わないかという境にいた。結局、目玉は切り取られちまった。そして見ての通り、俺は回復して退院した。ブラジル野郎には二度と会ってねえ。というのも、あの夜のうちに河を越えて(3)行っちまったからだ。奴は怪我一つしていなかった。爆風は全部俺のほうに来た。そして、その火薬を発明したのは奴だったんだ」

「だからよ」彼は汗をぬぐいながら立ち上がって、こう締めくくった。「このヴァン・ホーテン様を始末するのは、簡単なこっちゃねえんだ。だがな、へへん！（この日最後の肩をすくめる仕草をして）どっちにしたって、最後《しまい》にゃ墓穴に入《へ》えるんだから、そう大《てぇ》したものを失くしたってわけでもねえさ」

そうして彼は唾を吐いた。

物悲しい秋の夜、私は自分のカヌーでパラナ河を下っていた。勢いのない澄んだ水が、同じ水路に留まって透明度を増していくように見えるほど、パラナは涸れていた。水が引くほどに、河岸は水路の方に広がっていき、いつもは水に浸かった木々によって形作られている河岸線は、白黒まだらのぬかるんだ粘土からできた、かろうじて人の歩ける広くて平行な二本の汀《みぎわ》になっている。浅瀬にできた亀裂は、薄黒い水をためて姿をはっきりと見せ、先端が水路に鋭く食い込んだ細長い楔《くさび》の形をして、パラナ河に筋目模様を刻んでいた。ひと月前には船の竜骨が何の危険もなく深い水を切り裂いていたところに、砂州や玄武岩の小島が頭を出していた。忠実に岸に沿って河を遡ってくる平底船やカヌーは、岸から丸々一キロメートル離れたところでも、岩ばった浅瀬の底でオールを擦ってしまった。
カヌーにとって、水上に顔を出した州は、たとえ夜だったとしても、何の危険もない。これに対して、水中に隠れた岩礁は、危険なことがある。そうした岩礁は、しばしば切り立った山の頂になっていて、その周りにある深淵は、七十メートル下に潜っても、まだ底にならないからだ。そうした隠れた山頂のどれかに乗り上げてしまうと、そこからカヌーを引き離すすべはない。舳先《へさき》や艫《とも》や、一番よくあるのが船の中心を軸にして、何時間でもくるくると回り続けてしまうのだ。

私のカヌーは非常に軽かったおかげで、そうした危険にさらされる心配がほとんどなかった。それで、私は暗い水の上を静かに下っていた。そのとき、幾つものハリケーンランプが、イタウの浜のほうで異様に瞬《またた》いているのが、私の注意を引いた。

陰鬱な夜のそんな時間に、パラナ上流の地域では、森も川も一つの黒いインクの染みになってしまい、そこでは何も見ることができない。漕ぎ手はオールに伝わる流れの振動でカヌーの方向を定める。岸に接近するには、闇の一番濃いところを探す。周囲の温度の変化や、渦や淀みや、要するに、ほとんど区別がつかないほどの一連の徴候を手がかりにするのだ。

そうやって、私はイタウの浜辺に上陸した。そして、ランプの光に導かれて、ヴァン・ホーテンの小屋にたどり着いた。ランプも皆そこに向かって進んでいたのだ。そこで、簡易ベッドに仰向けに横たわり、ガラスのように虚ろな目を、人が想像できる以上に大きく見開いた、ヴァン・ホーテンその人を見た。

彼は死んでいた。ズボンもシャツもすべてずぶ濡れになり、腹を膨らませたその姿が、死因を明白に物語っていた。

パオロがその場のホスト役をつとめ、近隣の住人が入ってくるたびに、何が起きたかを話して聞かせていた。出来事を語る表現も身振りもまったく変えることなく、まるで証言を求めるように、絶えず死人の方に顔を振り向けていた。

「ああ、あんたも見たかい」私が入ってくるのを見て、彼は声をかけてきた。「俺はいつも何て言ってたかな？　ドン・ルイスはいつかカヌーで溺れ死んじまうってね。そこに見えるだろ、くたばっちまってさ。その人は朝からもう酒でくたばってた。それなのに、もう一瓶カーニャを持って行くって聞かないんだ。俺は言ったよ。

『俺が思うにはね、ドン・ルイス。もし酒を持っていったら、あんたは頭から水に突っ込んじまうよ』

あの人はこう答えたんだ。

『頭から水に突っ込む。そんなことをヴァン・ホーテン様がやらかすなんざ、誰も見たこたぁねえや……それに、たとえ頭から突っ込んだとしても、へへん、それが一体どうしたって言うんだ』

そうして唾を吐いた。知ってるだろう、あの人はいつもそんな風に話すんだ。それから浜辺に出て行った。だが、俺には好きなようにさせてやるしかなかった。だって、俺は決まった額で働いてるんだからね。それであの人に言ったんだ。

『それじゃ、また明日な。酒は置いてけよ』

あの人はこう答えた。

『酒のことについちゃあ、絶対に置いてかねえ』

そうして、よろけながらカヌーに転がり込んだんだ。

今あの人はそこで、今朝以上に完全にくたばっちまってる。やぶにらみのロムアルドとホセシーノが、少し前に運んできて、浜に置いて行ったのさ。酒樽みたいに膨れ上がってたよ。プエルト・チュニョの手前にある岩場で見つけたそうだ。カヌーはそこの大岩のそばに浮かんでいて、ドン・ルイスのほうは、十ひろの深い水ん中から、二人が釣糸で引き上げたんだ」

「だけど事故は」私は遮った。「どんなふうに起きたんだ」

「俺は見ていたわけじゃねえ。ホセシーノも見ちゃあいなかった。ただドン・ルイスの声を聞いただけだ。というのも、ロムアルドと一緒に、延縄《はえなわ》の仕掛けを入れながら、対岸の方を流していたからだ。ドン・ルイスは大声でわめくのと、歌を唄うのと、もがくのとを、全部いっぺんにやってた。ホセシーノは、あの人が暗礁に乗り上げたのを知って、オールを後ろに漕がないように怒鳴った。そうすると、カヌーが抜けた途端に、背中から水に落っこちてしまうからだ。だが、しばらくして、ホセシーノとロムアルドは、水の跳ねる音とドン・ルイスの声を聞いたんだ。その声は水を飲み込んだ人のようだったそうだ。

水を飲み込んだってことについちゃあ、……見てみなよ。ベルトが腹の下までずり落ちてるだろう。今は腹も空っぽになってるが、俺たちが浜に引き上げたときには、まるでカイマンみたいに水を吐き出してたぜ。俺が上に乗って腹を踏みつけるたびに、噴水のように高く口から水が噴き上がってきたんだ。

岩盤を相手にすりゃああれほど勇ましくて、穴んなかでもしぶとく死ななかったあの人が、そんなざまだからね。確かにあの人は飲みすぎてた。それを言ってやることは出来たんだ。でも、あの人には俺は何も言わなかった。だって、俺は決まった額で仕事をしているんだから……」

私はカヌーの旅に戻った。しばらくは、闇の中に明かりのついた窓が光っているのが、河から見えていた。それは、河のすぐ上で瞬いているように思えるほど、低い位置にあった。それから、光は遠すぎて見えなくなった。だが、私の瞼には長い間、浜辺に横たわって、相棒が踏みつける足の下で噴水のように水を吐いている、ヴァン・ホーテンの姿が映り続けていた。

訳註

（1）ヴェルレーヌ流に　ポール・ヴェルレーヌ（一八四四〜九六）はフランス象徴派の詩人。頭の鉢が大きく、眉毛はもじゃもじゃで、オランウータンのようと評されるその容貌の醜さは有名だった。シャルルロワはフランス国境に近い町で、ヴェルレーヌの生まれたメッスからは二百キロ足らずの距離にある。

（2）廃墟　サン・イグナシオにあるイエズス会の廃墟のこと。

（3）河を越えて　ここで言う河とはパラナ河。作品の舞台はサン・イグナシオなので、河を越えるとは、国境を越えてパラグアイに逃げてしまうことを意味する。

郵便はがき

料金受取人払

板橋北局承認

93

差出有効期間
平成25年7月
31日まで
（切手不要）

1748790

板橋北郵便局
私書箱第32号

国書刊行会 行

フリガナ ご氏名		年齢	歳
		性別	男・女
フリガナ ご住所	〒 TEL.		
e-mail アドレス			
ご職業	ご購読の新聞・雑誌等		

❖小社からの刊行案内送付を　□希望する　□希望しない

恐竜(1)

グァイラ(2)を過ぎて、十レグアも遡ると、パラナ河は船では近寄れなくなる。その辺りは、恐ろしく高い黒色の断崖にはさまれた、幅二百メートルで深さは計り知れない水路となっている。蒸気船が全速力を出しても、何時間も同じ場所から動けないほど、河の流れは速い。水面は渦巻きによって、いつも泡立てられている。渦同士が衝突すると円錐の蟻地獄ができ、蒸気船のランチくらいなら飲み込んでしまう。森と玄武岩の黒色が圧倒的に支配するその陰鬱な地域は、おびただしい雨が降って湿度が高いため、さまざまな植物が豊富に茂り、グァイラの植物相は驚異的に豊穣だった。

そのような場所で、ある午後とその晩、私は一人の風変わりな男の客人となった。男は人間関係と文明に疲れ果て、ただひとりキノコのように生きるために、グァイラにやってきた。文明のすべてが男を悪酔いさせ、彼はそれにうんざりしてしまった。とはいえ、文明のなかで本に学んで生きる人々には貢献したいと思ったので、彼は小さな気象観測所を設立し、アルゼンチン政府の庇護下に置かれることになった。

しばらくのあいだ、彼がときおり送ってくる報告書には、これといって目を引くものがなかった。それがある日から、中央官庁が何とかしなくてはならないと思うほど、過剰な数値の気圧やら雨量やら湿度やらのデータが送られてくるようになった。私はそのとき、イグアスから北にあるブラジル領内のアルゼンチン施設を、視察して回る旅に出るところだった。そこで、ついでに少し手を広げて、男の観測所まで足を伸ばすことにしたのだ。

それが訪問の目的だった。だが男には面白みというものがまるでなかった。背が高く、とても黒い髪と髭を持ち、大きな目をまったく動かさずにこちらの目をじっと見つめてきた。両手をポケットに突っ込んだまま、こちらに一歩もあゆみ寄らずに、私がやってくるのを眺めていた。ようやく手を差し出したが、それは私が微笑を浮かべたまま、自分の手をしばらく差し出し続けた後だった。

午後の残りを、彼の山小屋風の家のベランダに腰掛けて、私たちはよもやま話をした。正確に言うと私だけが話をした。男はごくわずかな言葉しか発しなかったからだ。そして、私が会話を続けるために非常な努力を払ったにもかかわらず、男の引きこもった態度には、意見交換という文明的な習慣を窒息させるものがあった。

非常に暑苦しい夜がやってきた。夕食を終えると私たちはふたたびベランダに出たが、暴風が起こってまばらな水滴を椅子まではね散らかしてきたので、急いで家に走りこまなければならなくなった。暴風は突然やんで、すぐにバケツをひっくり返したような大雨が激しく落ち始めた。一瞬も止むことがなく、木々の葉に風を吹き送ることもなく、何時間も何時間も原生林を鳴り響かせる。その音に気づかない者がどこかにいるとは考えられないくらいだった。

「まだしばらく降り続けるんじゃないでしょうか」私は男に言った。

「どうでしょう」彼は答えた。「この季節では、ありそうもないですが」

男のそっけない態度が緩んだ機会に、私はそこにやって来た本来の目的を思い出した。

「何ヶ月も前から」私は話し始めた。「あなたが送った雨量計の報告が、ブエノスアイレスに届いていますが……」

それから状況を説明しながら、報告書の途方もない量に、中央官庁がいかに当惑しているかを強調した。

「何か間違いはありませんか」私は締めくくった。「数値はあなたが報告した通りですか」

「ええ」大きく見開いた動かない目で、私をじっと見つめながら、男は答えた。

私は黙り込み、どれだけか分からないがかなり長いあいだ、私たちはお互いに言葉を交わさずにいた。私はタバコを吸い、男はときどき壁に目を走らせていた。それから雨のふる戸外に。まるで、ジャングルを覆いつくす鈍い雨音の向こうから、何かが聞こえてくるのを期待するかのように。そして、戸外からやって来るとてつもない湿気に圧倒された私には、男のその眼つきや、湿った木々の香りに向けて広げた鼻は、謎のままだった。

「あなたは恐竜を見たことがありますか」

藪から棒に男は私にたずねた。

教養はあるが精神に錯乱をきたし、有史以前の光を目に宿した男から、この現代にそんな質問をされて、私は激しく動揺した。私はまじまじと男を見た。男も私を見返した。

「何ですって」ようやく私は聞き返した。

「恐竜です……肉食のノトサウルスです」

「いいえ一度も。あなたはご覧になったのですか」

「ええ」

瞬きひとつせず、男は私を見つめ続けた。

「ここで？」

「ここでです。もう死んでしまいましたが……三ヶ月のあいだ、私と一緒に歩き回っていました」

一緒に歩き回っていた！　男の目に宿った有史以前の光と、気象観測データのことが、ようやくはっきりと理解できた。彼はずっと中生代の密林で生きていたのだ。

「あなたが記録して、ブエノスアイレスに送ってきた、雨量や湿度は」私は言った。「その時代のものなんですね？」

「そうです」男は静かに認めた。水浸しのジャングルにとどろくカミナリに耳と目を向けてから、彼はゆっくりと言葉を継いだ。

「あれはノトサウルスでした……しかし、私があちらの世界に行ったのではなく、向こうが我々の時代に降りてきたのです……六ヶ月前のことでした。今は……今はあなたと同じように、こうしたすべてのことが信じられません。ですが、黄昏のなかでパラナの断崖にあれを見つけたときには、その瞬間から自分が生物学の法則の埒外に出てしまったなんてことは、まったく思いもしませんでした。あれは恐竜でした。それが事実なんです。首を高く上げてあちこちを見回し、叫びたいのだが出来ないというように口を開けていました。私のほうは静かにしていました。それから何ヶ月も過ぎていくあいだ、自分が何であって何を知っていたか、人間というものが何であって何を知っていたかを、忘れたいと強く思いました……理由があって植物が定められたままの姿でいるように、正しい真実の生命へ完全に退行したのです。文明のなかには、文明を離れても本質的な価値を持つ人間はひとりもいません。また、自然に向かって雄叫びをあげられる者もいません。それは私だけなのです。

日がたつにつれて、楽園を取り戻す深い喜びを、足が踏みしめる大地の完全な主となる退化の喜びを、私は自分のなかで追い求めるようになりました。まだ曖昧模糊としたものですが、自分が種の真理を代表していることを感じ始めました。私を動かしている生命は、私だけのものでした。木を登るように何百万年の時をよじ登っていき、上に行くほど自分が四方に見下ろす森の領域の支配者であることをより強く感じながら、ついに第三期の人類の微かな、しっかりした、執拗な、不滅の光明が、空っぽになった脳のなかに現われるのを感じるようになりました。

どうして恐れることがあるでしょう。生物学の根底がかき乱されて幻影が生み出され、生きることを許されたのならば、それは私と同じく、通常の生命の法則から外れた存在なのですから。

だから何も恐れることはないのです。私はその怪物に近づき、植物が腐ったような酸っぱい悪臭を嗅ぎました。まだ首を上のほうで振り続けているので、私は石を投げつけました。恐竜はひと跳ねして水に飛び込み、波が水辺を襲ってきたので、引き波とともに私はさらわれていきました。恐竜は私を見て、二百ひろの水の上で体を揺らしました。そして叫びました。叫んだのでしょうか？……よく分かりません……ひどく調子はずれに。かん高く深みのある声でした。

苦痛のようなものを感じたのでしょう。そして叫びを上げるためにとてつもなく大きく口を開けました。一度も私をじっくり見ることはありませんでした。というのは、もしそうしていたら……でも、それは後になって起こったことです。

もう辺りが暗くなってから、とうとうそれは陸に上がってきました。そして我々は一緒に歩きました。それが始まりでした。三ヶ月のあいだ、恐竜は私の夜の仲間でした。朝の初めの涼しさが訪れると、それは私と別れました。私から去っていき、眼中にないように藪に突っ込んでなぎ倒し、河の真ん中まで届く深い渦巻きを幾つも作りながら、パラナに潜っていきました。

ここに来る途中で、あなたは立派な間道を見たでしょう。荒れずに保たれていますが、だいぶ前からマテ茶農園は廃業しています。恐竜と私が、ゆっくりと何度も、そこを行き来したのです。昼の間あれを見たことはありません。人間の欲求と過去の時代が共鳴して作り出した恐るべき生命に、夜以外に近づくことはできませんでした。知らずに捜し求めあう影の片身のように、相手に気づいている様子を外に現わさず、私たちは横に並んで何時間も歩き続けました。

何百万年もの太古に埋もれた未知の生態のなかで、あれに残されていたのは、ジャングルのもっとも湿った内奥を目指して進むことだけでした。そこは悪臭のする野性の農園で、黒い幹を並べたシダの葉を、恐竜は押し分け引きちぎって進んでいきます。

私のほうは、この家で日中の生活を変わりなく続けていましたが、その眼差しは次第に空ろになっていきました。機械のように生活を送り、現代という時間を夢遊病者のようにさまよっていました。そして、野性の最初の匂いを、黄昏の涼風がジャングルから地面すれすれに送ってくると、それとともに目を覚ますのです。

そんな状態がどのくらい続いたのか分かりません。ある晩私は叫びを上げ、それが自分の喉から出たことに気づきませんでした。服を着ておらず、体中が毛に覆われていました。それだけが分かっています。ひとことで言えば、私は自分の願望によって、過去の時代に戻っていたのです。

恐竜の影を早足で駆ける猫背の黒いシルエットのなかで、現実の私の魂は生きていました。しかし、それは眠り込み、原始人の分厚い頭蓋骨に閉じ込められて窒息しそうでした。果てしない年月を超越する追放のなかで、私たちは生きていました。恐竜の生きる地平が私の地平であり、彼の進む道が私の道でした。巨大な月のかかる晩には、私たちはいつも河を見下ろす断崖にでかけていき、そこで長いことたたずんでいました。恐竜は下を流れる水の匂いを嗅ぐために頭を下げ、私は木の股に乗り体を丸めて。寂しさと静けさは極みに達していました。しかし、パラナから立ち上る生臭いもやのなかに、恐竜は中生代の世界の濃密な湿気を嗅ぎ取り、空に向かって口を開くと、短くうなりを上げました。ときおり首を高くもたげては、悲しげな声を放つのでした。そして私は、木の股で体を丸め、夢と郷愁に目を細めながら吼《ほ》えて答えるのでした。

私たちの友情が最も深まったのは、雨の夜でした。今あなたが聞いているこの雨は、四月や五月の雨に比べれば、単なる霧雨に過ぎません。降りだす一時間も前から、かなたの原生林に落ちる雨滴の深い響きを私たちは耳にしました。そうなると私たちは森の小道をたどって行きました――そこには空気も、物音も、何もなく、ただ目をくらませる輝く空だけが見えます――恐竜は首を地面に伸ばし、震える大地に舌を押し付けました。とうとう雨がやって来て滝のように降り注ぐと、私たちは立ち上がって何時間も休むことなく歩きまわり、ジャングルの上では轟々と音を立て、恐竜の背ではパチパチと弾ける豪雨のなかで、深く息を吸い込みました。

九月の終わりに、グァイラのほうから鈍い大地の震動がやって来て、私たちに河が増水していることを告げました。この辺りでは、パラナは何度かの大雨で増水すると、一晩に十四メートルも水位が上がるのです。

そうやって、水位はどんどん上昇しました。河岸からグァイラの潮鳴がはっきりと聞こえ、目が回るように激動する水に乗って、春の洪水におぼれたり腐ったりした様々なものが、岩礁に立つ私たちの側を流れ過ぎていきました。

暗い夜です。興奮した恐竜は、一瞬ごとに水をすすり、その目は河上《かわかみ》の闇を越えて、まだ激しく降っている雨のほうに向けられます。そして、私たちはゆっくりと岸をたどって、パラナを遡っていきました。

こうしてさらに一月が過ぎました。私のなかに残っていた、今こうしてあなたに話している人間の部分は、めきめきと音を立てて壊れ、倒壊し、消え去りました。そしてある晩のこと……」

男は話すのをやめた。

「何が起こったんです」私はたずねた。

「何でもありません。殺しました」

「その……恐竜をですか」

「そうです。あれをです。分かりませんか？　あいつは恐竜です……肉食のノトサウルスなんです。そして、私は第三紀の人間です……肉をまとった小動物で、目は十分すぎるほど生き生きしています……そして、恐竜は猛獣の臭いを放っていました。もうお分かりですね」

「ええ。続けてください」

「現代の人間の痕跡が私に残っているうちは、その人間の願望によって大地の死んだ内臓から引き出された怪物は、我慢をしていました。それが後になると……

あの北の彼方《かなた》では、グァイラは相変らず膨れ上がった水音を鳴り響かせ、河は地獄のように流れながら増水を続けています。恐竜は河岸にべったりと身を伏せ、渇きに責められて水をすすり続けました。

ある晩、恐竜が絶えず水に入ったり出たりし、波立てられたよどみが海のように見えるとき、私は大岩の陰から身をのぞかせ、空腹で猛り狂った怪物のほうを毛を逆立てて窺《うかが》っていました。そして同時に、何百万年も積み重ねられた恐怖の火薬が、自分のなかで爆発するのを感じました。催眠にかけられた三ヶ月の友情を通して、その恐怖がはっきりと形を取ることはなかったのです。

怪物の様子を窺い続けながら私は後ずさりし、ほぼ二十ひろの水の上にそそり立つ玄武岩の崖に駆け上がり始めました。怪物は稲妻の明かりで、私が駈けているのを確かに見つけました。なぜなら、今まで聞いたことがないような鋭い叫びが聞こえ、奴が後ろに迫ってくるのを感じたからです。しかし、私はもう崖にたどり着き、大きな石塊に開いた広い裂け目をよじ登っていました。

頂上にたどり着くと、私は四つ足で体を支え、頭を少し出して、怪物が私を探しているのを見ました。雨が激しく降り注いでいるので、流れる水に光が反射して縞模様を体に描いています。上方にいる私を見つけると、奴はこちらに達するために、より緩やかな斜面を探して、断崖の周りを素早くめぐり始めました。岸にたどり着くと泳ぎながら跳びかかり、水の中から岸壁を調べ、地面にしがみつき、再びパラナに身を沈めました。より長く続く稲妻が、雨でささくれた河の上に、私を見失うまいとほとんど垂直になって泳いでいる恐竜の姿を浮かび上がらせたとき、私は拳をついて前に飛び出すと、殺し屋の叫びにうなりで答えました。

雨に目をふさがれて、私は岩の亀裂に気づかず、危うく足場を失いそうになりました。新たな稲妻が走ったとき、後ろに視線を走らせた私は、割れた玄武岩の塊《かたまり》を亀裂が一周しているのを見ました。

この発見で防衛の手段が頭に浮かびました。ずっと目を離さないようにして、恐竜が旋回するのを追いながら、機会をとらえて十メートル下に下りると、中央の割れ目から大きな破片をもぎ取り、それを持ってまた頂上に戻りました。破片をくさびのように亀裂に打ち込み、それをてこにしてこじると、今にもまっさかさまに落ちそうなくらい大岩はぐらぐら揺れて、私はそれを胸で感じました。

後はチャンスを待つだけでした。河岸では、輝く割れ目が幾条も開いた空の下で、怪物が駆けながら私を探して首を振っていました。そして再び私を見つけると、水に飛び込もうと走っていきました。

私は自分の体重と、おびえて暮らす生き物の数千万年積もった憎悪を、てこに一瞬に込めました。大岩は落下しました。怪物の頭に命中し、もろともに二十ひろの水に沈んでいきました。

やがて恐竜だけが浮き上がってきました。その頭はつぶれていました。そして、最初に見たように、叫びをあげるために口を開きました。――だが今度は叫びました……何やら恐ろしい声で――目が見えないので、でたらめに泳ぎ回り、雨で白くなった河の上で、やたらと首を振っていました。

二度か三度、水に消えかけて、目の見えない頭を持ち上げました。それから、とうとう永遠に水に沈み、すぐに雨が水面を平らにならしてしまいました。

崖の上で、私はまだ四つ足でうろうろしていました。もう恐れる必要がないことを徐々に確信していき、私は中央の割れ目から頭を下に覗《のぞ》かせました」

男は再び話しやめた。

「で、それから」私はたずねた。

「それから？　何もありません。ある日、私は再びこの家にいる自分に気づきました。いまと同じように。――雨は止みましたね」彼は話を終えた。「この時代ではそれほど長く続かないのです」

その次の日、伐採所の人夫三人が力をあわせて、私と一緒にここまで運んできたカヌーに乗り込むとき、また雨が降り始めた。五百メートルほど上流の浜の上に、巨大な石塊が水から鋭く切り立っていた。

「岸壁というのは……あれですか？」私は男に尋ねた。

彼は顔を振り向けると、雨の向こうで白く煙る岩壁をじっと眺めていた。

「ええ」視線を据えたまま彼はようやく答えた。

カヌーが河岸に沿って下るあいだに、湿気とジャングルと洪水が外套に染みとおるのを感じながら、あの男は数百万年の時を超えて、今では夢となってしまった生活を実際に生きていたのだということを理解した。

訳註

（1）恐竜　短編集『原始人』に収録の際『夢』と改題され、『現実』と改題された『第三紀の物語』とあわせて、表題作にまとめられた。『恐竜』と『第三紀の物語』は発表時期も異なり、内容的なつながりもないので、本書では前者を初出どおり独立した短編として訳出した。

（2）グァイラ　十八の滝が階段状に連続するパラナ河の難所。ブラジルとパラグアイの国境にあり、五キロほどの長さで一一四メートルの高低差がある。

ファン・ダリエン

いまから語るのは、ファン・ダリエンという名前の、人間のなかで育てられ教育も受けた虎の物語である。彼はジャングルの虎だったが、四年の間ズボンとシャツを着て学校に通い、きちんと授業を受けた。だがそれは、これから説明するように、彼が人間の姿をしていたからだ。

あるとき、それは秋の初め頃だったが、遠い国のある村を天然痘が襲い、多くの人々を殺した。兄は妹を失い、歩き始めたばかりの幼子が、母も父もなく取り残された。母親は母親で自分の子どもを亡くした。そしてここに、またひとり、若くしてやもめになった貧しい母親が、この世でただひとつ彼女のものだった小さな我が子の埋葬に、自らの身を引きずって行かなくてはならなかった。家に戻って来ると、彼女は我が子のことを思いながら、いつまでも座り込んだままでいた。やがて彼女はつぶやいた。

「神様はもっと私に同情して、あの子と一緒に御許へ召してくださるべきだったわ。そりゃあ天国には天使がいることでしょう。でも、みんなあの子の顔見知りではないわ。あの子が本当に知っているのは私だけなのよ。ああ、可哀想な私の赤ちゃん!」

そして遠くの方をぼんやりと見やった。そのとき彼女は、家のいちばん奥まった場所にある、ジャングルに面した小さな裏口の前に座っていた。

そのジャングルには、夜更けと明け方に咆哮を響かせる、多くの猛獣が棲んでいた。哀れな母親が、じっと座り込んだままでいると、薄暗がりのなかで、何か小さなよろよろ歩くものが、戸口を入ってくるのが見えた。それは、ようやく歩く力を持ったばかりの、子猫に似たものだった。女はかがみ込むと、生後何日かで、まだ眼の開いていない虎の子を、両手で持ち上げた。哀れっぽいチビすけは、人の手が触れたのを感じると、もうひとりぼっちではないことを知って、喜んで喉をゴロゴロと鳴らした。母親は、この小さな人間の敵を、長いこと宙にぶら下げたままでいた。まだ無防備な獣の命を絶つことは簡単だった。だが、きっと自分の親を亡くしたに違いない、どこから来たとも知れない、寄る辺もないチビすけを前にして、彼女は考え込んでしまった。自分が何をしているかもはっきり気づかないまま、虎の子を胸元に引き寄せると、大きな両手で包み込んだ。そして虎の子は、胸の温かみを感じると、居心地のよい姿勢を探り当てて静かに喉を鳴らし、母の乳房にあごを預けて眠りに落ちた。

女はなおも考え込んだまま、家のなかに入った。そして、続く夜の残りに、お腹をすかせた虎の子の泣き声を耳にし、見えない目で彼女の乳を探ってくる姿を眼にしたとき、母親は傷ついた心の奥底で感じた。この宇宙を満たす最も崇高な法則の前では、ひとつの命はもうひとつの命と、まったく同じ価値を持っているということを……

そして、虎の子に自分の乳を与えた。

虎の子は救われ、母親のほうは計り知れないほどの慰めを得た。その慰めはとても大きかったので、子どもが奪い去られる可能性を思うと、恐怖とともにその光景を目の当《ま》たりに見る気がするほどだった。彼女が野生の動物を育てていることが村人に知れ渡れば、小さな猛獣はきっと殺されてしまうだろう。ああ、どうしたらいいのかしら？　自分の胸の上で戯れている、柔らかくて愛らしい虎の子は、今ではもう彼女の愛児そのものだったのだ。

こうした日々がつづいたある雨の日、ある男が彼女の家の前を走り過ぎようとしていて、ざらついた鳴き声を耳にしたと思った。まだ最近生まれたばかりだが、人間の魂を脅かす猛獣の、しわがれた鳴き声だ。男はすぐに立ち止まると、拳銃を手探りしながら、その家の扉を叩いた。もう彼の足音を聞きつけていた母親は、不安で気も狂わんばかりになりながら、庭に虎の子を隠そうと走っていった。だが、良き運命が望んだことなのか、裏口の戸を開けると、一匹の穏やかで、年老いて、思慮に長けたらしい蛇が、彼女の行く手に立ちはだかった。追い詰められた女が、恐怖の叫びを上げようとしたとき、その蛇が次のように話し始めた。

「恐れることはない、女よ。そなたの内なる母性が、万物が等しい価値を持つこの宇宙のなかで、ひとつの命を救うことをそなたに許したのだ。だが、人間たちはそなたを理解せず、新しい息子を殺そうとするであろう。何も恐れず、静かに見守るがよい。今この瞬間から、そなたの息子は人の形を取る。そのことは誰にも分からぬ。息子の心を育み、そなたと同じように良き振舞いをするよう躾《しつけ》するのだ。さすれば、息子は己《おのれ》が人間でないことに、決して気づかぬであろう。ただひとつ……ただひとつ、人間のなかの母親のひとりが、そなたの息子をとがめることがない限りは。ひとりの母親が、そなたが息子に与えた命を、己の血をかけて取り戻すことを求めぬ限りは、息子はいつまでもそなたの誉れとなろう。落ち着いてよく理解するのだ、母よ。そして急ぐが良い。あの男は家の戸を叩き破ろうとしているぞ」

母親は蛇を信じた。人類のどんな宗教においても、地に満ちるすべての命の秘密を知る存在が蛇だったから。彼女が走っていって玄関を開けると、猛り狂った男が拳銃を手に入ってきた。男はあらゆる場所を探し回ったが、何も見つけられなかった。彼が出て行ってから、母親が虎の子を隠したショールの包みを、震えながら胸の上で開いてみると、そこには静かに眠っている人間の赤ん坊が見つかった。幸福感に包まれながら、野生の息子が人間になれたことを思って、彼女は長いこと静かに泣き続けた。その涙は、十二年後にその息子が、血をもって贖《あがな》ったのと、同じ重みを持つものだった。

時は過ぎた。新しい子どもには名前が必要だったので、フアン・ダリエンと名づけられた。また、食べ物や衣服や履物も必要だった。それらを与えるために、母親は昼も夜も働いた。彼女はまだとても若かったから、その気になれば再婚することも出来ただろう。だが彼女には、息子が与えてくれる深い愛情だけで十分だった。彼女もそれに全霊で報いた。

フアン・ダリエンは、実際、愛されるべき少年だった。従順で温厚で心が広く、特に母親に対しては、深い敬愛の念を寄せていた。また決して嘘をつかなかった。それは深奥の本性において、彼が野生の存在だったからだろうか？　ありそうなことではあるが、聖女のような母の懐で乳を与えられて育った清められた魂が、生まれたばかりの動物にどんな影響を与えるのかは、まだ誰も知っていない。

フアン・ダリエンはそうした子どもだった。彼は同い年の子どもたちと一緒に学校に通った。子どもたちは、ごわごわした髪の毛と内気なことで、しばしば彼をからかった。フアン・ダリエンは飛びぬけて頭の良い子ではなかったが、勉強への大きな熱意が不足するものを補っていた。

このような日々のなかで、彼が十歳になろうとしていたときに、母親が亡くなった。フアン・ダリエンが受けた悲痛は言葉では表わせないほどだったが、やがて時がそれを癒していった。だが、それからの彼は心に悲しみを抱えた少年となり、ただひたすら勉強だけに打ち込んだ。

ここで打ち明けねばなるまい。フアン・ダリエンは村人たちから愛されていなかった。ジャングルのなかにある閉鎖的な村の住民というものは、心が広すぎる上に、勉強などに全霊を打ち込むような子どもを、好まないのである。そしてまた、彼は学校で成績が一番の子どもだった。このふたつが一緒になって、蛇の予言を成就する出来事を伴いながら、物語を結末へと駆り立てていった。

村は大きなお祭りの準備を急いでいて、遠く離れた町に花火を注文したところだった。視察官が授業の監査に訪れることになったので、学校では子どもたちに学科の総ざらえをさせた。視察官が到着すると、校長はまず始めに、フアン・ダリエンに学科の暗誦を命じた。彼が最も成績のよい生徒だったからだ。だが、そんな状況で動揺していたため、暗誦を始めようとして、彼は奇妙な喉声を出して吃《ども》ってしまった。視察官はこの生徒をじっと見つめてから、すぐに低い声で校長に話しかけた。

「この生徒は誰です？」彼は尋ねた。「どこの出の子どもですか？」

「彼はファン・ダリエンと言いまして」校長は答えた。「もう死んでしまったある女性が育てていました。ですが、あの子がどこからやって来たのか、誰も知らんのです」

「奇妙だ。非常に奇妙だ……」視察官はつぶやきながら、ファン・ダリエンのごわごわした髪の毛と、暗がりのなかで緑色がかった光で輝く彼の目を、ずっと観察し続けていた。

この世には、人間が拵《こしら》えることのできるより、もっと不思議なことがあるのを、視察官は知っていた。同時に彼は、ただ質問しただけでは、ファン・ダリエンの前身が彼の恐れているもの、すなわち野生の猛獣であったことを、探り出すことができないのも知っていた。しかし、祖先たちの経験したことを、特殊な状況で思い出すことができる人間がいるように、催眠術の暗示によって、ファン・ダリエンに野生動物の生活を思い出させることが可能かもしれない。また、野生の世界について本を読んだことはあるが、書いてある意味が分からない子どもたちでも、大人に質問することはできるだろう。

そこで視察官は教壇に上がって、こんなふうに子どもたちに話しかけた。

「いいですか、みなさん。みなさんの誰かに、ジャングルの様子について話をしてもらいたいと思います。あなたたちは、ジャングルのなかで育ったようなものだから、それについてよく知っているでしょう。ジャングルってどんな所ですか？　そこでは何が起こっていますか？　それを私は知りたいと思います。そうですね、君」彼は適当にひとりの生徒を指差して言った。「教壇に上がって、見たことがあるものについてお話ししてください」

その生徒は教壇に上がると、おどおどしながらも、少しばかり話をした。森のなかには、とても大きな木や、つる植物や、咲き誇る花々があって、というようなことだ。彼が話を終えると、次の生徒が教壇に上がらされ、それからまた別の生徒が続いた。どの生徒もジャングルについてよく知っていたにもかかわらず、答える内容は同じだった。というのは、子どもというのは、多くの大人もそうなのだが、自分が見たもののことを話すのではなく、見たものについて本で読んだことを話すからなのである。最後に視察官は言った。

「それでは次に、ファン・ダリエン君」

ファン・ダリエンの話も、他の生徒と似たり寄ったりだった。だが、視察官は彼の肩に手を置いて大声で言った。

「だめ、だめ。君が見たものについて、よく思い出して欲しいね。さあ、目を閉じて」

ファン・ダリエンは目を閉じた。

「よろしい」視察官は続けた。「ジャングルのなかに何が見えるか話してごらん」

ファン・ダリエンは、ずっと目を閉じたまま、しばらく答えるのを遅らせていた。

「何も見えません」やがて彼は言った。

「すぐに見えるようになる。想像してみよう。今は午前三時で、もうすぐ夜が明けるところだ。食事が終わったところで、例えばだよ……僕たちはジャングルにいるんだ、その暗がりのなかに……僕たちの前には小川が流れている……何が見える？」

ファン・ダリエンは、またしばらく黙っていた。そして、教室のなかも近くの森も、大きな沈黙が支配していた。不意にファン・ダリエンは身を震わすと、夢でも見ているようなゆっくりとした声で、話し始めた。

「いくつかの岩が近くを通り過ぎていき、木々の枝がしなるのが見えます……そして地面が……そして、乾いた落ち葉が踏みつぶされて、岩の上に乗っているのが見えます……」

「ちょっと待って！」視察官がさえぎった。「岩と落ち葉が目の前を過ぎていくって、それはどの高さに見えるかね？」

彼がこう質問したのは、野生の動物だったとき密林のなかでしたことを、ファン・ダリエンがいま実際に見ているのなら、虎や豹が身をかがめて川に近づくときに目にする岩は、目の高さに見えるはずだからである。視察官は繰り返して言った。

「岩はどの高さに見えるかね?」

「地面の上を通り過ぎていきます……耳をかすめていきます……まばらな葉っぱが息で振るわされています……そして、泥水の湿り気を感じます。ここに……」

ファン・ダリエンの声はそこでとぎれた。

「どこに?」緊迫した声で視察官はたずねた。「どこに水の湿り気を感じるんだね?」

「僕のヒゲに!」ファン・ダリエンはかすれた声で言って、呆然とした眼を見開いた。

黄昏どきが始まっていて、窓を通して密林がもう暗くなっているのが見えた。他の生徒は、ファン・ダリエンが思い出したことの恐ろしさを理解していなかった。しかし、まだそんな年にならない彼が、自分のヒゲなどという奇天烈なことを話したのを聞いても、笑い出しはしなかった。子どもたちが笑わなかったのは、ファン・ダリエンの顔が真っ青で不安に満ちていたからだ。

授業は終了した。視察官は悪い人間ではなかったが、ジャングルのすぐ近くに暮らすすべての人間がそうであるように、虎を無闇に恐れ嫌っていた。それで、彼は校長に低い声でこう言った。

「ファン・ダリエンは殺さなければならん。彼はジャングルの猛獣、たぶん虎だろう。彼を殺さなければ、遅かれ早かれ、彼のほうが我々全員を殺すだろう。今までのところ、猛獣の悪い本性は目覚めていないが、我々のなかで暮らすことを許していたら、いつかはそれが解き放たれて、我々を貪り食いだすに違いない。だから、彼は殺さなければならん。難しいのは、人間の姿をしているうちは、殺すことができないということだ。なぜなら、彼が虎だということを、万人の前で証明できないからだ。彼は人間に見えているし、人間ならば慎重に扱わねばならん。私は町にいる猛獣使いを一人知っている。あの男を呼んでこよう。彼ならば、ファン・ダリエンを虎の身体に戻す方法を知っているはずだ。よしんば虎に変えることはできなくても、村人に我々を信じさせて、ジャングルに追いやることはできるだろう。フアン・ダリエンが逃げてしまわないうちに、はやく猛獣使いを呼ぶんだ」

しかし、フアン・ダリエンは逃げるなどということを、これっぽっちも考えていなかった。彼には起こったことがまったく理解できなかったのだ。誰に対しても愛以外のものを感じることがないばかりか、害をなす動物さえも憎むことができないというのに、どうして自分が人間でないなどと考えることができようか？

だが噂は口から口へと伝わり、フアン・ダリエンはその影響を受け始めた。人々は彼に一言も返事をせず、道を通るとあからさまに避けるようになり、夜になると遠まきに彼をつけまわしてきた。

「どうしたっていうんだろう？　何で僕にそんな態度を取るんだろう？」彼は自問した。

人々はもはや彼を避けるだけでなく、子どもたちなどは罵《のの》ってくるようになった。

「どっかへ行っちまえ！　お前が来たところに戻るんだ！　行っちまえったら！」

大人たちもまた、ずっと年配の人たちでも、怒りに駆られていることでは子どもたちに負けなかった。まさに祝典の日の午後に猛獣使いが到着しなかったら、事態はいったいどうなっていただろうか。フアン・ダリエンが家で食事のために粗末なスープを用意していると、人々の立ち騒ぐ声が、すごい速さで家に向かって進んでくるのが聞こえた。何事だろうと外に出るやいなや、彼は力ずくで取り押さえられ、猛獣使いのいる家へ引き立てられていった。

「さあ、来たぞ」人々は彼を揺さぶりながら叫んだ。「こいつがそうだ。こいつが虎なんだ！　俺たちは虎となんかかかわりたくもない。人間の姿を引き剝がして、殺してしまおう！」

フアン・ダリエンは泣きながら抗議した。みんなのこぶしが雨あられと振ってくるし、なんといってもまだ十二歳の少年なのだ。だが、そのとき人々が左右に分かれて、大きなエナメルのブーツと赤いフロックコートを身に付け、手には鞭を持った猛獣使いが、フアン・ダリエンの前に現われた。

「アッハァ！」と彼は叫んだ。「お前には見覚えがあるぞ！　他のみんなは騙せても、俺様だけは別だ。俺様にはお前が見えるぞ、虎の子よ。お前のシャツの下に、虎の縞々があるのが見えるわい。シャツを取れ！　猟犬をつれて来るんだ！　犬たちがお前を人間と思うか、虎だと思うか、すぐに分かるだろう！」

あっという間にファン・ダリエンは、身に付けているものすべてを剝がされて、猛獣の檻のなかに投げ込まれた。

「犬を放つんだ、はやく！」猛獣使いは怒鳴った。「ジャングルの神々が定める掟のもとに戻るがよい、ファン・ダリエンよ！」

そして、虎狩りに使う四匹の猛り狂った猟犬が、檻のなかに放たれた。

猛獣使いがそうしたのは、犬というのはいつでも、虎の臭いを嗅ぎつけるものだからである。そして、衣服を脱がされたファン・ダリエンの臭いを嗅げば、すぐに犬たちは彼を八つ裂きにしてしまうだろう。猟犬の眼には、人間の皮膚の下に隠された虎の縞が、見えるはずだからだ。

だが犬たちはファン・ダリエンに、有害な動物でさえも愛してしまうような、善良な少年以外を見て取ることが出来なかった。犬たちはただ彼の体を嗅ぎながら、温和《おとな》しく尻尾を振っているだけだった。

「食いつけ！　虎だぞ！　かかれ、かかるんだ！」人々は犬に向かって怒鳴った。犬たちは何を攻撃したらいいのか分からないまま、檻のなかを吠えながら跳ね回った。

証明の試みは結果を出すことができなかった。

「結構だ！」とうとう猛獣使いは叫んだ。「この犬どもは、堕落した虎の私生児だ。やつの正体を暴くこともできんわい。だが、俺様には分かっているぞ、ファン・ダリエン。今からそれを確かめてやる」

そう言いながら彼は檻に入ると、鞭を振り上げた。

「虎め！」彼は大声を上げた。「お前は人間の前にいる。そして、お前は虎だ。俺様には見えるぞ。その、人間から盗んだ皮膚の下に、虎の縞があるのが！　さあ、縞を現わすのだ！」

そして、ファン・ダリエンの体に、猛烈な鞭の一打ちを見舞った。可哀想な裸の少年は、痛みで悲鳴を上げた。

一方、興奮した人々は繰り返し叫んだ。

「虎の縞を現わすんだ！」

それからしばらく、残酷な拷問が続いた。このお話を聞いている子どもたちが、どんな生き物であれ、このような迫害を受ける姿を目にすることがありませんように。

「お願いだ！　死んでしまうよ！」ファン・ダリエンは懇願した。

「縞を現わすんだ！」人々はそう応えた。

「やめて、やめて！　僕は人間だよ！」可哀想な少年はすすり泣いた。

「縞を現わすんだ！」

ようやく拷問は終わった。ファン・ダリエンだった少年は、檻の奥に追い詰められて、隅っこで血だらけの小さな体の残骸になってしまっていた。彼はそれでも生きていて、外に引き出されると、まだ歩くことができた。だが、誰も決して感じることがないくらいの、ひどい苦痛でいっぱいになっていた。

人々は彼を檻から引き出すと、道の真ん中を小突きながら、村の外へと追い立てていった。一足ごとに地面に崩れ落ちたが、子どもたちが、女たちが、そして年輩の男たちが、後ろから彼を押しやるのだった。

「ここから出て行け、ファン・ダリエン！　ジャングルに戻るんだ、虎から生まれ、虎の心を持つものよ！　行ってしまえ、ファン・ダリエン！」

遠くにいて、殴ることができない者たちは、石を投げつけてきた。

ファン・ダリエンは、とうとう完全に倒れ込んでしまい、支えになるものを求めて、哀れな子どもの手を差し伸ばした。過酷な運命がたくらんだことか、家の入り口で立ち止まっていた、両腕に赤ん坊を抱いた一人の女が、その哀願のしぐさを誤解した。

「私の息子を奪おうとしているわ！」女は叫んだ。「この子を殺そうとして手を伸ばしたの！　彼が私たちの子どもを殺す前に、すぐに彼を殺してしまってよ！」

そう女は言った。そして、これによって、蛇の予言は成就した。〝人間のなかのひとりの母親が、別の母親が自分の乳とともに与えた命と心とを要求するとき、ファン・ダリエンは死ぬだろう。〟

猛り狂った人々が心を決めるには、女の一言だけで十分だった。石を握った二十本もの手が振り上げられ、まさにファン・ダリエンに打ち下ろされようとした。そのとき、後ろのほうから猛獣使いが割れ鐘のような声で叫んだ。

「火を使って彼に縞を焼き付けてやろう！　花火のなかで焼き殺すんだ！」

すでに暗くなり始めていて、広場についたときには闇夜だった。広場には、火車や王冠やベンガル花火をあしらった、仕掛け花火の塔が組み立てられていた。人々は、ファン・ダリエンを中央の高いところに縛り付けると、導火線の端に火をつけた。火の尾は上がったり下がったりしながら素早く走って行き、すべての花火が一斉に点火された。そして、星のような固定花火と色とりどりの巨大な火車の間で、高い場所に生贄に捧げられたファン・ダリエンの姿が見えた。

「今日が人間としての最後の日だぞ、ファン・ダリエン！」人々は叫んでいた。「縞を現わすんだ！」

「許して、許してよ！」少年は、火花と煙のなかで身をもがかせながら、大声で訴えた。黄色や赤や緑の火車が、あるものは右に、あるものは左に、めまぐるしく回転した。噴出する炎は、回転するにつれて大きな円を描き、そのなかで、打ち付けてくる火花の車輪に焼かれて、ファン・ダリエンは身をよじっていた。

「縞を現わすんだ！」

下のほうから、また皆の声が上がった。

「違うよ！　許して！　僕は人間だよ！」まだ不幸な少年が叫ぶだけの間があった。だが続いて、新たな炎が噴射する背後で、体が痙攣《けいれん》したように揺れ動き、その叫び声が深いしわがれた響きを帯びたかと思うと、彼の姿が徐々に形を変えていくのが見えた。そして群集は、野蛮な勝利の雄たけびを上げながら、黒く、平行に並んだ、虎に特有の縞模様が、ついに人間の皮膚の下から姿を現わすのを目にすることができた。

残酷な虐待の行為は、こうして完結した。人々は望んでいたものを手に入れることができたのだ。どんな罪も知らない無垢な少年のかわりに、塔の上には吼《ほ》えながら命を落とそうとしている虎の体だけがあった。

ベンガル花火も消えかかっていた。消えゆこうとする一個の火車の最後の火花が、両手首を（いや、ファアン・ダリエンはもはやいないのだから、正しくは虎の前脚を）縛っている縄に燃え移り、虎の体はずっしりと地面に倒れ落ちた。人々はそれを森の端まで引きずっていき、獣の死体と心臓をジャッカルが食いつくしてしまうように、そこに放置した。

だが虎は死んでいなかった。夜の冷気で我に返ると、恐ろしい痛みに苛《さいな》まれ身を引きずりながら、ジャングルの奥へと入っていった。それから丸一ヶ月、森の最も植物が茂った場所にある隠れ家から出ることができないまま、猛獣の持つ暗い忍耐力で、傷が癒えるのを待ち続けた。そしてとうとうすべての傷が治った。ただ一つ、わき腹にできた深い火傷の痕をのぞいて。それは癒えることがなかったので、虎は大きな木の葉で包帯をした。

そんなことができたのは、失われた人間の姿から、まだ三つのものが彼に残されていたからである。すなわち、過去の生き生きした記憶と、人間のように自由に使える両手の機能と、言葉である。しかしそれ以外は、すべて完全に、ほかの虎と少しも変わらない猛獣だった。

ついに傷が治ったと感じたとき、彼は密林のほかの虎たちに、人間の耕作地と境を接する広大なトウの茂みの前に、その夜集まるように呼びかけた。そして夜に入ると、静かに村に向かって歩いていった。村はずれの一本の木によじ登り、長い間身動きもせず待った。注意して目を凝らすまでもなく、惨めな様子をした、貧しい女や仕事に疲れた労働者が、自分の下を通っていくのが見えた。最後にとうとう、大きなブーツと赤いフロックコートの男が、道を進んでくるのが見えた。

小枝一本動かすことなく、虎は跳躍のために身を縮めた。そして、猛獣使いに跳びかかると、一撃で昏倒させた。

それから歯でベルトを咥《くわ》えると、男を少しも傷つけることなく、トウの原に連れて行った。

そこには、先が見えないほど高く育ったトウの根元で、暗がりを歩き回る密林の虎たちがいて、その眼はライトのように光り、あちらからこちらへと行き来していた。男は気を失ったままだった。そのとき、あの虎が語り始めた。

「兄弟たちよ。俺は十二年間人間たちのなかで、俺自身人間として生きてきた。そして、いま俺は虎だ。おそらく、これからする行動が、過去のしがらみを消し去ってくれるだろう。兄弟たちよ。今夜俺は、自分を過去につなぎとめている、最後の絆をきっぱり断ち切るつもりだ」

こう語り終えると、まだ気を失ったままの男をふたたび咥えて、トウの群れが最も高くなったところに登っていき、二本の幹の間に男を縛りつけた。それから、地面の枯葉に火をつけると、すぐにぱちぱちと音を立てて炎が燃えあがった。虎たちは火を前にして怖気づき後退《あとずさ》った。だが、あの虎が「落ち着くんだ、兄弟たち」と声をかけると、彼等は静まり、前脚を組んで身を伏せると見守った。

トウの群れはまるで巨大な仕掛け花火のように燃え上がった。幹は爆弾のように弾け、噴き出したガスは様々な色の鋭い矢となって飛びかかった。火炎は急速に音もなく辺りを飲み込んで上昇していき、後に鉛色の空き地を残した。そして一番高い場所では、まだ火はそこまで到達していなかったが、トウが熱によってそり返りゆらゆらと揺れていた。

男は炎に触れて意識を取り戻した。赤く輝く目を彼の方に向けている虎たちを眼下に見て、彼はすべてを理解した。

「許して！　許してくれ！」身をよじりながら彼は叫んだ。「お願いだから、どうか許してくれ！」

誰も返事をしなかった。男は、神に見放されたことを知り、力の限り絶叫した。

「許してくれ、フアン・ダリエン！」

それを聞くと、フアン・ダリエンは顔を上げ、冷たくこう答えた。

「ここには、フアン・ダリエンという名前の者などいない。俺はフアン・ダリエンのことなど知らない。それは人間の名前だが、ここにいる俺たちはみんな虎だ」

そして仲間たちを振り返り、いかにも理解できないというように尋ねた。

「お前たちのなかに、フアン・ダリエンという奴はいるかい？」

しかし、もう炎は仕掛け花火全体を、空に届くまで包み込んでいた。そして、炎の壁を突き抜けてくる激しいベンガル花火の間から、高いところで焼けて煙を放っている、黒焦げになった死体を見ることができた。

「さあ、これで用意はできた」虎は言った。「だが、まだもう一つやることがある」

彼はふたたび村へ向かって歩いていった。仲間の虎たちが後をついてきたが、まったく気づいていなかった。みすぼらしく寂れた公園の前で立ち止まり、塀を跳び越えると、たくさんの十字架や石碑の脇を通り抜け、何の飾りもない小さな地所の前で足を止めた。そこは、彼が八年のあいだ母と呼んでいた女性が埋葬されている場所だった。彼はそこにひざまずいた。人間のようにひざまずいたのだ。そしてしばらく何の物音も聞こえなかった。

「お母さん！」やがて虎は、心からの愛情を込めてささやいた。「あなただけが、すべての人間のなかで、この宇宙に満ちるあらゆる存在が持っている、生きる権利のことを御存知でした。あなただけが、人間と虎とでは、ただ情に違いがあるだけだということを理解していました。そして、愛すること、理解すること、許すことを教えてくれました。お母さん！　あなたには僕の声が聞こえるでしょう。僕はいつまでもあなたの息子です。これから先何が起ころうとも、ずっとあなただけの息子です。さようなら、愛するお母さん！」

そして体を起こすと、塀の向こうから彼を見守っていた、兄弟たちの赤い目に気がついて、ふたたび彼らと合流した。

ちょうどそのとき、夜の深い闇の奥から、温かい風に乗って一発の銃声が響いた。

「あれは森のなかからだ」虎は言った。「人間たちだ。狩をして、動物を殺し、喉笛を掻き切っているんだ」

そこで彼は、燃えるジャングルの照り返しで明るくなった村の方へ戻っていくと、咆哮を響かせた。

「悔い改めることのない種族よ！　今度は俺の番だぞ！」

それから、さっき祈りを捧げたばかりの墓にもう一度戻ると、傷をおおった包帯を一息に引きはがし、十字架に記された母の名前の下に、自分の血で大文字の名前を書いた。

と
フアン・ダリエン

「これで僕たちは安らかに眠れる」彼は言った。そして兄弟らと声をそろえて、震え上がっている村に挑戦の咆哮を送ると、最後の言葉を発した。

「さあ、ジャングルに戻ろう。これからはずっと、虎のままだ」

死んだ男

男と彼の山刀は、バナナ園の五列目にあたる、通路の雑木を刈り終えたところだった。あと二列を残していたが、そこには背の低いキバナキョウチクトウとゼニアオイがはびこっているだけなので、残された仕事は非常に楽なものだった。そこで男は、刈り終わった雑木の山に満足した一瞥を投げかけると、しばらく牧草の上で横になって休むつもりで、針金のフェンスをまたぎ越そうとした。

ところが、有刺鉄線を下げて体が向こうに移ったとき、支柱からはがれた木の皮に乗せた左足がすべり、同時に山刀が手から離れて落ちた。男は倒れながら、山刀が地面と平行に寝ていないなという、ほんの微かな印象を持った。

男は右脇を下にして、さっき望んでいた通り、もう牧場に横になっていた。その口は、一度めいっぱい開けられたあと、今はまた閉じられている。それが望んだ姿勢であるかのように、膝を折って左手は胸に乗せている。ただ、前腕の後ろ、ベルトのすぐ下辺りで、山刀の柄と刃が半分ほどシャツのなかから突き出していた。残りの部分は見えなかった。

男は頭を動かそうとしたが、だめだった。まだ手の汗で濡れている山刀の柄を横目でちらりと見た。山刀が腹に突き刺さった長さと方向を心のなかで計算し、すでに自分が生の終末に達したことが、冷酷で峻厳で避けがたい事実なのだと分かった。

死。何年、何ヶ月、何週間、何日もの予備期間を経た上で、死の敷居に自分自身が立つその日のことを、我々は人生の経過のなかで何度も思い描く。それは宿命であり、受け入れざるをえない、あらかじめ決まったことだ。自分が最期の息をつく、何よりも崇高なその瞬間を、人は恐れることもなく何度でも想像する。

しかし、想像された最期の吐息と、現実の今この瞬間との間で、多くの夢や変転や希望やドラマが、自分の人生に起こるだろうと思っているのだ。人生の舞台から退場する前に、自分の活力にあふれた命には、どれほど多くのことが残されているだろう！　それが我々の慰めであり、喜びであり、葬儀の場にいても余談に興じられる理由だ。死はなんと彼方《かなた》にあり、まだこれから生きるにちがいない日々は、いかに予測しがたいものであることか！

まだだって？……さっきから二秒も過ぎてはいない。太陽はまったく同じ高さにあった。物の影は一ミリも動いていなかった。突然、横たわる男のなかで、長く取り留めない思考が結論に達した。自分はいま死につつある。

彼は死んだ。快適な姿勢のまま、自分はもう死んだと思うこともできる。

だが、男は眼を開いて見た。どれだけの時間が過ぎただろうか？　どれだけの大変動がこの世界にもたらされたのか？　この恐ろしい出来事は、自然にとってどんな混乱を意味するというのか？

彼は死んでしまう。冷酷な宿命として、避けることができずに、彼は死んでしまう。

男はあらがった。こんな恐怖は予想もしていなかった。そして考えた。これは悪夢だ、そうだとも！　何が変わったというのか？　何もだ。そして見た。あのバナナ園は彼のバナナ園ではないのか？　雑木を刈り取るために、彼が毎朝やってくる場所ではないのか？　きれいに刈り込まれて、あらわになった広い葉が陽を浴びているバナナ園が、はっきりと見えた。すぐそこに、風でぼろぼろに避けたバナナの葉がある。だが、いまその葉は少しも動いていない……正午のなぎのためだ。もうすぐ十二時になるに違いない。

男が横たわる固い地面から、バナナの木の間を通して上方に、自分の家の赤い屋根が見えた。左手には、藪とシナモンの耕作地が垣間見えている。それ以上は何も見えなかったが、背中の側には新港に続く道があり、頭の方向に下った先には湖のようにまどろむパラナ河が谷底に横たわっていることを、男は知っていた。何もかも、何もかもが普段とまったく同じだった。燃えるような太陽。人気《ひとけ》のない揺らめく空気。身じろぎもしないバナナの木。高くて太い柱に支えられた針金のフェンス。その支柱はまもなく取りかえる必要があるはずだ。

彼は死んだ。だが、そんなことがありえるだろうか？　夜明けとともに山刀を手に家を出た、いつもと同じ一日ではないのか？　いつも通り、彼から四メートル離れたところで、彼の馬、彼の鼻白《マラカラ》が、おとなしく有刺鉄線の匂いを嗅いでいるのではないのか？

いや、確かに！　誰かが口笛を吹いている……背中を道に向けているので、見ることはできないが、小橋の上を馬の歩む音が聞こえる……毎日十一時半に、新港に向かって通り過ぎていく若者だ。いつも口笛を吹きながら……ほとんど彼のブーツに触れそうなところにある樹皮をはいだ支柱から、バナナ園を道からへだてている藪でできた自然の生垣までは、十五メートルの距離がある。針金のフェンスを作るとき、自分で距離を測ったから、そのことはよく分かっていた。

それでは、いったい何が起こったのか？　藪も、牧場も、刈り込んだバナナ園も、いつもと変わらぬミシオネスの真昼ではないのか？　間違いない！　丈の短い牧草、蟻塚、静寂、垂直に登った太陽……

何も、何も変わっていなかった。ただ、彼だけが違っていた。二分前から、彼の人格、彼の生きた個性は、五ヶ月間ぶっ通しで鍬《くわ》を使って耕した農場とも、自分一人の手で作ったバナナ園とも、関わりを持たなくなっていた。そして、彼の家族とも。滑りやすい木の皮と、腹に刺さった山刀のせいで、自然の成り行きとして、突然この世から引きさらわれてしまったのだ。二分前のことだ。いま彼は死につつある。

ひどく疲れて右脇を下に牧場に身体を横たえていたが、見る限りいつもどおりの退屈な光景を前にして、男はまだあの世への移行という現象を拒否していた。今が何時なのか、よく分かっている。十一時半だ……毎日ここを通り過ぎる若者は、もう橋を渡りきったところだ。

足を滑らせたなんてありえない！……山刀の柄（もうすぐ他のものに変えなければならない。もう鍔《つば》があらかた磨り減っている）は、左手と有刺鉄線の間でしっかりと押さえてあった。十年間ジャングルで暮らしてきて、山刀の扱い方は熟知している。彼は朝からの仕事でとても疲れて、いつもと同じようにちょっと休んでいるだけだ。

証拠だって？……昼の間から入り込むこの牧草は、彼が一メートルおきに、土つきで植え込んだものではないか！　そして、これは彼のバナナ園だし、用心深く鉄線の棘を嗅いでいるのは、彼の鼻白ではないか！　馬の姿はよく見える。彼が支柱のほとんど真下に横たわっているので、馬があえてフェンスの角を曲がってこないことは、よく分かっていた。馬をはっきり見分けることが出来る。そして、その背中と腰に、黒っぽい汗が筋をなして流れているのが見える。太陽は真上から照りつけ、昼なぎが圧倒している。バナナの房ひとつ動いていない。毎日そのような、変わらぬ光景を見てきたのだ。

……ひどく疲れた。だが、休んでいるだけだ。もうかなりの時間がたったはずだ……正午の十五分前になると、あの上にある赤い屋根の山小屋《シャレー》から、彼の妻と二人の息子が、彼を昼食に呼ぶためにバナナ園に迎えに出てくる。母親の手から抜け出そうともがいている下の息子の声が、いつも真っ先に聞こえる。パパ！　パパ！

あれがそうではないか？……確かに聞こえる！　もう時間なのだ。実際に息子の声が聞こえている……

なんという悪夢だ！……だが、いつもと同じ、何の変哲もない一日だ。そうだとも！　明るすぎる光。黄色がかった影。静かに肉体を焼くかまどのような暑さ。その暑さのために、立ち入りを禁じられてバナナ園の前でじっと待つ彼の鼻白が汗をかいている。

……とても疲れた、とても。だが、それだけだ。今日と同じような正午に、なんど牧場を越えて家に戻っていったことか！　その牧場は、彼がやってきたときには藪で、少し前まで未開の密林だったのだ。その頃もやはりひどく疲れて、左手に山刀をぶら下げ、ゆっくりとした足取りで戻っていったものだ。

望むならば、まだ心はその場を離れることができた。望むならば、一瞬で肉体を離れて、彼の作った堤防から、いつもと変わらぬ風景を眺めることが出来た。火山性の砂利の上に生えた硬い牧草。バナナ園とその赤土。坂道に沿ってだんだん低くなり、最後に道に接している針金のフェンス。その向こうには、彼一人の手で作り上げた牧場がある。そして、樹皮をはいだ支柱の足下に、彼自身の姿を見ることができた。右脇を下に脚を折って横たわり、まるで牧場の上で陽にさらされた小包のようだ。休息を取っている。なぜならひどく疲れているから……

だが、体に汗が縞を描いている、フェンスの前で用心深く待機した馬も、地面に横たわった男を見ていた。馬はそうしたいのだろうが、あえてバナナ園の横を進んではこなかった。もうかなり近づいてきた「パパ！」という声を聞くまでは。長いこと耳をじっと目の前の小包に向けていた。それからようやく安心して、支柱を越えたところで横たわっている男の方へ歩み寄ってきた。すでに休息を取った男の方へ。

シルビナとモント

四十歳になったモントが犯した過ちは、かつて八歳だった美少女を膝の上で遊ばせてやったために、十年後にその娘と再会したときに、その輝きの前で自分がさらに五歳も年を取ったように思ってしまったことだった。

四十年の月日は確実に過ぎていた。肉体はまだ若く力にあふれていたが、髪の毛は薄くなり、北部の日差しによって皮膚は褐色に焼けていた。それにたいして彼女は、大きなお友達モントの膝を喜んでカウチ代わりにしていた小さなシルビナは、いまや十八歳になっていた。そしてモントは、ずっと彼女に会うことなく人生を送った後で、青春を思い出させる馴染み深い豪奢な広間で、シルビナに再びめぐり合ったのである。

あの頃のことは、永遠のかなたのように遠かった……ところが今また、知りつくした広間があった。長年の田舎暮らしで服も粗末だったため気後れがしてしまい、素直に差し出された美しすぎるシルビナの両手を、たこで硬くなった自分の両手で握りつぶしそうになってしまった。

「この子はどう見えるかしら、モント」母親が尋ねた。「あの小さなお友達と、こんな風に再会するなんて、考えてみたことがあって？」

「お願いよ、ママ！　私、そんなに変わっていないわ」シルビナは微笑んだ。それからモントに顔を向けて言った。

「そうでしょ？」

モントも微笑むと、首を振って否定した。『驚くほど変わってしまった……私にとっては』ソファの肘掛に乗った、日焼けして静脈の浮きでた自分の手を見ながら、彼は心のなかで言った。その手は、畑道具の使いすぎで、もう十分に広げることが出来なくなっていた。

そして、短いスカートの下で組んだ脚が辺境から戻った男には目のくらむような、美しい少女と話しているうちに、モントはこの家で昼に夜に始終行われていたパーティーのことを思い出していった。シルビナはビュッフェを歩き回ってモントの膝によじ登ってきた。チョコレートボンボンをゆっくりとなめながら、彼から少しも目を離すことなく。

ひとりの男が、これほどまで少女に好かれることは、決してないだろう。家の誰もがよく知っていたように、ほかの姉たちにくらべてモントが小さなシルビナを特別扱いしていたとすれば、少女は少女で、周りにいるほかの燕尾服たちを、モントの燕尾服の折り返しくらいにしか思っていなかった。そんなわけで、踊っていないときには、モントは必ずシルビナと遊んでいるのだった。

「あら、モント」女友達たちは通りがかりに立ち止まって声を掛けた。「シルビナのために、私たちをこんな風にほったらかしておくなんて、恥ずかしいと思わないの？　この子が大人になったら、いったいどうするつもりかしら」

「もっと先のことは分からないな」モントは静かに答えた。「でも今は、二人とも幸せなんだ」

『シルビナのお友達』というのが、この家でモントがいつも呼ばれている、通り名だった。シルビナの母親は、彼女自身モントを本当に気に入っていたことを別にしても、ようやく八歳になったに過ぎない末娘と、彼ほど知性豊かな青年が仲良くお付き合いしていることを喜んでいた。そしてモントのほうは、彼に向かって背を伸ばし、大きな緑の瞳で瞬きもせずに彼の目を見つめてくる少女の愛情を受けて、勝利を得たように感じているのだった。

しかし、二人の交友は長くは続かなかった。というのは、北東部にあるその町は、ブエノスアイレスから辺境地域の地所に働きに行く途中で立ち寄った場所に過ぎなかったからだ。

「ブエノスアイレスに帰るとき通りかかったら、モントさん」悲しみに心かき乱されながら母親は言った。「必ず忘れずに会いに来てくださいね。あなたも分かっている通り、この家ではみんなあなたのことを、昔からのお友達のように思っていますし、またお会いできたら本当に大喜びするはずですもの。それに少なくとも」微笑みながらつけ加えた。「シルビナのために来なければだめよ」

しかし、モントは彼に向いていなかった都会の生活に疲れ果てていて、九年か十年のあいだ田舎での厳しい仕事に情熱と誠意を込めて取り組み続けた。そのため、かつての青年から残されたのは、厳しい表情をして、身なりにかまわず、額に長い皺を何本も刻んだ中年男だけだった。

それがモントだった。そして、ブエノスアイレス行きの列車に偶然乗り合わせたシルビナの兄が強引に彼を引きさらって、いま再びその家にやって来たのだ。

シルビナ……そうだ、その娘のことは覚えている！　だが、三十歳の青年が最も美しい将来を見込んだ少女は、いま神々しいばかりの十八歳の娘に成長していた。もっとも、よく考えてみれば、野良仕事に肌を焼かれもう四十を過ぎた男にとっては、八歳のままだとも言えた。

「あなたが二、三度、ここを通り過ぎたのを知っていますのよ」母親はとがめた。「私たちのことを思い出しもせずに。つれないじゃありませんか、モントさん。私たちがどんなにあなたを好いているか知りながら」

「確かにその通りです」モントは認めた。「それについてはお詫びのしようもありません……でも、とても忙しかったものですから……」

「一度ブエノスアイレスであなたに会ったわ」シルビナが言った。「そして、あなたも私たちに気づいたわ。とても美しいお連れと行ってしまったけれど」

そこでモントは、恋人と一緒に通りを横切っていたときに、シルビナと母親に挨拶されたことを思い出した。

「確かに」彼は言った。「一人ではありませんでした……」

「恋人かしら、モントさん」母親が優しくたずねた。

「そうです」

しばらく沈黙が流れた。

「結婚したの？」シルビナが彼を見つめながら尋ねた。

「いいえ」モントはそっけなく答えた。だがその後長いあいだ、額の皺は深く刻まれたままだった。

さらに時間は過ぎていった。モントは心のなかで、庭の奥から、そして家全体から、春の息吹が疲労に打ちのめされた額まで立ち上ってくるのを感じた。自分のような生き方をしてきた男が、ゆるぎない関心を持って彼を見つめている透き通ったストッキングをはいた愛らしい娘にとって、ただ一晩だけでも昔と同じ存在に戻ることが出来るだろうか？

「アイスクリームは？　モントさん。召し上がりませんか」母親がしつこくすすめた。「何もいりませんの？　それならば、リキュールを一杯だけでも。シルビナ！　あなた取ってきて、お願いよ」

モントが断る間もなく、シルビナは姿を消した。そして母親は彼に言った。

「それもお断りになるの？　モントさん。それはあなたが知らないからよ。リキュールはシルビナが作ったのよ。それでもあなたは断るつもりかしら」

「だったとしても……」モントは微笑んだが、その微笑の冷たさに、彼だけが心のなかで気づいていた。

『たとえ、ただの冗談だとしても……僕にとっては苦しすぎる……』彼は思った。

だが、彼はからかわれたわけではなかった。そして、春の息吹がその香りとともに戻ってきたとき、母親が彼を向いて言った。

「でも残念ですわね、モントさん。田舎でたくさんの時間を無駄にしたのは。財産を作ることが出来なかったって、お聞きしましたわ。本当ですの？　あなたくらい働いてきて、それが無駄になってしまったのは……」

だが、だいぶ前から後ろに戻っていたシルビナは、黙り込んでいた。

「なんでそんなことを言うの、ママ！」頬を赤らめ息を切らしながら、彼女は突然怒り出した。「モントさんがお金を稼ごうが稼ぐまいが、それが何だっていうの？　モントさんにとって、畑仕事で成功することに、どんな必要があるの？　モントさんの本当の仕事はほかにあるのよ、ありがたいことにね……本当にするべきことで、成功しそこなったことなんてないわ！……そして私は、この方のように知的な才能を持った人とお友達で、本当に光栄だと思うわ……ほかの誰よりも素敵な方のお友達でね」

「でも、おまえ！　モントさんを責めるつもりじゃないのよ。滅相もない！　彼に何がふさわしいのか、多分あなたのように分かっていないんでしょうね。私はただ、彼がブエノスアイレスでの生活を続けなかったのが、残念だって言いたかっただけよ……」

「何のために？　それで彼の作品が今よりずっとよくなったなんていうことは、多分ないと思うわ」

それからモントに向き直ると、静かに、しかしまだ熱くなったままで言った。

「許してね、モントさん！　人夫のように田舎で働きに行くなんて、あなたはへまをしたもんだなんて男の子たちが言うたびに、私が腹を立てたことをあなたは知らないわね。……だって、あの子たちの誰も、同じことを出来もしないくせに……それにたとえ彼らが行ったとしても……人夫以外の何にもなれやしないわ！」

「もうたくさんよ、おまえ！　そんな風にしないで……あなたは想像もできないでしょうね、モントさん。この子が怒り狂ったら、私たちは逃げ出さなきゃならないってことを。何かに夢中になったら、遅かれ早かれ、とんでもないことをしでかすんですから」

モントはほとんど聞いていなかった。時間はあっという間に過ぎ去り、彼の夢が終わりを迎えたからだ。すぐ近くの人気《ひとけ》のない通りで、とつぜん車のクラクションが鳴った。シルビナは椅子から飛び出して、バルコニーのカーテンのほうに走りよった。一方母親は、モントに穏やかに微笑みかけた。

「いま娘にプロポーズしている方ですの……X．X．さん。あの子も夢中になっていると思うの……あんな気性なんですけどね」

シルビナはもう戻ってきていたが、その頬を再び赤らめていた。

「彼なの？」母親は尋ねた。

「多分ね」娘は短く答えた。「ほとんどカーテンを開ける間もなかったわ……」

モントは、辛いときに現われる額の長い皺が浮かび上がらないように、歯を強く嚙《か》みしめてしばらく黙っていた。

「もう決まったことなのかい？」微笑を浮かべて、彼はようやくシルビナに顔を向けた。

「ふう！」彼女はゆっくりと腰を下ろすと脚を組んだ。「大勢のひとりよ……」

母親は『もうあなたにもお分かりでしょ……』というようにモントを見た。

最後にモントが立ち上がったとき、シルビナは地方の家には本や雑誌が少ないことを嘆き始めた。

「もし君が欲しければ」彼は申し出た。「僕が注文して、ブエノスアイレスから、イラストレーション・ヨーロッパを送ってあげよう」

「あなたはそれに書いているの？」

「いいや」

「それなら、こちら払いで送って」

モントはようやく家を後にした。検札係や警備員との接触を避けるようにして、シルビナと長い抱擁を交わした感触を列車の中まで持っていった。そのときシルビナは、真剣な様子で、彼のほうにむき出した腕を伸ばしてきたのだ。

車室に入ると、身の回り品を注文し、何をしているか意識しないまま小窓を開けた。洗面台の前で鏡に顔を上げると、自分の姿をじっと見つめた。そうだ。肌は日に焼け、額はあまりにも禿げ上がりすぎ、深い皺が何本も走っている。太陽に焼かれた両目の端からは、カラスの足跡がこめかみにまで伸びている。その表情には、すでに人生を生き抜いてしまった男特有の、無気力な落ち着きが現われている。すべてのことが、無責任な若者の夢から目を背けなければならないことを物語っていた。

『あまりにも早すぎる……そして、あまりにも遅すぎる……』

彼はつぶやいた。その言葉によって、シルビナについて彼が抱えた、大きな心の苦しみが表わされていた。

こうした心理状態で、ブエノスアイレスでの最初の一ヶ月をモントは過ごした。すべてのことを忘れなければならなかった。自動車の警笛を聴いたのではなかったのか？　鏡に映った自分自身の姿を見たのではないのか？　どんな惨めな夢を育てることができようか？　あの娘はようやく十八になったところだ！　四十年の人生を苦闘に使い果たしてきた男にとっては、十八などまだつぼみの頃ではないか。彼の人生がたどりついた果てには、ひび割れた人夫の両手があった……だめだ、だめだ、だめだ！

だが一ヶ月が過ぎる頃に、彼は大きな雑誌の束を内陸部に発送した。それにカードをつけて、『昔からの友達《ビエホ・アミーゴ》、そして年老いた友達《アミーゴ・ビエホ》』からの、うやうやしい親愛の情をもう一度送りますと書き記した。

モントは受け取りの返事をむなしく待った。それから、ある夏の夜の夢を完全に諦める確認のために、さらに二つの小包を、今度はカードを添えずに送った。

とうとう返事が届いた。明らかに、文字の下に感情を隠そうとした文章だった。

ビジネス文書のようにタイプライターで打たれた手紙を受け取るのは、——それは言ってきた——とても不愉快な驚きだった。そして、それが意味する彼の冷淡な態度について、さまざまな恨み言が書き連ねられていた。それから、彼女は最後の言葉を受け取るつもりはないと言っていた。『昔からの友達』はいい、それはモントにも分かっているはずだ。でも、後半はだめだと。そして最後に、この手紙は急いでこの紙——あるお金持ちの家にこっそりと持ち込んだ紙――に書かれたものだと言っていた。その理由を、モントは「理解しなければいけないわ」。モントが理解したのは、自分がまるで青年のように、幸福で気も狂わんばかりになっていることだった。シルビナよ！　それでは、心情の法則にも正しい部分は残っていたのだ！　それにしても、彼のように若さも財産もない哀れな男が、このような計り知れない幸福に値する何をしたというのだろう？　崇拝すべき少女ではないか！　そうだ。こっそりと手紙が書かれたことも、母親が反対していることも、すべてが理解できた。すべてが。

すぐに長い手紙を書いて返事をした。シルビナに通じている誰か他人の手に渡るのを恐れて、まだ抑制を保った内容だった。それから、青年のようなエネルギーをこめて、知的な労働を再開した。仕事に過去に持っていた偉大な力のすべてを傾けて、中年の男が捧げることのできる新しい信仰のすべてを小さな女神の祭壇の前で燃やした。

一月が過ぎ、何の便りも届かなかった。モントはまた手紙を書いたが、返事はなかった。そして次の一ヶ月が過ぎ、さらに一ヶ月、また一ヶ月が過ぎた。

傷ついた男がゆっくりとテーブルから手を引き、だらりと垂らして動かさなくなるように、モントは仕事するのをやめてしまった。とうとう内陸部に向けて、こっそりと情報を教えてくれるように、何通も手紙を書いた。そして、おたずねの少女は四ヶ月後にX．X．医師と結婚する予定だと教えられた。

『それでは、理解しなければならないのは、このことだったのか』モントはひとりごちた。

老いた男の胸から、甘い愛の幻想を引き抜くのは、骨の折れる仕事である。モントはやってのけた。だが、それといっしょに彼の人生そのものがぼろきれのように裂けてしまった。仕事、名声……もう沢山だ！　自分が年老いた、まったく年老いたと感じた……永遠に回復できないほど疲れ果てた。不正との戦い、知識人たち、芸術……やめてくれ！　疲れた、ひどく疲れた……そして田舎に戻りたくなった。断固として、そして、いつまでも。それからもちろん、妻だ……家の世話をする丈夫な妻がそばにいないと、田舎は暮らすにはつらい場所だ……彼とつりあいの取れるように中年で、何より適当に器量の悪い女がいい。そのほうが見つけやすいからだ。働き者で、買い物のときぼられないように、抜け目ない女でなければならない。そして第一に、決して若くないことだ。ああ、それが一番だ！　それ以上の何が望めようか？　最初に出会った平凡な女が、彼を苦境から連れ出してくれるだろう……それ以上に何が？

熱に浮かされたほんの何日かで、彼は望みのものを見つけ、目をつぶって結婚した。そして、ようやく次の日になって、我に帰った夢遊病者のように、自分がしたことを考えた。

彼の側には妻が、永遠の伴侶がいた。それが誰で、どんな女なのか、言うことができないし、思い出しもしなかった。だが、両手で頭を抱え込みながら、深い嫌悪感が彼の人生に撒き散らされていくように、自分がしでかしたことを隅々まで理解していった。

そのとき彼に手紙が来た。シルビナからで、次のように書かれていた。

モント

私は自由よ。昨日の夜、婚約者と別れたの。そのためにどれほど骨を折ったか、あなたには言わないでおくわ。ママは決して許してくれないでしょうね。かわいそうなママ！　でもね、モント。私は自分の気持ちと一生を、こんな事で台無しにするなんてできないの。あなたに感じているのはただの友情だって自分に言い聞かせるために、私誰にも信じられないようなことをしたわ。これは子どものころの思い出以外の何ものでもないってね。そんなの不可能よ！　家での言い合いに疲れ果てて、X．X．さんのプロポーズを受け入れたの。でもだめ、無理なの！　今は自由になったから、あなたが見抜いていたことを、はっきりと言うことができるわ。これまでどう言ったらいいか分からなくて、悶々として泣かされた自分の思いをね。

あなたが家に来た晩のことを覚えている？　六ヶ月と十四日前のことよ。わたしは何度も思い出したわ……自動車のこと。思い出した？　わたしなんてひどいことをしたのかしら、モント！　彼（X．X．）はわたしを特別扱いしてくれたわ。正直に告白すると、彼のことが好きだったの。なぜだったのかしら？　ずっとその理由が分からなかった……あなたがまた家に来るまでは。これまでお付き合いしたどんな男の子にも、いつもあなたを思い出させる何かを見つけていたの。声なのか、ものを見る目つきなのか、何か分からないけれど！　あなたに再会したときに、そのことをはっきり悟ったの。でも、あの晩は、わたし神経質になっていて……それに、あなたにあまりいい気になって欲しくなかったのよ。

ああ、モント、許してね！　バルコニーから（あの自動車からよ）戻ってきたとき、あなたが私を見ようとせず黙り込んでいるのを見て、あなたの横にひざまずきたいっていう、狂ったような衝動に駆られたの。かわいそうな両手にキスをして、額にもう皺ができないように、頭をなでてあげたいってね。それから別のことも思ったわ、モント！　あなたの服ったら。いくら田舎仕事から戻ってきたからって、私にとってあなたは『シルビナのお友達』以外の何ものでもないって、いつまでも同じだってことを、生涯のお友達がどうして分かってくれないの？

六ヶ月まえから不思議だったのはまさにそのことよ。あんなに知的で、自分の作品の登場人物を驚くほど理解しているのに、どうして分からずにいられるのかしら？

でも、多分わたしは公平じゃないわね。心ではっきり分かっていたことだけれど、私自身が何とか隠そうとしていたんですもの。わたし何ていう女の子かしら、モント！　あなたはきっとわたしに、うんと悩まされることになるわよ……そのうちに！

ああ、あなた！　しがらみから自由になって、あなたに手紙が書けるなんて、なんて嬉しいのかしら。子どものころから運命がわたしに用意してくれていた人生を、自由に作って行くことができるんですもの。わたしにははっきり分かっているわ、モント。この六ヶ月、（可哀想なママのことは別として）その日のことばかり考えているくらいよ。ほかの人の心をはっきりと見抜いてきたあなたには、モント、あの晩自分の心のなかにも、小さなシルビナの希望が見えたんじゃなくって？　そうよ、わたしは確信しているわ！

あなたに手紙を書いたとき（メイドから買った紙に書かなくてはならないなんて、どれだけ面白くないことだったか！）、わたしは本当にあなたのことを恨んでいたのよ。あなたにとってはただのビジネスだと思わせようとしているみたいに、あのいまいましいタイプを使って手紙を書くなんて。雑誌をわたしに送ったら、厄介ごとは終わらせて、やれやれ！　もうこれで軽薄なシルビナの件は完了だ。何てひどい仕打ちなの！　でもね、ママはそう言ったかも知れないけれど（ママは「情熱的」って言ったのよね）、シルビナは軽薄な娘じゃないのよ。だから、あなたのことを許してあげる……そしてもう一度、あなたの額をゆっくり撫でてあげたいと思っているの。あの醜い皺が現われないようにね。

モント。あなたと一緒に歩いていた人が恋人だってことを、わたしは知っていたのよ！　それから、あなたが結婚しなかったことも、田舎に行ってひとりで何をしていたかも、ぜんぶ知っているわ。それにあなたが書いたものはぜんぶ、ひとつ残らず読んだの。

シルビナには気をつけなきゃいけないってことが分かったかしら？

あら嘘よ、私の生涯のお友達！　あなたにとってわたしは、八歳のときずっとお側にいたいと思っていた子どものままなの……シルビナがお役に立てるものはすべて、魂も、体も、人生のぜんぶも（それ以上は持っていないわ！）、あなたのものなのよ！

あなたのそばで生きる幸せを手に入れられるって思うと。あなたが悲しんでいたら、思いっきり馬鹿なことをして楽しませてあげるわ。そして仕事をするように励ましてあげる。でもそれはブエノスアイレスでのことよ。これからあなたにとって、本当の戦場はそこにあるんだから……ああ、モント！　可哀想なシルビナに、それがぜんぶできるって考えてみて……たくさん苦しんできて、とても知的で、とても人柄がいい、あなたのような男性のお側にいる、小さな女の子にわたしをさせて下さいね。絶対に、絶対に、あの皺が現われるようにはしないわ。

覚えているかしら、モント？　あなたの燕尾服のボタンホールを、わたしがぼろぼろに破いてしまったあの晩のことを。その後の襟のひどい有様ったら！　今もあそこにずっと頭をあずけていられたらなぁ……いつまでもよ！
もうこれ以上何を言ったいらいいのか分からないわ……わたしが十分に気持ちを伝えることができたかも。あなたがそういう人柄じゃなかったら、恥ずかしくなってしまうくらい正直にね。その街で、ひとりでわたしを思っていてくれるあなた。シルビナからありったけの愛を込めた手紙を受け取ってね。

私の恋人へ　あなたを愛してる……そして待っているわ

S.

幽霊

毎晩、サンタフェ通りにあるグラン・スプレンディ劇場[1]で、イーニッドと私は映画の初映に立ち会っている。低気圧の到来も、氷のように冷たい夜も、私たちが十時きっかりに、劇場の暖かい薄明かりのなかに入っていくことを妨げはしない。そこで私たちは、適当に選んだボックス席から、別な状況だったら人目を引くかもしれないほど、無言で熱心に映画の筋を追っている。

適当に選んだボックス席から、と私は言った。というのは、席の位置はどうでもいいことだからだ。スプレンディ劇場が満員で、私たちに座席が余っていない夜でも、すでに客の入ったボックス席から、いつもと同じく黙って上映に集中することができた。

私たちは先客の邪魔はしていないはずだ。少なくとも、五感で分かるような仕方では。ボックス席の一番奥から、あるいは、欄干にもたれた少女と、そのうなじに心を奪われた恋人の間から、イーニッドと私は、周囲を取り巻く世界から孤絶して、銀幕に目を釘付けにしている。実際に誰かが、どこから来たのか分からない不安に背筋を凍らせて、見えないものを見ようと時々振り向いてみても、また、劇場の暖かい空気のなかでは考えられない冷気を感じたとしても、私たちがボックスに入り込んでいることは決して気づかれはしない。なぜなら、打ち明けて言うと、私たちはもう死んでいるからだ。

生者の世界で知っていたどんな女性も、イーニッドほどの感銘を私に与えた者はいなかった。他の女性の面影も思い出も、すべて消し去ってしまうほど、彼女の印象は強かった。私の魂に夜の帳《とばり》が下りるとき、ただひとつ不滅の星が立ち昇る。それはイーニッド。彼女の瞳が関心をこめて私を見つめてくれるかもしれないと思っただけで、すぐに私の心臓は鼓動を止める。そして、いつか彼女が私のものになるのではという考えが、私の唇をわななかせるのだ。ああ、イーニッドよ！

現世に生きているとき、映画という叙事詩が何千レグアの彼方《かなた》まで送り出し、男たちの視線がそれに釘付けにされるような、神々しい美しさを彼女は持っていた。とりわけ、彼女の瞳は特別だった。睫《まつげ》に縁取られたイーニッドのビロードの眼差しに匹敵するものはない。青いビロードの、潤《うる》んだ、落ち着いた瞳のなかでは、あたかも幸福そのものがすすり泣いているかのようだったのだ。

私にとっての不幸は、彼女がすでに結婚していたことである。

名前を隠しても仕方あるまい。誰でもダンカン・ワイオミングのことを忘れていないだろう。ウイリアム・ハート[2]と同じ頃に活動を始め、彼と同じく、彼とともに、奥深い男性的な演技の力に恵まれた非凡な俳優だった。ハートは、我々が彼に望みうるすべてを、すでに映画に与えつくしてから、去っていったスターだ。これに対してワイオミングは、その短く輝かしいキャリアのほんの端緒から——今日流行の甘ったるいヒーローと違い——粗野、無愛想、無作法、無頓着などと言われるにせよ、質実と行動力と意志の強さによって、頭の天辺からつま先まで男そのものという個性を創造したのに、もっと観られてよかった彼の演技は人々に知られていない。

ハートは映画に出続け、我々はそれらをすでに観てしまった。一方ワイオミングは、その男盛りで我々のもとから奪い去られた。映画会社の広告によれば、『荒野』と『見晴るかす遥か彼方』というタイトルの、二本の素晴らしい映画を撮り終えたばかりだった。

だが、イーニッドの心を捕らえた、男としてのあらゆる感情を内にはらんだその魅力は、私には同じくらいの苦痛を与えるものだった。ワイオミングは彼女の夫であり、そして私にとっては親友だったのだ。

ダンカンと私は、二年間お互いに会うことなく過ごした。彼は映画の仕事に追われ、私は文学に専念して。そしてハリウッドで再会したとき、彼はすでに結婚していた。

「ほら、これが僕の妻だよ」私の腕のなかに彼女を押し込んで、彼は言った。

そしてイーニッドには、「彼をしっかり抱きしめてくれ。だって、グラントほどの友達は他にいないんだからね。良かったら、キスもしてあげてくれないか」と言った。

彼女はキスをしなかった。だが、彼女の長い髪が私の首筋に触れたとき、全神経の震えとともに、このような女性と決して兄妹の仲にはなれないことを私は悟った。

私たちは二ヶ月、カナダでともに過ごした。彼女に対して私の心がどんな状態にあるかに気づくのは難しくなかった。しかし、ワイオミングの前では、言葉にも、行動にも、仕草にもそれを表わしたことはない。ただ彼女だけは、平静な私の眼差しのなかに、私がどれほど彼女を欲しているかを読み取っていた。

愛と欲望……その二つは私のなかで、双生児であり、強烈で渾然と混ざり合ったものだ。なぜなら、形のない魂が全力で彼女を欲望する一方で、実体ある血液の流れはすべてを捧げて彼女を崇拝したからである。

ダンカンはそのことに気がつかなかった。気づくはずがあるものか。

冬の初めに私たちはハリウッドに戻った。そしてダンカンは、彼の命を奪うことになった流感に襲われた。彼は命と未来を手放した。子どももなく。だが、妻に残された孤独を思うと、彼は平静ではいられなかった。

「お金の問題じゃないんだ」彼は私に言った。「そうじゃなくて、精神的な支えがなくなることだ。それも、この映画の地獄のなかで……」

いまわの際に、彼は私たち、イーニッドと私の方に枕から顔を寄せて言った。

「グラントを頼りにするんだ、イーニッド……そうすれば、何も恐れることはない。それから君、僕の親友よ、イーニッドを見守ってくれ。彼女の兄になって……いいや、誓わなくていいんだ……さあ、これであの世に行くことが出来る……」

イーニッドと私の苦しみに何も変わりはなかった。七日後に私たちはカナダに戻った。一ヶ月前に、テントを前に三人が夕食をともにした、夏の別荘にである。そのときと同じく、今もイーニッドは、氷のような夜露に震えながら焚き火を見つめ、私は立ったまま彼女を眺めている。そして、ダンカンはもういなかった。

打ち明けて言おう。ワイオミングの死を前に、私はただ、傍らにいながら触れられぬ女性への欲望という、心の檻に入れられた獰猛な鷲が解放されたのを感じただけだった。私はずっとワイオミングのよき友でいて、彼が生きている間は鷲が彼の血を求めることはなかった。それは私自身の血で養われていたのだ。だが、ダンカンと私の間には、影よりもっと実質のある何かが立ち上がっていた。彼が生きているかぎり、そして恐らくは永遠にと思われたが、彼の妻は私には手の触れることの出来ない存在だった。だが彼は死んでしまった。ワイオミングはもはや、自分がまっとうしそこねた〈命〉を犠牲にせよと私に要求することは出来ない。そして、イーニッドこそ私にとって命であり、未来であり、空気であり、生きる希望だった。何びとと言えども、ダンカン――親友だったが、もう死んでしまった――でさえも、私を妨げることは出来ないはずだ。

彼女を見守ってくれだって……いいとも。だが、彼自身が見守れなくなることで、彼女から奪い去ったこと、すなわち、命のすべてを捧げて彼女を愛することも含めてだ！

二ヶ月の間は、昼も夜も傍らにいて、兄のように彼女を見守った。だが三ヶ月目に、私は彼女の足元にひれ伏していた。

イーニッドは身動きもせずに私を見た。明らかにワイオミングの最期を思い出していた。なぜなら、私を激しく拒絶したからだ。だが私は、彼女の膝にうずめた頭を離さなかった。

「君を愛しているんだ、イーニッド」私は言った。「君なしでは生きていられない……」

「あなたの、ギジェルモ！」彼女は蚊の鳴くような声で答えた。「あなたのそんな言葉を聞かなくてはいけないなんて、恐ろしいことだわ！」

「何とでも言ってくれ」私は言い返した。「だけど、君を心から愛しているんだ」

「言わないで、言わないで！」

「ずっと前から君のことを愛してきた……知っているはずだ」

「いいえ、知らないわ」

「いいや、知っているさ」

イーニッドはずっと私を遠ざけようとし、私はそれに抗《あらが》って彼女の膝の間に頭を押し付けた。

「知っていたと言ってくれ」

「いいえ、喋らないで！　私たちは死者を冒瀆しているのよ」

「知っていたと言ってくれ……」

「ギジェルモ！」

「僕がずっと君を愛していたのを知っていたと、ただそれだけ言ってくれ……」

疲れで彼女の腕から力が抜け、私は顔を上げた。一瞬、ほんの一瞬だけ、二人の目が合った。それからすぐに、イーニッドは自分の膝の上に突っ伏して泣きはじめた。

彼女をひとりにして家を出た。一時間たって、雪で真っ白になりながら再び部屋に戻ったときには、私たちの間にはいつもと変わらない装われた穏やかな親密さが戻っていた。それを見て、ついさっき二人の心の糸が血のにじむほど張り詰めたばかりだと、誰が疑ったことだろうか。

イーニッドとワイオミングの結婚には、決して愛は存在しなかった。分別を失い、常軌を逸脱し、正当さをわきまえなくなるほどの、情熱の炎が彼にはいつも欠けていた。その炎こそ、一人の男の生きる気力すべてを燃え上がらせ、その妻の情熱のすすり泣きに火をつけるものであるのに。イーニッドは夫を愛していた。ただそれだけだった。そして、イーニッドは、彼女の心の影である私の前で愛してみせる以上に、ダンカンを愛しているわけではなかった。彼女の心にはワイオミングからは届かなかったものが燃え上がっており、彼に届けることの出来なかったすべてのものがその陰に隠れてしまうことを、彼女は知っていた。

だから夫の死は、私が兄のような愛情で埋めてやらなければならない隙間を、彼女に残したのである。……兄のようなとは！　彼女に、イーニッドに、この広大な世界でただひとり私の渇望する、幸福の泉である女性に対して！

今話した出来事の三日後に、私たちはハリウッドに戻った。それから一ヶ月経ったとき、まったく同じことが繰り返された。私はまた身をかがめて彼女の膝に頭を押し付け、彼女はそれを避けようとしていた。

「君を愛する気持ちは、日ごとに強くなっているんだ、イーニッド……」

「ギジェルモ！」

「いつの日になってもいい、僕のことを愛してくれると言ってくれ」

「いいえ！」

「せめて、僕がどれほど君を愛しているのか、よく分かっていると言ってくれ」

「いいえ！」

「お願いだよ」

「離して！　私を残酷な仕方で苦しめているってことが、あなたには分からないの！」

彼女の膝という祭壇の上で、私が黙って震えていることに気づくと、彼女は両手で私の顔を持ち上げた。

「だから、離してっていったでしょう。私も心からあなたを愛していて、私たちはもうとっくに罪を犯しているっていうことが、あなたには分からないの？」

彼女が愛した男が死んでから、ちょうど四ヶ月、百二十日が過ぎていた。その男は私の親友で、言い寄る男たちから妻を遠ざける役に私を立てたのだったが……

あっさりと言ってしまおう。ワイオミングのおかげで二人が出会うことがなかったら、お互いの人生はどれほど無意味な目標に進んでいたことかと、今でも驚きとともに自分に問いかけることがあるほど、私たちの愛は互いに深く結びついたものだった。

ある晩、そのときニューヨークにいた私たちは、いよいよ『平原』が公開されるということを知った。先に話した二本の映画のうちのひとつで、初映が今か今かと待ち望まれていた作品である。私もこの映画を観たいと強く望んでいたので、イーニッドを初映に誘った。誘ってはいけない理由があるだろうか？

私たちはお互いに長いこと見詰め合っていた。永遠と思われる沈黙のなかで、記憶は雪の崩落と臨終の顔の間を、全速力で後ろに駆け戻った。だが、イーニッドの眼差しは生命そのものであり、彼女の潤んだビロードの眼と私の眼の間には、互いを愛する激情的な幸福しかなかった。それだけだった！

私たちはメトロポール劇場に出かけていき、赤っぽい薄明かりのなかから、臨終のときよりもっと青白い顔をした、巨大なダンカン・ワイオミングを見た。私の手の下でイーニッドの腕が震えるのが感じられた。

ダンカン！

そこにあるのは、ありし日の彼の仕草そのままだった。自信に満ちた微笑は、まさに彼のあの唇が形作るものだった。銀幕の上を滑っているのは、彼の精力的な姿そのものだった。そして、彼から二十メートル隔たったところには、親友の腕に抱かれた、彼の妻その人がいた。

館内の明かりが消えている間ずっと、イーニッドと私は一言も喋らず、画面から目を離すこともなかった。そして、ずっと黙ったまま家に戻った。だが家に着くと、イーニッドは私の顔を両手で押さえた。長い涙が彼女の頬を流れ落ち、それから私に微笑んだ。涙を隠そうともせずに彼女は微笑んでいた。

「ああ、分かっているよ。愛しい人……」ドレスのちょっとした飾りになっている毛皮の袖口に唇を重ねて、私はささやいた。そこはドレスの一部分でありながら、愛すべき彼女の人格すべてを表わすものだった。「分かるよ、でも、僕たちはそれに屈服しやしないだろ……違うかい？……だから、忘れることにしよう」

すべての返事の代わりに、イーニッドは相変わらず微笑みながら、私の胸元に身をあずけた。

翌日も私たちは劇場に足を運んだ。忘れなければならないのは何だろう。明滅する銀幕に生命を投影する光の束のなかで振動している別の男の存在であり、その男が私たちの関係に気づいていないという事実であり、妻と友人にゆだねた彼の信頼である。その忘却こそ、まさに私たちが慣れていかなければならないことだった。

その晩も、また次の晩も、いつも客の顔ぶれに注意しながら、日増しに大きくなる『平原』の成功に、私たちは立ちあった。

ワイオミングの演技は傑出していて、強烈なエネルギーを持つドラマの進行とともに、存分に展開されていった。舞台はごく一部がカナダの森のなかで、その他はまさにこのニューヨークだった。最も重要なシチュエーションは、ある男との闘いで傷ついたワイオミングが、突然自分の妻がその男を愛している事に気づくシーンからなっている。妻の裏切りとは無関係な理由で、彼はその男を殺したばかりだったのだ。ワイオミングはハンカチで自分の額を縛り終える。それから、長椅子に身体を伸ばして、まだ疲れから喘《あえ》ぎながら、絶望した妻が愛する男の亡骸《なきがら》に取りすがるのを見ている。

その状況でのワイオミングの眼ほど、人間の顔が暴力的なまでに明瞭に、虚脱と悲嘆と憎悪を現わすことはほとんどない。演出は彼の表現力を限界まで利用しつくしており、その状況に置かれた精神の危機をどの瞬間も十分に表わしているような、無数の瞬間からシーンは構成されていた。

イーニッドと私は、暗がりのなかで一緒に身じろぎもせずに、観客の誰よりも深く我が友人に感嘆していた。背景から彼だけが画面いっぱいに近づいてくると、その睫はほとんど私たちに触れたのではないかと思われた。それからまた、集団場面に向けて彼が遠ざかっていくと、劇場全体が映画の遠近法に引き込まれていくようだった。その効果によって少し眩暈《めまい》がしたイーニッドと私は、触れんばかりに近づいていた彼の髪の毛が、私たちをまだかすめているように感じていた。どうして私たちはメトロポールに通い続けたのだろうか？　意識のどんな混乱が、夜ごと夜ごと私たちをそこに導いて、私たちの純粋な愛を血に染めるように仕向けたのか？　いかなる予感によって私たちは、自分に向けられたわけではない非難の前に、夢遊病のように歩いていったのか？　ワイオミングの眼は別の方に向けられていたのに。

彼は一体どこを見ていたのだろう？　分からないが、どこか私たちの左のほうにあるボックス席のあたりだった。ところがある晩、彼の眼が少しずつ私たちのほうに移動していたことに気づいて、私は慄然とした。イーニッドもやはり気がついたに違いない。私の手の下で、彼女の肩が大きく震えるのが分かったから。

自然の諸法則、物理学の諸原理というものがあって、スクリーンの上で踊っている映像の幽霊は、すでに失われた生の一景を細部まで変えることなく模倣するだけの、冷たい魔術に過ぎないことを教えてくれる。その白と黒の幻影は、単なる瞬間の凍った持続であり、生のなかの一瞬の変化しない浮き彫りなのだ。フィルム上の青白い痕跡がほんの少しでも変化するのを知覚するより、死者が墓から抜け出して私たちの傍らに付き添うのを見るほうが、はるかに簡単なのである。

それはしごくもっともだ。しかし、そうした法則や原理にもかかわらず、ワイオミングは私たちを見ようとしていた。観客たちにとって、『平原』は単なる物語的な虚構であり、ワイオミングはただ光の戯れとして生きているだけだとしても、それが電光に照らされた薄幕の厚みも奥行きもない表面に過ぎないとしても、私たち三人――ワイオミングとイーニッドと私――にとっては、フィルムに写し取られた情景は確かに生きたものだった。だが、それはスクリーンの上ではなく、私たちのボックス席のなかにおいてであり、そこでは私たちの無垢の愛が、生きた夫を前にして恐ろしい背信へと変貌していた……

俳優による芝居に過ぎないのだろうか？　『平原』のフレームを前にして、ダンカンが装っている憎悪なのだろうか？

そうではない。そこには生々しい暴露があった。愛情深い妻と心からの友が互いに頭を寄せ合って、彼らに託された信頼をあざ笑っている……

だが私たちは笑ってはいなかった。なぜなら、夜ごと夜ごと、ボックス席からボックス席へと、彼の視線は段々に私たちに近づいてきていたから。

「後ほんの少しで」と私は自分につぶやいた。

「明日はきっと……」とイーニッドは内心で思った。

メトロポールが明かりで照らされている間は、物理法則による現実の世界が支配し、私たちはそのなかで大きく息をつくことが出来る。

だが、突然明かりが消えると、そのことは神経に殴られたような痛みを感じさせるのだが、特別なドラマがふたたび私たちを捕らえた。

ニューヨークから千レグアも離れたところで、ダンカン・ワイオミングは棺に納められ、眼を開けることなく地中に横たわっている。だが、イーニッドが熱情によって自分の存在を忘れるのを目にした、ダンカンの驚きと、怒りと、復讐心は、あの劇場で生命を得ていた。ワイオミングの化学的な痕跡は明かりを点され、その生きた両眼は動きを得て、ついに私たちをしっかりと睨《にら》んだ。

イーニッドはうめきに喉を詰まらせ、絶望して私に取りすがった。

「ギジェルモ！」

「静かにしてくれ、お願いだから……」

「だって、もう長椅子から片足が降りたところよ！」

背筋がぞっとするのを感じながら、私は見た。

猛獣のようにゆっくりとした動きで、私たちから目を離さずに、ワイオミングは長椅子から身を起こした。イーニッドと私は見た。彼が立ち上がり、画面の奥から私たちに向かって進んできて、巨大なクローズアップになるのを……目の眩《くら》むような輝きが視力を奪い、同時にイーニッドが叫び声をあげた。

フィルムの映写が止まった。

明かりの点いた客席で、すべての顔が私たちの方に向けられていた。何人かは座席の上に身を乗り上げて、何が起こったのか見ようとしていた。

「あの女性は病気だよ。まるで死んでるみたいだ」誰かが平土間で言った。

「男の方が、もっと死んだみたいに見えるぜ」別の誰かが付け加えた。

案内係がもうコートを運んできていて、私たちは劇場を出た。

それからどうなったか？　何もない。ただ、次の日は一日、イーニッドと私はお互いに相手を見ることなく過ごした。その晩メトロポールに向かうために、初めて眼を合わせたとき、彼女の瞳のなかには冥界の闇が宿っていた。

そして私はポケットに拳銃を忍ばせていた。

私たちが前日の病人だと気づいた者が、客席にいたかどうかは分からない。明かりは明滅を繰り返し、ギジェルモ・グラントの脳に、ただ一つも健全な観念を与えなかった。そして、この男の強張《こわば》った指が引き金から離れることもなかった。

私は人生を通してずっと、自分自身の主人であり続けてきた。前の晩に、あらゆる道理に反して、毎日の写真的な機能から解き放たれた冷たい幽霊が、映画のエンディングで首を絞めるために指をボックス席に伸ばしてきたときまでは。

前の晩と同じく、誰も銀幕の上に特別なものを認めなかった。ワイオミングが息を切らして、長椅子から離れずにいることは明白だった。だが、イーニッド――私の腕のなかのイーニッド！――は、今にも叫び出しそうに顔を光に向けている……そのとき、ワイオミングがとうとう体を起こした。

ダンカンがこちらから目を離さずに、前に歩いてきて、だんだんに大きくなり、ついにスクリーンの枠いっぱいまで広がるのを私は見た。スクリーンからはがれ、光の束のなかを私たちの方に進んで、平土間の観客の頭の上を越えて、身体を持ち上げ、頭に包帯をして私たちのところにやって来たのを見た。彼が手の指をぴんと広げるのを見た……そのとき、イーニッドが声帯とともにすべての理性が引きちぎられるような恐ろしい悲鳴を上げ、そして拳銃が火を噴いた。

最初の瞬間に何が起こったのか言うことは出来ない。だが、煙の立ち込める混乱した時間が過ぎたとき、私は手すりから身を乗り出して死んでいた。

ワイオミングが長椅子から身を起こしたときから、私は拳銃の銃口を彼の頭に向けていた。そのことははっきりと覚えている。だが、弾丸を胸に受けたのは私だったのだ。

武器をダンカンに向けようとしたことは絶対に確かだ。ただ、私を殺そうとしている男に狙いをつけたつもりで、実際には自分を狙っていたのである。それは失敗、単なる間違いに過ぎない。それだけだ。だがそのために、私は命という代償を支払った。

それから三日後に、イーニッドもこの世を後にしていた。こうして、私たちの愛は幕を閉じたのである。

だが、まだ終わりではなかった。私たちの間にあったような愛を消し去るには、一発の銃弾と幽霊では十分ではなかったのだ。死と生とダンカンの怨恨をはるかに超えた場所で、イーニッドと私は再会した。生あるものたちの世界のなかで、誰の目にも触れずに、イーニッドと私はいつでも一緒に映画の初映の告知を待っていた。

私たちは世界中を巡《めぐ》って歩いた。映画に関するどんな小さな事件でも、私たちの眼に入らずに通り過ぎてしまうということを除けば、何が起ころうとかまわなかった。私たちはもう『平原』は観に行かなかった。私たちにあれほど犠牲を支払わせたものを除けば、この映画でのワイオミングの演技に、もはや驚きを与えるものは何もなかったのだ。

今や、私たちの期待は、『見晴るかす遥か彼方』にある。七年前から映画会社はその初映を予告しており、七年前から私たちはそれを待っている。ダンカンがその映画の主役だ。だが、私たちはもうボックス席にはいない。少なくとも、彼に打ち負かされたときと同じ状態では。七年前には私たちの生命が、映画の凍結された場面をダンカンが動かすことを可能にした。同じようにして、現在の状況で彼が過ちを犯し、私たちがふたたび目に見える世界に入ることを可能にすることがありうるだろう。

イーニッドと私はいま、肉体なき者が住む見えない靄《もや》のなかで、待ち伏せに最適の特権的な場所に居る。その場所は、前のドラマでワイオミングのすべての力となっていたものだ。彼の嫉妬がまだ続いているならば、我々を見て誤りを犯し、墓のなかで外部へとほんの少しでも行動を起こそうとしたならば、私たちはそれを利用するだろう。生と死を隔てる帳《とばり》は、彼のためだけに開かれたのではない。そして、道は半ば開けている。ワイオミングだったものが溶け込んでいる無と、彼の光学的な再生の間には、空ろな空間が存在している。ダンカンがどんな微かな動きであっても、スクリーンから身をはがそうとするやいなや、イーニッドと私は暗い回廊を、裂け目を縫うように滑り抜ける。だが、道をワイオミングの墓ではなく、生の世界に向かって進み、ふたたびそのなかに飛び込むのだ。そのとき、イーニッドと私を待っているのは、私たちが排除された暖かい世界であり、人間のどんな感覚でも感じられる活気ある愛である。

一ヶ月か、一年のうちに、それはやって来る。ただ一つだけ私たちが心配しているのは、この町ではよくあることだが、『見晴るかす遥か彼方』が別のタイトルで封切りされることだ。それを避けるために、初映は一本たりとも見逃すことは出来ない。夜ごと夜ごと、十時きっかりに、私たちはグラン・スプレンディ劇場に入場して、空席だろうと先客がいようとお構いなく、ボックス席に身を忍び込ませているのだ。

訳註

（1）グラン・スプレンディ劇場　ブエノスアイレスに実在した劇場・映画館。現在は内装の美しさを残して、巨大書店に生まれ変わっている。

（2）ウィリアム・ハート　一八六四〜一九四六。無声映画時代のハリウッドの名優、監督。ドラマ性のある西部劇の創始者。キローガはこの俳優の個性を高く評価していた。代表作は『沈黙の人』『鬼火ロウドン』『人生の関所』など。

野性の若馬

彼は馬、燃えるような情熱を持った若馬だった。その俊足を見世物にして暮らすために、荒野から街にやってきた。

その馬の走りは、実際たいした見ものだった。たてがみを風になびかせ、開いた鼻先で風を呑みこんで走った。体を伸ばし、さらに伸ばして、誰にも負けないほど強く、ひづめで大地を打って走った。規則も抑制もなく、荒野をいつでもどんな方向にでも走った。その自由な走りに合ったトラックはなく、そのエネルギーを十分に発揮できるルールもなかった。とてつもないスピードと、走りへの熾烈な欲求を持っていた。だから、自分の全身全霊を野性の疾走に捧げていて、それがこの馬の持つ力だった。

とても脚の速い動物によくあるように、若馬は荷運びにはまったく向いていなかった。気力も、意欲も、喜びもなく、下手くそに荷を引いた。そして、荒野で疲れた馬に与える牧草を手に入れるやいなや、彼は走りで生きるために、きびすを返して街に向かった。

はじめは、彼の素晴らしいスピードを無料《ただ》で披露した。というのは、誰も彼のなかにある走りの才能に気づいていなかったので、それを見るために藁の切れ端を払おうとする者すらいなかったからだ。天気のよい午後、人々が街に近い田園地帯に繰り出すとき——とりわけ日曜日に——若馬はみんなの前を速足で駆けていたかと思うと、突然ダッシュをし、立ち止まり、ふたたび風の匂いをかぎながら速足に戻り、最後に全速力で駆け出して、誰にも追い越すことができず、一瞬ごとに自分自身を追い越して行く、狂乱した走りに身をゆだねるのだった。前にも言ったように、その若馬は鼻腔に、ひづめに、走りに、燃える情熱のすべてを注いでいたからだ。

見慣れていたものとはまったく違うショーを目《ま》の当たりにした人々は呆然とし、その走りの美しさにはまったく気付かずに引き上げていった。

「大したことじゃないさ」若馬は気軽につぶやいた。「見世物の興行主に会いに行くことにしよう。それまでは、生きるのに必要なだけ手に入れればいい」

都市に生きてきた者のなかで、そんな風に言えるのは彼だけだった。自分の空腹についてはもちろん、空き地の入り口にぶちまけられた残飯のことも含めて。そんなわけで、彼は祭りの主催者に会いにいった。

「僕は観衆の前で走ることができます」馬は言った。「報酬を出してくれるならば。どれだけ稼げるかは分かりませんが、僕の走る様子を気に入ってくれた人たちはいます」

「もちろん、もちろんだとも……」相手は答えた。「そうしたことに興味を持つ人はいつでもいるものさ……しかしだね、人々を魅了できるかどうかは別問題だよ……まあ、我々の側が犠牲を払うことで、君に報酬を出すことはできるだろう……」

若馬は男の手に目を落として、差し出されたものを見た。ひと山の藁と、日に焼けて干からびた馬草《まぐさ》がほんの少しだった。

「これ以上は無理だよ……これからもだ……」

若い馬は、彼の並外れた俊足と引き換えに得られる、馬草の少なさを考えた。それから、退屈なコースをジグザクに横切った、彼の自由な走りを目にしたときの、人々のしかめっ面を思い出した。

「大したことじゃないさ」彼は気軽につぶやいた。「いつかみんなが喜んでくれる日が来るはずだ。それまでは、この日に焼けた馬草でやって行くことができるだろう」
そして、満足して条件を受け入れた。彼が望んでいたのは、走ることだったからだ。

こうして、その日曜日に、そしてそれから毎週、いつも同じ一握りの馬草で、いつも走りに全霊を打ち込んで、彼は走った。力を温存しようとか、人目をごまかそうとか、彼の走りにこもる自由を理解しない観客にへつらうために、飾りのついた直線コースを走ろうとかは、一度たりとも考えなかった。いつでも、鼻腔を熱くし尻尾を弓なりに反らせて、速足で走りに入った。ダッシュによって大地を鳴り響かせ、ついには、欲求と、埃と、ひづめの響きが作る竜巻そのものになって、空き地を横切って疾走していった。その褒美として、水浴びの後で疲れながら、一握りの乾いた馬草を満足して食べた。

それでも時々は、硬い茎を健康な歯並ですりつぶしながら、ショーウィンドーのなかに見かけた燕麦のはちきれそうな袋のことや、飼い葉桶からあふれそうな、いい匂いのするトウモロコシやアルファルファを腹いっぱい食べることに思いをはせた。

「大したことじゃないさ」彼は気軽につぶやいた。「このおいしい牧草で、僕は満足してやっていけるんだ」

そして、いつもそうしてきたように、空腹でお腹をしぼませたまま、走り続けた。

だが、少しずつ少しずつ、日曜日の散策者たちも彼の自由な走りに慣れてきて、ルールもコースもない野性の走りを見せる、あのショーは素晴らしい印象を与えると、口々に言い交わし始めた。

「普通みたいにトラックを走るんじゃないんだ」人々は言った。「でも、すごいスピードだよ。たぶん、あれだけのダッシュができるのは、退屈なコースを外れて走っているときに、あの馬が最も自由を感じるからだろう。そして、彼はいつでも全力を使っている」

実際、決して満足させられない空腹を抱え、激しいスピードの持ち主としてようやく生きていけるだけの栄養を得ていた若馬だが、まるでその走りに最後の身を捧げるかのように、いつも一握りの馬草で全力をだし尽くしていた。そして水浴びの後で、彼の取り分――最も無名の最も取り得のない馬たちにとっても最小限の粗末な取り分――を、満足して食べるのだった。

「大したことじゃないさ」彼は気軽につぶやいた。「みんなが楽しんでくれる日が、もうそこまで来ているんだ」

そうこうするうちに、時は過ぎていった。観客たちのささやき交わす声は、街中に広がり、家々の扉を通り抜けていき、とうとう熱狂的に支持する人々の賞賛が若馬に集中する日がやってきた。契約を求める見世物の興行主たちが、ひしめき合って彼のもとを訪れてきた。そして、すでに成年に達していた若馬は、生涯を通じて一握りの馬草で走ってきたのだが、はちきれそうなアルファアルファの包みや、びっしりと詰まった燕麦とトウモロコシの袋が、どれも数え切れないほどたくさん、ただ一回の興行のために、争って差し出されるのを見た。

そのとき初めて若馬は、いま栄光のもとに飲み込んでいる千分の一でも、若い頃に与えられていたら、どんなに幸せだったろうと考えて、苦い思いにとらわれた。

「僕の心が走りを求めて跳ね回っていたあの頃に」彼は憂鬱につぶやいた。「ほんの一握りのアルファアルファがご褒美にあったら、僕はこの世で一番幸福な存在になれただろう。いま僕は疲れてしまった」

実際、彼は疲れていた。彼の走りのスピードは、疑いなく、いつもと変わりなかったし、野性の自由を見せつけるショーも、これまでと同じだった。だが、以前のような走りへの渇望を、馬は失っていた。かつての若馬なら一山のワラと引き換えに喜んで差し出した、力いっぱい体を伸ばしたいという震えるようなあの欲求をいま呼び起こすには、最も贅沢な飼料が何トンも必要となった。栄光を手に入れた馬は、申し出について長いこと思いを巡《めぐ》らし、計算し、休息との釣り合いを慎重に熟考した。そして、とうとう興行主たちが彼の法外な要求に屈したそのときになって、ようやく走る意欲が湧いてくるのだった。それから馬は走った。彼にしかできないやり方で。それから、稼いだ豪奢な飼料を前にして、大いに楽しむために戻って行った。

しかし、興行主たちが刺激し、おべっかを使い、成功の圧力のもとで死につつあった走りへの欲望を買うために涙ぐましい努力をしたにもかかわらず、一回ごとに馬を満足させることは難しくなっていった。そして馬は、自分の類ないスピードが、一回の走りですべて消費されはしまいかと恐れるようになった。そこで、彼の人生ではじめて、力を温存し、慎重に風を利用し、延々とお決まりのコースを走った。誰もそのことに気付かなかった。それどころか、おそらくこれまでで一番の拍手喝采を浴びた。馬が走りにかけた野性の自由を、誰もが信じて疑わなかったためである。

自由……いや、馬はもうそれを持っていなかった。次の走りで弱くなることを恐れて、力を温存した最初の瞬間に、彼は自由を失ってしまったのだ。もはや広場を横切って走ることも、全力を出すことも、風に逆らって走ることもなかった。かつて最も拍手喝采を浴びたことのあるジグザグ走行の足跡で、最もたどりやすいところをたどって走った。そして、次第に募って行く衰弱への恐れのために、決まりきった様式に従い、観客の目を欺き、最もありふれたコースを粉飾をつけながら旋回して走ることを覚えるときがやってきた。栄光の叫びは神のように彼を称えた。

だが、その嘆かわしい見世物をじっと見つめていた男がふたり、悲しく言葉を交わし合った。

「彼が若い頃の走りを見たことがある」最初の男が言った。「もし動物のために泣くことがあるとすれば、喰うものもろくに無かったときに、この馬が見せてくれたものの思い出にだよ」

「以前にあんな走りができたのは不思議ではないさ」二番目の男が言った。「若さと空腹は最も貴重な天の賜物だ。それがあってこそ、激しい情熱に命のすべてを捧げることができるんだ」

若き馬よ。ほとんど食べものが手に入らなくても、全力で走りたまえ。もしその価値なくして栄光を手に入れ、豊富な餌と不正に引き換えるために陳腐な様式を身につけるならば、一握りの馬草のためにすべてを捧げることを可能にした力は、君のもとを去ってしまうのだから。

アナコンダの帰還（1）

熱帯に暮らす仲間たちと一緒に、河を取り戻すことを思いたち、計画を練り上げたとき、アナコンダは三十歳になったばかりだった。

彼（2）はそのとき、精力の盛りにある、体長十メートルの若蛇だった。広大な彼の狩場では、ジャガーであれ、シカであれ、生きて彼の抱擁に耐えられるものはいなかった。収縮する筋肉に押しつぶされて、死ぬまで命のすべてをしぼり取られた。お腹をすかせた大蛇の到来を告げてワラクサが揺れると、茂み一帯はおびえた動物たちが立てる耳で、羽毛を逆立てたようになった。そして、けだるい午後に黄昏が訪れる頃、アナコンダが十メートルある黒いビロードの体を、火のように熱い河の水にもぐりこますと、沈黙が光輪のようにそのまわりを取り巻いた。

だが、アナコンダの存在が、いつでも毒ガスのように、生き物を遠ざけるわけではない。人間には分からない、彼の穏やかな表情と体の動きは、遠くから動物たちに伝わった。そのときはこんな具合だった。

「いい日だな」ぬかるみを通りながら、アナコンダはワニたちに声をかけた。

「いい日だね」日向ぼっこをしていたワニは、泥でくっついた重い瞼を苦労して開きながら、穏やかに返事をした。

「今日はとても暑くなりそうですね！」木によじ登った猿たちが、灌木のしなりで這《は》ってくる大蛇に気付いて、挨拶の声をかけた。

「ああ、とても暑くなりそうだ……」アナコンダは答えて、半分だけ安心した猿たちの、お喋りと傾《かし》げた小首を後に残していった。

巨大なハリケーンを心配したり、延々と続く旱魃《かんばつ》で疲労困憊でもしていない限り、猿と大蛇、小鳥と小蛇、鼠と毒蛇は、誰が何と言おうと、瞬時の油断も許されない命取りの間柄なのだ。種の起源をなす果てしない昔から、同じ環境に生きて繁殖してきた適応力だけが、大異変になると我慢できない空腹を乗り越えさせた。こうして、大旱魃に直面すると、フラミンゴの、リクガメの、ネズミの、そしてアナコンダの苦悩は、一滴の水を求める悲痛な嘆きとしてひとつになった。

我々が再びアナコンダに出会ったとき、ジャングルはまさに動物たちのこの陰気な友愛が、悲惨の底に陥ろうとしているところだった。

二ヶ月前から、ほこりを被った木々の葉を、雨が打ち鳴らすことはなかった。枯れた花に命と慰めを与える霧雨すら姿を消していた。夜ごと夜ごと、黄昏から明け方まで、地域は全体が竈《かまど》になったかのように、乾き続けていった。日陰になった小川の床だったところには、熱く焼けた平たい石が残っているだけだった。暗い水にホテイアオイを浮かべた最も深い湿地帯が、硬い熊手で畝《うね》溝を付けられた粘土の平野に変わった。その上をぼろ布のように糸がほつれた繊維の網が被っていたが、それは大きな水草だったものの名残だった。森のはずれではいたるところで、大燭台のように身を起こしていたサボテンが、今では極端に乾いた大地に腕を下げて体をかがめ、軽く何かがぶつかっただけで空ろな音が響くほど硬くなっていた。

日々は、目が見えなくなるほど白い灼熱の空のもとで、遥か遠くの山焼きによって燻《いぶ》されながら、一日また一日と緩慢に流れていった。その空の向こうで、黄色く輝きのない太陽が動いてゆき、夕方になると酸素の足りなくなった熾火のように、蒸気に包まれながら沈んでいった。

あちこちと棲家をかえる習性なので、その気になればアナコンダは、旱魃の影響をそれほど受けずにすんだろう。

ラグーンとその周辺の干からびた湿原の彼方《かなた》には、太陽の生まれる方向に彼の生まれた大きな河、清冽なパラナイバ河があって、半日でたどり着くことができたのである。

だが、アナコンダはもう自分の河に行くことはなかった。かつては、祖先たちの記憶がたどれる限りどこまでも、河は彼自身のものだった。水も、滝も、狼たちも、嵐も、そして孤独も、すべてが自分に属していた。

今は違った。最初に一人の人間が、何でも見て触れて切り開こうとする度し難い欲求を抱えて、砂州の端の後ろから長いカヌーに乗ってやってきた。それから別の人間たちが、さらにもっと多くが、来るたびにより頻繁に現われるようになった。どいつも嫌な臭いをたて、卑怯な山刀を使い、絶え間なく辺りを焼き払った。そして、いつでも河を遡ってくるのだ。南部の方から……

そこから何日も行ったところで、パラナイバは別の名前をまとっていた。彼はそのことをよく知っていた。だが、そのさらに彼方、いつも流れ下っている水の途方もない深淵の方には、終端があるのではないのか。永遠に流れ落ちようとする水を食い止めている、広大な砂州があるのではないのだろうか。

明らかにそこから、人間どもや、木材運搬車や、ジャングルを汚染する放し飼いのラバはやってくるのだ。もし彼がパラナイバをせき止め、野性の静寂を取り戻すことができたならば。暗い夜のなか、煙る水から三メートル頭をもたげて、口笛を吹きながら河を横切っていた、あの頃の喜びを取り戻すために……

そして突然に、ホテイアオイのことが頭に浮かんだ。

アナコンダの人生はまだ短いものだったが、それでも二、三度は大増水を経験していた。水は数え切れないほどの、根こそぎされた木の幹や、水草や、泡や泥を運んで、パラナ河を駆け下っていった。それらは一体どこにいって朽ち果てたのだろうか。前例がないほど氾濫した水でなければ、あの底知れぬ深遠に捨てることができないくらいのホテイアオイの残骸をぜんぶ許容できるほどの、植物の墓場とは一体どんなものなのか。

彼はよく憶えていた。一八八三年の大増水。一八九四年の洪水……そして、豪雨がないまま十一年が過ぎて、アナコンダがいま喉の奥に感じているように、熱帯の気候は大雨への渇きを感じていなければならないはずだった。

大気の状態を察知する爬虫類の感覚が自分の鱗を期待で波打たせていた。彼は大洪水が迫っているのを感じた。そして、もうひとりの隠者ピエール(3)のように、すべての支流と源泉一帯に聖戦を告げるために、アナコンダは飛び出した。

彼の生息地の旱魃は、よく知られるとおり、広大な流域全体におよぶものではなかった。何日も移動を続けた後、オオオニバスをいっぱいに浮かべた沼沢地の濃密な湿気にであい、葉の上に巣穴をつくっている小さな蟻の出すホルマリン臭の蒸気に向かってアナコンダの鼻腔は大きく開かれた。

動物たちを説得するのに、たいした手間は掛からなかった。昔も、今も、これからも、人間は最も残忍なジャングルの敵だからである。

「……だからして、川をせき止めるんだ」計画をこと細かく説明した後で、アナコンダは締めくくった。「人間どもは、もうここまでやってこれないだろう」

「だけども、十分な雨は？」疑いを隠し切れずに、ミズハタネズミたちが異を唱えた。「やって来るかどうか、分からないじゃないか」

「必ず来る。それも、君たちが思っているよりずっと早く。俺は知っているんだ」

「アナコンダは知っている」毒蛇たちが保証した。「あいつは人間どもと暮らしていたんだ。奴らのことをよく知っているのさ」

「そうだ、よく知っている。そして、一株の、たった一株のホテイアオイでも、大洪水の流れに漂えば、人間一人に死をもたらすことができるのだ」

「ああ、信じるよ」毒蛇たちが薄笑いを浮かべて言った。「ひょっとすると二人にな」

「あるいは五人に……」年老いたジャガーが、わき腹の奥のほうから、あくびまじりの声を出した。「だが、教えてくれないか」彼はアナコンダに向かって、真直ぐに体を伸ばした。「河をせき止めるほど、ホテイアオイが沢山あるのは確かなのか？　念のために聞くんだが」

「明らかにここにあるだけでは足りないし、周囲二百レグアの大地からぜんぶ引きはがしても無理だろう。……打ち明けて言えば、いま君がした質問は、僕を心配させる唯一のものだ。いいや、兄弟たち！　パラナイバとリオ・グランジの支流を含めた流域にあるホテイアオイぜんぶを集めても、パラナ河を横切る十レグアの堤防を築くには十分でないだろう。それ以上のことを計算に入れていないようだったら、ずっと前に俺は山刀を持った最初の農夫の足元に倒れていたはずだ。……だが、雨はもっと広い範囲に降って、パラグアイ河の流域も浸水すると、大きな希望があるのだ。君たちは知らないだろうが……それは大きな河だ。いつもここで降るくらいに、あそこでも雨が降れば、俺たちの勝利は間違いない。兄弟たちよ。あそこには、一生かけても歩き回ることができないくらいの、ホテイアオイの沼沢地が広がっているぞ！」

「よく分かった……」ひどい眠気に襲われながら、ワニたちが言った。「あそこは美しい土地だ……だが、どうやって向こうでも雨が降ったことを知るんだ。俺たちはそれほど健脚じゃないぞ……」

「その通りだな、気の毒な友よ……」慎重に十メートル離れたところに座っているカピバラたちと、皮肉な眼差しを交わしながら、アナコンダは微笑んだ。「そんなに遠くまで行かせるつもりはない。小鳥が一羽いれば、あそこから三飛びで、我々によいニュースを運んできてくれるはずだ」

「僕らは小鳥なんかじゃないが」オオハシたちが言った。「それに、飛ぶのがうまくないから、百飛びしないとやってこれないが、僕らは何も恐れない。僕らが飛んでくるよ。だって、誰も僕らに強制することはできないが、自分たちがそうしたいからだ。そして、僕らは何も恐れないんだ」

そして息を吐きつくすと、青に近い金色の目で、オオハシたちは一同を横柄に見回した。

「臆病なのは俺たちだって言うんだな」眠気のために羽毛を膨らませた、鉛色のオウギワシが、鈍い金切り声を上げた。

「君たちも恐れない、何も恐れない。僕らは長く飛べない。でも、恐れなんかない……」

「分かった、分かった……」ジャングルでは、自慢話が始まるといつもそうなるように、議論が険悪になってきたのを見て、アナコンダが割り込んだ。「お互いに誰も恐れてやしない、みんなよく知っていることさ……尊敬すべきオオハシ君たちがやって来て、そう、流域の同盟軍に来るべき時を告げてくれるだろう」

「僕たちはそうしたいからするんだ。でも、誰も強制することはできないぞ」オオハシたちがふたたび言った。

こんな具合で、戦いの計画はすぐに忘れられようとしていた。そして、アナコンダはそれを察した。

「兄弟たちよ！」彼はシューと舌を震わせて体をもたげた。「我々は貴重な時間を無駄にしている。我々はみな平等だが、ひとつになってこそだ。どのひとりも、それ自身では、大きなことはなしえない。同盟すれば、熱帯全域になれるのだ。その力を、人間に向かってぶつけるんだ、兄弟よ。人間は何でも破壊してしまう。森を切り払ったり、汚したりする必要は何もないのに。雨と、動物たちと、ホテイアオイと、熱と、毒蛇もろともに、ジャングル全体で河を駆け下るのだ。森を河に投げ下ろし、そこをせき止めてしまうのだ。我々も一緒になって、死を賭して旅立つのだ。こう言ってよければ、熱帯をぶちまけるのだ！」

アナコンダの語調は、いつでも説得力を持っていた。ジャングルの住民は、熱狂して、声をひとつにして叫んだ。

「そうだ、アナコンダ！　お前の言うとおりだ！　ジャングルを河から逆落としするんだ。河を下るぞ、下るんだ！」

アナコンダはようやく安堵の息をついた。聖戦は勝ち取られたのだ。気候風土も、動物たちも、植物たちもあわせて、地域全体の魂を感動させることは困難だった。しかし、彼らの神経が、過酷な旱魃という試練で張りつめていたとき、恵みの大雨という彼の結論ほど、大きな信頼を与えるものは他になかった。

だが、アナコンダが生息地に戻ってみると、旱魃はもう限界に来ていた。

「それで、どうだった？」苦悩に苛《さいな》まれた動物たちはたずねた。「向こうでは俺たちに賛成したかい。また雨は降ってくるのか。君は信じているのか、アナコンダ？」

「信じているとも。いまの月期が終わらないうちに、原生林を轟《とどろ》かす雨音が聞けるだろう。水だ、兄弟たちよ、それも簡単には降り止まないぞ！」

その魔法のような言葉「水だ！」を、ジャングルの住民全員が待ちわびて、かすれた悲嘆のうめきを木霊《こだま》させながら、眠りもせず空腹も感じずに何晩も過ごしてきたのだ。

「水だ！　水だ！」

「そうだ、しかもたっぷりのだ！　けれども、音が聞こえてすぐに出発しては駄目だ。貴重な同盟軍のことを考えなくてはいけない。そのときが来れば、彼らがメッセンジャーを送ってくれるはずだ。北西の方の空を絶えず見張っていてくれ。そちらから、オオハシが飛んでくることになっている。彼らがやってくれば、勝利は我々のものだ。そのときまで、辛抱するんだ」

だが、皮膚が乾燥してひび割れができ、目を結膜炎で赤く腫《は》らして、以前は生き生きと駆け回っていたが今は足を引きずって歩いている動物たちに、指針もなくどうして辛抱を強いることができようか？

一日また一日と、太陽は耐え難く輝きながら泥土のうえに昇り、何の希望も与えないまま、血の色をした蒸気のなかへ、光を失いながら沈んでいった。

夜が訪れると、過酷な北部から河に降り注ぎに来るはずのかすかな雨の気配を闇に探るために、アナコンダはパラナイバまで這っていった。彼以外にも、河岸のところまで、まだ体力のある動物たちが、足を引きずるようにやってきていた。そして、みんなは一緒になって、眠ることも空腹を覚えることもなく、風のそよぎのなかに命そのものであるような最もかすかな湿った大地の香りをかぎながら、夜を過ごすのだった。

ある夜のこと、ようやく奇跡は現実のものとなった。疑いようもなく、先駆けの風が、水に浸かった木々の葉の淡いもやを、哀れな動物たちに運んできたのである。

「水だ！　水だ！」荒廃した一帯に、ふたたび待望の叫びが響きわたった。そして、五時間後に夜が明ける頃、その幸福は決定的となった。静寂のなかで、まだ遥かに遠くからだったが、とうとう落ちてきた豪雨の下で、ジャングルが鈍い轟きを響かせているのが聞こえてきたのだ。

その朝も太陽は輝いたが、黄色ではなくオレンジがかった色をしていて、お昼ごろにはもう姿が見えなくなった。それから、さびた銀のように白く、半透明で、とてつもなく密度の濃い雨がやって来て、乾ききった大地を水浸しにしていった。

続く十日と十晩、水煙に浮かぶジャングルの上に、豪雨は留まり続け、耐え難い光の平原だった場所に、今や地平線まで心の休まる水の層が広がっていた。水草はふたたび芽を吹き平坦な緑の筏《いかだ》となって、お互いに接触し合うくらい水面をいっぱいに広がって見えた。北西からの使者がやって来ないまま、九日目が過ぎる頃、心配は未来の聖戦に対するものに変わった。

「いや、決してやって来やしないさ！」動物たちは叫んだ。「出発しよう、アナコンダ！　いくらも経たないうちに、手遅れになってしまうぞ。雨は止み始めている」

「そして、また降り始めるさ。辛抱するんだ、兄弟たち！　向こうで雨が降っていないなんて、ありえないんだ。オオハシは、飛ぶのが下手くそだ。多分こっちに向かっている途中だろう。あと二日待ってくれ！」

だが、アナコンダは見かけの自信とはほど遠い心境にあった。蒸気に籠められたジャングルのなかで、オオハシたちは道に迷ってしまったのではないか。考えられないような不運が起こって、北西の地域では、北部と同じ豪雨がやってこなかったのではないか。そこから半日のところでは、降雨による瀑布と化した支流が注ぎ込む、パラナイバが轟音を立てているのに。

箱舟の鳩を待ちわびるときのように、憔悴に駆られた動物たちの目は、偉大なくわだてを告げる使者を求めて、絶えず大空の方に向けられていた。何も見ることなく。それからとうとう、にわか雨のもやのなかから、ずぶ濡れになって凍えながら、グァグァと鳴き声を上げるオオハシたちがやってきた。

「とてつもない大雨だ！　流域一帯どこでも雨が降っている！　そこらじゅう雨で真っ白く煙っているぞ！」

野性の雄たけびが地域全体に響きわたった。

「河を下るぞ！　勝利は我々のものだ！　すぐに出発するんだ！」

そして、言うならば、それがまさに絶好の機会だった。なぜなら、パラナイバは土手からあふれて、向こうの大地にまで広がっていたからだ。河から広大なラグーンまで、湿地帯は今や波のない海原《うなばら》と化し、しなやかなホテイアオイの群れが水面を揺らしていた。北部に向かっては、オーバーフローの圧力で緑の海は緩やかに湾曲し、森を舐《な》めるようにして大きな弧を描いた。南部に向かっては、ゆっくりと流れくだりだすと、すぐ後から急流が追いかけていった。

そのときが訪れたのだ。アナコンダの目の前で、地域全体が隊をなして行進していった。昨日生まれたオオオニバスが、赤みがかった年老いたワニが、蟻とジャガーが、ホテイアオイと毒蛇が、泡が、カメと熱が、そして、ふたたび解き放たれた豪雨の気候そのものが。ジャングルが、アナコンダに向かって歓声をあげながら、大増水の深淵を目指して通り過ぎていった。

そして、そのようすを見とどけると、アナコンダもパラナイバまで流れに身をまかせてから、根こそぎ倒されたヒマラヤスギを捕まえると、その上に乗ってとぐろを巻いた。杉は急流に出くわすたびに、回転しながら流れをくだっていった。大蛇はようやく微笑んで吐息を漏らすと、黄昏の明かりに向かって、ガラスのような眼をゆっくりと閉じた。

アナコンダは満足していた。

こうして、未知なる地に向かっての、奇跡的な旅が始まった。グァイラの彼方では、赤い砂岩の巨大な崖が、河を半分閉ざしている。その後ろに待ち受けるものについて、アナコンダはまったく無知だった。タクアリ川[4]を通って、パラグアイ河の流域にたどり着いたことなら一度ある。それは、我々も知っている通りだ。だが、パラナの中流から下流域のことは何も知らなかった。

しかし、水路にそって流れる水に乗って、ジャングル全体が勝ち誇ったように踊りながら下って行く光景を目にすると心が落ち着いた。頭も雨に洗われて新鮮な気分になり、眠気を誘う白い雨の下で、大蛇はハンモックに揺られるように流れに運ばれていった。

そうやって生まれ故郷のパラナイバを下り、死の河を通り過ぎるときには渦巻きが緩んで行くのを横目で見た。水に浮かんだジャングル全域とともに、スギの筏に乗ってアナコンダ自身が、水煙をかいくぐりながら階段状になったグァイラの急流を跳ねるように駆け下って、最後は淵に沈むように滝を落ちていったときには、ほとんど我を忘れた。幅の狭まった河は、しばらくの間、赤茶けた水を底までかき回していた。しかし、さらに二日先に進むと、高い土手は再び左右に開けていき、表面に油を流したような水は、渦も巻かず音も立てずに、九マイルの時速ですべるように水路を流れていった。

新しい土地の新しい天候だった。今や空は晴れ、太陽は輝いていた。太陽はいっとき朝もやにほとんど覆われそうになった。ほとんど消えかかった混乱した少年期の記憶とともに、アナコンダはまだとても若い蛇のように、ミシオネスの昼の姿に好奇の目を見開いた。

浜辺の方に目を移すと、太陽の最初の光線のもとで、そこは乳白色のもやの上に高く浮かんで見えた。もやは次第に姿を消していき、最後は薄暗い入り江に並ぶ大型カヌーの湿った船尾に、ショールのようにかかって漂った。岩礁群が作るよどみに入り込むと、目の高さでなだらかな曲線を描きゆっくり回転する水に、ふたたびめまいを感じた。水は急流にさしかかると、また荒れ狂って、ピラニアの血で赤く染まった渦を巻き上げた。午後になると太陽は溶鉱炉の仕事を再開し、真ん中が白熱した赤色に揺らめく扇型の火を放ってきた。その一方で、遥か上空では、陽光で輪郭を蚕食された白い積雲が、みんなばらばらになって流れていった。

すべては彼にとって馴染み深く、それでいて夢のもやのなかにあるようなことだった。彼と一緒に下って行く大水に、特に夜になると暖かい脈が流れるのを感じながら、アナコンダは流れに身をまかせていた。そのとき、不意に彼は不安な衝撃を感じて、急いでとぐろを巻いた。

彼のスギが何か予想もしなかったもの、あるいは、少なくとも河ではめったに見かけないものに、突き当たったのだった。

水面に浮かんだり半ば沈んだりしながら、洪水に運ばれていくもののことを、まったく知らない者はいない。アナコンダも知らない動物たちがあの北の果てで水に溺れて、すでに何度となく彼の目の前を通り過ぎていった。彼らは空中からカラスについばまれながら、少しずつ水に沈んでいってしまった。流れに揺られる枝に、幾百というカタツムリが登っていき、野バトがそれをついばんで殻を壊すのを彼は見た。そして満月の夜に、カリンバタが背びれを水の上に出して河を遡っていき、砲声が一発とどろくと一せいに素早く水にもぐってしまうのを目撃した。

大増水のときはいつもそんな具合だったのだ。

だが、たった今彼のもとにやって来たのは、切妻屋根を持つ納屋だった。どこかのバラックの屋根が地面に落ちて、ホテイアオイの筏に乗ると、河の流れに運ばれてきたようだった。

湿地帯のすぐ近くに小屋が建てられて、水によって土台が掘り返されてしまったのだろうか。ひょっとして、溺れた人間がそこまでたどり着いて、住んでいるのだろうか。

これ以上ないくらい警戒しながら、うろこ一枚ずつ進むようにして、アナコンダは浮島の上を這っていった。実際にそこは人の住まいで、藁ぶきのひさしの下には一人の男が横たわっていた。だが、男は喉に大きな傷を負って、今にも死にそうだった。

長いことずっと、尻尾の先一ミリも動かさず、アナコンダは敵の姿をじっと見つめたままでいた。

赤い砂岩の断崖に塞がれた、この同じ広大な湾のなかで、アナコンダはこの人間に会ったことがあった。その経緯《いきさつ》について確かな記憶は残っていなかった。何かの偶然で、その体験をちらりと思い出すことがあると、そのたびに嫌悪感が、まぎれもない反目の感情が湧きあがった。

旧友との再会などでは決してない。もちろん、敵である。なぜなら、彼らに対して戦闘の口火を切ったのだから。だが、それにもかかわらず、アナコンダは動こうとしなかった。そして時間は過ぎていった。まだ闇が支配している刻限に、アナコンダは突然とぐろを解くと、筏の端まで行って暗い水の上に頭を伸ばした。

生臭い匂いで、毒蛇たちが近くにいることに、すでに気がついていた。

実際、山ほど沢山の毒蛇たちがやってきた。

「どうした？」アナコンダは訊ねた。「一回の洪水では、持ち場にしたホテイアオイを離れちゃいけないことを、君たちもよく知っているだろう？」

「知っているさ」侵入者は答えた。「だが、ここには人間がいる。人間はジャングルの敵じゃないか。どいてくれ、アナコンダ」

「何のためだ？　通るんじゃない。その人間は傷を負っている……死んだも同然だ」

「君にとって何のさしつかえがあるんだ？　まだ死んでいないのなら、すぐに殺すべきだ……道を開けてくれ、アナコンダ」

大蛇は身を起こすと、首を深く折り曲げた。

「通るなといっただろう！　下がれ！　あの病気の男は、俺が保護した。近づこうとする奴は気をつけろ！」

「お前こそ気をつけろ！」毒蛇たちは毒腺を膨らませて、シューと鋭く叫んだ。

「何に気をつけるんだ」

「お前のしていることだ。お前は人間に魂を売っている！……尻尾の長いイグアナめ！」

一匹のガラガラヘビが最後の言葉を叫び終わった瞬間に、アナコンダの頭が恐るべき破城槌のように飛び出して相手の両あごを砕いた。ヘビはすぐにしなびた腹をさらし、死んで水に浮かんでいた。

「気をつけろ！」アナコンダの声は極度に鋭くなった。「一匹でも近づいたら、ミシオネス中に毒蛇はいなくなるぞ！　魂を売ったただと、この俺が……俺の魂は水のものだ！　よく憶えておくんだ、昼であれ、夜であれ、どんな時間であれ、毒蛇はあの人間に近づかせないというのが、俺の望みだ。分かったか？」

「分かったよ！」暗闇のなかから、大きなヤララクスの陰気な声が答えた。「だが、いつかこの説明をしてもらうぞ、アナコンダ」

「別の時代が来たならな」アナコンダは答えた。「俺はもうお前たちに説明した……そして、お前たちは満足していないんだ。君も気をつけるんだな、兄弟ヤララ！　そして今は、見張りをしっかりしていろ！……それでは、よい旅を！」

このたびはアナコンダも満足していなかった。なぜこんな成り行きになったのだろう？　あの喉が裂けて苦しんでいる人間は、単なる可能性としても、自分とどんなつながりがあるのだろうか？　どこから見ても、みすぼらしい人足《メンス》に過ぎない男に。

もう朝は明るくなっていた。

「馬鹿らしい！」最後に男のことを考えながら、アナコンダはつぶやいた。「こんなことに煩わされるのは、まったく無駄というものだ……あいつは他のやつらと同じ、哀れなひとりの人間じゃないか。どのみち、あと一時間くらいの命しか残っていないんだ」

そして、軽蔑したように尻尾を振ると、彼の浮島の中心でとぐろを巻きに行った。

だが、彼の目は一日中ホテイアオイの群れを警戒して止まなかった。

夜になるとすぐに、何百万という溺れた蟻に支えられた、背の高い蟻塚がいくつも、筏に向かって近づいてきた。

「僕たちは蟻だよ、アナコンダ」彼らは呼びかけた。「君に忠告しに来たんだ。ワラの下にいる、あの人間は、僕たちの敵だ。僕たちは姿を見ていないが、毒蛇たちはあそこにいることを知っている。彼らは姿を見たんだ。そして、人間は屋根の下で眠っている。あいつを殺すんだ、アナコンダ」

「駄目だよ、兄弟たち。黙って行ってくれ」

「君のしていることはよくないよ、アナコンダ。毒蛇たちに人間を殺させるんだ」

「それも駄目だ。洪水の掟を知っているかい？　この筏は俺のものだ。そして、俺がその上にいるんだ。行ってくれ、蟻たちよ」

「けれど、毒蛇たちはみんなに触れてまわっている……君が人間どもに魂を売ったって……気を悪くしないでくれよ、アナコンダ」

「誰がそれを信じるんだ」

「誰も信じないさ、もちろんだよ……ただ、ジャガーたちだけは、不満なようだ」

「はあーん！……それじゃあ、なんで奴らは俺に言ってこないんだ？」

「僕たちは知らないよ、アナコンダ」

「俺にはよく分かっている。結構だ、小さな兄弟たち。おとなしくここを離れて、みんな溺れ死んでしまわないように気をつけるんだ。大きな過ちを犯すことになるからな。このアナコンダを恐れることは何もない。今もいつでも、俺はジャングルの忠実な子どもだったし、これからもそうだ。皆にそう言ってくれ。おやすみ、同志たちよ」

「おやすみ、アナコンダ！」小さな蟻たちは、慌てて答えた。そして、夜が彼らの姿を飲み込んだ。

毒蛇たちの噂によって、ジャングルの仲間の敬意と愛情が失われないように、アナコンダは頭脳と誠意を尽くして十分な説明を与えた。ガラガラヘビやヤララなど、どんな種類の毒蛇にも彼がほとんど親しみを持っていないことは、誰にとっても明らかだったが、毒蛇はこの洪水で大きな役割を果たしていたので、アナコンダは彼らの感情をなだめるために、はるばる泳いで出かけていった。

「事を荒だてるつもりはないんだ」彼は毒蛇たちに言った。「昨日と同様に、そして遠征が続いている間ずっと、俺は身も心も洪水に捧げている。ただ、あの筏は俺のもので、それについては自分の好きなようにしたい。それだけなんだ」

毒蛇たちは何も聞こえなかったかのように、一言も言葉を返さず、冷たい目を彼の方に振り向けることすらしなかった。

「嫌な雲行きだ！」遠くから会見の様子を見守っていたフラミンゴたちが、声をそろえて鳴いた。

「勝手にしろ！」体から水を滴らせながら、一本の丸太によじ登ってきたワニたちが、不満の声を漏らした。「アナコンダのことは黙って放っておこう……これはあいつの問題だ。それに、あの人間はもう死んだに違いない」

だが人間は死ななかった。アナコンダは非常に不思議に思ったが、さらに三日という日が過ぎても、最後の苦悶の息が聞かれることはなかった。アナコンダは一瞬たりとも監視を緩めることはなかった。しかし、毒蛇たちがもはや近づいてこないことを別にしても、もう一つの心配が彼の心を占めていた。

彼の計算では――水棲の蛇はどんな人間よりも水路学をよく心得ているのだが――彼らはもうパラグアイ河の近くに達しているはずだった。そして、この河が増水によって運んでくる、素晴らしく豊富なホテイアオイの供給がなければ、戦いは始まると同時に終焉を迎えることになる。ハライェス(5)の広大な湿地帯に浮かぶ、十八万平方キロメートルのホテイアオイに比べたら、パラナイバから下って行く分は点々とした緑の染みに過ぎないのに、それだけでパラナ河の排水口をふさいでせき止めようとすることに何の意味があるだろうか？　いま洪水に流されていくジャングルの住民も、アナコンダが語った聖戦の説明によって、そのことを知っていた。そんなわけで、ワラのひさしも、傷ついた男も、怨恨も、旅人たちの不安によって、忘れ去られてしまった。彼らは同盟軍の植物群を見つけようと、何時間も何時間も水に探りを入れ続けた。

「もしオオハシたちが」アナコンダは思った。「勘違いをして、ほんの霧雨ほどのものを、慌てて報告してきたのだとしたら」

「アナコンダ！」闇のなかでいろいろな方角から声が聞こえてきた。「向こうからやって来る水は、まだ見つからないのか。俺たちは騙されたんじゃないのか、アナコンダ？」

「そんなはずはないさ」大蛇は沈んだ声で答えた。「あと一日待ってくれ。そうすれば、彼らに出会えるはずだ」

「あと一日だって！　河が大きくなって行くおかげで、俺たちは勢力をどんどん失っていっているぞ。まだ一日だなんて！……君はいつも同じことばかり言っているじゃないか、アナコンダ！」

「辛抱するんだ、兄弟たち！　俺は君たちよりもっと我慢しているんだ」

次の日は辛い一日だった。そのうえ空気は極限まで乾燥していた。大蛇は彼の浮島から身動きもせず監視を続けて、その辛さを耐え忍んでいた。夕日が落ちる頃になると、輝く金属棒のような太陽の反射光が河を横切って彼を照らし、後ろから追いかけてきた。

その日の夜、闇のなかでホテイアオイの間を、何時間も心配そうに水をすすりながら泳ぎ回っていたアナコンダは、突然勝利の雄叫びを上げた。

ひとつの巨大な筏に、とうとうオリデン(6)のホテイアオイならではの、塩っぽい風味を嗅ぎつけたのだ。

「助かったぞ、兄弟たち！」彼は叫んだ。「パラグアイ勢はもう俺たちと一緒に河を下っている！　向こうでも豪雨が降ったんだ！」

歓喜によって高揚したジャングルの気勢は、並走してきた大水を拍手喝采で迎えた。増水が運んできた、かたい陸地のようなホテイアオイの群れは、ついにパラナ河に流れ込んだのである。

翌日、同じ流れへと注ぎ込んだ、同盟した広大な二流域で繰り広げられる叙事詩を、太陽が照らし出した。膨大な量の水草が、河を覆いつくす巨大な浮島となって、下流に下っていった。河岸の近くを通ったホテイアオイが、よどみに引き込まれて、進路を決めかねたようにくるくる回るたびに、同じ熱狂した叫びがジャングルの上を飛び交った。

「どうした、進め！」障害を前にして叱咤する声が、大水のどこからも沸き起こった。そして、襲撃者たちを乗せたホテイアオイや木の幹は、引き込み水をようやく逃れて、光線のように素早く流れていった。

「旅を続けるぞ。進め、進め！」河の端から端まで、その声がどこでも聞かれた。「勝利は我々のものだ！」

アナコンダもその言葉を信じていた。彼の夢はまさに実現の瞬間を迎えていた。誇りでおごり高ぶった気持ちになり、大蛇は小屋の陰に向かって勝ち誇った眼差しを投げかけた。

男は死んでいた。傷ついた男は姿勢を変えることもなく、指も握り締めず、開いた口を閉じることもなかった。ただ、完全に死に切っていた。おそらくは何時間も前から。

そのような状況で当然予期される反応に反して、おかしなことにアナコンダはじっと動かずにいた。哀れな生涯を送り傷ついた人間であるにもかかわらず、その浅黒い人足がアナコンダのために命を保つべきだったとでも言うように。

その男が一体なんだというのか。明らかにアナコンダは彼を保護した。毒蛇たちの手から守り、監視を続け、増水の陰で敵の生の残りを支えてやったのだ。

いったい何故なのか？　それを知る必要もなかった。死んだ男は、アナコンダがふたたび思い出すこともないまま、自分の小屋で屋根の下に埋もれていた。別の心配がアナコンダをとらえていたのである。

事実、アナコンダが予想もしていなかった破局が、大増水の運命に近よっていた。サルガッソーと化した水草の群れは、温かい水に長い間ひたされ発酵し始めていた。ねばねばした泡が、隙間を縫って表面に浮かび上がり、柔らかくなった種子がサルガッソーの縁のいたるところに膠着した。しばらくの間は、高い沿岸がオーバーフローを抑え、一面水の見えない緑の海と化すほど、水生のジャングルが河を完全におおっていた。しかし今、沿岸は低くなって、疲れきり初期の勢いを失った大水は、浸水されやすい内陸に向かって瀕死の様相で流れ出していった。だが、まるで罠にかけたように、行く手には大地が待ち受けていた。

さらに下流では、ホテイアオイの巨大な筏の群れは、よどみに逆らう力もなく、そこかしこで破れほころび、種の豊穣の夢を実現するために、奥まった入り江に流れ込んでいった。波の往復運動と環境の甘やかさに酔わされ、ホテイアオイたちは沿岸からの逆流に従順に従い、二本の大きな弧を描いてゆっくりとパラナを遡っていくと、麻痺したように浜辺に沿って止まり、花を咲かせ始めた。

アナコンダもまた、増水軍に飽満する豊穣の逸楽に逆らうことはできなかった。平穏を見出すことができずに、彼の浮島を端から端へ歩き回った。彼の近くで、ほとんど隣りあうようにして、死んだ男が腐っていった。アナコンダは何度もそれに近づいては、ジャングルの片隅にいるように、発酵がたてる熱気を嗅いだ。そして、生まれ故郷の春の日々にそうしたように、暖かくなった腹を水の上に、ながながと滑りこませに行った。

だが、その恵み深い場所は、もはやかつての水ではなく、あまりにも冷たくなっていた。屋根の影の下では、死んだ人足が横たわっている。その死は、アナコンダが見守り続けた生がたどり着いた不毛な結末というだけでない、何かの意味を持つことはないのだろうか。そして、男からアナコンダに残されたものは、何も、何もないのだろうか。

少しずつ少しずつ、自然の聖域にいるとき身に帯びるゆっくりした動きで、アナコンダはとぐろを巻きながら近づいていった。自分自身の命であるかのように守った人間に体を寄せるると、腐敗によって発する出産を促す温かさ——ジャングルならおそらく理解したであろう、死後の感謝の贈り物——のなかで、アナコンダは卵を産み始めた。(7)

事実上、増水は制圧された。かつて大流域の同盟軍だった植物たちの情熱は、いくつも洪水を集めたように荒々しかった増水のエネルギーを、新芽として消費してしまった。確かに、ホテイアオイはまだ流れ続けていた。だが、「進め、進め」という激励の声は跡形もなく消えうせてしまっていた。

アナコンダは、もはや夢見るのをやめていた。失敗を思い知っていた。河をせき止められずに増水が飲み込まれた水の広大さを、すぐに感じ取っていた。人間の発する熱にうながされながら、自分自身の命には何の希望を持たずに、種族の後継者である命の卵を産み続けた。

今や冷たくなった無限に広がる水の面《おもて》で、ホテイアオイの筏には亀裂が入り、次々に拡散していった。大きな弧を描く波が、砕けたジャングルの破片たちを、何の調和もさせずに揺すぶった。その上に乗っていた陸上動物たちは、黙り込み指針も失って、河口の冷たい水に凍えながら沈んでいってしまった。

勝利者である巨大な船の群れが、空全体を煙でいぶしながらやって来た。一そうの小さな蒸気船が、白い蒸気の羽根飾りをかぶって、びりびりに破れた浮島たちを物珍しそうにのぞいて回った。それよりもっと向こうで、筏の上に立ち上がったアナコンダが、無限の蒼穹を背景にその姿を浮き立たせていた。距離があるために小さく見えてはいたが、彼のたくましい十メートルの体は好奇の目をひきつけた。

「あそこを見ろ！」蒸気船の上で、突然一つの声が挙がった。「あの浮島の上だ！　とんでもなく大きい毒蛇だぞ！」

「なんていう怪物だ！」別の声が叫んだ。「それに、見てみろ！　倒れた小屋があるぞ！　多分、あいつが住人を殺したに違いない」

「あるいは、生きたまま喰っちまったかも！　ああいった怪物は情け容赦もないからな。強烈な一発をお見舞いして、気の毒な住人のかたきを討ってやろうぜ」

「待ってくれよ、近づくわけには行かないぜ！」最初に話した男が叫んだ。「怪物は怒り狂っているに違いない。

俺たちを見た途端に、飛び掛かってくるかもしれないよ。ここから狙いを外さない自信はあるかい？」

「まあ見てろよ……一発あれば証明には十分だ」

向こうでは、緑の斑点を浮かべた河口を黄金色に染めている現われ始めた太陽のもとで、アナコンダが蒸気の羽根飾りをつけた船を見ていた。何の関心もなくそちらを眺めていると、蒸気船の船首に小さな煙のかたまりが現われるのが見えた。そして、彼の頭は筏の木材に打ちつけられた。

大蛇はいぶかしく思いながら、ふたたび身を起こした。体のどこか、たぶん頭部に、乾いた衝撃を感じたのだ。どうしてそうなったのかは分からなかった。しかし、何かが自分を突き抜けていったという気がしていた。最初に、体がだるくなってきて、それに続いて、自分の頭ではなく周囲の事物のほうが次第に暗くなりつつ踊り出したかのように、首がふらふらと揺れるのを感じた。突然彼の目の前に、生まれ故郷のジャングルが、生き生きとしたパノラマとなって、ただし逆さまに、現われるのが見えた。そして、人足の微笑んだ顔が、頭上に浮かび、次第に透明になって消えていった。

「すごく眠いぞ」まだ目を開けようと努力しながら、アナコンダは思った。青みがかったたくさんの卵は、今や小屋をはみ出して、筏いっぱいを覆っていた。

「もう眠る時間になったに違いない」アナコンダはつぶやいた。そして、卵の横に静かに横たえようと思いながら、頭を床に打ち付けると、最後の眠りに落ちた。

訳註

（1）アナコンダの帰還　本編は一九一八年に発表された『アナコンダ』の続編（内容的には独立している）であり、この表題は読者のもとにふたたびアナコンダが現われたことを意味している。

（2）彼　スペイン語では蛇類を表わす名詞はすべて女性名詞であるため、アナコンダについての代名詞・形容詞もすべて女性形である。しかし、雌雄の区別を前提にしたうえで、アナコンダを女性に設定しているわけではなく、性別を超越して種を代表する存在として描かれている。代名詞を「彼女」とすると、語り口調を女性言葉にしなければならないが、アナコンダの行動にそぐわない気がするのであえて「彼」と訳した。

（3）隠者ピエール　第一次十字軍で重要な役割を果たしたフランス司祭（?〜一一一五）。フランス民衆に十字軍参加を呼びかけ、民衆十字軍を率いてエルサレムを目指した。死後伝説化され、真の十字軍主唱者とも言われた。

（4）タクアリ川　パラグアイ河の支流。パンタナール湿原を東から西に流れて、ブラジルとボリビアの国境付近でパラグアイ河に合流する。

（5）ハライエス　パラグアイ河の上流域にあるパンタナール湿原を指す。十七世紀頃の探検家は、この地域に「ハライエスの大湖沼」という巨大な湖があると信じていた。「ハライエス」は先住民の呼び名で「川を支配する者」といった意味。

（6）オリデン　ロサダ社のキローガ全集の註によれば、パラグアイ河の支流。パンタナル湿原の西に位置するボリビアにオリデンという地名はあるが、オリデン川の存在は確認できなかった。アンデス山脈は海底が隆起して出来上がったので、ボリビア側の支流には塩分が含まれているということだろうか。

（7）卵を産み始めた　アナコンダは卵胎生の生物で、体外に直接卵は産まない。この場面は種族繁栄の象徴として描かれている。

故郷喪失者

ミシオネスは、すべての辺境地域がそうであるように、一風変わったタイプの人間で溢れている。とりわけ、生まれつきの性質にビリヤードの玉のようにスピンの掛かった人間には、風変わりなタイプが多い。スピンの掛かった玉は、真直ぐ台の縁に突き当たったかと思うと、最も思いがけない方向に跳ね返っていく。そうした具合で、ファン・ブラウンは、ただ何時間か廃墟を眺めに来ただけなのに、そのまま二十五年もミシオネスに留まり続けてしまった。エルセ博士は、オレンジ酒を醸造することによって、娘を鼠と間違える結果になった。化学者のリベは、燃料用の気化アルコールを腹に詰め込んで、ランプの炎のように消えていった。そのほか大勢の人間が、自分に掛かったスピンのおかげで、誰にも予測できない軌跡を描いた。

木材伐採とマテ茶が主産業だった英雄時代には、アルト・パラナは最も色彩豊かな個性の活躍の場だった。そのなかの二、三人は、三十年あまりたった今でも、私たちの間で見かけることが出来る。

彼らの筆頭格に当たるのが、人の命など気にもかけない山賊だ。彼は自分のウィンチェスターを試し撃ちするために、いつも通りがかった最初の男に向けて引き金を引いていた。コリエンテスから来た男で、祖国の習俗と方言が、彼の血と肉となっていた。名前をシドニー・パトリックと言い、オックスフォード大学の卒業生を凌駕する教養を身に付けていた。

同じ時代に、ペドリートという木材伐採所の親方は、そこに来て生まれて初めてズボンを買ったような温和《おとな》しいインディオたちを指揮していた。彼自身はインディオらしからぬ顔をしていたが、キリスト教徒の言葉を話すのを聞いた者は誰もいなかった。ところがある日、『椿姫』の旋律を口笛で吹いている男の脇で、一瞬耳をそばだてた親方は、完璧なカスティーリャ語でこう言った。

「『椿姫』か……俺はモンテビデオでの初演を見たことがある。あれは五九年の……」

もちろん、黄金やゴムの産地でも、こういったロマンチックな色彩を持つ個性は、それほど数多いというわけではない。だが、イグアスの北へ最初に文明が進行していった頃には、端倪《たんげい》すべからざる非凡な人物たちが活動していた。その当時、グァイラにある伐採所やマテ茶の農園には、地獄のようなパラナの流れに逆らい、大きな平底船を何ヶ月も綱で引いて物資が届けられていた。壊れた商品や干し肉やラバや人間の重みで、船は舷縁《ふなべり》まで沈み込み、乗り込んだ人間たちもガレー船の奴隷のように綱で引き立てられていった。そして時おり、大きな静寂《しじま》のなかに船が港に着くとき、ひとり密かに逃れた者が、十本のタクワラ竹を束ねた筏《いかだ》で、流れに身を任せて戻って来るのだった。

こうした初期の人足《メンス》たちのなかに、この時代の傑物のうちで私たちの時代まで生き残っていた、ジョアン・ペドロという黒人がいる。

ジョアン・ペドロは、ある日の真昼に、ズボンを膝まで捲り上げた格好で、彼と似たり寄ったりの格好をした十人ほどのブラジル兵を、将軍として率いながら森を抜けてきた。

その当時は——今もそうだが——革命のたびに、ブラジルからミシオネスに敗走する非正規軍が、国境を侵して流れ込んでいた。彼らの山刀は、よその土地にたどり着いても、いつも血を拭い終わっているとは限らなかった。ジョアン・ペドロは、もともと哀れな一兵卒に過ぎなかったが、ジャングルを熟知していたために、将軍の地位まで上り詰めたのだ。敗走しながら何週間も密林を小鼠のようにかじり進んだ後で、突然パラナ河を前にして、ブラジル兵たちはその眩《まぶ》しさに目を細めた。河の水は皆の目が痛くなるほど白く輝いていた。彼らはついに密林を抜けたのだ。

もはや行動を共にする理由がなかったため、男たちは解散した。ジョアン・ペドロは伐採所の散在する辺りまでパラナを遡り、そこで短期の間、彼自身にとってはこれといった波乱もなく働いた。この最後の点は、強調しておく必要があろう。というのは、それからしばらく後に、ある測量技師を密林の奥に案内した仕事について聞かれたジョアン・ペドロは、その旅の話を、土地言葉を使って、こんな言い方で締めくくったからだ。

「それからオレたちはケンカして……ふたりのうち、ひとりだけが戻ったのさ」

その後何年かの間は、山岳部にある牧草地で、ある外国人の家畜の世話をしていた。金のかからない楽しみを得るだけのために、硝石を含んだ大地の猟場に餌を仕掛けて、ジャガーを捕らえるのが目的だった。牛たちが意図的に弱らされ、ジャガーの囮《おとり》として死に瀕していることに、とうとう気がついた持ち主は、この世話係をこっぴどく叱りつけた。そのときはジョアン・ペドロは何も口答えしなかった。だがその翌日、土地の入植者たちは、煎る前のマテ茶のように山刀でめった切りにされて、その外国人が山道に倒れているのを見つけた。

このときも、我らが傑物の告白は簡単なものだった。

「アイツはオレが同じ人間だってこと忘れてた……だからオレはあのフランス人をヤッちまったのさ」

雇い主は実際にはイタリア人だったが、それはどうでもよいことだった。ジョアン・ペドロにとってフランス人は、よそ者全般を意味するものだからだ。

それから何年か経って、どういう風の吹き回しで河岸を変える気になったのか、この元ブラジル将軍はイベラ湿原の大農園に向かって歩いていた。農場の持ち主は、賃金を要求する人夫に、変わった仕方で支払いをするという評判だった。

ジョアン・ペドロが労働を申しでると、農場主はこんな言葉でそれを受け入れた。

「お前にはな、黒いの、その縮れっ毛にたいして、二ペソとおまけに赤砂糖の塊《かたまり》をつけて支払ってやる。月末に必ずやってきて金を受け取るのを忘れるなよ」

ジョアン・ペドロは横目で彼を睨《にら》みながら出て行った。それから月末に賃金を受け取りに行くと、農場主はこう言った。

「手を出しな、黒いの。そして、しっかりと握るんだ」

そうして机の引き出しを開けると、拳銃を彼に向かってぶっ放した。

続けざまに発砲してくる雇い主に追いかけられながら、ジョアン・ペドロは家を走り出ると、腐った水の溜まった入り江に何とか潜りこんだ。そこで、ホテイアオイとワラクサの下を這《は》いずって行くと、中央がパイロンのように盛り上がっている蟻塚に、やっとのことでたどり着いた。

蟻塚の陰で身を守りながら、片目で雇い主の様子を窺《うかが》って、ブラジル人は待った。

「そこを動くんじゃないぜ、黒いの」弾が尽きた相手は彼に向かって怒鳴った。

ジョアン・ペドロは動かなかった。彼の後ろでは、イベラの水が果てしなく逆巻いていたからだ。そして鼻先を覗《のぞ》かせてみると、ウィンチェスター銃の真ん中をつかんだ雇い主が、速足《ギャロップ》で戻ってくるのが見えた。

ジョアン・ペドロにとって、時間のかかるうんざりするような作業が始まった。相手は的を射抜こうと狙いながら馬で駆け回っているので、彼の方は弾を避けながら蟻塚の周りをあっちに行ったりこっちに行ったりしなければならなかった。

「そら、これがお前の給金だ、黒いの」農場主は速足で駆けながら怒鳴った。そして、蟻塚の天辺は粉々になって飛び散った。

とうとうジョアン・ペドロは立っていられなくなった。機会をとらえて悪臭を放つ水に仰向けで潜り込むと、ホテイアオイが茂り蚊が群れる水面すれすれに、尖らせた唇だけを出して呼吸をした。相手は並足に速度を落として、入り江の周りを黒人を探しながら、ぐるぐる回って歩いた。それからようやく、低く口笛を吹きながら、馬の背で手綱を緩めて戻って行った。

夜遅くなってから、水でふやけ震えながらブラジル人は入り江の土手を上がり、農場から逃れ出た。見たところ雇い主の支払いに満足した様子は少しもなかった。それで、ジャングルに入ったところで足を止め、やはり農場を逃げ出した人夫たちと話し合った。彼等も二ペソと赤砂糖を踏み倒されていた。人夫たちは、昼間は森のなかに隠れ、夜は街道に出て、ほとんど自給自足の生活を送っていた。

だが、誰もが前の雇い主のことは忘れていなかった。賃金を請求する役をくじ引きで決めることになり、その役が黒人のジョアン・ペドロに当たった。それで、彼はラバに跨り、ふたたび農場へと戻って行った。

幸いなことに――というのは、どちらも対決を厭《いと》わなかったので――人夫と雇い主は面談することができた。ひとりはズボンに拳銃を差し、もう一人はベルトでピストルを巻いて。

ふたりは二十メートル離れてお互いの動物を止めた。

「よく分かった、黒いの」雇い主は言った。「お前の給料を取りに来たんだな。今すぐに支払ってやるぞ」

「オレが来たのは」ジョアン・ペドロは答えた。「オマエを殺《や》るためだ。先に抜きな、撃ちそこなうなよ」

「結構だぜ、エテ公。その縮れ毛をしっかり押さえてろよ……」

「撃つんだ」

「いいのか？」

「いいぞ」ピストルを抜きながら、黒人は同意した。

農場主は狙いを定めたが、撃ちそこなった。こうしてやはり今度も、ふたりの男のうちひとりだけが戻ったのだ。

私たちの時代まで生きていた、もう一人の個性豊かな男は、初期のミシオネスの住人ほとんどがそうだったように、やはりブラジル人だった。彼はいつもティラフォゴという名前で知られていて、誰も、警察ですら、それ以外の名前を知らなかった。そして彼は、警察の敷居の向こうに足を踏み入れるような破目には、決して陥ったことがなかった。

このことは、やや詳しく語るに値する。つまり、三人の屈強な若者をぐでんぐでんにするほどのアルコールを摂取していても、素面《しらふ》か酔っ払っているかに関係なく、我らが主人公は、いつでも官憲の腕から逃れることが出来たのである。

アルト・パラナでは、祭りのときにサトウキビ酒《カーニャ》によって引き起こされる乱痴気騒ぎは、決して冗談ごとでは済まなくなる。人夫の手によって逆手に払われた山刀は、イノシシの頭でも延髄まで切り裂いてしまう。そのようにして逆手に払われた山刀が、ネズミ捕りの罠を天井から吊り下げた鋼の鎖を切ったあと、一人の男の前腕をサトウキビの茎のように叩き折るのを、私たちは一度見たことがあった。

そういったたぐいの、あるいはもっと軽い騒動に、昔はティラフォゴが関わっていたにもかかわらず、警察はそのことを知らなかった。今は年をとって、何かのきっかけでそんなことを思い出すことがあると、彼は笑ってこう言うのだった。

「オレは一度も警察の厄介になったことはねえ」

彼の仕事のなかで一番主だったのが、ラバの調教だった。草創期には、伐採所に野生の雌ラバを連れて行くことが普通で、ティラフォゴはその群れについて行くのだった。ラバをならすためには、その頃は岸辺のさら地以上の広い場所がなかった。それでティラフォゴのラバたちは、すぐに木に向かって突き当たったり、調教師を背中にしたまま崖を転げ落ちたりしてしまうのだ。彼のあばら骨は、折れてはまたくっつきを何度となく繰り返した。だが、そのことで調教師がラバを恨むことは決してなかった。

「結局のところ」彼は言うのだった。「オレはあいつらと取っ組み合うのがスキなんだよ」

彼を特徴付けるのは、その楽観的な性格だった。機会を捉えては、十分に長生きしてきたことへの満足を表わしていた。彼のご自慢の一つは、私たちはそれを思い出しては興じたものだったが、土地の長老たちのなかに占める自分の位置だった。

「オレはここじゃ古株だよ！」首を思い切り前に突き出して笑いながら、彼は叫ぶのだった。「古株なんだ！」

作付けの時期になると、キャッサバ畑の草取りをする独特の格好で、彼の姿は遠くからでも認めることができた。夏の最も暑い盛りに、ひと吹きの風すら届かないこともある窪地の底でする仕事は、朝方の初めと午後の終わりの数時間に行われるのが普通だ。十一時から二時の間は、辺りの風景は人気《ひとけ》もなく、灼熱の蒸気で蒸し上げられている。

裸足のティラフォゴが、鍬《くわ》入れに選ぶのは、そんな時間帯だった。着ていたシャツを脱ぎ捨て、膝の上までズボンを捲り上げると、トウモロコシ皮のタバコをリボンにぐるりと挿した帽子以外には太陽を防ぐものもなく、汗に光る背中に太陽を反射させながら、かがみ込んで熱心に鍬を振るうのだった。

ようやく息がつける空気になって、人夫たちが仕事に戻ってくる頃には、ティラフォゴはすでに自分の分を終えてしまっている。かれは自分の鍬を担ぐと、帽子からタバコを取って、満足げに煙をふかしながらその場を後にした。

「お天道様の真下で雑草を掘り返すのがスキなんだ」彼はよく言っていたものだ。

私が当地にやってきた頃、年老いて骨と皮ばかりになった黒人に、よく出くわした。彼は歩くのもおぼつかない様子で、誰かが通りかかるたびに、震えた声で「コンチハ、旦那」と言いながら、恭しく帽子を取って挨拶していた。

それがジョアン・ペドロだった。

伐採所で探してみても、最もみすぼらしい部類のちっぽけな小屋に、彼は住んでいた。洪水が来ると水没してしまう川縁にあって、他人が所有する小屋だった。春になるといつもわずかばかりの米を撒いたが、夏にはやられてしまっていた。それから、生き延びるのにかつかつのキャッサバ四本を植えたが、一年を通して年老いた足を引きずりながら、その世話をしてやらなければならなかった。

それが彼に残った力で出来る精一杯のことだった。

ティラフォゴはこの頃には、隣人に雇われて雑草を起こすのをやめていた。まださまか皮細工の注文を取りつけていたが、届けるまでに何ヶ月もかかってしまった。今や完全に様変わりした地域にあって、古株であるのを自慢することもできなくなっていた。

実際、習俗も、住民の顔ぶれも、地域の見てくれそのものさえも、初期の開拓の頃からは、夢と現実ほどもかけ離れてしまっていた。あの頃は開墾地の広さに制限はなく、お互いに協力し合いながら、誰でも自分のために土地を切り開くことが出来た。貨幣も、地域の条例も、南京錠をかけた木戸も、しゃれた乗馬ズボンも知らなかった。ペケリ河からパラナ河までの一帯はブラジル領であり、その母語をポサダスの「フランス人」たちですら使っていたのだ。

今や地域は変わってしまった。新しく、よそよそしく、生きにくくなった。そして二人の古株、ティラフォゴとジョアン・ペドロは、その一員と感じるには年をとりすぎていた。

ティラフォゴは八十に手がとどくところで、ジョアン・ペドロの方はさらに年上だった。

ジョアンの強張《こわば》った関節と、ティラフォゴの体の震え——一年で最初の曇った日から、彼は手と膝を火で暖めなければならなかった——とが、敵対的な環境のなかで、母なる故郷の甘やかな暖かさを思い出させた。

「なあ」ジョアン・ペドロは仲間に向かって言った。彼らは二人とも、両手で煙を遮っていた。「オレたちは故郷《くに》からずいぶん遠くに来ちまったな、ティラよ……そして、もう間もなく死んじまうんだぜ」

「まったくだ」今度はティラフォゴの方が頷きながら同意した。「オレたちは間もなく死んじまうんだ、ジョアンよ……故郷から遠く離れてな」

二人は今では頻繁にお互いの家を訪れては、遅れてきた故郷への渇望から声をつまらせ、黙ったままマテ茶をすするようになっていた。時々思い出が、たいていの場合ささいなものだったが、炉辺の暖かさに誘われて、どちらかの口に浮かびあがった。

「オレん家じゃ二頭牛《ち》を飼ってた……」ジョアンが非常にゆっくりと話した。「そしてオレは、おっ父《とう》の犬と遊ばせて貰ったことだってあるんだ……」

「まったくだな、ジョアンよ……」ほとんど少年のように優しく微笑みながら、火から目を離さずにティラフォゴが同意した。

「そして、オレは何でも覚えてる……おっ母《かあ》のことも……オレのおっ母がまだ若かったときに……」

こういった具合に午後は過ぎ去って行った。輝ける新しいミシオネスのなかで、二人は個性を埋没させていきながら。

物事をさらに見慣れぬものに変えたのは、イエズス会の昔から、原住民には奴隷労働を、旦那方には不可侵の権利をという、二つの教条しか存在しなかったこの地方にあって、そのころ労働運動が始まったことだった。ポサダスからやってくる重要人物でも待つかのように、(1)人夫たちがボイコットを求めてストライキを起こし、馬の背中で赤い旗を立てたよろず屋の親父が率いるデモ隊が行進し、皆に見えるように歌詞を高く掲げた仲間を取り囲んで、文盲の労働者たちが『インターナショナル』を歌った。酒が原因ではない逮捕劇が相続いて、大地主の一人が殺されるということすら起こった。

村はずれに住むジョアン・ペドロは、こういったことのすべてを、赤旗を立てた親父ほどにも理解できずにいた。

そして、すでに忍び寄ってきた秋の寒さを恐れて、パラナの岸に戻って行った。

ティラフォゴもまた、新しい出来事を前にして、首を振っていた。そして、それらの出来事と、炉の煙を吹きとばす冷たい風に心をかき乱されて、故郷を失った二人の男は、思い出がとうとう極限まで鮮明になるのを感じた。それは、幼な児の記憶のように軽やかに透明に、彼らの心に沁み込んできた。

そうだ、遠く離れた故郷。八十年間忘れていたものだ。そして、決して、決して……

「ティラよ！」年老いた頰に涙が流れるにまかせながら、ジョアン・ペドロが突然口を切った。「オレは故郷《くに》を見ずに死にたくねえ！……ずいぶん離れて生きてきちまったが……」

この言葉にティラフォゴも応えた。

「ちょうど今、オレもそれを言おうと思ってたんだ……ちょうど今な、ジョアン・ペドロよ……灰のなかの我が家(2)を見たんだ……それから、オレが世話していた斑の鶏を……」

そして、相棒と同じくらい、簡単に泣き出しそうな面を見せて、彼は口ごもりながら言った。

「オレはアソコに戻りてえ……オレたちの故郷はアソコにあるんだ、ジョアン・ペドロよ！……老いぼれのティラフォゴのおっ母もよ……」

こうして旅立ちは決まった。生まれた土地への旅にかける、もう死が近づいた二人の故郷喪失者の信念と熱意は、どんな十字軍戦士をも凌ぐほど強かった。

準備した荷物は貧弱なものだった。後に残していくものも、彼らが持っていけるものも、同じ程度に貧弱だったのだ。実際のところ、何の計画もなかった。ただ夢遊病者のように闇雲に、だが内からの光に導かれて突き進むという以外には。そのことが、日に日に少しずつ、恋焦がれる故郷の地に彼らを近づけてくれるだろう。少年時代の思い出が心を占領していたので、眼前の苦難は気にならなかった。そして、歩いているときにも、また特に夜野営を張るときにも、彼等は思い出の断片を口に上らせた。言葉にこもった震えから察すると、それらはまるで心地よい最近の出来事のようだった。

「今まで話した事はなかったな、ティラよ……あるときオレの末の弟がひどい病気になってよ！」

また、別のときには、篝火《かがりび》の傍らからもう一人の男が、ずいぶん前から口もとに浮かんでいた笑みを交えて語るのだった。

「あるときおっ父《とう》のマテ茶をこぼしちまってな……それでおっ父はオレをぶっ叩いたんだ、ジョアンよ！」

彼らはこうして進んでいった。優しい思い出と疲労とに支配されながら。疲労というのは、ミシオネスの中央山脈は、老いた二人にとって、楽に歩ける場所ではなかったからだ。本能と森についての知識に導かれ、彼らは食料を探し出し、より緩やかな斜面の方角を見つけていった。

しかし、すぐに彼らは閉ざされた藪のなかに入り込まざるを得なくなった。雨季がやってきたのだ。霧に包まれたジャングルは一、二度のスコールで水浸しとなり、山道は赤茶けた水が音をたてて流れる激流に変わってしまった。

処女林の下では、いかに洪水が激しくても、腐植土で出来た層の上まで水が上がってくることはない。とは言え、不衛生で湿度の多い環境は、森を通り抜ける者の健康のためにならなかった。そのため、とうとう二人の老人が消耗と発熱で倒れ伏し、自分の足で立てなくなる朝が訪れた。

彼らがたどり着いた山の尾根から、その日はずいぶん遅くにようやく霧を抜けてきた最初の太陽の光の下で、相方よりほんの少し生きる力の残っていたティラフォゴは、眼を上げると、生まれ故郷の松林を認めた。はるか彼方《かなた》の谷底に、高い針葉樹の間を通して、薄暗いナンヨウスギの影のなかで懐かしい開墾地の鮮やかな緑が光を浴びているのが見えた。

「ジョアンよ！」握り拳でわずかに身体を持ち上げながら、彼はささやいた。「あの場所だ、アソコに見えるだろう！　オレたちはたどり着いたんだぜ、ジョアン・ペドロよ！」

それを聞くとジョアン・ペドロは眼を開いて、しばらくの間じっと虚空に据えていた。

「オレはもうアソコにいるぜ、兄弟よ……」

ティラフォゴはずっと開墾地を見つめていた。

「オレにはもう故郷が見える……アソコにな」彼はつぶやいた。

「オレはもう戻っているぜ」死にかけた男は言い張った。「おメエには故郷が見えている……そして、オレはもうそこにいるんだ」

「本当のところはな……ジョアン・ペドロよ」ティラフォゴは言った。「本当のところは、おメエは死にかけてるのよ……おメエは帰り着いてなんかいねえよ！」

今度はジョアン・ペドロは答えなかった。彼はとうとう帰り着いたのだ。

ずっと長い間、ティラフォゴは濡れた地面に顔を伏せて、時々唇を動かしながら横たわっていた。最後に彼は眼を見開き、そして突然、幼な児のような喜びの表情がその顔いっぱいに広がっていった。

「オレは帰って来たよ、ママ！……ジョアン・ペドロは正しかった……オレもあいつと一緒に行くぜ！……」

訳註

（1）ポサダスからやってくる重要人物でも待つかのように　普通名詞の「ボイコット」は、十九世紀アイルランドで小作人との争議で排斥された、チャールズ・ボイコット大尉の名に由来する。ここでは、自分が要求しているものが労働者の権利なのか、人物なのかもよく分かっていない、人夫たちの無知が表現されている。
（2）灰のなかの我が家　原生林を切り開くときに、灌木や下草を焼き払ったあとに、家が建っているということ。

吸血鬼

いま書いているのが、私の記す最後の言葉となる。つい先ほど、医師たちの意味ありげな眼差しから、自分の状態を察したところだ。私が陥っている極度の精神の衰弱も、私自身とともに、この世から消え去ってしまう時が来たらしい。

一ヶ月ほど前から、激しい精神的ショックと、それに続く脳内の発熱に苦しんできた。まだ十分に回復しないうちに、病気の再発に見舞われ、私は直ちにこのサナトリウムに運び込まれた。

戦争で神経を傷つけられた病人たちは、平原の真ん中に隔離させられたこの施設を、「生者の墓」と呼んでいた。そこで病人は、薄明かりのなかにじっと横たわり、どんな小さな音の源からも守られている。突然外の回廊で銃声が響きでもしたら、病人の半分は死んでしまうことだろう。榴弾の絶え間ない爆発が、兵士たちを今のような状態に変えてしまったのだ。破壊された神経組織を真綿のようにくるむ静寂のなかで、寝台に身体を伸ばして呆然と無気力に横たわり、男たちは実際死んでいるに等しかった。だが、ほんの小さな物音、扉を閉める音とかティースプーンの転がる音が、いきなり聞こえでもしたならば、彼らは恐ろしい叫び声を挙げるのだ。

病人の精神状態はそんな具合だ。かつて別の時期には、この男たちも血気にあふれ火のように燃え盛る戦士だった。だが今では、皿一枚でもいきなり落とせば、それで全員を殺すことができるのだ。

私は戦争に行ったことはないが、やはり不意の物音には耐えられない。外の明かりに向かってブラインドが開かれただけで、叫び声を上げてしまう。

だが、そうした刺激を避けたとしても、私の患いは癒されない。納骨堂に似た薄暗がりと、広大な病室の限りない静寂のなかで、私は目を閉じて死んだように横たわる。だが、私の体のなかで、私の存在がすべてを挙げて見張っている。私の存在すべてと、衰弱と、最後の苦しみとがひとつになって、間もなく訪れる死を憔悴しながら待っている。一刻また一刻と、静寂の彼方《かなた》の眩暈《めまい》のするような遠くから、点になるまで細かく砕かれた、パチパチという微かな音が聞こえるのを待っている。私の瞳に広がる闇のなかに、白く凝縮して非常に小さな、一人の女性の幻影《まぼろし》が見えるのを、今か今かと待っているのだ。

つい最近でいながら、はるかな昔である過ぎし日に、その幻影は食堂を歩き回っては、立ち止まり、ふたたび歩みを続けた。彼女自身も、何が目的か分からずに。そして……


私は頑健な男であり、朗らかで、健全な精神の持ち主だった。あるとき見知らぬ人物から、一通の手紙を受け取った。そのなかで相手は、かつて私がN_1線(1)に関して書いたある論説の、掲載年月を尋ねてきていた。

このような要望を受けるのは珍しいことではなかったが、短い文面からも明白にうかがわれるように、確かな知性を持つに違いないこの未知の人物が、大衆向けに書かれたささやかな記事に対して寄せる、並々ならぬ関心が私の注意を引いた。

問題の論説についてはほとんど憶えていなかった。それでも、記事が掲載された新聞の通し番号とおおよその日付を書いて、私は彼に返信した。それだけのことを済ますと、この件については忘れてしまった。

一ヶ月後に、同じ人物からふたたび手紙が来た。送り主は私が記事（彼は明らかにもうそれを読んでいた）のなかで言及している実験について、それが私の想像の産物に過ぎないのか、それとも実際に行われたものなのかを尋ねていた。

専門分野の深遠な研究について、真正な権威でないと与えられないような情報を、科学の蒙昧なディレッタントに過ぎない私から得ようとする、未知の人物のしつこさが気になった。N_1線の見せる奇妙な振る舞いについて私が書いたとき、それが他人からの情報に基づいていることは明らかだったからである。教養ある手紙の送り手が、それに気づかないことはあり得ないにもかかわらず、科学者でなければ保証できない光学的現象について、正確な真実であることを私の口から明らかにしろと求めているのだ。

前にも言ったように、問題の放射線について自分が書いたことについて、私はほとんど憶えていなかった。相当に頭を絞った末、ようやく彼が言う実験を記憶の底から探り出した。そして、太陽光に曝された煉瓦がクロロホルムで不活性化されたとき、N_1線を放射する能力を失う現象についてお尋ねなら、それは確かなことだと書き送った。多くの権威のなかでも、とりわけギュスターヴ・ル・ボン[2]教授が保証してくれるだろう。

このような内容の返事を出すと、ふたたびN_1線のことは忘れてしまった。

束の間の忘却だった。私の情報提供に対する形式ばった感謝の言葉とともに、三度目の手紙が届いた。その最後を書き写すと、こんな具合だった。

『貴殿の個人的印象につき、私がお尋ね申し上げましたのは、御教授下さった実験ではありません。しかしながら、このような形でまた通信致しますのは、貴殿に多大なる御煩忙をお掛けすることと存じますゆえ、御尊宅あるいは御都合よき指定場所にて、面会の労をお取りくだされば幸いと存じます』

文章はこのようなものだった。初め自分は狂人を相手にしているのではないかと思ったが、私はすぐにその印象を捨て去った。だとすると、相手はいったい、私に何を期待しているのか。私の個人的印象を尋ねたのはなぜか。

未知の文通相手はどこに行こうとしているのか。彼が興味を持っているのは、私の貧弱な科学知識ではないのだ。

そして次の日に、ギリェン・デ・オルスア・イ・ロサレス氏――と彼は名乗った――が、書斎で私の正面に腰掛けて話し始めたとき、私は注意深く彼を観察することで、人が鏡に映った自分の姿をはっきりと見るように、ようやく彼の意図を知ることができた。

まず彼の外見について話しておこう。青年から壮年に移るくらいの年恰好で、顔つきや身なりや抑制された言葉遣いは、彼が十分な財産を教養のために費やしてきた人物であることを、はっきりと物語っていた。財産家の――昔ながらの財産家《ビユー・リシユ》(3)の――物腰というのが、誰もが最初に気づく彼の特徴だった。

陰極線の研究に身を捧げてきた人のように、眼のまわりの皮膚が赤っぽく焼けているのが、見るものの注意をひきつけた。真っ黒な髪はぴっしりと横分けにされ、静かな、ほとんど冷たいまでの眼差しは、その人柄と同様の堅実さ、穏やかな顔つきと同様の節度を表わしていた。

最初に交わされたのは、次のようなやり取りだった。

「あなたはスペインの方ですか」名前のわりには半島《イベリア》的な抑揚も、新大陸《イスパノアメリカ》的なそれすらも持っていない、彼の発音をいぶかしく思いながら、私は質問した。

「いいえ」彼の返事は簡潔だった。そして、短い間があった後で、彼は訪問の目的を説明し始めた。

「私は科学者ではありませんが」テーブルの上で手を組んで、彼は話した。「手紙のなかで触れましたような現象について、いくつかの実験を行ってきました。財産のおかげで、素晴らしい実験室を持つ贅沢を、自分に許すことが出来たのです。残念ながら、それを十分に活用する才能には恵まれていませんでした。何か新しい現象を発見することもなければ、私の目標が金持ちの好事家の域を超えることもなかったのです。N_1線についてある程度の生理学――そう呼ぶことにしましょう――を知っていますが、恐らく、友人からあなたの記事のことを聞き、次に記事そのものを読んで、眠っていた好奇心が呼び覚まされることがなかったならば、それに特に執着することもなかったでしょう。あの論説の結びで、ある種の音声的波動と視覚的放射の類似について、あなたは示唆しておられます。人の声がラジオの回路に刻印されるのと同じ仕方で、人の顔から放射された像は視覚的秩序を持った回路に刻印することが出来るだろうと。私が正しく理解しているとするならば、――電気的エネルギーについてではありませんよ――あなたに御容赦を願って、この質問をさせていただきたいと思います。論説をお書きになったとき、このことに関する何らかの実験を御存知でしたか。それとも、視覚の受肉化に関するあなたの示唆は、想像上の単なる思弁に過ぎなかったのでしょうか。この動機、この好奇心によって、グラントさん《セニョール・グラント》、私は二度までもあなたに手紙を差し上げ、さらに、恐らくあなたには御迷惑だったでしょうが、お家まで押しかけることになったのです」

それだけ言うと、相変わらず手を組んだまま、彼は私の返事を待った。

私は直ちに答えを返した。しかし、その前に素早く長い記憶を詳細に辿り分析して、訪問者が言っている示唆というのを思い出さなくてはならなかった。ある人の顔を熱心に見つめることで強い印象を受けた網膜が、感光板にその肖像の〈複製〉を生み出すほどの影響を与えることが出来るならば、同様にして、魂の生き生きした活力が、ある種の感情的放射線によって刺激されることで、視覚触覚的回路のなかに現身《うつしみ》を、製造する、というより、創造することができるだろう……

私の記事の背景にあった理論とは、そのようなものだった。

「私は知りません」私はすぐに答えていた。「それに関する実験が行われたことがあるかどうか……あなたが適切におっしゃったように、記事にあるすべては私の想像上の思弁に過ぎませんでした。私の説には、真実の保証は何もないのです」

「それではあなたは、御説を信じておられないのですか？」

組んだままの手を動かすことなく、彼は私をじっと見つめた。

私に届いたその眼差しは、男が「私の個人的な印象」を知ろうとした、本当の動機を物語っていた。

だが、私は黙っていた。

「私にとっても、あなたにとっても」彼は話を続けた。「N[1]線がそれだけでは、太陽に曝《さら》された煉瓦とか肖像以外を、感光させることができないというのは、不思議でも何でもありません。私をここに連れてきて、あなたの貴重なお時間を奪う結果にさせたのは、問題の別の側面なのです……」

「御質問の前に、ひとつお答えいただけますか？」私は笑みを浮かべて、彼の話を遮った。「結構！　それで、あなた御自身は、ロサレスさん《セニョール・ロサレス》、私の説をお信じになるのですか」

「私が信じていることを、あなたは御存知でしょう」彼は答えた。

一人はテーブルにカードをさらし、もう一人はカードを隠したままでいる、二人の見知らぬ者同士の眼差しの間に、同じ手を持っているという確信が生まれることがあるとしたら、訪問者と私が置かれていたのが、まさにそのような状況だった。

魂を爆発させることのできる、神秘的な力の刺激薬となりうるものが、ただひとつだけ存在する。それは想像力だ。N[1]線などは、私の訪問者にとって、何の興味もないことだった。そうではなく、私の記事に刺激されて想像力が沸き立ったあげくに、彼は私の家に駆けつけてきたのだ。

「それでは、あなたは」私ははっきり言った。「光線によらない写真の撮影というものを信じておられるのですね？　あなたの推測では、この私が、……試みたのだと？」

「私は確信しています」彼は答えた。

「あなたも、ご自身を実験台に、それを試してみたことがおありなのですか」

「いいえ、今のところは。しかし、試みるつもりです。潜在的にすら成功していないことならば、漠然とした暗示であれ、あなたが感じるはずはなかったでしょう。そのことを確かめるために、私はあなたに会いに来たのです」

「でも、そうした暗示とか思いつきの類は、世間にはいくらでもあります」私は指摘しようとした。「精神病院は、そういったもので溢れていますよ」

「違います。そういったものは異常な思い付きであって、あなたのもののような、正常な洞察ではありません。他人に認めさせられないものだけが不可能なのだ、と言われています。真理そのものと、真理らしく見えるものとを、紛れなく区別する語り方があります。あなたにはそれを語る才能があるのです」

「私は少々病的な想像力を持っているので……」私は退却戦を余儀なくされた。

「私も同じものを持っています」彼は微笑んで言った。

「しかし、もう制限時間でしょうね」彼は立ち上がりながら続けた。「あなたのお邪魔が許されるのは。あと一言、二言で、この訪問をお終いにしましょう。あなたの理論、そう呼ぶことができるものを、私と一緒に研究されるつもりはありませんか？　危険を冒してみるだけの勇気をお持ちではありませんか」

「失敗するという危険ですか」私はたずねた。

「いいえ。私たちが恐れるべきものは、失敗ではありません」

「それでは？」

「その反対です」

「私もそう思います」私は同意した。それからちょっと間をおいて言った。「あなたは確かだとお思いですか、ロサレスさん、ご自分の精神状態を」

「もちろんです」彼はまた持ち前の穏やかな微笑を見せた。「私の実験が終わるとき、あなたをご招待できたら、嬉しいのですが。またあなたとお目にかかることを、お許しいただけるでしょうか。私は独り暮らしをしていて、ほとんど友人も居りません。あなたとお会いできたことは、誰にも内緒にしておきたいくらい、とても貴重な体験でした」

「お会いできて光栄でした、ロサレスさん」私はお辞儀をした。

それから間もなく、その風変わりな紳士は、私のもとを辞し去った。

間違いなく、非常に風変わりだ。教養があり、偉大な財産に恵まれ、祖国も友人も持たず、彼自身に劣らず奇妙な実験を楽しんでいる人物が、それらの人となりすべてを、私の好奇心を刺激するために携えてきたのである。彼は偏執狂的で、迫害された、国籍を持たない男かもしれない。だが疑いなく、非常な意志の力を持っていた……そして、理性の彼方にあるフロンティアに住む者にとっては、意志こそが永遠に禁じられた神秘の扉を開くことのできる、唯一の魔法の鍵なのである。

目の前に感光版をかざして暗闇のなかに閉じこもり、愛した女性の顔立ちがそこに刻まれるまで見つめ続けるのは、人生をかけるに値する実験ではない。解き放たれた魔人に魂を要求されることもなく、彼は実験を試みて、それに成功するかもしれない。だが、幻想曲によって導かれる、逃げ場のない絶体絶命の断崖こそ、私が彼について心配し、私自身にとって恐れているものだった。

再会を約したにもかかわらず、しばらくの間ロサレスからは何の知らせもなかった。ある晩、とある映画館の中央通路で、我々は偶然肩を並べて遭遇した。二人とも幕の途中で劇場を抜け出すところだった。ロサレスはゆっくりと後ろに下がりながら、映写機からスクリーンへと斜めにホールを横切っている、光と影がなす投影線を見上げていた。

おそらくそれに気を取られていたためだろう、私の声に気づかせるためには、彼の名を二度呼ばなくてはならなかった。

「あなたにお会いできたのは大変な喜びです」彼は言った。「いくぶんかお時間がおありですか、グラントさん」

「あまりないのですが」私は答えた。

「分かりました。それでは十分で。よろしいですか？　どこかその辺の店に入ることにしましょう」

空しく湯気だけを立てているコーヒーカップを前に、我々は話した。

「何かニュースはありますか、ロサレスさん」私はたずねた。「何か成果が得られましたか？」

「いいえ。あなたがおっしゃっているのが、感光版への転写のことでしたら。あれはつまらない実験で、私は二度と繰り返すつもりはありません。我々の身近なところに、もっと興味深いことがあるのではないでしょうか……先ほどあなたが私の姿を見られたとき、私はホールを横切る光の束を追いかけているところでした。あなたは映画に興味をお持ちでしょうか、グラントさん」

「大いに」

「そうだろうと思いました。ああした映写の光線に誰かが生命によって力を与えるならば、冷たい電光の増幅以外の何かがスクリーンに映し出されると、あなたはお思いになりませんか？　私の奔放なお喋りをお許しください……何日も眠っていないのです。眠る能力をなくしたかのようです。毎晩コーヒーを飲んでいるのですが[4]、眠れません……話を続けますよ、グラントさん。一枚の絵画に宿る生命とは何か御存知ですか、そして、駄目な絵とそうでない絵を分けるのは何なのかを？　ポーが語る楕円形の肖像は、〈生命そのもの〉によって描かれていたがゆえに、生きていました。映画館のホール全体を、目覚めさせ、活気付け、熱狂させるのが、女性の表情のうちにある生命の電光によるただの模倣に過ぎないと、あなたはお思いになりますか？　ただの撮影術によって作り出された幻影が、現実の女性からこそ得ることのできる深い情感を、そんな仕方で男性に与えることができるなどと、あなたは信じられますか」

そして彼は、黙って私の返事を待った。

彼の言葉は、いつものように、目的の曖昧な質問だった。だがロサレスが質問するとき、彼はあてもなくそうしているのではない。必ず答えが得られることを期待して、真剣に質問しているのだ。

だが、礼儀正しく抑制を保ちながらそんな質問をする男に、いったい何と答えたらよいのだろう。しばらく沈黙してから、それでも私は答えた。

「あなたのおっしゃることは、ごもっともだと思います。ある程度まではですが……疑いなく、映画のなかには電光のエネルギー以上の何かがあります。しかし、それは生命ではありません。世の中には、幽霊というものもいるのですよ」

「千人もの男たちが、身動きもせず、暗がりのなかで」彼は反論した。「一人の幽霊に欲望しているなどという話は、聞いたことがありません」

長い沈黙が続いてから、私は立ち上がってそれを破った。

「もう十分が経ちました、ロサレスさん」私は微笑んだ。

彼も微笑みを返した。

「私のお喋りにお付き合いくださった御親切には痛み入ります、グラントさん。その御親切に甘えて、次の火曜日に夕食を御一緒する招待をお受けくださいませんか。我が家で私たちだけの食事をしましょう。私はとても腕のよいコックを雇っています。生憎いま病気なのですが……召使も何人か欠けるかもしれません。しかし、あなたがさほど気難しい方でなければ、――そう望みますが――、どうにか心地よく過ごせるでしょう、グラントさん」

「必ずお伺いします。あなたがお迎えくださるのですか？」

「あなたがお望みならば」

「ありがとうございます。それでは火曜日に、ロサレスさん《セニョール・ロサレス》」

「それではまた、グラントさん《セニョール・グラント》」

食事への招待は、単なるその場での思いつきではない。また、コックがいないのは病気のためではなく、そもそも彼には召使などいないのではないか。そういう印象を私は受けていた。だが、それは間違いだった。なぜなら、玄関で案内を請うと、まず一人の召使が応対にでて、別の一人が私を寝室の前まで案内したからである。そこで長いこと待たされたのだが、やがて主人はお相手をできないと許しを請われた。彼は病気にかかっていて、なんとか起きあがって自ら謝罪しようとしたのだが、それすらままならないというのだ。立って歩けるようになり次第、主人はあなたにお目にかかるつもりだと聞かされた。

無表情な召使の背後で、半開きになった扉の下に、強い光に照らされた寝室の絨毯が見えた。家のなかにはまったく人声がなかった。その沈黙の宮殿では、何ヶ月も前から病人の看病が続いているのだと、誓うことができそうだった。実際には、私は三日前に、家の主人と談笑しあっていたのだ。

その翌日、ロサレスから次のような短い手紙を受け取った。

敬愛する御友人。昨日あなたが拙宅に御光来されたおり、よんどころない事情でお出迎えの栄に浴することがまなりませんでした。私の使用人についてお話ししたことを、覚えておいででしょうか。今度は病気になったのは私でした。ですが御心配には及びません。今日はだいぶよくなり、次の火曜日には完全に回復しているでしょう。御来訪願えますか。埋め合わせを致さなくてはなりません。あなたの忠実なる僕《しもべ》より、敬具、云々。

また使用人のことを言っている。使用人たちが交互に病気だったり不在だったりし、強烈な明かりに照らされた絨毯以外には、生活の徴《しるし》がまるで見えないような家に暮らす男の食堂で、本当に晩餐を提供することができるのかと、手紙を持ったまま私は考えた。

私は一度、風変わりな我が友を見損なった。そして、また私は誤解してしまったのだ。彼とその身の回りのすべてに、深刻に受け取らざるを得ない、過度の慎重さと、過度の秘密主義と、犯罪の匂いが満ちていた。ロサレスの精神力を確信すればするほど、彼が狂気の防壁からすでに転落し始めているのが、私には明らかに思われた。スペイン人ではないにもかかわらず、郷士的な言い回しに固執する男と付き合うために、未知の危険への警戒を怠らない用心深さを内心で自画自賛しながら、あてにならない晩餐を賞味するより招待者の話を聞いて楽しむ覚悟を決めて、次の火曜日に私は出かけて行った。

だが晩餐は用意されていた。その代わり召使たちはいなかった。出迎えた門番は、そのまま家のなかを通って、食堂まで私を案内した。入り口に着き、握った指の関節で扉をノックすると、彼はすぐに姿を消した。

少し間があってから、主人自らが出て扉を半ば開き、私を認めると静かに微笑みながら、中に入れてくれた。

入室して最初に目を引いたのは、いつも友人の頬やこめかみに染み付いていた皮膚の赤斑が、太陽か紫外線に焼かれたように、その濃さを増していたことだ。彼はタキシードを着込んでいた。次に気づいたのは、贅《ぜい》を凝らした食堂の途方もない広さだった。食堂が広すぎるために、テーブルは全体の三分の一くらい手前の場所にあったのに、最も奥まった場所に置かれているように感じられた。テーブルの上は御馳走でおおわれていたが、食器類は三セットしか置かれていなかった。奥の上座のほど近くに、夜会服に身を包んだ女性のシルエットが見えた。

それでは、招待されたのは、私だけではなかったのだ。食堂のなかを進んでいき、女性の姿がはっきり見分けられるようになったとき、そのシルエットが最初から私のなかに呼び起こしていた強烈な印象が最高潮に達した。

それは女ではなく、幻影《まぼろし》だった。襟ぐりの深いドレスを着て、体が透き通って見える、女性の幽霊が微笑んでいたのだ。

少しの間、私は立ち尽くした。だがロサレスの態度には、普段どおり当たり前のことだという自信が溢れていたので、私はまた歩いていって彼の傍らに立った。そして、青ざめて神経質になりながら、紹介の輪に加わった。

「ギジェルモ・グラントさんのことは、もう御存知かと思います」彼は女性に向かって言った。彼女は紹介に笑顔で応えた。ロサレスも私に微笑んだ。

「光栄です」死人のように青ざめながら、私はお辞儀をして言った。

「どうぞお座りください」主人が私に言った。「そしてお好きな料理を取ってください。使用人がいない可能性について、御注意差し上げていた理由が、もうお分かりでしょう。粗末な食事です、グラントさん……しかし、あなたの愛想のよさと、こちらの御夫人が同席される光栄が、それを埋め合わせてくれるでしょう」

前にも言ったが、テーブルの上は御馳走で溢れていたのだ。

今居るのとはどこか別の場所で、恐怖の細かい雨が降りしきり、私の毛を逆立たせ骨にまで滲みこんでいた。だが、前にも述べたように、さも当然と言わんばかりのロサレスの態度を前にして、家中いたるところに漂っているぼんやりした麻痺状態に、私は次第に感染していった。

「それで、貴女は召し上がりにならないのですか」食器が手付かずなのに気づいて、私は夫人にたずねた。

「ええ、そうなんですの」食欲のなさを弁解するように彼女は答えた。そして、両手をあごの下で合わせると、物思わしげに微笑んだ。

「映画館にはいつもお出かけになるのですか」ロサレスが私に訊いた。

「しょっちゅうです」私は答えた。

「あなたのことはすぐに分かりましたわ、グラントさん」夫人が私に向き直った。「何度もお見かけしたことがありますから……」

「私どもの国には、貴女の映画はほとんどやってきません」私は指摘した。

「しかし、あなたはそのすべてを観ているのでしょう、グラントさん」主人が微笑んだ。「夫人が一度ならず劇場であなたをお見かけした理由が、それで説明できます」

「その通りです」私は認めた。それから、しばらく言葉を失った後で、私はたずねた。「スクリーンから観客の顔がよく見えるのですか」

「もちろんですわ」彼女は答えた。それからやや訝《いぶか》るように聞いてきた。「見えない理由がありますの?」

「その通りです」私は同じ言葉を繰り返した。だが今度は心のなかで。

ロサレスの家に来る途中で自分が死ななかったと信じたいならば、ドレスの奥で椅子の背もたれがぼんやりと体を透けて見えることを、一人の女性のささいな日常的現実なのだと、否応なく受け入れなければならなかった。

種々《くさぐさ》のたわいない話題について歓談しながら、時間は過ぎていった。夫人がやや頻繁に目元に手を持っていくようになったのを見て、ロサレスが言った。

「お疲れになりましたか、奥様。しばらくお休みになってはいかがでしょう。貴女がいらっしゃらない間、グラントさんと私は、煙草でも吸いながら過ごすことにしますから」

「ええ、少し疲れたようですわ……」夫人は同意して立ち上がった。「ちょっと失礼致しますわね」彼女は言って、二人に順番に微笑みかけた。そして、きわめて豪華な夜会服とともに、飾り棚の脇を通って部屋を出て行った。彼女が近くを通りかかると途端に、飾り棚にあるガラス器類の光に靄《もや》がかかった。

ロサレスと私は、無言のまま二人きりで残された。

「このことについて、あなたの御意見は」しばらくして彼がたずねた。

「私の意見を申し上げれば」私は答えた。「あなたを見損なっていたと思ったのが、これで二度目だとすれば、結局最初の印象が正しかった、ということです」

「つまり、再び私のことを狂っていると思った、ということですね」

「それを言い当てるのは難しくないでしょう……」

ふたたびしばらく私たちは黙り込んだ。ロサレスは、いつもの礼儀正しさにも、慎重さと節度にも、少しも変化を見せなかった。

「あなたは恐ろしい意志の力をお持ちだ……」私はつぶやいた。

「さよう」と彼は言った。「どうして隠せましょうか。映画館であなたが私を見つけたとき、私は自分の観察に確信を抱いていました。あれがまさに彼女でした。彼女の表情にあらわれた非常に大きな生命力が、この現象の可能性を私に示唆したのです。動かない一枚の写真は、一瞬の生の刻印に過ぎない。このことは誰でも知っています。しかし、光線と電圧とN線によって刺激を受け、映画のフィルムが回り始めるとき、写真は振動する生命の軌跡へと変貌します。それは、移ろいやすい現在や、死にいたるまで人生行路を導いていく最も鮮明な記憶よりも、さらに生命力に満ちたものです。しかし、このことを知っているのは、あなたと私の二人だけなのです」

「打ち明けなくてはなりませんが」ロサレスは少し声を落として続けた。「最初はある種の困難に直面しました。おそらく想像力の逸脱によってですが、名づけがたい何かを生み出してしまったのです……生死の狭間の向こう側に、永遠に留まっていなくてはならないような種類のものです。私のもとにやって来て、三日間というもの離れようとしませんでした。それができないことは、ベッドに這《は》い上がることだけでした……先週あなたがいらっしゃったときには、二時間ほど前から姿を消していました。ですから、あなたをお通しするように命じたのです。しかし、あなたの足音が聞こえたその瞬間に、ベッドの縁に取り付いて、這い上がろうとじりじりしているそれが目に入りました……そうです、この世で我々が知っているようなものではないのです……それは逸脱した想像力の産物でした。でも、もう戻ってはこないはずです。次の日に、私は自分の命をかけて、今夜の我々のゲストをフィルムから引き出し……彼女を救い出しました。いつの日かあなたが、銀幕の上の模糊とした生命に、肉体を与えようと思ったならば、お気をつけください、グラントさん……彼方に、そして今この瞬間の裏側に、死は待ち構えています……想像力を解き放ち、それを使い尽くしなさい……しかし、何があろうとも、十分狙いをつけた方向だけにそれを集中し、決して逸脱を許してはいけません……卑俗な喩《たと》えをお許しいただけますか？　猟銃で言えば、想像力は弾丸で、意志が照準器です。狙いを定めなさい、グラントさん！……さあ、我々のお友達の様子を見に行きましょう。もう疲れは取れているはずです。私に御案内させてください」

　夫人が通り抜けていった分厚いカーテンの向こうは、食堂に比例するように広いサロンだった。サロンの奥に、高く壇をなしたアルコーブが作られていて、階段三段で上れるようになっている。アルコーブの中央には、広さからするとほとんど寝台、高さからするとほとんど墓石のような、長椅子が置かれていた。長椅子の上に、菱形に配列された無数の天井灯に照らされて、最高に美しい女性の幽霊が休んでいた。

　足音は絨毯に吸い込まれたにもかかわらず、階段を上っていく私たちに彼女は気づいた。そして、こちらに顔を向けると、まだ微睡《まどろみ》の安逸に満ちたままの微笑を見せた。

「眠ってしまいましたのよ」彼女は言った。「お詫びいたしますわ、グラントさん《セニョール・グラント》。そしてあなたにも、ロサレスさん《セニョール・ロサレス》。このベッドはとても寝心地がいいのね」

「どうかお起きにならないでください、奥様。お願いいたします」夫人の意図に気づいて、ロサレスが叫んだ。「グラントさんと私が椅子を近くにお持ちします。そうすれば、十分落ち着いて会話することができるでしょう」

「まあ、ありがとうございます」彼女は小声で言った。「こうしていると、とても楽ですわ……」

　二人はロサレスの言葉を実行に移した。

「さあこれで、奥様」彼は続けた。「私たちは罰せられる恐れなく、時を過ごすことができます。急ぐ必要はありませんし、時間を気にする必要もありません。そうお思いでしょう、グラントさん？」

「まったくその通りです」私は同意した。時間の感覚を失い、ずっと麻痺状態にあった。まるで、自分は十四年も前から死んでいたのだと、宣告されたような感じだった。

「こうしていると、とても快適だわ」両手を頭の後ろに回して、幽霊は同じことを繰り返した。

　そしておそらく、私たちは楽しく活気に満ちた会話を長く続けたに違いない。私が暇を告げ、背後で扉が閉まったとき、太陽はもうずいぶん前から通りを照らしていた。

我が家に戻ると、外出するために直ちに風呂に入った。しかし、ベッドに腰を下ろした瞬間に、私はすぐに夢のなかに落ち、それから十二時間ぶっ続けで眠った。目が覚めるともう一度入浴し、今度こそ外出した。その後の記憶は、場所も時間もはっきりしないまま、宙に浮かんでふらふらと彷徨《さまよ》っている。ひとつ一つの記憶と向き合い、確認することもできたかもしれない。だが、私がただひとつ望んでいたのは、陽気で、騒々しく、刺激的なレストランで食事をすることだった。腹が減っていたこともあるが、節度と慎重と冷静な分析に恐れを抱いていたからだ。私はレストランへ向かって歩いていった。そして、入り口で案内を乞うたのは、ロサレスの家の食堂だった。そこで用意されていた自分の食器の前に私は腰を下ろした。

それから一ヶ月の間、自分の意志とは無関係に、私はロサレス家の晩餐に、忠実に通い続けた。昼の間、ギジェルモ・グラントという個人が、日常の用事やささいな出来事で埋まった習慣的な生活の行程を歩んでいることは確かだった。二十一時以後になると、私は毎晩ロサレスの邸宅に居た。最初は召使の居ない食堂、その後は休憩室に。世界の終末を夢想するように、太陽の下での私の生活は幻覚となり、そこで私は与えられた役を演じる虚像となった。私の実体は身体を滑りぬけ、愛に満ちた寝所の天井灯の青白い天蓋の下に、納骨堂のなかのように閉じ込められた。そこで私はもう一人の男と、壁の菱形模様に枠どられた女性の幽霊を描いた線描画に、心情のすべてを挙げて自分たちの信仰を捧げた。

純粋な心情のすべてを挙げて……

「私はあなたに対して十分に誠実でないかも知れません」ある晩突然ロサレスが言った。我々の女友達は、組んだ膝に片肘をおいて、ぼんやりと物思いに耽っていた。

「自分の作品にまったく満足しているふりをしたら、不誠実になるでしょう。この純粋で忠実な女性を、自分の人生に結びつけるために、私は非常な危険を犯しました。そして、ただの一瞬でも生命を彼女に与えるためには、残された歳月のすべてを捧げなくてはならないかも知れません。グラントさん、私は弁解の余地のない罪を犯してしまいました。そうお思いませんか？」

「そう思います」私は答えた。「あなたのすべての苦悩をもってしても、あの若い御夫人のさまよえる嘆きの声ひとつすら償うことはできません」

「それは十分に分かっています……そして、自分の作品をあのままにしておく権利は、私にはないのです」

「壊してしまいなさい」

ロサレスは首を振った。

「いいえ、それは何の解決にもなりません……」

一瞬の間があった。それから視線を上げ、変わらぬ穏やかな表現を使い、内容にそぐわぬ落ち着いた声で彼は続けた。

「あなたに持って回った言い方をしようとは思いません」彼は言った。「私たちのお友達は、彼女がもがきまわっている、悲しみの靄から出ることができません……奇跡は起こらないのですから。ちょっとした運命の衝撃だけが、怪物でない限りすべての被造物が権利として持つ〈命〉を彼女に与えることができるのです」

「どんな衝撃ですか？」私は尋ねた。

「彼女の死です。あそこ、あのハリウッドでの」

ロサレスはコーヒーを飲み干し、私は自分のカップに砂糖を入れた。一分以上が過ぎた。私が沈黙を破った。

「やはり、それは何の解決にもなりません……」私はつぶやいた。

「そうお思いになりますか」ロサレスは訊いた。

「確信しています……何故かは説明できませんが、そう感じるのです。それに、あなたにそんなことはできないでしょう……」

「できますとも、グラントさん。私にとっても、あなたにとっても、この霊的な創造物は、ありきたりな生命力だけで動く凡庸な駄作よりも貴重なものです。ほとんど神々しいと言ってよい究極の目的に応じなければなりません。もしそれを裏切るなら、異教の神々を寄せ付けぬ目くるめく神の御威光の前で、私は有罪の宣告を受けるでしょう。私がいない間、時々こちらに来ていただけますか？　もう御存知でしょうが、日が沈む頃にはテーブルの用意は整っていて、それ以降は門番以外すべての使用人は屋敷を出てしまいます。いらしていただけますか？」

「おうかがいしましょう」私は答えた。

「それは望外の喜びです」ロサレスはお辞儀をしながら話を終えた。


私は訪れた。ある晩は夕食の刻限にいったが、たいていの場合は夜遅くに、しかし恋人の家を訪問する男のような几帳面さで、いつも決まって同じ時間に訪れた。夫人と私は、食卓に着いているときは、様々な話題について陽気におしゃべりをした。だがサロンでは、ほんのひとことふたこと言葉を交わすばかりで、後は恐怖に圧倒されてすぐに黙り込んでしまった。恐怖は明かりを点した軒蛇腹《コーニス》から流れ出すと、開いている入り口を探し出し、あるいは鍵穴から浸入して、鈍重な沈黙に支配された邸宅を浸していった。


夜が進むとともに、私たちの短い会話は、いつも同じ話題についての、決まりきった発言に限られていった。会話は突然こんな風に始まった。

「もうグアヤキルに着いたはずだ」私は放心したように言った。

何日か経った後で、夜の明け方に、今度は彼女が「もうサン・ディエゴを出発したわ」と言った。

ある晩、私が葉巻を手に持ったまま、虚空から眼を引き放そうと努力している間、彼女は頬に手を当てて歩き回っていたが、急に立ち止まるとこう言った。

「彼はサンタ・モニカにいるわ……」

それからまた歩き始めて、ずっと顔を手で支えたまま階段を上ると、長椅子に身体を伸ばした。私は眼を動かせず、彼女の気配だけを感じた。私の視線を釘付けにしてサロンの壁が後退すると、一点に交わることなく収束していく直線群に沿って、ものすごい速さで遠ざかっていったからだ。そして、遠近法的な眺望の彼方に、果てしなく続くソテツの並木が現われた。

「サンタ・モニカだ！」私は呆然としてそう思った。

それからどれくらいの時間が過ぎたのか、思い出すことができない。突然彼女が長椅子から声を上げた。

「家に着いたわ」

残された最後の意志の力を振り絞って、私はソテツの並木から視線を引き剝がした。寝所の平らな天井に、菱形に配列された天井灯の下で、夫人は死んだように身動きせず横たわっている。私の正面に、海を隔てた眺望の彼方で、目が痛くなるような堅い直線で構成されたソテツの並木が、小さいがくっきりと際立って見えた。

目を閉じてふたたび開けると、燃え立つ炎のように突然開けた視界のなかに、眠った女性のうえに短剣をかざしたロサレスの姿が見えた。

「ロサレス！」恐怖に駆られながら、私はつぶやいた。ふたたび稲妻のような輝きとともに、暗殺者の短剣は振り下ろされた。

それから先のことは分からない。恐ろしい叫び声が聞こえた――おそらく私の声だ――そして、私は意識を失った。

気がついたとき、私は自分の家で、床についていた。意識を失ったまま三日が過ぎており、熱に脳を冒されていた。熱はそれから一ヶ月以上も続いた。やがてだんだんに力を取り戻していった。一人の男が夜遅くに、気を失った私を、我が家まで運んできたのだと聞かされた。

何も思い出さなかったし、思い出したくもなかった。何があったのかを考えようとすると、妙に気だるい感覚にとらわれた。ずっと後になってから、家の周りを散歩することを許され、私は呆けたような目をして歩き回った。とうとう外出が許可されて、何をしているのかも分からず、何も記憶せず、目的もなく通りを歩いていった……そして、静まり返ったサロンのなかで、知った顔をした男が私のほうに歩いてくるのを見た。失われていた記憶と意識が、不意に私の血をたぎらせた。

「とうとうお会いできましたね、グラントさん」情熱的に私の手を握り締めて、ロサレスが言った。「こちらに戻って以来、あなたの御病気の経過を、非常に心配しながら見守ってきました。そして、一瞬たりといえども、御回復を疑ったことはありません」

ロサレスは以前より痩せていた。まるで聞かれるのを恐れているように、低い声で話した。彼の肩の上に、灯りに照らされた寝所と、棺のように高いクッションで覆われた、見慣れた長椅子が見えた。

「彼女はあそこに？」私は尋ねた。

ロサレスは私の視線を追ってから、ふたたび私に穏やかな眼を戻した。

「ええ」と答えた。それから、少し間があって、「来て下さい」と言った。

私たちは階段を上り、私はクッションの上に身をかがめた。そこにあったのは、一体の骸骨だけだった。

ロサレスが私の肘を強くつかむのを感じた。そして彼はやはり静かな声で言った。

「それが彼女です、グラントさん。私は良心に呵責を感じませんし、何の過ちも犯していないと信じています。旅から戻ってきたとき、彼女はもういませんでした……グラントさん、意識を失うまさにその瞬間に、彼女の姿が見えましたか？」

「思い出せません」私はつぶやいた。

「私の思った通りです……あなたが失神された晩、私があれをした瞬間に、彼女はここから姿を消したのです……戻ってきてから、私は想像力を酷使して、ふたたび彼方から彼女を呼び出そうとしました……そして手に入れたのが、これなのです！　彼女がこの世に属していた間、私はその霊的な生命を美しい被造物へと受肉することができました。その幻影に魂を入れるために、もう一人の生命を奪ったのですが、彼女は物質化できるすべてとして、骸骨だけを私の手に与えました……」

ロサレスは話をやめた。話している間ずっと、彼が心ここにあらずという様子だったのに、私は改めて気づいた。

「ロサレス……」私は話しかけようとした。

「静かに！」彼はさらに声を落として、私を遮った。「どうか声をお立てにならないでください……彼女があそこにいます」

「彼女？……」

「あそこです。食堂です……いいえ、姿は見ていません！……しかし、私が戻ってきて以来、彼女はあちらこちらを、さまよい歩いているのです……私には、彼女の服の衣擦れが聞こえます。耳を澄ましてみてください……聞こえますか？」

辺りを包む空気や揺るがぬ明かりを通して、黙り込んだ邸宅に聞こえてくるものは何もなかった。これ以上ない完全な沈黙のなかで、私たちはしばらく時をやり過ごした。

「彼女です」確信を見せてロサレスはつぶやいた。「ほら、聴いてください。椅子を避けながら歩いていますよ……」

それから一ヶ月の間、かつては我々の威厳ある招待客だった、いまは骨と白石灰になった幽霊を、毎晩私たちは見守り続けた。食堂へ続く厚いカーテンの向こうでは、明かりが煌々《こうこう》と点っている。彼女がそのなかを、呆然として姿なく、心痛を抱えて蹌踉《そうろう》とさまよい歩いていることを、私たちは知っていた。夜が更けてからロサレスと私がコーヒーを飲みに行くと、おそらく彼女はすでに何時間も前から席について、見えない目で私たちをじっと見つめているのだった。

どの晩も同じことの繰り返しで過ぎていった。場を覆う呆然とした雰囲気のもとで、時間そのものが永遠の前に宙吊りになったようだった。過去もそして未来も、骸骨は天井灯の下に、タキシードを着た二人の男はサロンに、そして囚われの幻影は食堂の椅子に囲まれてそこに居たし、居続けるだろうと思われた。

ある晩、雰囲気が変わった。我が友の興奮は目に明らかだった。

「とうとう探していたものを見つけましたよ、グラントさん」彼は言った。「何の過ちも犯していないのは確かだと、以前あなたに言いましたね。憶えていらっしゃいますか。あれは間違いでした。過ちがあったことが、今では分かっています。あなたは私の想像力を称えました。それはあなたに勝るものではありません。それから私の意志の力も。こちらはあなたよりずっと勝っています。この二つの力によって、私は目に見える女性と、骸骨の幽霊を創造しました。一方は失われ、他方はずっと居座って……グラントさん、私の作品に何が欠けていたか、あなたは御存知ですか」

「究極の目的です」私は低く答えた。「あなたが神的なものと言った……」

「まさにその通りです。動き回る光の幻影が、暗いホールで呼び起こす熱狂から、私は思索を始めました。拡大された冷たい映像の前で、男たちを興奮させる深い情熱の拍動には、単なる幻想以上のものがあると私は思いました。あなたに言ったように、ここまでは間違いはなかったのです。そこには、光束と銀幕による模倣を超えた命があるはずでした。何が生じたのかは、あなたがもうご存知の通りです。しかし、私は不毛に創造をしてしまいました。それが私の犯した過ちです。最も鈍重な観客の幸福ですら作り出せるものが、私の冷たい手のなかには十分な情熱を見出せずに消え去ってしまいました……愛は人生に必要ではありません。しかし、死の門を叩いて開くためには、不可欠なのです。もし私が愛を持って殺したならば、私のつくった女性は、長椅子の上で生命の鼓動を響かせていたでしょう。創造のために、私は愛なくして殺人を犯してしまいました。そして、最も動物的な生の根源に過ぎない骸骨を得たのです。グラントさん。三日間私を一人にして、次の火曜日に私たちとの夕食においでくださいませんか？」

「あの女性とですか？……」

「そうです。あなたと、彼女と、私とで……お疑いにならないでください……次の火曜日ですよ」


　私自らの手で扉を開けて、変わらず華麗な衣装に身を包んだ彼女を、現実にふたたび見出したとき、彼女も私に会って安心したのに気づいて、とてもうれしかったことを告白しなくてはなるまい。長旅から戻ってきた信頼する友達を迎えるような、開けっぴろげの笑顔を見せて、彼女は私に手を差し出した。

「私たちは貴女のことをとても心配していたのですよ、奥様」私は感動を露にしながら、彼女に言った。

「私もですわ、グラントさん！」あわせた両手に顔をあずけながら彼女は答えた。

「私のことが心配だったですって？　本当ですか」

「あなたのこと？　ああ、もちろんですわ、とっても！」それからまたたっぷりとした笑いを見せた。

　その瞬間に、私たちが話し始めてからずっと、屋敷の主が自分のフォークに落とした目を、一度も上げていないことに、私は気づいた。いったい彼はどうしたのか……？

「それに私たちのホストのことも、奥様、心配でしたか」

「彼のこと？……」彼女はゆっくりとつぶやいた。そして、少しも急がず頬から手を外すと、顔をロサレスに向けた。

　そのとき、どんな男性に対しても感じそうもないほど、分別を欠いた情熱の炎が、彼を凝視した夫人の目をよぎるのを私は見た。ロサレスも彼女を見つめた。そして、女が表わした慎みのない愛の惑乱を前にして男は青ざめた。

「彼のこともですわ……」放心したような小声で、彼女はつぶやいた。

晩餐が続いている間、私と気まぐれなお喋りを交わしながら、彼女はロサレスの存在に気づかないようなふりをしていた。そして彼の方は、フォークを弄《もてあそ》ぶのをやめなかった。だが二度か三度、不注意な偶然のように二人の目が合うと、灼熱した抑えきれない欲望が、彼女の両目のなかで閃《ひらめ》き、すぐにまた消え去った。

だが、彼女は幽霊だったのだ。

「ロサレス！」私たち二人きりになると、すぐに私は叫んだ。「まだ人生に愛着を持っているなら、あれを滅ぼすんだ。あれは君を殺してしまうぞ！」

「彼女をですって？　頭がおかしくなったんですか、グラントさん」

「彼女じゃない。彼女の愛をだ！　君はその支配を受けているから、気がつかないんだ！　だが僕には分かる。あれの……幽霊の情熱には、どんな男だって抵抗できないぞ」

「あなたは間違っていると、また言わなくてはなりません、グラントさん」

「そうじゃない。君には分からないんだ。君の人生は多くの試練に耐え抜いてきたが、あと少しでも彼女を刺激し続けたら、君は羽毛のように燃え上がってしまうぞ」

「私は彼女に欲情を感じていません、グラントさん」

「だが彼女はそうなんだ、君を欲しがっている。あれは吸血鬼だ。そして、君に与えるものは何も持っていないんだぞ！　分かっているのか」

ロサレスは何も答えなかった。サロンの方から、あるいはもっと彼方から、夫人の声が届いた。

「あなた方は、いつまで私を一人にしておくんですか」

その瞬間に、突然思い出した。あそこに横たわっていた骸骨のことを……

「骸骨だ、ロサレス！」私は叫んだ。「彼女の骸骨はどうしたんだ」

「戻しましたよ」彼は答えた。「無に戻しました。ですが、彼女はいまあそこの長椅子に居ます……よく聞いてください、グラントさん。どんな被造物も、造物主に打ち勝つことはできません……私は一人の幽霊を作り出しました、そして誤って骨の残骸を。あなたは創造の細部についてご存知ありませんでしたね……いまそれをお話ししましょう。映写機を手に入れて、N_1線への——あのN_1線ですよ、覚えていらっしゃいますか？——感度が極めて高いスクリーンに、私たちの女性《おともだち》のフィルムを投影しました。無骨な機械を使って、私たちを待っているあの貴婦人の、至上の瞬間を捉えた写真を、運動へと変換し……あなたはよくご存知でしょう。私たち誰もが、お互いに話をしているとき、相手の目に見て取り、自分の目に感じるはずです。自分たちの内にある何かが、眼差しを通して体の外に出ていくのを、時を得た霊感によって確信する瞬間があることを……彼女はそのようにして、スクリーンから剝脱してきました。初めはほんの数ミリほど表面で振動しているだけでしたが、とうとう私のほうに現われ出てきました。あなたが見た通りの姿で……それが三日前のことです。そして、いま彼女はあそこに居ます……」

　寝所からまた、彼女の物憂げな声が聞こえてきた。

「いらっしゃらないんですか、ロサレスさん？」

「破壊するんだ、ロサレス！」彼の肘をつかんで、私は叫んだ。「手遅れにならないうちに！　あの情欲の化け物をこれ以上刺激するんじゃない！」

「さようなら、グラントさん《セニョール・グラント》」彼は微笑んで、お辞儀をしながら別れを告げた。

　こうして、この物語は終わりを迎えた。ロサレスはこの世のなかで、あれに抵抗する力を見つけることができたのだろうか。すぐに——おそらく今日にでも——私にもそれが分かるだろう。

　あの朝、不意の電話で呼び出されたときも、サロンのカーテンが炎で黄金に染まり、映写機が倒れ、焼け焦げたフィルムの残骸が、床に落ちているのを見つけたときも、私は少しも驚かなかった。長椅子と一緒に絨毯に身体を伸ばして、ロサレスは息絶えて横たわっていた。

最近は毎晩サロンに映写機が運ばれていることを、召使は知っていた。彼の考えでは、不注意が原因でフィルムが燃え上がり、火の粉が長椅子のクッションに燃え移ったのだ。主人の死は、事故によって突然に引き起こされた、心臓の発作によるものとされた。

私の考えは違っている。彼の穏やかな表情はいつもと変わらなかったし、死に顔はあの赤みを留めていた。だが、私は確信している。彼の血管の最も奥深いところには、一滴の血も残っていなかったということを。

訳註

（1）N_1線　フランスの物理学者ルネ・ブロンロが一九〇三年に発見したと主張した放射線（N線）の一種。X線の発見に遅れを取ったフランス物理学会の注目と期待を集めたが、後にこの放射線は実在しないことが判明した。ブロンロによると、N線はさまざまな光源、熱源から放射され、物質を透過し、弱い可視光線と重なるとその視覚印象を強める作用がある。N_1線は逆に光線の視覚印象を弱める性質があるとされた。

（2）ギュスターヴ・ル・ボン　フランスの心理学者・社会学者・物理学者。群集心理の研究で有名。ブロンロよりも早くブラックライトという電磁波の発見を報告。これがN線に当たるとして、発見の優先権を争った。

（3）昔ながらの財産家《ビュー・リシュ》　フランス語。「成金《ヌーボー・リシュ》」の対義語。

（4）毎晩コーヒーを飲んでいるのですが　原文ママ。カフェインには覚醒効果があるが、脈拍を下げ精神を落ち着かせる作用もある。また、温かい飲み物は若干の睡眠導入効果を持つ。神経を使う実験の後では、かえって睡眠を助けるものとしてコーヒーを捉えているのだろう。

先駆者たち

俺も今じゃあ、旦那《パトロン》、ちっとは教育も受けて、お偉方や身分の低い仲間たちともいろいろと話し合ってきたから、理想についてたくさんの言葉を知っているし、スペイン語で自分の話を分からせることも出来る。だがな、ハイハイするときからグアラニ語を喋ってきた俺たちは、それを全部忘れちまうってことはできないんだ。あんたにもすぐに分かるぜ。

そのときグァビロミで、マテ茶農園の労働者の運動が始まったんだ。もうずいぶんと前のことで、そのころ旧世代に属してた連中のほとんどは、——掛け値なしにだぜ、旦那——もうおっ死んじまってる。その頃は、契約人足《メンス》の貧困だとか、権利の要求だとか、農場の労働者階級《プロレタリアート》だとか、その他いまならガキどもが空で言えるような多くのことも、俺たちは誰も知っちゃあいなかった。それはグァビロミの、プエルト・レマンソから村へ通じる新道沿いにあった、白人《グリンゴ》のヴァンスィテ（ファン・スウィーテン）のよろず屋《ボリーチェ》でのことだった。

あのときのことを考えると、グリンゴ・ヴァンスィテなしじゃあ、俺たちは何にも出来なかっただろうと思う。あの人はグリンゴで、メンスじゃなかったっていうのにだ。

あんたならどうです、旦那。人夫どもの貧乏に関わって、理由もないのにツケで物を売ったりしてくれますかね。俺はそのことを言ってるんだよ。

ああ！　グリンゴ・ヴァンスィテはメンスじゃなかったが、斧や山刀を見事に扱う腕を持ってた。あの人はオランダの、あの遠いとこ《アジャイテ》の出で、十年間クリオージョとして十もの仕事を手がけ、どれにも成功しなかった。わざと失敗してるんじゃないかと思うくらいだった。一つの仕事に悪魔みてえに打ち込んでたかと思うと、大慌てで次を探すって具合だ。決して人に雇われたことはねえ。懸命に働いたが、ひとりきりで親方は持たなかった。

ボリーチェを建てたとき、若造たちはあの人が破産するつもりなんだと思った。だって、新道を通るものなんて、猫の子一匹いやしなかったからだ。昼でも夜でも、赤砂糖の欠片《かけら》ひとつ売れやしなかった。ただ運動が始まったときだけ、若造どもがわんさか押しかけてツケで買い物をしたんで、二十日もたつと棚には鰯の缶詰ひとつ残っていなかった。

どんな具合だったかってんですかい？　慌てなさんな、旦那。今それを話してるとこなんだから。

グリンゴ・ヴァンスィテと、片目のマジャリアと、トルコ人のタルーチと、ガリシア人のグラシアンの間で、それは始まったのさ……それで全員《イ・オパマ》だ。これは本当の事ですぜ、掛け値なしでさ。

マジャリアのことを俺たちは片目って呼んでた。片っ方の目がでっかく、半分飛び出ていて、それで人をじっと睨《にら》んだからだ。だが片目は見せ掛けで、両目でしっかり見ることができた。平日は他にないくらい無口な働き者だったが、日曜日にそこらをほっつき歩いているときには、誰よりも厄介なお騒がせ野郎だった。いつも体に一、二匹フェレット――俺たちはイララって呼ぶんだが――を乗せて歩いていて、そのまま一緒に豚箱に放り込まれたことも一度じゃねえ。

タルーチは、黒いラパチョの木みたいに、浅黒くのっぽで体のよじれたトルコ人だった。グァビロミにはボリーチェを営む兄が二人いるのに、いつもみすぼらしい格好で靴も履かずに歩き回っていた。親切なよそ者《グリンゴ》だったが、経営者《パトロン》たちについて話すときには、毒蛇《ヤララ》みたいに猛り狂った。

残りのひとりが石工だ。グラシアン爺さんはちっこくて、髭面で、白髪を猿みたいに全部後ろに撫でつけていた。

顔も猿みたいだった。いっときは村一番の石工だったが、その頃は、いつも同じ白シャツと膝の抜けた提灯ズボンという格好で、サトウキビ酒《カーニャ》でぐでんぐでんに酔っぱらい、千鳥足で歩き回るしかしていなかった。ヴァンスィテのボリーチェでは、一言も口を利かずにみんなの話を聞いて、最後に相手が正しいと思えば「勝ちじゃ」、間違っていると思えば「負けじゃ」とだけ言うんだ。

この四人の男たちと、それから、夜毎の酒に次ぐ酒のなかから、華々しく運動が立ち上がったんだ。

少しずつ若者たちの間に話が広まって、最初にひとり、次にまたひとりと、俺たちはヴァンスィテの店に出かけ始めた。そこでは、マジャリアとトルコ人が経営者を罵って大声を上げ、石工の爺さんはただ「勝ちじゃ」「負けじゃ」と言っていた。

俺にはもう、そこそこ事情が飲み込めていた。だが、アルト・パラナの田舎者たちは、さも理解した風に頷いていたが、野蛮人そのものの手にびっしょり汗をかいていた。

そんな具合で、若造たちは大騒ぎをし、より沢山の稼ぎを求める者から、より少ない労働を求めるものまで、二百人の農場労働者が決起して、メーデーを祝賀することになった。

ああ、俺たちは素晴らしいことをやったもんだ！　今、あんたには不思議に思えるだろうぜ、旦那。よろず屋《ボリチェ》の親父《ーロ》が運動のリーダーで、半ば泥酔した片目男の叫び声が労働者の意識を呼び覚ましたってことがな。だが、あの頃は、若者たちは正義の最初のひと啜りで、酔ったような気分になってたのさ。ああ、なんてイカしてる《ケ・イポナイシート》んだろう、旦那。

さっきも言ったとおり、俺たちはメーデーのお祝いをした。二週間前から、毎晩ボリーチェに集まって、インターナショナルを歌ったんだ。

いいや、全員じゃなかった。ある奴らはただ笑ってただけだった。歌うのが恥ずかしかったんだ。他のもっと野蛮な連中は、口も開かずに隅っこの方を睨んでいたよ。

そうやって、みんなが歌を覚えた。そしてメーデーの日になって、顔を刺してくる雨のなか、俺たちはヴァンスィテの店を出て、村までデモ行進を敢行したんだ。

スローガンは、てんですかい？　旦那。ほんの一部の者が知っていただけだった。前金でもらってたんだ[1]。タルーチと鍛冶屋のマジャリアが、メンスの前借手帳[2]にそれを写して、字の読める奴が三言、四言ずつ、手帳を掲げた他の奴らに噛《か》んで含めるように教えていった。それ以外の、もっと粗暴な奴らは、なんだかわけの分からないことを怒鳴っていたよ。

あのデモ行進はステキだった《イボナ》！　言ったろう。同じものは二度と見られやしないぜ！　いま俺たちは、自分が何を要求しているのか、もっとよく知っている。お偉方に騙されることなく、裏をかくことだってできるんだ。今では書記をたて、規律を持ち、警官に先導されてデモを行なう。だがあの頃は、俺たちは愚かで野蛮だったけれど、密林地帯じゃあ二度と見られないくらいの、純粋な信念と情熱を持っていたんだ。アニャメンブイ[3]！

こうして、俺たちはグァビロミで最初の労働者のデモを行なった。心地のよい雨が落ちてきた。みんな歌を歌い、水をポタポタ垂らしながら、赤い布を持って馬で先頭を行く、グリンゴ・ヴァンスィテの後について行った。

初めてのデモ行進をする俺たちを見たときの、旦那衆の顔は見ものだったぜ。それから、俺たちの先頭に立つ将軍のように厳しいヴァンスィテの姿を見つめる、仲間の商店主《ポリチエーロ》たちの目もな。俺たちは歌い続けながら村をひと巡《めぐ》りした。そして、店に帰ってきたときには、何度も転んだんで、ずぶ濡れで耳まで泥だらけになっていた。

その晩はみんな浴びるように酒を飲み、ポサダスから組合代表を呼んで運動を組織してもらうことが、その場で決まった。

次の朝、俺たちはマジャリアに、彼が働いているマテ茶農園に行って、我々の条件要望書を渡してくるように頼んだ。ひとりで行かせるなんて、俺たちはまったくアマちゃんだったんだな。あの人は赤いハンカチを首に結んで、ポケットに一匹フェレットを突っ込み、全労働者の労働条件を即時改善するよう、経営者たちに要請するために出かけていった。

片目が戻ってきて言うには、俺たちを踏みつけにするつもりかと、経営者たちは彼を面罵したそうだ。「なんてこった《マドンナ》！」あのイタリア人はわめいたよ。「踏みつけも何もあるかい！　これは理想の問題で、人間関係のこっちゃねえ！」

その日の午後、俺たちは会社にボイコットを宣言した。

そうさ、グアラニの血が体中を巡ってるけれど、俺も今では教養を身に付けている。でもあの頃は、権利要求の言葉なんか誰も知っちゃいなかったし、ドン・ボイコットっていうのは、俺たちが待っている、ポサダスから来るはずの代表のことだと、多くの奴らが信じていたんだ。

その代表は、会社が若造たちを放り出して、ヴァンスィテの店にある粉も脂も食い尽くしちまった、ちょうどそのときになってやって来た。

代表が開いた最初の頃の集会を見たら、あんたなんか大いに面白がるだろうぜ。いまならどんな貧しい田舎者でも生まれつきみたいに知っていることを、俺たち若造はまったく理解していなかったんだ。なかでも最も野蛮な奴らは、運動によって勝ち取ることのできる権利とは、いつでもどんなボリーチェでも、ツケが利くことだと信じていた。

みんなは口をあんぐりと開けて、代表の演説を聞いていた。何人か勇気ある奴らが、演説の後でテーブルに近づいて、都会から来たその伊達男に小さな声で話しかけた。「それで……これは俺の兄貴から言われたことなんだが……今日来れなかったことを、大いにお詫びしておいてくれってことだ……」

別の男は、代表が次の土曜日の集会を宣言し終わったときに、遠くから彼を呼んで、汗をにじませながら哀れっぽく訊いた。「それじゃあ……俺も来なくちゃいけないんですかい？」

ああ、楽しい時代だったぜ、旦那！　代表はほんのしばらく俺たちといただけで、運動をグリンゴ・ヴァンスィテにまかせて帰っていった。グリンゴはポサダスにさらに商品を注文し、俺たちは女房子どもを連れてイナゴのように群がると、みんな自分たちの貯えにしちまった。

事態はどんどんいい感じになっていった。農場は操業停止になり、若者たちはヴァンスィテのおかげで肉が付いたし、ドン・ボイコットがもたらした労働者の権利要求のせいで、みんなの顔は喜びに輝いていた。

長く続いたかって？　いいや、旦那。ほんのちょっとの間さ。ある農場主が銃で馬から撃ち落とされるという事件が持ち上がって、犯人は誰にも分からなかったんだ。

このせいでさ、なあ兄弟《アミーゴ》、若造どもの熱狂に雨が降り注いできたんだ。村は検事やら刑事やら警官やらであふれた。一ダースのメンスが刑務所に入れられ、もう一ダースが鞭で打たれた。残りの若造たちは、ジャングルを小鳥《ウル》のように散りぢりになって逃げ去った。誰もグリンゴのボリーチェには行かなくなった。最初のデモに参加した血の気の多い奴らのなかで、運動を立て直そうとしたものは一人もいなかった。会社はこの機会を利用して、組合に入っている人夫の復職を認めないという手に出た。

少しずつ、毎日ひとりまたひとりと、メンスたちは体制に屈して戻っていった。プロレタリアート、階級意識、権利要求、そういったものは、最初の農場主の死とともに、悪魔《アニャ》にさらわれて行ってしまった。家々の戸口にくまなく張られた通告書を見るまでもなく、俺たちはひどい条件の契約を受け入れたんだ……それで終い《イ・オパマ》さ。

そんな状況がどれだけ続いたって言うんですかい？　結構な長さだったよ。ポサダスから代表が戻ってきて組合を再組織しようとし、連邦政府が村に地方部局を設立したけれど、若造たちは何かに追われているような気がしていたし、運動のことを深く恥じ入っていたんだ。俺たちはマテ茶農場で、以前よりも過酷に少ない稼ぎで働かされた。マジャリアとトルコ人は、ポサダスの刑務所に入れられた。前の四人組のうち、石工の爺さんだけが毎晩連邦部局を訪れては、相変わらず「勝ちじゃ」「負けじゃ」と言っていた。

ああ！　グリンゴ・ヴァンスィテか。今あの人のことを思い出したよ。運動を起こしたメンバーのなかで、それが復活するのを見なかったのはあの人だけだ。農場主が撃ち殺される騒動が起こったとき、グリンゴ・ヴァンスィテは店を閉めてしまった。どっちにしろ、あそこに行く者はもういなかった。店にはガキ半人分に足りる商品も残っちゃいなかったんだ。それだけじゃねえ。あの人は店の扉にも窓にも閂《かんぬき》をかけちまった。一日中そのなかに閉じこもって、部屋の真ん中でピストルを手に持ちじっとして、扉を叩きに来る最初の奴にぶっ放そうと身構えていた。オカマ野郎のホセシートが、隙間からのぞいて、その姿を見たって言うんだ。

だが、用もなく近道に新道を通ろうとするガキどもすらいなかったのは確かで、閂の掛かったボリーチェは昼の日の下で、死んだ人間の家みたいに静まりかえっていた。

実際そのとおりだったんだよ、旦那。ある日ガキどもが、ヴァンスィテの店の横を通りかかって、嫌な臭いをかいだっていう話を言いふらした。

噂は村まで伝わって、みんなはあれこれ揣摩憶測をめぐらした。その結果、警官を引き連れた警察署長がボリーチェの窓をぶっ飛ばす運びとなって、その穴から簡易ベッドの上に横たわるヴァンスィテの死体を発見したんだ。そいつは確かにきつい臭いを放っていた。

グリンゴがピストルで自殺してから、少なくとも一週間はたっているって話だった。扉を叩きに来た田舎者をぶっ殺す代わりに、あの人は自分自身を殺《や》っちまったのさ。

さてそこでだ、旦那。あんたなら何て言いますかね？　俺が思うに、あの人はいつでも半ば、俺たちの言うイカレ野郎《ロコ・タブイ》だったんだな。いつでも仕事を探していて、とうとう自分の天職は労働者の権利を要求することだと信じちまったんだ。あの人は今度も大間違いをやらかしたのさ。

だがな、俺は別のことも思っているんだよ、旦那。ヴァンスィテもマジャリアもトルコ人も、自分たちのやったことが農場主の死につながるなんて、夢にも思っちゃいなかった。この辺りの若いのが殺したんじゃねえ、誓って言えるぜ。けれども、銃弾は運動のなかから飛びだしたんだ。グリンゴは俺たちの側に付いたときに、その凶行を準備しちまったのさ。

若造たちも、権利を探していて死体に出っくわすなんて、思いもしなかった。怖くなって、またくびきのしたに戻っていったんだ。

だが、グリンゴ・ヴァンスィテはメンスじゃねえ。運動のショックは跳ね返って、さっきも言った、あの人の半ばイカレた頭に突き当たっちまった。あの人は追われていると信じちまったんだよ……それで終いさ《イ・オパマ》。

けんども、あの人はいいグリンゴだったし、気前もよかった。メンスの先頭で初めて赤い布を持って進んだあの人がいなけりゃあ、今なら知っていることも俺たちは決して理解できなかっただろうし、あんたに話しているこの男が、あんたの言葉で物語を話せるようにもならなかったんだぜ、旦那。

訳註

(1) 前金でもらってた　前もって教えてもらっていたことと、前借手帳に書き付けたことをかけている。

(2) メンスの前借手帳　『平手打ち』に描かれているように、契約人足《メンス》は全額を前金で受け取り、労働によって返して行く契約で働いていた。その差し引き額を記入しておく手帳。

(3) アニャメンブイ　グアラニ語。直訳すれば「悪魔の子」。「私生児」の意味もある。ここでは特に意味のない間投詞。

呼び声

私はその朝、たまたまそのサナトリウムを訪れたのだが、件の女性は惨事が起こった後、四日前からそこに収容されていた。

「その出来事の話は」と私が訪問した医師は言った。「聞くだけの価値があるものだよ。普通は同時に発現しない、強迫観念と幻聴が併発した症例を見ることが出来るだろう。

その気の毒な御婦人は、娘さんの死に激しいショックを受けたんだね。ここに入った最初の三日間は、目も閉じなければ睫《まつげ》も動かすことなく、表現しようのない不安の表情をしたままだった。でも、君たちが話を聞くのには、さほど時間を取らせやしないよ。今、『君たち』と言ったのは、丁度階段を上って来ている紳士二人を含めたからで、彼等は心霊協会の代表とかいう人たちなんだ。まあ何にせよ、私が病人について言った事だけを、覚えておいてくれ。強迫観念、固定観念と幻聴の状態だ。ああ、彼等がやって来た。それでは行こうか」

不幸な身の上の女性を打ち明け話に誘うのは、いともたやすい。それで思いのたけが晴らせるからで、心を込めた一言一言で、ひどい重荷になっている心の苦痛が、声なき嗚咽へと氷解する。両手で顔を覆ったまま、

「あなた方に何を話したら良いのか」彼女はつぶやいた。「まだ主治医の先生に話してないことと言って……」

「私たちはすべてを聞きたいんです、奥さん」医師は請じた。「すべてを、ひとつひとつ細かい点までね」

「ああ、細かい点まで……」病人は再びぼそぼそと言った。手を顔から離し、ゆっくりと頭を振りながら。

「ええ、細かい点までね。ひとつずつ思い出して行きますわ……たとえそのために、千年も生きることになろうとね……」

それからまた急に両手を眼にあてて、強く瞼を押さえつけた。ベールを通して精神を集中し、記憶の混乱の幻惑を、通り抜けようとするかのようだった。

しばらくの後、両手を下ろすと、やつれてはいるが落ち着いた面差しで、話し始めた。

「先生のお望みどおりにいたしますわ。あれはひと月ほど前のこと……」

医師は優しく注意を与えた。

「すべての初めからですよ、奥さん……」

「はい、先生……そういたします……先生はいつも良くして下さいましたわね……それが五日間だけだったとしても……ええ、ええ。それでは先生、話しますわ……話したいのですから。私の……私たちの娘が、四歳とちょうど一ヶ月になったとき、父親が不治の病に倒れたのです。それまでも私たちは、とても幸福だったというわけではありません。夫はいわゆる蒲柳の質で、生きるための闘いには弱すぎる人でした。私たちに息抜く暇も与えないようにしていたのは、いったい何だったのでしょう。夫は笑顔を見せていても、心はいつも何かに脅かされている風でした。思うに、父性愛を覚えるまで、真の幸福に出会うことはなかったのでしょう。でも先生、夫の娘への愛ときたら、何というものだったでしょうか。まるで私たちの赤ちゃんをあがめる、宗教的崇拝といった具合でした。そして私は、自分を人生に繋ぎ止めるものを、夫がついに発見したことを思って、どんなにか慰められたことでしょう。

夫に出来る限りでは、私のことも愛してくれていたに違いありません。でも、彼の魂に宿った永遠の悲しみを癒すことが出来るのは、ただ娘の小さな両手のなかだけだったのです。

前にも申しました通り、その夫もとうとう床に伏しきりになってしまいました。妻としての私の心痛も、娘から永遠に引き離されようとしている父親の、二つの眼に宿った言いようのない苦悩の前では、ものの数にも入りません。

永遠にですよ、先生。最後の最後に私を見つめる夫の眼が、心中に去来する感情をあまりにもまざまざと物語っておりましたので、私がこう言ってやることで、ようやく彼の瞼は閉じることが出来たのです。

──安らかにお眠りなさい。あなたに代わって、私があの児をしっかり見守ってあげるわ。

こうして私たち──娘と私は取り残されました。娘は両頰に健康の色を表わし、その傍らで私は、長年抱いてきた憐れみの情から解放されて。

私の愛し児。娘はまるで父親の生命力まで授かったようで、そんな彼女の快活な表情が、私たちの生活を明るく照らしてくれていました。夫との死に際の約束も、私はしっかり守っていました。彼と同じように、今度は私が孤独な愛情のすべてを娘に注ぎました。

ああ、この宇宙も私の人生も、その存続する唯一の使命と目的が娘の幸福であるかのように──そんな風に私は信じていたくらいですが──娘を見守り続けたのです。横に寝かすことも出来ず、この両腕のなかで眠らせながら、私が娘に見せてやれなかった幸福の夢があったでしょうか。自分に残された命の一部でも、あの児に与えてやれたなら、私の感じていた疲労という犠牲を払うことも、どんなにたやすく感じられたでしょうか。

そう、ひどい疲労感でした。それがどんなに強いものだったか、もう先生にはお話ししました。外見的にはさほど痩せもせず、血色もよかったので、疲労など回復しているように見えたでしょう。でも心の奥底では、希望が日に日に萎《な》え衰えて、死につつありました。幸福の夢を織り上げようとしても、すぐに織り糸は失われ、終わりのない凍てついた空虚が希望の大地をただ覆い尽くすように、疲れきって頭を垂れた私は、無感動のなかに沈んで行くだけでした。そして時折、何処からともなく、聞き取れないほど微かな声が、娘の名前を呼んでいるような気がし始めました。それほど、それほどまでに、私は疲れきっていたのです。

空しさへの、自分の力が及ばないことへの悲しみで心が凍ることなくては、未来を夢見ることすらできなくなりました。でもどうして？　そんな理由など何も、まったく何もなかったのに。愛する娘は日ごとに健やかで快活になり、すぐそこにいるのです。私たちの暮らしに欠けたものは何もなく、また欠ける可能性もありません。そうです、何もです。娘を腕のなかに抱きしめて、間違いなく未来は私たちのもの、と強く念じました。私は夫にそう誓ったのです。

未来は……でも、娘のために幸福の夢を紡ごうとするとたんに、それは凍り付いてしまいます。なんという凍てつきだったでしょうか。父親と私、二人の愛だけでは、その夢を養うには十分でないかのようでした。私は力尽き、絶望の淵に沈んでしまったのです。

そんな苦しみが丸一ヶ月も続きました。ある晩、数え切れないほど何度も繰り返してきたように、細心の注意を娘の周りに張り巡《めぐ》らそうとしていたときに、突然こんな言葉がはっきり聞こえました。

――もう、その必要はないよ。

ああ、哀れな母親が我が子の幸福に心を砕いているときに、何をしても無駄だと告げる声が聞こえるなんて、なんと残酷なことでしょう。その陰鬱な声は、成就しない私の夢や拭い難い悲痛を、とうとう裏付けてしまったのです。抵抗することもかなわないまま、声は心のなかでこだまし続けました。それは、もう保護する必要がないと言っている……

――死んでしまうからだわ。

ああ、神様！　父と母が人生のすべてを捧げたあの児が死ぬ。いいえ、とんでもないわ！　先生、私は抵抗しました。すべてのものに対して、すべてのものから最愛の娘を守るようにすれば、たとえ死を予告する声があったとしても、それが何だというのでしょう。

そのときから私の存在は、絶望的に娘を守る以外に目的を持たない、悪夢と恐怖の連続に変わりました。——私が守ってあげる！——私は自分自身に叫びました。そしてまさにその瞬間、宿命の仄暗《ほのぐら》い深淵から、予言を強調するこんな声がしました。

——何をしても、無駄だよ。

それでは……それではあの児はどうあっても死ぬというの。ああ、神様！——私は叫び、娘の頬にすがって泣きじゃくりました。娘の死を予告する声が母親の心に届いているのに、その声が死を避けるための努力も否定するなんて、ありうるでしょうか？

——何をしても、無駄だよ。

私が受けた以上の苦痛は、誰も味わったことがないでしょう。あの児が死んでしまう。でも、いったいどうして？　病気によって？　それとも事故で？

——事故でだわ。

次の言葉を聞く前に、そう確信しました。

——あの児は事故で死ぬんだよ。

そこから先は言うまでもないでしょう、先生……それまでは午後には外出していたのを、止めてしまいました。十遍でも繰り返して、家具の強度を確かめました。何時間も壁を叩いて回りました。絶対安全と思えるもの以外は、すべて家から運び出させました。嫌な胸騒ぎに胸を塞がれながら、調度を外された部屋から部屋を歩き回り、すでに何度も調べた場所を、もう一度点検しました。

私は空っぽの箱になったようでした。そのなかには恐れと慄《おのの》きだけが詰まっていて、機械のように衝動的にそれらに従ってしまうのです。赤ちゃんは片時も手元から離さず、心と眼と手の、三重の保護の下に置いていました。

しかし、刻一刻とその瞬間は近づいて来ます。

――でも何の瞬間が、ああ、神様！――苦痛に身を揉んで私は叫びました。あらゆる成り行きに逆らっても、娘を救うために警戒しなければならないのは、いったいどんな事故なのでしょう。

そうして我が子をしっかり抱き寄せていると、不意にあの恐ろしい予言が襲ってきました。――火によって死ぬんだよ。その声とともに突然、吐く息のなかから、着ている服から、家の隅々から、あと僅かに迫っているという確信が、湧き出してきました。何ヶ月とか何日ではなく、あと数時間の命……

狂ったように台所に駆け込んで、火を消すと、灰の上に桶の水を何杯もかけました。何処からも火のたたぬように手配しました。家中のマッチをかき集めて、浴室に投げ捨てました。ふたたび狂ったように部屋べやを駆け回り、あらゆる家具の引き出しを荒々しく調べました。すべての扉と窓を閉じ、もう一度台所へ行ってやりそこないがないか確かめ、夫の書斎へ娘と引き籠りました。そこは、おそらく煙すら立ったことのない場所だったのです。

火ですって、……とんでもない。そこならば私たちは安全なはずでした。

しかし、心が落ち着いたのもつかの間、不安が刺すように頭をもたげます。本当に十分調べたと言えるかしら。料理女が一箱のマッチでも残していたら。御用聞きが台所にやってきて、煙草に火を点けたとしたら。

そうよ。そこが危険だわ！　それよ！　そう叫んで娘を膝から放り出し、女中部屋へ駆け下りました。……そして、料理女がぶっきらぼうに答え返す間すらないうちに……銃声が屋敷を揺さぶりました」

哀れな母親はそこで黙り込んだ。おそらく最後の銃声が心から消えるまでの長い間、両手で眼を押さえたまま。それからやっと口を開き、言葉を続けた。

「そうです。後のことは先生がお考えの通りです。私自身も、娘がこときれて床に倒れているのを見る前に、そのことが分かっていました……そう……私がほんの少し離れていた隙に、娘は書斎の引き出しから拳銃《リボルバー》を取り出して、玩具《おもちゃ》にしていたのです。幾つもの引き出しのひとつの底に、本当に底の方に置かれていたのに……武器は娘の手から床に落ちていました」

「先生！」彼女は急に絶望しきった大声で叫んだ。「こうして私は、お知りになった通り、予言のままに娘を失いました。神のみが知る冷淡で過酷な仕方で、あの呼び声は私に、もう愛情が不要なことを……保護の不可能なことを……最後に火による事故死を予告してきました。

ああ、貴方、火による(1)ですよ。なぜはっきり弾丸でとか、拳銃の発射でと言ってくれなかったのでしょう。そうすれば娘を救うことが出来ましたのに。なぜ曖昧な言葉で、母親の心と娘の命を弄《もてあそ》んだりしたのでしょう。マッチなどには危険がないことを教えないで、私がそんなことで時間を浪費するのを黙って見ていたのはなぜでしょう。神様はなぜ、単純な言葉遊びで私を苦しめて、最も残酷に娘を奪い取るようなことを、許されたのでしょうか。なぜ……」

顔を覆った両手が痙攣《けいれん》するほど感情が高ぶったために、話が続けられなくなったかのように、彼女は黙り込んだ。そして長い、とても長い沈黙が、後に続いた。件の訪問者の一人が、とうとうその沈黙を破った。

「奥さん貴女は、恐ろしい不幸を予告する声を聞いたとおっしゃいました」

激しい戦慄が患者の身体を走るのが分かったが、彼女は何も答えなかった。

「貴女はこうも言いました」男は続けた。「非常に遠くから一つの声が聞こえたと。避けられない危険を予告したのと、お嬢さんを呼んだのは、同じ声でしたか？」

彼女は頭をこくりとさせた。

「それが誰のものか分かりますか？」

今度こそ彼女は枕に身を投げ、果てしもなく泣き続けるのだった。哀れな母は恐怖の底からこう答えた。

「はい、それはあの児の父親のものでした……」

訳註

(1) 火による　射撃の際の掛け声を、英語で「ファイアー！」と言うように、スペイン語では「火《フエゴ》！」と言う。事件の後に振り返ってみれば、「火による《デ・フエゴ》」という言葉が腑に落ちるようになっている。

完璧な短編作家の十戒

Ⅰ

神を信じるごとく、ポー、モーパッサン、キプリング、チェーホフといった巨匠を信じよ。

Ⅱ

汝の芸術を、手の届かぬ頂にあるものと信じよ。それを見下ろそうなどと夢見てはならぬ。芸術をなせるときには、汝自らはそれを知らずに手に入れるようにせよ。

Ⅲ

できる限り模倣には抗するようにせよ。だが、影響があまりにも強いならば、模倣せよ。個性の発達は、他の何にも増して、長い忍耐を要するものなのだから。

Ⅳ

成功を収める己の能力ではなく、成功を希《こいねが》う己の熱情をひたすら信じよ。汝の芸術を恋人のごとく愛し、己の心のすべてをそれに捧げよ。

Ⅴ

最初の一語から、どこへ行くかを知らずに、書き始めてはならぬ。よくできた短編小説においては、最初の三行に、最後の三行とほとんど同じくらいの、重要性があるのだ。

Ⅵ

「川からは、冷たい風が吹いた（Desde el río, soplaba un viento frío.）」このような状況を的確に表現しようとするならば、どんな人間の言語においても、上に書きとめられた以上の言葉は存在しない。ひとたび言葉の支配者となったら、そのなかの音が、類音韻なのか同音韻なのかを、見極めようなどということに心を砕いてはならぬ。

Ⅶ

不必要な形容をするな。弱々しい名詞にいくら絵の具を塗りたくっても無益である。ぴったりした名詞が発見できれば、その名詞はそれだけで他と比較できない色彩を持っている。ただ、その名詞を発見することが必要なのだ。

Ⅷ

汝の登場人物の手をとり、あらかじめ引いておいた道以外のものを見ることなく、結末までしっかりと導いて行け。登場人物が見ることのできない、あるいは見る必要のないものを見ようとして、気を散らしてはならない。読者の時間を乱費してはならない。短編小説は、余分な言葉をそぎ落とした、長編小説である。短編小説は、実際にはそうでないとしても、絶対の真実なのだと信じよ。

IX

感情の支配の下で書いてはならない。それが死にきるまで放って置き、その後で呼び起こすようにせよ。そのとき、もとのように甦らすことができたならば、すでに芸術の道半ばまで到達しているのだ。

X

書くときに友のことを考えてはならない。汝の物語が与える印象についても考えてはならない。己もその一員でありうる、登場人物がつくる小さな社会にとってしか、汝の物語が意味を持たぬように創作せよ。それ以外のやり方で、短編小説から人生を得ようとしてはならぬ。

解説

本書は、二十世紀の前半に南米随一の短編の名手と呼ばれた、オラシオ・キローガの短編を集めた作品集である。習作の域を脱した一九〇五年頃から、創作意欲が衰えを見せ始める一九三〇年頃までに書かれた作品を、様々な時期から出来るだけまんべんなく取り上げ、また、テーマや作風も多様なものを選んだ。キローガの全体像を明らかにするとまでは言えないが、多面的な魅力に読者をいざなうように配慮した。

キローガの生涯

オラシオ・キローガ (Horacio Silvestre Quiroga) は、一八七八年、ウルグアイのサルトに生まれた。父親は裕福なアルゼンチン商人で、在ウルグアイ副領事を務めていた。父方の祖先には、有名な軍人政治家のファクンド・キローガ将軍がいる。

生後二ヶ月のとき、父親が猟銃の暴発事故で死亡。四人兄弟の末っ子だったオラシオは、母親と一番上の姉に溺愛されて育った。成績はよかったが、病弱で学校生活に馴染めない少年だったようだ。十一歳のとき母親が再婚する。ところが、この継父も脳卒中で半身不随になった末、それを苦に猟銃を口にくわえて自殺してしまう。その死を最初に発見したのは、十六歳になっていたオラシオ少年であったと言われる。

少年期から青年期にかけて、サイクリング、写真、化学実験などに熱中していた。どちらかと言えば、芸術家より技術者志向の若者だったようだ。だが、いつの頃からか文学に親しむようになり、自分たちを〈三銃士〉と呼ぶ文学仲間とともに、詩や覚書を記したノートを交換し、郊外の空き家などに潜りこんでは詩の朗読会を開いていた。

当時ラテンアメリカでは、モデルニスモ（近代主義）と呼ばれる文学運動が興隆していた。モデルニスモとは、フランス象徴主義などの影響を受けながら、ラテンアメリカ独自の詩的言語を創造し、当地の文学を世界水準に引き上げようとした運動である。代表的人物は、ニカラグアの詩人ルベン・ダリオ（一八六七～一九一六）だが、急速に都市化の進行していたラプラタ河両岸地域、特にブエノスアイレスは、この運動の最も盛んな地域であり、詩人レオポルド・ルゴーネス（一八七四～一九三八）がその指導的存在だった。

一八九八年に、〈三銃士〉の仲間を通じてルゴーネスの詩を「発見」し、すっかり感激したキローガは、ブエノスアイレスまで彼を訪ねていった。ルゴーネスも年下の崇拝者を快く受け入れ、二人の間には以後多年にわたる厚い友情が生まれた。ルゴーネスと交流を持ちつつ、文芸雑誌「レビスタ・デル・サルト」の発行・編集に携わるなど、キローガはさらに文学活動に打ち込んで行く。

一九〇〇年には、多くのモデルニストにとって憧憬の地であった、パリの地に旅立つ。同地に滞在中のルベン・ダリオに出会い、万博会場やルーヴル美術館に足繁く通い、モデルニストたちの夜毎の集いにも参加。だが、大都市でのボヘミアン的な生活には馴染めず三ヶ月でウルグアイに戻る。帰国後は首都モンテビデオに居を構え、同地で〈悦ばしき知のための枢機卿会議〉という文学グループを組織した。

翌年、詩文集『珊瑚礁』を出版。批評家の受けはあまり芳しくなかったが、そのなかの散文作品は、やや好意的に迎えられた。当時のキローガは、象徴派を通じて知ったポーの作品に魅せられており、その影響下で短編の創作に手を染め始めた彼は、散文作家としての天分に次第に目覚めていった。

一九〇二年五月、〈枢機卿会議〉のメンバーで親友だったフェデリコ・フェランドが、対立する詩人が雑誌に載せた誹謗的な記事に憤り、相手と決闘の約束を取り交わすという騒動が起こった。親友の家に駆けつけたキローガは、決闘用二連発銃の打ち方を教えてくれるように頼まれる。その銃はフェデリコの兄が購入したのだが、すでに弾薬が装塡されており、二人はそのことを知らなかった。友人に向けて何気なく銃鉄を引いてみせたキローガは、結果として思いがけず彼を撃ち殺してしまう。(手入れをしている最中に銃が暴発したという説もある)。

事件は偶発的事故として処理され、キローガは間もなく釈放された。だが心の痛手は大きく、ウルグアイ国内を抜け出すと、結婚してブエノスアイレスに住んでいた姉のもとに身を寄せた。義兄の紹介で教職を得て、ブエノスアイレスの市民権も獲得した彼は、以後短い滞在を除いてウルグアイに戻ることはなく、アルゼンチンで一生を送ることになる。

ブエノスアイレスに居を定めたキローガは、当然のごとく、ルゴーネス家を頻繁に訪問するようになった。当時ルゴーネスは、アルゼンチン教育省から、ミシオネス州のサン・イグナシオにあるイエズス会廃墟の学術調査を依頼されていた。ミシオネス州は、ブラジルとパラグアイに境を接する、アルゼンチンでは最も奥深い密林地帯である。十七世紀から十八世紀にかけて、イエズス会の宣教師が、この地で独自の経済活動を営む自律的共同体を作り、原住民に対する伝道活動を行っていた。だが、利害の対立によりスペイン本国政府によって掃討され、以後集落は密林に埋もれて廃墟となっていたのだ。

写真撮影に心得のあるキローガは、志願して調査隊にカメラマンとして参加。山刀で藪を切り開きながら道なき道を進むといった具合で、調査旅行は困難を極めたが、密林地帯の自然と冒険的な生活に、キローガはすっかり魅了されてしまう。子どもの頃からの喘息が収まるなど、過酷な気候も彼の身体には好影響をもたらした。これ以後ミシオネスは、彼の生活と作品の最も重要な舞台となっていく。

アルゼンチン内部に目を向け始めたキローガは、一九〇四年、父親の遺産を投じて、チャコ州南東部のサラディト川の畔で、綿花農場の経営に着手する。だが、この事業は大失敗に終わり、遺産のほとんどが失われた。一方、文学面では、ポーの影響が色濃い習作を集めた、短編集『もうひとつの犯罪』を出版。まだ彼のオリジナリティーは現われていなかったが、一部の批評家には評価され、これ以後「素顔と仮面」などの雑誌に、彼の作品が掲載されるようになる。

一九〇五年、政府が入植後援のために作った、ミシオネス州の土地を廉価で提供する制度を利用して、サン・イグナシオに一八五ヘクタールの土地を購入。パラナ河を見下ろす高台に自らの手で家を建て、休暇のたびに出かけていって、土地を整備し、作物を植え、家畜を育てるようになる。ブエノスアイレスとミシオネスを往復する生活を続けていたキローガだが、一九〇九年、師範学校の教え子だったアナ・マリア・シレスと結婚。翌年からミシオネスに定住する。一九一一年に長女エグレ、一二年には長男ダリオが誕生した。

密林生活でキローガは、アリ殺し装置の発明、炭作り、オレンジ酒の醸造、マテ茶のプランテーション経営など、様々なことを試みる。事業からは利益が出ず、地区の戸籍簿係などをして収入を補っていたが、多くの野生動物を飼育し、競技用カヌーでパラナ河を航行して廻るなど、生活を大いに楽しんでいたらしい。作品も次々に雑誌に発表され、文学活動も順調に進んでいた。

だが、都会育ちの妻にとって、密林生活は耐えられないものであったようだ。一九一五年、孤独感に苛まれたアナは青酸を呑んで自殺を図り、一週間苦しんだのち死亡する。失意のキローガは、やむを得ず子どもたちの養育のために、ブエノスアイレスに戻る。経済的窮乏に陥っていたが、幸運にもモンテビデオ時代の友人の働きかけで、ウルグアイ政府から領事館の秘書官という職を得ることができた。出勤も退出も時間は自由で、自分で選んだ最も簡単な書類を作成するだけの仕事だった。この職は長い間、キローガに経済的な安定をもたらすことになる。

一九一七年、それまで発表してきた作品のなかから秀作を集め、『愛と狂気と死の物語集』を出版。「羽根まくら」を初めとする代表作を多く含むこの作品集は、多くの批評家に絶賛され、南米随一の短編の名手という名声を確立する。翌年には童話集『密林の物語』を出版。やはり高い評価を受け、キプリングの『ジャングル・ブック』と並び称され、『南米のジャングル・ブック』と呼ばれるようになる。『密林の物語』の諸編は各国語に翻訳され、今日でも世界中で最も親しまれているキローガ作品となっている。

文名を確立したキローガは、次々と雑誌に作品を発表。『愛と狂気と死の物語集』以降、『原始人』（一九一九）、『アナコンダ』（一九二一）、『不毛の地』（一九二三）、『故郷喪失者』（一九二六）などの短編集を出版していく。特に『故郷喪失者』は、密林地域を舞台にした各作品が、テーマ的に最も緊密に結びついた、キローガ最高の作品集と評価される。

アルゼンチン文壇の中心的存在となったキローガは、領事館の仕事も兼ね、作家団を率いて何度かウルグアイを訪問。共和国大統領ブルムとも会見し、両国の文化交流に貢献した。また、十年代後半頃からキローガは映画に強い関心を抱き、多くの映画批評も執筆している。

一九二五年、キローガはミシオネスで出会った、三十歳年下の少女アナ・マリアと恋に落ちたが、相手の両親の猛反対でこの恋は実らなかった。後にキローガは『過ぎ去りし愛』（一九二九）という長編に、この顚末を描いている。さらに、娘エグレの友人だった十九歳のマリア・エレナ・ブラボと恋愛。やはり反対にあったが、一九二七年に結婚した。翌年には、ピトカという愛称をつけた、最愛の末娘マリア・エレナが生まれた。

順調な文学活動を続けていたキローガだが、二十年代後半頃から、その創作意欲は徐々に減退して行った。創作よりも、カヌーの製作、自動車整備、家具作り、陶芸などに熱中し、工具の専門店に通うのが日課となっていた。また、休暇をとっては、ふたたびミシオネスに頻繁に出かけていくようになり、パラナ河の冒険的航行も再開した。三十年代になると、創作からはほとんど手を引いてしまい、作品集も、主に二十年代の作品を集めた、『彼方』（一九三四）一冊を出すのみであった。

当時アルゼンチンの文学界では、コスモポリタン的志向のモデルニスモは退潮し、南米独自の現実に目を向けた地方主義などの運動が盛んになっていた。さらに、ボルヘスを代表とする前衛的な若手作家も台頭し始め、キローガは次第に旧世代に属する時代遅れの存在と見なされるようになる。また、世界恐慌の影響でウルグアイ国内の政情は不安定となり、領事館でのキローガの自由気ままな立場は批判の的にされ始めた。

諸々のことに嫌気が差したキローガは、一九三二年に家族を連れてミシオネスに二度目の移住をする。だが、若い妻は密林地帯での生活に何の魅力も見出せず、夫婦の間には諍《いさか》いが絶えないようになる。一九三三年、ウルグアイではクーデターにより大統領独裁制が敷かれ、その煽りで翌年とうとうキローガは領事館の職を解任されてしまう。退職金を得るため正規退職の申請を行うが、手続きは遅々として進まない。なんとか「名誉領事」という立場を得たものの、収入は大幅に減じる。ようやく退職金を手にした頃に、妻は愛娘ピトカを連れて家を出て行ってしまった。

一九三六年、前の年に前立腺の肥大が見つかったキローガは、ブエノスアイレス市内の病院に入院したが、すでに手の施しようのないほど胃癌が進行していた。翌三七年の二月、医師の説明で自分の状態を察した彼は、一夜ブエノスアイレスの町を散策し、明け方に病院に戻ると青酸カリを呷《あお》って自殺した。無益な苦しみを長引かせないための決断だったと言われる。アルゼンチン作家協会によって通夜が執り行われた後、遺体はウルグアイに送られた。祖国に多大な文化的栄誉をもたらしたキローガの「帰国」は、絶大な賞賛と歓迎に包まれて迎えられた。

死とキローガの因縁めいた関係をより印象付ける後日譚がある。長女エグレと長男ダリオが、相次いで自殺により自らの命に終止符を打ったのだ。つまり、最初の結婚によって出来た家族は、四人全員が自殺という手段で人生の幕を引いたことになる。二人の子どもの自殺は、いずれも病苦を長引かせないためだったとされるが、父親からの思想的影響があったのかどうかは定かでない。

キローガ作品の大きな特徴のひとつは、多くの作品に見られる死の存在の圧倒性である。「死の作家」という称号すら与えられているほどで、キローガは生涯にわたって様々な死の形を繰り返し描き続けている。本書に収録した三十篇のうち、実に二十六篇に何らかの形で死が関わっているのだが、訳者が意図してそのような作品ばかりを集めたわけではない。作家の生前に単行本に収録された作品に限って言えば、実に七割以上で死が扱われているのである。このような傾向に、身内や友人の相次ぐ特異な死が影を落としていることは間違いないだろう。

作品にうかがわれるキローガの死に対する態度は、基本的に宿命論的なものだと言って良いだろう。人間はいつ何どき、どんな意外な形で死を迎えるか分からない。しかも、それは前もって定められており、抵抗することはできないという観念が、多くの作品を貫く基調としてある。たとえば、『日射病』では、ミスタ・ジョーンズの実際の死に先立って、死神（原文では大文字の「死」）が現われるが、唯一それを見ることのできる犬たちも、ご主人の死を妨げることはできない。『羽根まくら』では、夫のホルダンも医師たちも、アリシアのすぐ頭の下にいる貧血の原因に気づかず、病人を助けられないのである。

こうした死の宿命観に、実父と継父の相次ぐ死や、思いがけず自分が引き起こしてしまった親友の死が、影を落としていることは明らかだろう。そして、自分自身にもいつ思いがけない死が訪れるか分からないという思いは、作家を常に支配していたのではないだろうか。初期の『エステファニア』にもうかがえるのだが、ことに最初の妻の自殺以降、突然の死による親子（特に父と子）の別離という要素が繰り返し現われるようになる。書くことによって悪魔祓いをするように、繰り返し書き続けたのである。

しかし、キローガは死に憑かれて生を否定する作家であったわけではない。初期の作品では、悲劇的な死に逢着するプロットに力点が置かれ、登場人物は操り人形になっている観はぬぐえない。だが、後年になるほど死に包まれた人物の生が厚みを持つようになる。『ある人夫』のオリベーラ、『ヴァン・ホーテン』のヴァン・ホーテン、『故郷喪失者』のジョアン・ペドロとティラフォゴなど、その生の軌跡は鮮やかに描かれている。死を通して見ることによって、生の意義がいっそう貴重なものとして感じられるのである。

人間はその本質として死を免れない存在であり、古来死は文学の最も大きなテーマのひとつであった。また、十九世紀初頭の、特にミシオネスのような辺境の地にあっては、キローガが描いたような突然の死は、決して珍しくないものだったろう。死が病院化し、誰もが平均寿命近くまで生きられるのが当然と思っている現代の日本のほうが、歴史的に見ればつい最近出現した特殊な社会なのである。死を喪失した社会は、生をも平板なものに変えてしまう。キローガの諸作品は、決して特殊で異常な内容ではなく、「メメント・モリ」の箴言を読む者に突きつけているのだ。

作品の舞台

キローガ作品の主要な舞台のひとつが、ミシオネス地方を中心とするアルゼンチン北部からブラジルにかけての密林地帯である。今日でこそ、世界遺産に登録されたイエズス会廃墟やイグアスの大瀑布などもあり、この地域は多くの人の関心を引いている。しかし、二十世紀初頭においては、都市に住む文学者も読者も、内陸の辺境地域に目を向けようとはしなかった。そうしたなかでキローガは、パンパやガウチョといったステロタイプなアルゼンチンの地方イメージとは異なる、密林地域の現実を活写し、読むに値する作品として提示したのである。

過酷な運命を素描した小品『入植者』から、一大動物叙事詩『アナコンダの帰還』まで、キローガは様々なテーマとスタイルで、密林地帯の自然と人間の生活を多層的に描き続けた。『平手打ち』『ある人夫』『故郷喪失者』『先駆者たち』などで語られた、人夫あるいは契約人足と呼ばれる人々の存在は、当時のアルゼンチンではキローガによって初めて都市住民に知らしめられたといって過言ではない。ペオンやメンスとは、白人の持ち込んだ経済のなかで、単純労働に従事する原住民や黒人の労働者である。白人率の圧倒的に高いアルゼンチンで、彼らの姿と白人による搾取の現実を明るみに出したことの意義は大きい。

また、キローガには白人・原住民を問わず、すべての人間を自然に対する侵入者として捉える視点があるが、近年エコロジーという観点からそれが再評価されることもある。重要なのは、キローガは自然と人間の単純な対立図式から、人間を告発しているわけではないということだ。『鼠の狩人』はガラガラヘビを擬人化して描いているが、雌が一家の子どもを噛むのはあくまで自衛のためであり、雄を殺された復讐というような意味合いは持たされていない。『アナコンダの帰還』でも、アナコンダは理由も分からずに自分のいかだに流れ着いた人間を守り、その死体は腐敗して出産＝種の繁栄を助ける熱を発する。人間と他生物とは行動原理を異にし、すれ違いながらも、意識しない部分で多様に結びつき共存しているのである。

キローガとミシオネスのかかわりの深さから、密林地域だけが作品の舞台であるような誤解も一部に存在するようだ。だが、キローガはもっぱら密林地域だけを描いたわけではなく、ブエノスアイレスなどの都市を舞台にした作品も多い。地名が示された『頸を切られた雌鶏』『転生』『幽霊』以外に、『愛のダイエット』や『吸血鬼』なども明示されていないがブエノスアイレスが舞台となっている。また、『舌』『ヴァンパイア』『ヒプタルミックな染み』などの狂気を扱った作品は、ルゴーネスとともに頻繁に訪問していた、メルセス会救護院での取材に基づいていると思われる。ブエノスアイレスとミシオネスを往還した生活に呼応するかのように、キローガは密林と都市を平行して書き続けているのである。

にもかかわらず、キローガ作品において舞台としての都市が印象に残りにくいのは、その作風にあるだろう。密林を舞台にした作品は、どちらかというと写実主義的であり、人物や自然の情景が色彩豊かに描かれている。一方、都市を舞台にした作品では、人物や環境の描写よりも特異な状況設定に重点が置かれ、幻想的あるいは残酷劇的な物語が展開されることが多い。そのため、場所がブエノスアイレスであっても、どこか他の都市であっても、そのことはさほど重要な要件を成していないのである。都市的小説における環境や人物の抽象性を欠点と指摘する評価もあるが、その半面で想像力がより奔放に飛翔していることが見逃されてはならないだろう。

散文の技法

『完璧な短編小説家の十戒』は、晩年のキローガが短編創作の心得を示したものだ。J・コルタサルがエッセイ集『最終ラウンド』のなかで言及するなど、ラテンアメリカの多くの短編作家が参照引用する有名な文章である。実作においてキローガが、常にこうした心得を守っていたかは疑わしい。だが、総体的に見てキローガの創作の指針となる短編小説観が示されていると見てよいだろう。「巨匠」のうちでもキローガは特にポーから大きな影響を受けている。第五戒や第八戒には、短編小説は結末までを視野に入れ計算ずくで構成すべしという、ポーの短編観の反映がうかがわれるだろう。

J・L・ボルヘスは、『七つの夜』のなかで『十戒』の第六戒に触れて、次のように述べている。「散文は詩よりも現実に近いと考えられています。私はそれは誤りだと思います。短編作家オラシオ・キローガに帰せられるこんな見解があります。彼は冷たい風が川辺から吹くならば、ただ『冷たい風が川辺から吹く』と書かなければならないと言うのです。もしこのように言ったとすれば、キローガは、吹いてくる冷たい風が川辺から離れているのと同じくらい、この文の構造が現実から離れていることを忘れていたようです」。

しかし、ボルヘスが言うような見解は、六戒には述べられていない。六戒で「このような状況」と呼ばれているのは「川からは、冷たい風が吹いた」という文なのであり、その外部の現実などにキローガは一言も言及していない。キローガは散文が韻文より現実に近いと主張しているのではなく、単に散文と韻文は異なると述べているだけだ。散文を書くときには韻律などを気にするなと言っているに過ぎないのである。それ自体は誤った見解とは言えないはずだ。

散文における言語的要素が、現実との対応ではなく、他の要素との関係において意義を持つことに、キローガは敏感であったと思われる。『野性の若馬』のなかでは、「彼は気軽につぶやいた」という同一の文が何度も繰り返されてから、作品の重要な転回点で、「気軽に」という副詞が「憂鬱に」に変わっている。こうした要素の反復や、部分的な変更による対照は、韻文とは異なる散文のリズムを作り出している。同一の文や句の繰り返しという技法は、『平手打ち』の「歩け」という命令や、『ヴァン・ホーテン』の「へへん」という口癖などにも見られ、キローガは明らかにその効果を意識して使っている。

言語的要素が他の部分との関係で意義を持つことの現われは別の形でも見られる。『死んだ男』の冒頭の文は、「男は彼の山刀で」ではなく「男と彼の山刀は」として、道具と持ち主との共同作業のように書かれている。単独の文のレトリックとしてはありふれているが、この一文によって、男が道具に寄せる信頼と、男と道具が独立した存在であることが同時に暗示されており、使い慣れた道具によって思いがけない死がもたらされるという物語の展開への見事な導入となっている。また、平明に直訳すれば、「それが羽根まくらのなかに見つかっても少しもおかしくない」となる『羽根まくら』の結末は、原文では「羽根まくら」という言葉が文の最後に置かれている。つまり、この作品は「羽根まくら」というタイトルで始まり、「羽根まくら」という結びで終わる構成になっているのである。ここにもまた、計算によって短編を構成するポー的な意識が働いていると見ることが出来よう。

評価

高名な評論家・文学研究家のエミール・ロドリゲス・モネガルは、一九二〇年代に初めてボルヘスに会ったとき、キローガについてどう思うか聞いてみたという。ボルヘスの答えは、キプリングがもっと上手に書いてしまったような作品を今になって書いている男、というものだったそうだ。モネガルによれば、この答えはボルヘス独自の見解というより、彼が当時参加していたマルティン・フィエロ派の文学者グループの共通認識を反映するものであった。つまり、新しい世代の文学者の、古い世代への対抗心を意味するものだったというのだ。

しかし、ボルヘスのキローガ嫌いは、後年になっても変わらなかったようだ。フェルナンド・セレンティーノのインタビューによる『ボルヘスとの七つの対話』（一九七四）で、キローガについてたずねられたボルヘスは、絶対的な評価ではないと断りながらも、「私にとってキローガを読むメリットは無」と言い切っている。さらに、ウルグアイに対して何の悪意もないことを強調しつつ、キローガを「ウルグアイの迷信」とまで呼んでいるのである。キローガを国民的作家としてウルグアイ人が誇りとしていることに対する見解なのだろう。ボルヘスが他の作家をこれほど酷評するのは珍しい。

ところが、具体的にボルヘスが指摘していることを読むと、キローガにおいて特に顕著とは思えない形容詞の使用をあげつらったり、作品内容の完全な誤解に基づいて論じていたりで、どうもボルヘスらしい冷静で客観的な判断がなされていないようなのである。ボルヘスのキローガ嫌いには、文学的な判断とは異なる理由があるように思われるのだが、訳者にはそれが何なのか分からない。訳者をラテンアメリカ文学の魅力に目覚めさせてくれた最大の存在がボルヘスである。そのボルヘスがキローガの真価を認めていないことは非常に残念に思われてならない。

幸いなことにキローガは今日でも、ラテンアメリカのみならず全世界で、多くの読者を得ている。同じくジャングルを舞台にしていても、キローガはキプリングの単なる亜流ではない。技巧や文章の巧拙はともかく、密林が舞台の作品だけを取り上げても、キプリングが描いたインドの現実とキローガによるミシオネスでは、自然も習俗もまったく異なるものだ。また、映像の実体化を扱った『幽霊』や『吸血鬼』などの着想は、ビオイ・カサレスの『モレルの発明』に先駆けるものである。キローガの作品は、現代の読者にとっても読むに値する独自性を備えているのだ。

今日キローガに対して、クリオリスモの代表者という評価が成されることが多い。クリオリスモは、地方主義とも呼ばれ、二十世紀のはじめ三十年ほどのラテンアメリカにおいて、コスモポリタン的傾向のモデルニスモに対抗し、大陸内部の現実を描くようになった文学潮流である。写実主義の手法をとり、地方の自然、習俗、言語をありのままに描き出していることが特色とされる。確かに、それまで文学者が省みることのなかった内陸部のミシオネスに目を向け、その自然やそこで生きる人々の生活を生き生きと描いたキローガの諸作は、地方に目を向け始めた当時の文学傾向の先駆をなすものであった。

しかし、キローガの作風を単なる写実主義と見なすことはできない。都市を舞台にした作品において幻想的な傾向が顕著であることはすでに述べた。また、キローガにおいて密林地域への関心はモダンであることと矛盾しているわけではない。キローガは、当時都市部でも珍しかったオートバイや自動車（T型フォード）をミシオネスに持ち込んで乗り回し、周囲の住民からは奇異の目で見られていたようである。また、新しいテクノロジーである映画の芸術性に、文学者のなかでいち早く注目した人でもある。キローガの創作活動に、モデルニスモへの対抗という意味合いはまったくないのである。キローガ自身がクリオリスモという旗印を掲げて活動したわけでもなく、この評価はいささか一面的であるように思われる。

キローガには魔術的レアリスムの先駆者という評価もある。G・マルケスに影響を与えたという評価もあるものの、どのような根拠があって主張されているのか分からない。ただ、魔術的レアリスムの定義にもよるが、キローガをその先駆者とみなすことは可能であろう。『ヤベビリの一夜』に「真に迫りすぎてもはや現実を超越した、細部の生々しいリアリティー」とあるが、魔術的リアリティーの感覚とは、そうしたものであろう。こうした感覚が、豪雨に煙るジャングルを恐竜と原人の邂逅の場に変え、洪水に流される浮き草や動物を人間に対するジャングルの聖戦と見ることを可能にしているのだ。いずれも外から貼られたレッテルに過ぎないが、魔術的レアリスムという観点のほうが、正鵠を射た評価であるように思われる。
外的な評価よりも重要なのは、キローガの作品がそれ自体として、現代の読者に十分訴えかける魅力を持っているということである。映画を愛したキローガが知れば喜んだことだろうが、一九九〇年には『羽根まくら』がメキシコで、二〇〇七年には『幽霊』がブラジルで映画化されたほか、二十一世紀に入っていくつかの作品が短編映画になっている。また、アルゼンチンでは二〇一〇年に『密林の物語』がアニメーション化されている。キローガ作品が現代の映像作家に訴えるイマジネーションを有している証であろう。

本書収録の各作品の原題、初出年次、および生前に収録された単行本は以下のとおりである。

舌	La lengua（1906）	[アナコンダ]
ヤベビリの一夜	En el Yabebiry（1907）	[単行本未収録]
羽根まくら	El almohadón de plumas（1907）	[愛と狂気と死の物語集]
エステファニア	Estefanía（1907）	[原始人]
日射病	La insolación（1908）	[愛と狂気と死の物語集]
鼠の狩人	Los cazadores de ratas（1908）	[原始人]
転生	El mono que asesinó（1909）	[単行本未収録]
頸を切られた雌鶏	La gallina degollada（1909）	[愛と狂気と死の物語集]
狂犬	El perro rabioso（1910）	[愛と狂気と死の物語集]
野性の蜜	La miel silvestre（1911）	[愛と狂気と死の物語集]
ヴァンパイア	El vampiro（1911）	[アナコンダ]

入植者	Los inmigrantes（1912）	［原始人］
ヒプタルミックな染み	La mancha hiptálmica（1914）	［アナコンダ］
炎	La llama（1915）	［原始人］
平手打ち	Una bofetada（1916）	［原始人］
愛のダイエット	Dieta de amor（1917）	［アナコンダ］
ヤシヤテレ	El yaciyateré（1917）	［アナコンダ］
ある人夫	Un peón（1918）	［不毛の地］
ヴァン・ホーテン	Van-Houten（1919）	［故郷喪失者］
恐竜	El dinosaurio（1919）	［原始人］
ファン・ダリエン	Juan Darién（1920）	［不毛の地］
死んだ男	El hombre muerto（1920）	［故郷喪失者］
シルビナとモント	Silvina y Montt（1921）	［不毛の地］
幽霊	El espectro（1921）	［不毛の地］
野性の若馬	El potro salvaje（1922）	［不毛の地］
アナコンダの帰還	El regreso de Anaconda（1925）	［故郷喪失者］
故郷喪失者	Los desterrados（1926）	［故郷喪失者］
吸血鬼	El vampiro（1927）	［彼方］
先駆者たち	Los precursores（1929）	［単行本未収録］
呼び声	El llamado（1930）	［彼方］

*　*　*

本書に収録した諸編のうち、『羽根まくら』『野性の蜜』『呼び声』の三篇は、二十五年以上前に「小説幻妖」という雑誌に訳出したものである。当時の編集長の東雅夫氏は、「もっとキローガを訳してもいいよ」と言ってくれたのだが、雑誌自体が二号で廃刊になってしまった。あれから四半世紀、キローガをまったく忘れている時期もあったが、この度このような形でまとまったキローガ紹介ができるようになったことは、訳者にとって感慨深いものがある。小説家・翻訳家の南條竹則氏は、発表する当てもない訳稿を抱えている訳者を、国書刊行会に紹介してくださった。国書刊行会の礒崎編集長は最初に持ち込んだ十五編ほどを見てすぐに出版を決めたうえ、もっと作品数を増やして決定版と言えるような選集にすることを薦めてくださった。本書の出版に関してお世話になったかたがたに感謝したい。

甕　由己夫

訳者紹介＊甕由己夫（もたい・ゆきお）
1961年生れ。早稲田大学大学院文学研究科後期博士課程修了。哲学・論理学専攻。著書に『21世紀の哲学』（共著、八千代出版）。

野性《やせい》の蜜《みつ》——キローガ短編集成

二〇一二年五月一二日初版第一刷印刷
二〇一二年五月二二日初版第一刷発行

著　者　オラシオ・キローガ
訳　者　甕由己夫
発行者　佐藤今朝夫
発行所　株式会社国書刊行会
東京都板橋区志村一—一三—一五
電話〇三（五九七〇）七四二一　ＦＡＸ〇三（五九七〇）七四二七
http://www.kokusho.co.jp
印　刷　（株）アトリエオーシーティーエー・明和印刷（株）
製　本　（株）ブックアート
装　丁　間村俊一
ISBN978-4-336-05505-7